Protection forcée

Alliance à risques

NICHOLE SEVERN

Protection forcée

Traduction française de
CHRISTIANE COZZOLINO

Collection : BLACK ROSE

Titre original :
RULES IN BLACKMAIL

© 2018, Natascha Jaffa.
© 2019, HarperCollins France pour la traduction française.

Ce livre est publié avec l'autorisation de HARLEQUIN BOOKS S.A.

Tous droits réservés, y compris le droit de reproduction de tout ou partie de l'ouvrage, sous quelque forme que ce soit.
Toute représentation ou reproduction, par quelque procédé que ce soit, constituerait une contrefaçon sanctionnée par les articles 425 et suivants du Code pénal.

Si vous achetez ce livre privé de tout ou partie de sa couverture, nous vous signalons qu'il est en vente irrégulière. Il est considéré comme « invendu » et l'éditeur comme l'auteur n'ont reçu aucun paiement pour ce livre « détérioré ».

Cette œuvre est une œuvre de fiction. Les noms propres, les personnages, les lieux, les intrigues, sont soit le fruit de l'imagination de l'auteur, soit utilisés dans le cadre d'une œuvre de fiction. Toute ressemblance avec des personnes réelles, vivantes ou décédées, des entreprises, des événements ou des lieux, serait une pure coïncidence.

Le visuel de couverture est reproduit avec l'autorisation de :
HARLEQUIN BOOKS S.A.

Tous droits réservés.

HARPERCOLLINS FRANCE
83-85, boulevard Vincent-Auriol, 75646 PARIS CEDEX 13
Service Lectrices — Tél. : 01 45 82 47 47
www.harlequin.fr
ISBN 978-2-2804-1102-8 — ISSN 1950-2753

1

— Vous avez cinq secondes, et pas une de plus, pour me dire ce que vous faites là. Sinon je tire ! prévint Sullivan Bishop, le doigt sur la détente de son pistolet.

— Je ne suis pas armée.

La femme qu'il avait en ligne de mire leva les deux mains à hauteur des épaules et s'immobilisa. Sullivan ne s'y fia pas. Il était payé pour savoir que les jolies femmes étaient aussi les plus sournoises. Or la belle brune qui s'était introduite dans son bureau avait un visage d'ange. La connaissant, il ne pouvait croire qu'elle n'était pas armée.

— Je dois vous parler. J'ai pensé que votre bureau était l'endroit le plus approprié, déclara-t-elle.

Solidement campé sur ses deux jambes, le cœur battant à tout rompre, Sullivan serra son Glock un peu plus fort. Il y avait des mois, presque une année, qu'il n'avait pas eu la moindre pensée pour Jane Reise, procureur militaire dont la réputation n'était plus à faire. Quoi qu'il en soit, on n'entrait pas dans son agence, Blackhawk Security, comme dans un moulin.

Jane allait devoir s'expliquer.

— Et vous avez aussi pensé que le meilleur moyen de me parler était de vous introduire dans l'agence en dehors des heures d'ouverture ? Comment diable avez-vous fait ?

Tout en parlant, Sullivan se rapprochait d'elle subrepticement. Son agence proposait ce qu'il y avait de mieux en matière de sécurité : des caméras de vidéosurveillance jusqu'aux détecteurs de mouvements, en passant par les capteurs de chaleur corporelle et autres dispositifs encore plus sophistiqués. Quelles que soient les exigences de ses clients, Blackhawk Security y répondait. Qu'il s'agisse d'assurer une protection rapprochée, d'enquêter ou encore de mettre ses moyens logistiques à disposition du gouvernement et de participer à des opérations de sauvetage, l'agence pouvait tout faire.

Mais là, en l'occurrence, Sullivan sentait bien que Jane n'était pas venue pour faire sécuriser son domicile.

— Me croirez-vous si je vous disais que je suis venue louer vos services ?

Elle passa la langue sur sa lèvre inférieure, qu'elle avait très charnue. Baissant les bras, elle balaya la pièce du regard et s'avança de quelques pas. Le clair de lune, qui entrait par la baie vitrée donnant sur le centre-ville d'Anchorage, éclaboussait la moitié de son visage et faisait ressortir l'éclat de ses yeux noisette. Ayant longuement étudié son dossier, il savait à quoi elle ressemblait. Sauf qu'en chair et en os elle était encore plus belle que sur les photos qu'il avait eues sous les yeux. Elle paraissait tendue, cependant, et elle avait les traits tirés.

— Vous plaisantez, je suppose ?

C'était forcément une blague. Se plantant devant elle, Sullivan laissa échapper un rire gras. Puis il baissa son pistolet mais il ne se risquerait pas à le ranger avant d'avoir acquis la certitude qu'elle n'était pas armée.

— Je suis la dernière personne au monde qui accepterait de vous aider.

Jane regarda autour d'elle à nouveau, évitant soigneusement de poser les yeux sur lui. Même dans la pénombre, Sullivan aurait juré qu'elle avait blêmi.

— Je ne voulais pas…

Elle se racla la gorge et se ressaisit après avoir brièvement perdu contenance.

— Après ce qu'il s'est passé, je comprendrais que vous me riiez au nez et me jetiez dehors, continua-t-elle, mais en dehors de vous, je ne sais pas vers qui me tourner. La police n'a pas la moindre piste et l'armée n'est pas au courant. C'est préférable. Du moins pour l'instant.

— Au courant de quoi ?

Allumant la lumière, Sullivan vit ce qu'elle avait cherché à cacher en se terrant au fond de la pièce. Éblouie par les néons, elle cligna des paupières. Elle avait de grands cernes sous les yeux et les joues très creusées. Par rapport aux photos qu'il avait vues, elle semblait avoir beaucoup maigri — littéralement fondu — et perdu non seulement du poids mais aussi une bonne partie de la masse musculaire acquise dans l'armée. Son T-shirt blanc et son pantalon de coton noir accentuaient son extrême pâleur mais n'enlevaient rien à sa beauté. Il y avait cependant quelque chose qui clochait. Sullivan ne reconnaissait pas la femme qui, un an plus tôt, avait fait condamner son frère.

— On me surveille, dit-elle.

Le coin de sa bouche se tordit, comme si elle mordillait l'intérieur de sa joue. Puis ses épaules se soulevèrent tandis qu'elle prenait une grande inspiration.

— On me harcèle.

La peur qui filtrait dans sa voix lui donna un coup au cœur — quel homme aurait pu y rester insensible ? — mais Sullivan garda le silence. C'était une tactique utilisée dans le contre-espionnage. Le fait de ne rien dire incitait bien souvent la cible à parler. Si elle mentait, il s'en apercevrait car elle jetterait des coups d'œil sur la gauche ou croiserait les bras sur sa poitrine.

— Je sais qu'ils se sont introduits chez moi et qu'ils sont entrés dans ma voiture. Peut-être ailleurs, aussi.

Elle repoussa une courte mèche de cheveux bruns derrière son oreille, soudain fragile et vulnérable. Il ne restait rien de la femme au caractère bien trempé qu'il avait vue sur les photos et la vidéo du procès.

— Si l'armée l'apprenait, au mieux, elle restreindrait mon habilitation au secret défense, au pire, je perdrais mon emploi. J'ai passé un coup de téléphone anonyme à la police et je lui ai expliqué ce qu'il se passait, mais…

— Ils ont d'autres chats à fouetter, j'imagine.

Il savait comment fonctionnait la police d'Anchorage. Tant qu'on n'avait pas attenté à la vie de Jane, les flics ne feraient rien. Ils étaient débordés. Voilà pourquoi Sullivan avait créé Blackhawk Security. Outre qu'elle fournissait des services d'enquête au gouvernement et aux particuliers, son équipe protégeait les victimes de harcèlement que la police ne pouvait pas — ou ne voulait pas — prendre en charge. Mais dans le cas de Jane…

Elle ne mentait pas — autant qu'il pût en juger — mais il n'avait pas plus envie que la police de la protéger.

— Vous avez des preuves ?

Acquiesçant d'un rapide coup de menton, elle sortit son téléphone de la poche de sa veste et l'alluma. En quelques clics, elle trouva ce qu'elle cherchait.

— Tenez, regardez ce que j'ai découvert hier matin, dit-elle en lui tendant le téléphone. Une photo de moi endormie dans mon lit. Elle a été prise il y a deux jours, aux environs de minuit.

Lorsqu'il saisit le téléphone, son index effleura sa main, qui lui parut glacée. Observant avec attention la photo qui s'affichait à l'écran, Sullivan sentit la colère gronder en lui. Comment pouvait-on faire une chose pareille ? Prendre en photo quelqu'un à son insu ? Harceler et terroriser une femme ?

— Savez-vous qui aurait pu faire ça ? demanda-t-il.

— Non, je n'en ai pas la moindre idée, répondit-elle en secouant la tête. Je vis seule.

S'il ne s'agissait pas d'un simple cambriolage, tout portait à croire que la jeune femme était effectivement victime de harcèlement. Lui rendant le téléphone, Sullivan fit bien attention à ce que ses doigts n'entrent pas en contact avec les siens. Le fait qu'elle se soit introduite dans son agence ultra-sécurisée lui avait mis la rate au court-bouillon ; il n'avait pas besoin d'un souci supplémentaire.

— Qui a les clés de chez vous ? Un ex-petit ami qui aurait du mal à tourner la page, par exemple ?

Elle secoua la tête, à nouveau.

— Euh, non, je ne vois vraiment pas. Je n'ai pas d'ex-petit ami. En tout cas, pas depuis que je suis entrée dans l'armée.

Pas depuis cinq ans, autrement dit.

— Et du côté des affaires que vous avez traitées ? Quelqu'un, peut-être, qui serait mécontent de la manière dont vous vous êtes occupée de son cas ?

Quelqu'un *d'autre que lui*, bien sûr.

Elle se mordilla les lèvres.

— Pas que je sache, mais tous les dossiers des affaires qui m'ont été confiées sont chez moi, si vous voulez y jeter un coup d'œil.

Jamais de la vie. Il fourra le Glock dans son holster d'épaule, à peu près rassuré sur les intentions de la jeune femme. Bien que coupable de s'être introduite dans l'agence au mépris des dispositifs de sécurité, Jane ne représentait pas vraiment une menace. Du moins à ce stade.

— Non, ce ne sera pas nécessaire.

— Comme vous voulez. On fait quoi, du coup ?

Elle fit rouler ses épaules mais resta où elle était. A prudente distance de lui. Savait-elle à quel point il lui en voulait pour ce qui était arrivé à son frère et craignait-elle sa réaction ? Il l'espérait secrètement. Elle avait poursuivi des dizaines de bons et loyaux soldats et elle osait venir solliciter son aide ? Avait-elle perdu la tête ?

C'était à cause d'elle que son frère s'était suicidé. Le capitaine Jane Reise pouvait aller au diable. Il ne lèverait pas le petit doigt pour l'aider.

Se tournant vers son bureau, il s'empara d'un bloc-notes et d'un stylo.

— Je vous donne les coordonnées d'un concurrent. Adressez-vous à lui. Il saura quoi faire. Et sortez d'ici.

— Si je suis venue, c'est parce que j'ai besoin de *votre* aide.

Dans son ton filtrèrent l'assurance et l'autorité de la célèbre magistrate dont Sullivan avait lu les états de service. Les effluves de vanille du parfum qui émanait de son interlocutrice l'envahirent. Il retint son souffle.

— Blackhawk Security est bien là pour ça, non ? Pour aider les gens ? continua-t-elle.

— Oui, répondit Sullivan en arrachant la page du bloc-notes et en la lui tendant.

Puis il se détourna de ce regard bien trop perspicace et gagna la sortie. Ouvrant la porte, il invita la jeune femme à sortir.

— Mais pas vous, assena-t-il.

Les bras croisés sur la poitrine, le menton levé, Jane s'adossa au bureau. Il comprit que se débarrasser d'elle n'allait pas être facile.

— Je ne bougerai pas d'ici tant que vous n'aurez pas accepté de m'aider.

— Sortez immédiatement, ou je vais devoir employer la manière forte.

Il se voyait déjà la charger sur son épaule et la jeter dehors. Ce projet était loin de lui déplaire, il devait bien l'avouer. Elle devait être légère comme une plume et elle sentait si bon…

Il refoula bien vite cette idée pour le moins perturbante.

Non, il ne se laisserait pas convaincre. Elle aurait beau le supplier, il demeurerait inflexible. L'imitant, il croisa les bras sur sa poitrine.

— Sortez !

— Je vous paierai, déclara-t-elle en s'écartant du bureau. Au prix fort. Demandez-moi ce que vous voulez.

— Ce n'est pas une question d'argent.

Lâchant la porte, qu'il tenait grande ouverte, Sullivan revint se planter devant elle.

Nullement intimidée, elle adopta une attitude de défi encore plus marquée.

Habituée à être confrontée à de fortes têtes, elle n'était pas du genre à capituler. Le hic, c'était que plus elle se montrait déterminée et plus il la trouvait sexy. Mais il ne serait pas assez bête pour s'y laisser prendre.

Campés l'un devant l'autre, comme deux coqs prêts à s'affronter, ils se jaugeaient du regard. Sullivan esquissa un petit sourire et posa ses mains à plat sur le bureau, emprisonnant la jeune femme entre ses bras tendus.

— L'argent mis à part, y a-t-il autre chose que vous seriez prête à me donner ?

Entrouvrant les lèvres, elle exhala un profond soupir. Elle le scruta de la tête aux pieds mais n'essaya pas de se dégager. Plantant son regard implacable droit dans le sien, elle répliqua :

— Je vous paierai en espèces sonnantes et trébuchantes, lieutenant Bishop. Pas autrement.

— Je vous conseille donc de partir avant que je n'appelle votre supérieur hiérarchique et ne vous fasse radier du barreau pour avoir harcelé la famille d'une de vos victimes.

Sur ces mots, Sullivan s'écarta du bureau et se dirigea vers la porte, mettant entre elle, son fichu parfum et lui, le plus de distance possible.

— Je peux vous obliger à m'aider, déclara-t-elle tout à trac.

Exaspéré, il s'immobilisa. Comment diable fallait-il le lui dire pour qu'elle comprenne ? Il fit volte-face. Si c'était la guerre qu'elle voulait, elle allait l'avoir ! Il n'aurait aucun scrupule à anéantir la garce qui avait détruit sa famille. Il se pourrait même qu'il y prenne un certain plaisir.

— Je suis impatient de voir ça.
— Très bien, dit Jane en se grandissant, comme pour mieux le dominer. Je sais *qui* vous êtes. Et je connais vos secrets.

— Vous ne savez rien du tout !

Sullivan Bishop semblait bien plus… *imposant* que tout à l'heure, quand il l'avait coincée contre le bureau et se dressait devant elle comme un mur, menaçant de l'écraser. Une haine farouche se lisait dans ses yeux bleus.

Jane déglutit. Qu'est-ce qui lui avait pris de faire du chantage à un homme comme lui ? Le P-DG de Blackhawk Security n'était pas seulement à la tête d'une équipe d'anciens militaires ultra-entraînés ; il en était un *lui-même*. Ex-commando de marine, il était capable de tout. Et elle, pauvre inconsciente, elle venait de le menacer de révéler ce qu'il s'était toujours employé à cacher…

Lorsque à nouveau il lui tomba dessus et que, penché sur elle — si près qu'elle reçut en pleine figure une bouffée de son after-shave —, il se mit à l'invectiver, Jane sentit les petits cheveux se dresser sur sa nuque. Peut-être allait-il, comme il le lui promettait, lui faire regretter ses menaces, mais avait-elle eu le choix ? Elle ne cilla pas, bien décidée à aller jusqu'au bout, malgré tout. Car Sullivan était le meilleur et elle avait besoin de lui. D'une manière ou d'une autre.

— Je sais que Sullivan Bishop n'est pas votre vrai nom.

En le voyant bander ses muscles, elle crut qu'il allait la frapper. Elle s'efforça néanmoins de rester calme mais ne put s'empêcher de se rencogner encore un peu plus contre le bureau.

— Vos plus gros clients, notamment l'armée, mais également une partie de ceux qui sont classés top secret, aimeraient sans doute savoir pourquoi vous avez changé de nom, continua Jane.

— C'est du chantage ? rugit-il, hors de lui.

Elle vit les veines de ses bras gonfler dangereusement tandis qu'il s'appuyait de tout son poids sur le bureau et enserrait Jane plus étroitement.

— Êtes-vous certaine de vouloir vous engager dans cette voie, capitaine Reise ? Cela risque fort de mal finir.

— Je suis prête à tout pour rester en vie.

Un frisson lui remonta l'échine mais Jane n'en laissa rien paraître. Elle n'en pouvait plus : les coups de téléphone anonymes, l'impression d'être épiée en permanence, la photo d'elle en train de dormir prise avec son propre téléphone — tout cela avait assez duré. Et ce n'était pas tout. Un incident encore plus inquiétant s'était produit plusieurs semaines auparavant.

— Avez-vous déjà été traqué comme un animal, lieutenant Bishop ?

À ces mots, il se détendit et, bien que toujours captive de ses deux bras, Jane put respirer plus librement. Puis il s'écarta, la libérant enfin.

— Oui.

— Vous savez donc ce qu'on ressent quand on passe son temps à regarder par-dessus son épaule et qu'on a l'impression d'être à la merci d'un psychopathe et de ne plus pouvoir rien contrôler.

Elle avait froid, maintenant que Sullivan s'était éloigné d'elle, et ses mains s'étaient mises à trembler.

— Quand on se dit qu'on est en sursis et que d'une seconde à l'autre on risque d'être tué.

Elle vit se creuser les rides qui entouraient sa bouche aux lèvres bien dessinées. Son expression était impénétrable mais à en juger par sa posture, la colère était retombée.

— Comment vous en êtes-vous sorti ? demanda-t-elle.

Il poussa un profond soupir.

— Je suis entouré de personnes de confiance capables de me couvrir en toutes circonstances.

Elle acquiesça d'un hochement de tête. C'était ce qu'il lui fallait. La raison pour laquelle elle était venue. Sullivan avait la réputation de s'investir totalement dans ses missions de protection, alors même si elle prenait un risque en se fiant à un homme qu'elle faisait chanter, elle l'espérait à la hauteur de sa réputation.

— Moi, je n'ai que vous. Je ne peux compter sur personne d'autre. De sorte que s'il faut avoir recours au chantage pour vous obliger à m'aider, eh bien, soit !

Un silence oppressant se fit dans la pièce tandis qu'il la scrutait longuement. Jane se sentit rougir. Que voyait-il ? Une femme sans défense ? Ou la femme responsable de la mort de son frère ?

— Je vous concède vingt-quatre heures de mon temps, lâcha-t-il soudain. Puis je vous laisserai à votre petite vie morne et sans consistance. Et vous, vous disparaîtrez de la mienne à tout jamais !

Jane songea qu'il n'était pas différent des autres, que ce soit de ses pairs dans l'armée, des hommes et des femmes qu'elle poursuivait en justice pour protéger les citoyens de ce pays, ou bien encore de son chef. Sans doute n'avait-elle pas volé sa réputation de garce impitoyable. Son métier exigeait d'elle une rigueur absolue, un flegme total. Et voilà que pour la première fois, et contre toute logique, l'image qu'elle renvoyait à Sullivan Bishop la dérangeait.

Dieu sait pourtant qu'elle se fichait pas mal de ce qu'il pensait d'elle. De ce que tout le monde pensait d'elle.

Décroisant les bras et s'avançant vers lui, elle demanda :

— Vous acceptez, si je comprends bien ?

— Je n'ai pas vraiment le choix, il me semble, répliqua-t-il sèchement. Puisque vous avez recours au chantage.

Il passa derrière son bureau. Un instant fascinée par son dos puissant, dont elle voyait jouer les muscles à chaque mouvement qu'il faisait, Jane tenta de reporter son attention sur le pistolet qui se balançait dans son holster d'épaule. Comment un homme aussi dangereux pouvait-il être aussi séduisant ? songea-t-elle, incapable de détourner les yeux de sa taille déliée, de ses jambes solides, du trident tatoué sur le haut d'un de ces biceps.

— Nous prenons ma voiture, déclara-t-il d'un ton sans appel.

— Pour aller où ? s'enquit Jane.

— Chez vous. Je préviendrai mon équipe pendant le trajet.

Il prit son Glock, vérifia que le chargeur était plein et fit glisser une balle dans la culasse. Ses gestes étaient rapides et précis. Puis il leva vers elle son regard pénétrant.

— L'un de mes hommes a longtemps travaillé dans la police scientifique. Si votre harceleur est entré chez vous, mon gars trouvera ses empreintes et le tour sera joué.

Elle ne demandait qu'à le croire. Mais était-ce vraiment aussi simple que ça ?

— C'est-à-dire ? Que ferez-vous une fois que vous aurez les empreintes ?

Sullivan refit le tour de son bureau et vint se planter devant elle, lui bouchant la vue spectaculaire qu'offrait la baie vitrée sur le massif des Chugach. Tout contre elle, il la toisa du haut de son mètre quatre-vingt-dix. Mais il ne cherchait plus à l'intimider. Il gagna rapidement la porte, visiblement pressé d'en finir.

— Vous aurez alors la preuve de ce que vous affirmez et vous pourrez aller trouver la police.

— Quoi ? bredouilla-t-elle, consternée, en lui emboîtant le pas.

Posant une main sur son bras musculeux, elle le fit se retourner vers elle. Il pivota docilement sur les talons ; elle n'aurait jamais eu la force de faire bouger pareil colosse. Elle était au bout du rouleau et ne voulait pas repartir bredouille. Sa permission se terminait dans une semaine mais elle n'était pas plus avancée que trois mois auparavant : elle ne savait toujours pas *qui* la harcelait.

— Me suis-je bien fait comprendre ? dit-elle en rivant son regard dans les yeux bleu outremer de Sullivan. Si *vous* ne m'aidez pas à identifier la personne qui me pourrit la vie depuis plusieurs mois, je vais raconter au gouvernement et à vos clients tout ce que je sais sur vous. Et sur votre famille.

Il se pencha vers elle, l'obligeant presque à reculer. Son visage n'était qu'à quelques centimètres de celui de Jane.

— Pour que les choses soient parfaitement claires de mon côté aussi, sachez que je ne consentirai à vous aider que si nous suivons scrupuleusement mon plan car je n'ai pas envie de vous consacrer plus de temps que nécessaire.

Jane en resta coite. Sans attendre sa réponse, il s'avança vers la porte.

— Allons-y, dit-il.

Dans quoi s'était-elle embarquée ? songea-t-elle. Elle aurait dû se douter que Sullivan la détestait. Mais avait-elle une autre solution ? Elle le suivit jusqu'à l'ascenseur et s'engouffra dans la cabine derrière lui. Dans un silence hostile, ils descendirent au parking. Sortant le premier de l'ascenseur, il la guida à travers le parking désert jusqu'à un SUV noir.

Un frisson lui parcourut l'échine. Ce sentiment d'insécurité, cette angoisse lui étaient devenues familières, hélas. Le cœur battant, elle jeta un coup d'œil derrière elle. Il faisait sombre et à cette heure-ci, il n'y avait plus personne. Tous les salariés de l'agence étaient rentrés chez eux. Elle s'en était assurée. Il ne restait plus que Sullivan et deux ou trois gardiens de nuit. Mais *lui* aussi était là, en train de l'épier. Elle le sentait.

— Jane.

La voix grave de Sullivan agit comme un baume sur ses nerfs à vif. À tel point qu'elle finit par se demander si elle ne se faisait pas des idées. C'était impossible qu'on l'ait suivie jusqu'ici. Elle avait pris moult précautions. Elle ne se sentait pas tranquille, cependant.

— J'arrive, dit-elle en hâtant le pas.

Sullivan ouvrit la portière du côté conducteur et balaya le parking du regard tandis qu'elle prenait place sur le siège passager. Une fois dans la voiture, Jane se détendit. Personne ne l'avait suivie. Elle allait finir par devenir paranoïaque, à force.

Sullivan referma sa portière et mit le contact. Sa présence à côté d'elle acheva de la rassurer. À la sortie du parking, après avoir abaissé sa vitre et scanné sa carte magnétique, il prit vers le nord, traversant une zone d'entrepôts et de voies ferrées qu'il semblait bien connaître.

Le SUV progressait lentement dans les rues du centre-ville d'Anchorage, faisant gicler sous ses roues des gerbes de neige fondue. Bien au chaud dans l'habitacle, Jane sentait se dissiper enfin l'angoisse qui l'étreignait, comme un étau de glace, depuis plusieurs semaines. La chaleur qui irradiait de Sullivan contribuait également à ce sentiment de bien-être. Ce type était un radiateur ambulant, songea-t-elle en l'observant du coin de l'œil. Comment faisait-il pour dégager autant de chaleur alors qu'il était en jean et en T-shirt ?

— Je me doute de ce que vous avez entendu à mon propos, dit-elle en se redressant sur son siège, prise soudain d'un besoin irrépressible de se justifier auprès du P-DG de Blackhawk Security. Malgré le surnom qu'on m'a donné en Afghanistan, je ne suis pas aussi redoutable que vous le pensez. Je n'avais pas l'intention de fouiller dans votre passé, vous savez. Je voulais juste…

— Laissons cela pour l'instant, la coupa-t-il, une main sur le volant.

Il ne daigna pas lui jeter le moindre regard et n'avait visiblement pas envie de parler. Sur le pont qui franchissait la Knik Arm, en grande partie gelée, il accéléra.

— D'accord, murmura-t-elle, résignée à faire le trajet en silence. Je ne m'attendais pas à ce qu'il y ait autant de circulation.

Il neigeait un peu, mais rien de bien méchant. À Anchorage, à cette époque de l'année, les tempêtes de neige étaient chose courante. Les flocons qui tourbillonnaient gracieusement dans l'air lui rappelèrent les hivers de son enfance, à Seattle.

Un horrible crissement de pneus la tira brutalement de sa douce rêverie. Tournant la tête vers la vitre, elle fut éblouie par les phares d'un camion, qui approchait dangereusement. Par pur réflexe, elle s'éloigna de la portière. Une fraction de seconde avant que le camion percute le SUV du côté passager.

2

Le rugissement d'un moteur de camion le fit revenir à lui.

— Reise ?

Il avait mal. Au crâne. Partout. Et il voyait tout trouble. Clignant des paupières pour accommoder, il passa la main sur sa joue gauche et constata qu'il saignait. Encore à moitié sonné, il vérifia qu'il n'avait pas d'autres blessures. Bon sang, ils avaient fait un tonneau !

Complètement explosé, le pare-brise ne lui permettait pas de voir le conducteur du camion qui les avait percutés. Y avait-il des morts ? Des blessés ?

Vite, Sullivan détacha sa ceinture. Il s'affala sur le toit du SUV, parsemé d'éclats de verre qui lui entaillèrent cruellement les mains et les genoux. Réprimant un cri de douleur, il se retourna tant bien que mal vers Jane, toujours attachée sur son siège. Etait-elle consciente ? Il enjamba la console centrale.

— Capitaine Reise, vous m'entendez ?

Elle ne réagit pas. Sullivan n'arrivait pas à voir si elle était blessée. Il fallait qu'ils sortent au plus vite du véhicule accidenté.

Il commença par la détacher, en prenant soin de la tenir pour lui éviter de retomber sur le toit du SUV retourné. Elle aussi saignait car elle avait une profonde entaille à la tempe droite. Tandis que d'une main il comprimait la blessure, de l'autre il vérifia le pouls de la jeune femme, au creux de son cou gracile. Son pouls était ténu mais bien là.

Une odeur âcre de caoutchouc brûlé et de gaz d'échappement lui donna brusquement envie de tousser. Il se pencha pour regarder par la fenêtre du côté passager. La dépanneuse jaune s'apprêtait à leur foncer dessus à nouveau.

— La bonne blague !

Mû par un puissant instinct de survie, il attrapa Jane à bras-le-corps et la tira de toutes ses forces pour la faire passer avec lui par la fenêtre du côté conducteur. Ils parvinrent à s'extraire du véhicule mais, entraînés par leur élan, ils dévalèrent le talus surplombant la Knik Arm.

Etroitement enlacés, ils roulèrent dans la neige et la boue. Sullivan crut qu'ils allaient finir dans l'eau glacée de la rivière mais par chance, un arbre les arrêta dans leur course effrénée. Allongé sur la jeune femme, il l'examina à nouveau, mais la tâche était malaisée car il soufflait comme un phoque et voyait double.

Le cœur battant, il prit appui sur ses paumes pour la laisser respirer.

— Capitaine Reise, réveillez-vous. Il faut qu'on…

Sullivan leva les yeux vers le pont. Dans un fracas assourdissant, la dépanneuse venait de percuter le SUV une seconde fois. Les phares du SUV clignotèrent deux ou trois fois, juste avant qu'il dégringole à son tour dans le talus. Sullivan et Jane se trouvaient en plein dans sa trajectoire. Sans réfléchir, il agrippa Jane par le bras et la fit prestement rouler sur la droite dans la neige et les broussailles. Lancé à toute vitesse, le SUV les dépassa et plongea dans la rivière gelée, brisant les quinze centimètres de glace flottant à la surface.

Bon sang ! Il ne s'agissait pas d'un vulgaire accident de voiture. Et d'un simple cas de harcèlement. Jane avait failli être tuée. Elle n'avait donc rien inventé, en conclut Sullivan en exhalant un soupir. Son souffle forma devant sa bouche une épaisse volute.

— Allez, Jane, on ne peut pas rester ici. Il faut qu'on bouge.

Tiens ! songea-t-il, interloqué. Depuis quand l'appelait-il par son prénom ?

Un crissement de pneus se fit à nouveau entendre juste au-dessus d'eux. La dépanneuse allait repartir comme elle était venue. Ni vu ni connu.

Si seulement il avait vu le conducteur...

Comme il s'apprêtait à remonter le talus à toute vitesse pour essayer d'apercevoir la plaque d'immatriculation du véhicule, Jane remua et gémit dans ses bras. Ses lèvres s'entrouvrirent. Des lèvres roses et charnues. Puis ses paupières se soulevèrent mais son regard était perdu dans le vague. Il intercepta la main qu'elle leva vers son visage.

— Que... s'est-il passé ? Ma tête...

Elle s'efforça de le fixer.

— J'ai rêvé, ou bien vous m'avez appelée Jane et non capitaine Reise ?

Il déglutit, embarrassé.

— Vous vous êtes assommée en vous cognant contre la fenêtre quand le camion nous est rentré dedans. Vous avez dû mal entendre.

Il repoussa une mèche de cheveux pour mieux voir sa blessure. Elle ferma les yeux, détendue. Autant qu'il puisse en juger, elle n'avait rien de grave mais elle était encore sous le choc. Elle venait d'échapper à une tentative de meurtre. Rien de moins. Ils auraient pu être tués tous les deux.

Sullivan n'eut soudain plus du tout envie de confier l'affaire à la police d'Anchorage. Il se chargerait lui-même de retrouver le salopard qui les avait percutés.

— Que s'est-il passé ?

De ses yeux noisette, elle balaya la berge. Lorsqu'elle vit le SUV accidenté, elle se redressa d'un bond sur son séant.

— On a essayé de nous tuer !

Inutile de nier l'évidence. Non content de la traquer jusque chez elle, son harceleur avait en quelque sorte passé la vitesse supérieure.

— Cela m'en a tout l'air. Êtes-vous en mesure de vous lever ?

D'un hochement de tête, elle répondit par l'affirmative. Elle se mit debout mais elle dut s'agripper à lui. Au contact de sa main, il ressentit comme une brûlure sur son bras nu, exposé à un froid de plus en plus mordant.

— Il va bientôt faire nuit, remarqua-t-il en jetant un coup d'œil autour de lui.

Ils n'étaient pas très loin du centre-ville mais il ne se risquerait pas à la ramener à l'agence, où elle avait de toute évidence été suivie. Planqué à proximité de Blackhawk Security, son harceleur les avait probablement épiés avant de les prendre en chasse. Qui qu'il soit, ce salaud semblait déterminé à la tuer, quitte à faire des victimes collatérales. Sullivan ne pouvait donc pas non plus la ramener chez elle.

— Il faut qu'on s'en aille, déclara-t-il.

— Pour aller où ?

Elle claquait des dents. Les bras croisés sur la poitrine, elle jeta un regard désolé au SUV à moitié englouti.

— J'ai pourtant fait attention en allant à l'agence. Je ne comprends pas...

Levant les yeux vers lui, elle ajouta d'un ton paniqué :

— Il veut me tuer.

Touché par son désarroi, Sullivan la prit spontanément dans ses bras. Elle faisait une tête de moins que lui, mais cette différence de taille ne l'empêcha pas de se blottir contre lui. Bien au contraire. Ce constat déplut à Sullivan qui ne pouvait faire abstraction du fait que cette femme qu'il tentait de réconforter avait détruit sa famille. Et qu'elle le faisait chanter pour l'obliger à la protéger.

Force lui était d'admettre que bien que vulnérable et terrorisée Jane ne manquait pas d'aplomb. N'empêche que même si son métier de procureur général dans l'armée ne devait pas lui valoir que des amis, elle ne méritait pas d'être traquée comme du gibier.

Elle tremblait comme une feuille — à cause du choc, probablement. Elle sentait bon et après avoir inhalé malgré lui l'odeur infecte du caoutchouc brûlé et des gaz d'échappement, il ne put s'empêcher de respirer son parfum délicat. Mais conscient de devoir bouger, il finit par la lâcher.

— Nous le retrouverons, Jane. Je vous le promets.

Peu pressée de s'écarter de lui, elle posa les deux mains à plat sur son torse et leva vers lui ses grands yeux noisette.

— Merci.

Il bouillait intérieurement d'avoir cédé à son chantage. Et ce n'était pas parce qu'elle venait d'échapper de justesse à la mort qu'il allait oublier que c'était à cause d'elle que son frère s'était suicidé. Jamais il ne le lui pardonnerait.

— De m'avoir extraite du SUV, s'empressa-t-elle de préciser.

Elle avait une estafilade, quelques égratignures, des traînées de sang séché et une ecchymose sur le visage. Une mèche de cheveux barrait sa joue mais il s'abstint de la lui remettre en place.

— Vous auriez pu m'abandonner à mon sort pour échapper au chantage que je vous fais. Je vous sais gré de m'avoir sauvé la vie.

Il demeura impassible. D'un simple coup de fil, Jane Reise pouvait lui faire perdre son agence et tout ce qu'elle représentait pour lui. Cette menace, il allait devoir la garder bien présente dans son esprit.

— Oui, mais bon, le psychopathe qui veut votre peau a essayé de me tuer, moi aussi, et vous seule pouvez me conduire jusqu'à lui.

Sullivan s'écarta ostensiblement de la jeune femme. C'était une dure à cuire et elle venait encore de le montrer. N'empêche qu'il dut serrer les poings pour s'empêcher de la réconforter car il la sentait malgré tout pas mal ébranlée. Après ce qu'elle avait fait à son frère, et le chantage qu'elle lui faisait à lui, Jane ne méritait cependant aucune compassion de sa part. Il saurait résister.

— Je comprends, dit-elle d'une petite voix, comme si elle avait la gorge trop serrée pour parler.

Enfonçant les mains dans les poches de sa veste, elle jeta un coup d'œil autour d'elle.

— Pas la peine d'appeler une remorqueuse ; votre SUV est irrécupérable.

Un craquement sinistre vint ponctuer ces paroles ; le SUV continuait de s'enfoncer dans la rivière. Dans moins de cinq minutes, il aurait disparu au fond du golfe d'Alaska. Pataugeant dans vingt centimètres de neige gadoueuse, Sullivan rejoignit le véhicule, Jane sur ses talons. Il souleva le hayon, écarta le double-fonds et fourragea dans le coffre.

— Nous allons devoir marcher. Prenez ça, dit-il en jetant à Jane le plus léger des deux sacs marin qu'il venait d'extraire du coffre, in extremis.

Il prit la grosse veste de treillis et l'autre sac. Comme n'importe quel ancien commando, et n'importe qui habitant en Alaska, il ne partait jamais sans un équipement de survie complet.

Elle ouvrit la fermeture à glissière du sac.

— Waouh ! De la nourriture et des armes. Vous me plaisez décidément beaucoup, lieutenant Bishop.

Elle plaisantait, bien sûr. N'empêche que le compliment le laissa quelques secondes pantois.

— Attendez de voir ce qu'il y a dans le mien, répliqua-t-il. Pour ne rien vous cacher, nous avons de quoi tenir au moins trois jours.

Il ne prit pas la peine de refermer le hayon. Des automobilistes passant dans le coin allaient sans doute prévenir la police. Quoi qu'il en soit, il valait mieux que Jane et lui ne s'attardent pas davantage sur les lieux, au cas où il prendrait à l'idée du cinglé qui les avait percutés de revenir s'assurer qu'ils étaient bien morts.

— Nous allons prendre la direction nord-est, dit-il en pointant du doigt la forêt. Il va falloir marcher cinq petits kilomètres. Vous êtes prête ?

— Où allons-nous ?

Elle rabattit sur sa tête la capuche de sa parka. Sage précaution. En Alaska, mieux valait bien se couvrir quand on était dehors. Avec le froid et la neige, le risque d'hypothermie était bien réel.

Sullivan enfila sa grosse veste de treillis qu'il ferma soigneusement. Puis à son tour, il s'encapuchonna car le vent était glacial.

— Là où personne ne viendra nous chercher, répondit-il.

Sullivan l'avait appelée Jane, tout à l'heure. Et non capitaine Reise. Bien que complètement groggy, elle l'avait entendu distinctement l'appeler par son prénom. Au son de sa belle voix grave, elle était brusquement revenue à elle. Pourquoi s'était-il soucié d'elle ? Alors qu'il ne lui devait rien. Et qu'elle le faisait chanter !

Il ouvrait le chemin, élaguant avec l'un des couteaux de son attirail les branches qui leur barraient le passage. Le faisceau de sa lampe torche sculptait d'ombres les traits de son visage. Jane avait les pieds mouillés et son pantalon était trempé. Depuis combien de temps crapahutaient-ils ainsi ? À vue de nez, au moins deux heures. Cinq kilomètres, ce n'était pas le bout du monde, mais dans la neige et avec le froid qu'il faisait, elle n'en pouvait plus. Sans compter qu'il faisait nuit noire, à présent, et que cela compliquait encore leur progression. Elle ne sentait plus ses orteils et ses doigts ne valaient guère mieux. Mais elle ne se plaignait pas, portée par l'espoir d'arriver sous peu à destination. Ils ne devaient plus être très loin, se répétait-elle comme un mantra, tous les vingt ou trente pas. Comme un automate, elle continuait d'avancer malgré la fatigue, ses pieds gelés et ses vêtements mouillés. Plus vite ils seraient à l'abri, mieux cela vaudrait.

— Je parie que vous n'aviez encore jamais été amené à crapahuter avec un client dans ces contrées hostiles pour échapper à un psychopathe ? dit-elle, histoire de ne plus penser à ses doigts de pied gelés.

— Pari gagné !

Puissant et chaleureux, le rire de gorge de Sullivan l'ébranla jusqu'à la moelle. D'un geste ample, il écarta une énorme branche qui se dressait devant elle.

— Je réserve généralement ce genre d'escapade aux gens que je suis censé traquer.

— Êtes-vous en train de me dire que votre boulot consiste à tuer des gens ?

À peine l'avait-elle posée qu'elle regrettait sa question stupide. Elle tenta tant bien que mal de se rattraper.

— Au moment du procès, j'ai eu connaissance de vos états de service dans l'armée. Je sais que vous êtes un ex-commando de marine. Un des meilleurs. Vous pouvez donc jouer franc-jeu avec moi.

— Un commando reste un commando, quoi qu'il arrive. On a ça dans le sang. Cela fait partie de notre vie. C'est ce qui nous définit.

Il y avait du défi dans sa voix et dans ses yeux bleus rivés sur elle. Sans crier gare, il agrippa Jane par le bras et la plaqua contre lui. Sullivan Bishop était incontestablement un homme dangereux. Un ennemi redoutable. Elle savait à qui elle avait affaire lorsqu'elle l'avait menacé de révéler ses secrets au grand jour s'il refusait de l'aider. Mais à cet instant précis, son instinct lui soufflait qu'elle ne risquait strictement rien. Il ne lui ferait aucun mal, elle le sentait.

— Compte tenu de votre métier, continua-t-il, vous devez savoir, mieux que personne, que pour combattre les méchants, il faut les affronter sur leur propre terrain. Celui de la violence.

Jane prit une grande inspiration. Puis une deuxième. Elle manquait cruellement d'air. Levant les yeux vers lui, elle remarqua la balafre toute fraîche qui lui barrait la joue. S'il se donnait tout ce mal pour la protéger, c'était parce qu'il espérait qu'elle le conduirait jusqu'à l'homme qui avait tenté de les tuer. Rien de plus. Il ne s'en était pas caché. Alors pourquoi se mettait-elle dans des états pareils dès qu'il s'approchait tout près d'elle ?

— Et c'est toujours le cas ? demanda-t-elle.
— Que voulez-vous dire ?

Ses traits virils s'étaient figés et ses yeux étrécis.

— Vous traquez toujours des gens ?

Un silence se fit. Éloquent. Jane sentit son cœur se serrer. Sullivan était un tueur. Prisonnière de son regard céruléen, si tourmenté et pourtant incroyablement magnétique, elle aurait aimé l'oublier. Malgré la neige qui dégringolait des branches au-dessus d'eux, et le froid de plus en plus mordant, il ne semblait pas disposé à la lâcher.

— Dans le cas contraire, vous seriez-vous adressée à moi ? répliqua-t-il d'un ton sec avant de s'écarter enfin d'elle et de lui tourner le dos pour se remettre en route.

— Je vous ai demandé de retrouver l'homme qui me

harcèle, pas de le tuer. Dans mon esprit, il s'agissait de le livrer à la police.

Pourquoi avait-elle l'impression de sentir encore ses doigts brûlants sur son bras ? Comme s'ils avaient laissé leur empreinte dans sa chair ? Elle n'avait aucune raison de s'enflammer de la sorte. Surtout avec ce froid de canard. Tout en s'efforçant de marcher dans ses pas, de garder la cadence, elle l'observait furtivement, admirant la musculature de son dos, qu'elle voyait jouer sous le treillis à chaque pas, et sa belle assurance, comme s'il n'avait rien à craindre de personne.

— Je suis désolée. Je ne voulais pas...

Elle ne voulait pas quoi, au juste ? S'immiscer dans sa vie ? Mettre en cause la légitimité de ses missions spéciales à l'étranger et sur le territoire américain ?

Il continuait d'avancer en défrichant consciencieusement le chemin. Au bout d'un moment, il finit tout de même par s'arrêter. Lorsqu'il se retourna, elle le vit vaciller sur ses jambes. Elle n'était visiblement pas la seule à être fatiguée.

— Aucune importance, assura-t-il en la dévisageant.
— Je trouve admirable ce que vous avez fait pour ce pays, bredouilla-t-elle. Et ce que vous faites encore aujourd'hui. Je suis sûre que tout le monde, ici, vous est très reconnaissant.

Au bord de l'asphyxie, elle aspira un grand bol d'air frais. En dépit de la température glaciale, elle avait l'impression d'avoir le visage en feu quand il la regardait comme ça. Comme si elle était une menace. Ne sachant plus où se mettre, elle enjamba un tas de branches cassées et faillit perdre l'équilibre. Bizarrement, ce faux pas eut pour effet de dissiper entre eux tout malentendu et de les rapprocher. Ils devaient se serrer les coudes dans l'adversité. Exit le chantage ! Exit le cinglé qui avait essayé de les écraser avec sa dépanneuse ! Il n'y avait même plus de spécialiste de la sécurité et de cliente apeurée. Ils étaient juste deux personnes s'efforçant de survivre dans cet environnement hostile. Ensemble.

— Il n'y a aucune raison pour que vous fassiez tout le boulot, déclara-t-elle. Je peux défricher, moi aussi.

— Si le cœur vous en dit…

Il semblait avoir du mal à articuler. À reprendre son souffle, même. Tout commando qu'il était, il devait souffrir du froid, lui aussi.

— Ça va ? demanda-t-elle, brusquement inquiète car son instinct lui soufflait que quelque chose ne tournait pas rond. Hé ! Sullivan ?

Sur les cinq kilomètres annoncés, ils en avaient parcouru au moins quatre et Jane en avait plein les pattes. Elle s'empressa cependant de le rejoindre.

Elle n'était plus qu'à quelques pas de lui lorsqu'elle le vit s'écrouler.

— Sullivan ! s'écria-t-elle, affolée, en lâchant son sac pour courir jusqu'à lui.

Ses pieds étaient comme deux blocs de glace mais mue par une volonté inflexible, elle parvint à combler en un temps record la distance qui la séparait de son guide. Accroupie à côté de lui, elle prit son pouls et constata avec effroi qu'il était extrêmement faible.

— Oh ! non, pas ça ! Allez, mon vieux, réveillez-vous !

Approchant son oreille de sa bouche, elle s'assura qu'il respirait encore.

— Au secours ! cria-t-elle à tout hasard car il était très peu probable qu'en pleine forêt quelqu'un l'entende.

Sullivan Bishop était un ex-commando, que diable ! Il ne pouvait pas lui faire un coup pareil. Pas lui. Mieux que personne, il était armé pour affronter des situations extrêmes. Elle sentit son propre cœur partir en vrille. Il fallait faire quelque chose. Vite, elle ouvrit le sac qui avait chu à côté de lui et se mit à fouiller dedans frénétiquement. De la nourriture, des armes. Pourvu que...

— Bingo !

Victorieuse, elle en extirpa une trousse de secours. À cause de ses doigts gourds, elle batailla pour ouvrir la pochette contenant la couverture de survie, qu'elle s'empressa d'étaler sur Sullivan. Les chaufferettes pour les mains et les pieds lui donnèrent moins de fil à retordre mais tout cela ne suffirait pas, hélas, à le ranimer. Elle le scruta. Il avait les paupières closes et ses lèvres d'ordinaire si sensuelles étaient blêmes et tendues comme un élastique. Il fallait de toute urgence faire remonter sa température corporelle.

— Je vous interdis de mourir, vous m'entendez ? Sans vous, je n'ai aucune chance de m'en sortir. Alors vous allez réagir au son de ma voix et revenir à vous. Parce que franchement j'aimerais mieux ne pas avoir à vous porter.

Levant les yeux, Jane scruta les alentours. Droit devant eux, il y avait un semblant de clairière. Et de l'autre côté, cachée dans les arbres, elle apercevait une espèce de chalet. La planque de Sullivan ! Du moins l'espérait-elle. Au pire, ils trouveraient là un toit pour se mettre à l'abri pendant que les propriétaires appelleraient les secours.

— Il va falloir que je vous traîne jusque là-bas, si je comprends bien ?

Sans attendre sa réponse, elle l'agrippa tant bien que mal par son treillis et le traîna dans la neige en direction de la clairière. Au bout d'une centaine de mètres, elle le lâcha, épuisée, et fit une pause pour reprendre son souffle. Les entraînements imposés par l'armée ne l'avaient manifestement pas préparée à ça. Cela étant, il fallait reconnaître que le P-DG de Blackhawk Security n'était pas un poids plume.

— Allez, Sullivan. Faites un petit effort, quoi !

Résignée à le traîner jusqu'au bout, elle se remit en route, tout entière concentrée sur son objectif, avançant ou plutôt reculant, pas à pas. Enfin, alors qu'elle n'y croyait plus, ses talons heurtèrent la contremarche du seuil du chalet. Elle essaya d'ouvrir la porte. Fermée à clé. Elle tambourina des deux poings contre le battant, à l'affût d'un bruit de pas, d'une voix, mais il n'y avait personne, apparemment. Elle partit alors en quête d'une pierre, ou de quelque chose qui lui permît d'entrer. En furetant dans les fourrés, elle fit une étrange découverte : une clé accrochée à une branche d'arbre. À son grand soulagement, cette clé se révéla être celle du chalet.

Il régnait à l'intérieur une température agréable qui lui valut presque instantanément des fourmis dans les doigts. Mais elle n'avait pas le temps de se réchauffer. Elle courut chercher Sullivan, qu'elle attrapa sous les bras et, dans un dernier effort, traîna à l'intérieur. Il fallait à présent qu'elle fasse du feu.

— On y est presque. Tenez bon !

Se débarrassant de sa parka, elle fonça vers la cheminée et entreprit de faire une flambée. Par chance, le bois était sec. Le feu partit du premier coup. Il n'était pas très vaillant mais suffisant dans un premier temps. Elle devait à présent déshabiller Sullivan. Avec ses vêtements mouillés, jamais il n'arriverait à se réchauffer. Idem pour elle. Forte de cette pensée, Jane commença par se dévêtir en gardant un œil sur Sullivan, qui semblait détendu. Puis ce fut son tour à lui.

— Désolé, mon vieux. Vous allez me détester encore plus quand vous allez revenir à vous, mais tant pis.

En un tournemain, il se retrouva nu comme un ver.

— C'est le seul moyen de vous sauver la vie.

3

Il souffrait comme un damné.

La chaleur qui se répandait dans ses avant-bras, son cou et son visage, déclenchait en lui de vives douleurs. Il y avait bien longtemps qu'il n'avait pas vécu un tel enfer. Il avait quitté la marine depuis plus d'un an mais il continuait de s'entraîner comme s'il y était encore. Il devait pouvoir faire face, quelle que soit la mission qui lui était confiée. Même si elle impliquait qu'il souffre des premiers stades de l'hypothermie. Bon sang ! il aurait dû se montrer plus avisé. En grommelant, il ouvrit un œil. Un feu crépitait dans la cheminée juste devant lui.

Il savait où il était ; c'était déjà ça. Le chalet était plutôt spartiate en termes de confort : on y trouvait un lit, un cabinet de toilette, un petit séjour et une kitchenette. Il venait s'y ressourcer quand il avait besoin de solitude, quand il ne supportait plus les gens, ou la ville, ou les deux. Ici, il n'avait pas de voisins, et personne d'autre que lui ne connaissait cet endroit, qu'il avait fait enregistrer sous le nom de jeune fille de sa mère, on ne risquait pas de lui tomber dessus à l'improviste. C'était la planque idéale. Dans ce chalet, perdu au milieu de nulle part, Jane et lui seraient en sécurité. Mais comment diable était-il arrivé là ?

Il leva la tête et se rendit compte qu'il n'était pas seul sous la couverture.

Étendue à côté de lui, dans une débauche de peau chaude et douce, Jane dormait à poings fermés, la tête blottie contre son bras droit. Il n'en croyait pas ses yeux. Il dut lui caresser l'épaule pour s'assurer qu'il ne rêvait pas. Elle était bien là, en chair et en os. Mais la raison de sa présence à ses côtés, dans son antre secret, lui demeurait obscure. À moins que… Une clarté se fit dans son esprit embrumé et il se rappela l'air paniqué de la jeune femme juste avant qu'il s'évanouisse. Mais comment avait-elle fait pour le traîner jusqu'ici ?

Il allait devoir attendre qu'elle se réveille pour l'interroger sur cet exploit. À en juger par le clair de lune qui entrait à flots par l'unique fenêtre, il n'avait pas dû rester inconscient plus d'une heure ou deux. Il s'en voulait de s'être laissé avoir par le froid, comme un bleu. Mais sans ce malaise stupide, Jane ne serait pas blottie contre lui, irradiant vers lui sa chaleur corporelle et les grisants effluves de vanille de son parfum. Sullivan respira profondément pour s'en repaître et les garder en lui le plus longtemps possible. Son rythme cardiaque ralentit et une délicieuse langueur s'empara de lui. Il ferma les paupières, prêt à enfouir son visage dans la chevelure de Jane pour s'accorder une nouvelle bouffée.

Non, pas question. Ce n'était ni le moment ni la bonne personne pour ce genre de fariboles.

Il se décolla du dos de Jane qui, si elle se réveillait maintenant, ne pourrait ignorer l'émoi qu'elle suscitait en lui. S'il parvenait à garder plus ou moins la tête froide, son corps, en revanche, était nettement moins docile et réagissait de manière incontrôlable au contact de Jane, couchée nue contre lui. Balayant la pièce du regard, il repéra ses vêtements étendus sur un fil près de la cheminée. Il s'était sorti de situations très délicates lorsqu'il était dans la marine. Il allait bien trouver un moyen de se lever sans réveiller la jeune femme.

Tout doucement, il se redressa à demi et dégagea son bras droit. Jane émit un petit gémissement sourd incroyablement sexy. Il se figea, submergé par une émotion primitive qui le prit de court. Il venait d'échapper deux fois à la mort en l'espace de quelques heures, mais son seul désir, en cet instant, était de l'entendre à nouveau gémir.

Elle se blottit contre lui, passant une jambe par-dessus les siennes, comme si elle avait senti qu'il était sur le point de se lever. En soupirant, il se rallongea contre elle.

— Vous êtes réveillée, j'ai l'impression ?

Elle se retourna et lui décocha un sourire à faire se damner tous les saints du paradis. Troublé par son regard de braise, il sentit sa gorge se serrer et un frisson lui parcourir l'échine. À ses pupilles dilatées, à l'éclat de ses yeux, il était prêt à jurer qu'elle le désirait. À moins que l'hypothermie ne lui ait gravement brouillé le jugement.

— J'avais hâte de voir votre réaction quand vous découvririez à votre réveil qu'une femme nue était allongée à côté de vous sous la couverture.

— J'espère ne pas vous avoir déçue.

Dans l'état où il se trouvait, Sullivan s'étonnait lui-même de pouvoir parler normalement, d'une voix aussi calme et posée. Gêné par sa nudité et par son érection intempestive, il s'écarta un peu de Jane.

— Absolument pas. Et en guise de bonus, j'ai pu vous voir nu.

Son sourire malicieux faillit lui faire perdre le peu de contrôle qu'il lui restait. Pas gênée, Jane prit appui sur son torse pour s'asseoir sur son séant. Puis elle se mit debout en emportant la couverture avec elle. Saisi par le froid ambiant, il frissonna.

— Mais n'allez surtout pas vous faire des idées, hein ? Cela n'avait rien de sexuel. Il s'agissait juste de vous éviter de mourir d'hypothermie.

À chaque pas qu'elle faisait, ses longues jambes fuselées apparaissaient entre les plis de la couverture drapée autour d'elle. Le feu qui flambait dans la cheminée rendait encore plus étincelant le vernis rouge sur les ongles de ses orteils.

Cette femme qui avait poussé son frère au suicide, l'année dernière, il l'aurait plutôt vue avec du vernis noir, assorti à la couleur de son âme.

Cela étant, Jane ne venait-elle pas de lui sauver la vie ? Même si dans les faits elle se servait de lui pour retrouver son harceleur, il lui devait une fière chandelle. Réputée être sans pitié avec les accusés dans sa croisade en faveur de la justice, la Terreur des tribunaux militaires remontait un peu dans son estime, malgré tout.

La juger lui était d'autant plus difficile qu'il y avait des tas de choses qu'il ignorait d'elle. Ce qui était sûr, en tout cas, c'était que sans Jane il serait mort de froid en pleine forêt. Aussi préférait-il voir en elle une femme en danger, une femme qui se trouvait à la merci d'un psychopathe, plutôt qu'une garce susceptible de lui jouer un mauvais tour au moment où il s'y attendrait le moins.

Elle lui sourit par-dessus son épaule en décrochant les vêtements qu'elle avait mis à sécher.

Tirant pudiquement un oreiller sur son bas-ventre, Sullivan se racla la gorge.

— Merci de m'avoir sauvé la vie, dans la forêt. Vous avez dû en baver des ronds de chapeau pour me traîner jusqu'ici.

— Eh bien, comme ça, nous sommes quittes ! déclara-t-elle avant de filer vers le cabinet de toilette dont elle referma soigneusement la porte derrière elle.

Le cliquetis du loquet qu'elle venait de tirer acheva de le convaincre qu'elle n'avait pas l'intention de partager avec lui la moindre once d'intimité.

Il ne se passerait rien entre eux. Ni maintenant ni jamais. Jane avait beau lui avoir sauvé la vie, elle restait cette femme impitoyable qu'elle avait toujours été, cette magistrate sans cœur qui avait fait condamner son frère. C'était à cause d'elle que son frère s'était donné la mort, et ça, jamais il ne le lui pardonnerait. Sans compter que Jane était une cliente et que les agents de Blackhawk Security n'étaient pas censés nouer des relations intimes avec leurs clients. Et cela valait aussi pour le P-DG.

Ce qui lui fit penser qu'il n'avait pas encore parlé à son équipe de cette nouvelle affaire. Parce que, chantage ou pas, il allait retrouver le salaud qui terrorisait Jane et qui avait détruit son SUV.

Fort de cette résolution, il se leva et s'habilla en vitesse. Il sut gré à Jane d'avoir fait sécher ses vêtements au coin du feu car ils étaient tout chauds. Comment avait-il pu se laisser surprendre par l'hypothermie ? Cette question l'obsédait. Il n'ignorait pourtant pas que pour s'en protéger il était indispensable de rester au sec et au chaud. D'habitude, il veillait à ne pas marcher trop vite pour éviter de transpirer. Comment avait-il pu oublier des principes aussi élémentaires ? Où avait-il la tête ?

Le cliquetis du loquet de la porte du cabinet de toilette le tira de ses réflexions. Levant les yeux, il vit Jane reparaître. Et comprit, non sans un certain soulagement, ce qu'il s'était passé tout à l'heure, dans la forêt. Après avoir échappé de justesse à la dépanneuse qui avait tenté de les écraser, il avait eu à cœur de mettre Jane à l'abri le plus vite possible. Grosse erreur de sa part. Jane avait plus de ressource que ne le laissait penser sa frêle silhouette. Elle était parfaitement capable de prendre soin d'elle — en lui sauvant la vie par-dessus le marché ! Mis à part quelques bobos sans gravité, elle était fraîche comme une rose.

— C'est sympa, ici, dit-elle, toute guillerette. Mais au niveau sécurité, ça laisse un peu à désirer. La clé accrochée à une branche ? Franchement, pour un spécialiste de la sécurité, vous ne vous êtes pas beaucoup foulé.

— Pourquoi se compliquer la vie quand on peut faire simple ? Un cambrioleur va perdre du temps à chercher une alarme ou un autre dispositif de sécurité, et avec un peu de chance, il va peut-être même finir par renoncer à entrer, faute de les avoir trouvés.

Jane accueillit ces explications avec un nouveau sourire dévastateur auquel il ne put s'empêcher de répondre. Sans la quitter des yeux, il fit sauter dans sa main un téléphone jetable qu'il venait d'extirper d'un des tiroirs du bureau. L'esprit bien plus clair, à présent, il essayait de comprendre l'enchaînement des événements depuis qu'elle avait fait irruption dans les locaux de Blackhawk Security, en début de soirée. Pourquoi lui ? ne cessait-il de se demander. Pourquoi maintenant ?

— Que faites-vous ici, Jane ?

Elle pouffa.

— Eh bien, je pouvais difficilement vous abandonner ici, tout seul, après…

— OK, mais il ne s'agit pas de ça, l'interrompit-il en s'avançant vers elle. Ce que je veux savoir, c'est pourquoi vous êtes venue me trouver, *moi*. Vous auriez pu vous adresser à quelqu'un d'autre. À Anchorage, ce ne sont pas les gardes du corps et les détectives privés qui manquent. En y mettant le prix, vous auriez pu vous offrir les services de n'importe lequel d'entre eux.

Il s'immobilisa à moins de trente centimètres de Jane qu'il fixait toujours, à l'affût d'une hésitation, d'une défaillance dans ses yeux noisette.

— Alors pourquoi moi plutôt qu'un autre ?

— C'est pourtant évident, non ?

Elle voulut reculer mais elle heurta le mur jouxtant la porte d'entrée.

— Je détenais des informations compromettantes sur vous et votre famille, et je savais que je pourrais m'en servir pour vous obliger à m'aider. Dans l'affaire, cela me faisait économiser une grosse somme d'argent.

Sullivan sentit une bouffée de chaleur lui monter au visage. Jane croisa tranquillement les bras sur sa poitrine mais son pouls, à la base du cou, battait fort et par à-coups. Elle lui racontait des bobards. Et, en y repensant, il se rendit compte qu'elle n'avait joué la carte du chantage qu'après qu'il eut refusé, par deux fois, d'accéder à sa demande.

— Vous mentez.

Elle blêmit, ce qui, d'après les constatations qu'il avait faites dans son bureau, était chez elle très révélateur. Puis elle jeta autour d'elle des regards de biche aux abois cernée par la meute. Etait-ce de la nervosité ? De la gêne ? Difficile à dire car en un clin d'œil son expression redevint indéchiffrable.

— Qu'attendez-vous de moi ? insista-t-il, bien décidé à ne pas la laisser se cacher une fois de plus derrière ce masque dur.

— Après ce qu'il s'est passé sur la route, je vous dois la vérité, admit-elle sans détour. Aussi idiot que cela puisse paraître, je n'avais personne d'autre à qui faire confiance.

Elle passa la langue sur sa lèvre inférieure mais Sullivan s'efforça de ne pas s'en émouvoir car tout ce qu'il voulait présentement, c'était des réponses à ses questions. Il avait risqué sa vie pour elle — pas moins de deux fois — aussi estimait-il qu'il était en droit de savoir pourquoi elle l'avait mis dans ce pétrin.

— Si je me suis adressée à vous, continua-t-elle en penchant légèrement la tête sur le côté, c'est parce que j'ai vu comment vous vous comportiez avec Marrok pendant le procès. Vous sembliez si protecteur, si attentionné. Alors hier, quand j'ai découvert que j'avais été prise en photo pendant mon sommeil avec mon propre téléphone, j'ai pensé que c'était exactement ce dont j'avais besoin en ce moment.

Plantant son regard dans le sien, elle exhala un profond soupir et déclara :

— J'ai pensé que j'avais besoin de *vous*.

— Il faut que je mette mon équipe au courant.

Sa belle voix grave la troublait jusqu'au tréfonds mais Sullivan se détourna pour passer son coup de téléphone. Sans même lui faire l'aumône d'un regard.

Les nerfs à vif, elle l'observa du coin de l'œil, remarquant son air fatigué tandis qu'il parlait au téléphone, s'exprimant à voix basse et répondant par monosyllabes. À l'armée, elle savait ce que c'était. Il y avait toujours un risque que quelqu'un les espionne. Il fallait constamment se méfier des mouchards, des micros paraboliques. Et comme ils n'avaient pas la moindre idée de qui pouvait lui en vouloir, des mobiles de cette personne, et des moyens logistiques dont elle disposait, Sullivan et elle préféraient prendre un maximum de précautions.

Jane entra dans la kitchenette. Elle avait l'estomac dans les talons et ne se souvenait même pas à quand remontait son dernier repas. Son ventre gargouilla. Lorsque Sullivan, à qui rien n'échappait, se tourna vers elle, alerté par ce bruit incongru, elle aurait voulu disparaître dans un trou de souris. En quête de quelque chose à se mettre sous la dent, elle ouvrit les placards mais ceux-ci étaient désespérément vides. Il ne devait pas venir souvent, songea-t-elle en passant machinalement le doigt sur le dessus du comptoir en granite, couvert de poussière.

— Vincent, mon enquêteur judiciaire, va aller chez vous, l'informa Sullivan, en reposant son téléphone. Je lui ai recommandé de ne pas y aller seul, au cas où votre psychopathe se risquerait à nouveau sur les lieux. S'il trouve quelque chose, il me rappellera, mais ça peut être dans une heure comme ça peut être demain. Tout dépend de ce qu'il va découvrir.

— D'accord. On fait quoi, en attendant ?

N'ayant que peu dormi, ou pas dormi du tout dans le cas de Sullivan, ils étaient l'un et l'autre épuisés, mais Jane ne se voyait pas rester sans rien faire alors que l'homme qui avait tenté de les tuer était dans la nature, sans doute prêt à recommencer à la première occasion. Il y avait sûrement quelque chose dans ses dossiers, dans ce qu'elle avait fait pour l'armée, qui pouvait les mettre sur la voie et leur permettre de le démasquer.

— Nous allons nous pencher sérieusement sur les affaires que vous avez traitées récemment, répondit Sullivan en se glissant sur le tabouret de bar, de l'autre côté du comptoir, qui s'élevait entre eux comme une barrière.

Sage précaution, songea Jane, échaudée par les moments pour le moins embarrassants qu'ils avaient passés sous la couverture, devant la cheminée. Collé à elle, Sullivan avait vite recouvré ses esprits et sa vitalité, à en juger par la manière dont son corps avait réagi à cette promiscuité forcée. Mais ce que Jane avait trouvé encore plus troublant, c'était la manière dont pour se convaincre de sa présence il lui avait effleuré l'épaule, du bout des doigts. Cette caresse l'avait mise dans tous ses états. Ce qui n'était pas très étonnant, dans la mesure où sa vie sentimentale était depuis longtemps au point mort. Aurait-elle pu prendre pour du désir ce qui n'était en réalité qu'un simple besoin de contact humain ? Non, impossible. Il y avait des lustres qu'elle n'avait pas ressenti cette merveilleuse vague de chaleur au creux de son ventre. Le seul fait d'y repenser lui donnait envie de combler la distance qui les séparait pour éprouver à nouveau, même de manière très fugitive, cette sensation grisante.

Sauf que Sullivan, lui, ne ressentait rien pour elle. Son érection n'était en aucune façon une manifestation de désir. Il aurait réagi de la même façon avec n'importe quelle autre femme allongée nue contre lui. Jane savait que quoi qu'ils partagent — et que même s'ils finissaient par bien s'entendre —, Sullivan ne cesserait jamais de lui reprocher la mort de son frère. C'était ainsi et elle n'y pouvait rien.

— J'ai demandé à un autre de mes hommes de passer prendre les dossiers chez vous et de nous les apporter, dit-il.

Jane sentit son cœur se gonfler de reconnaissance. Il pouvait arriver à Sullivan de se montrer imprévoyant, en dépit de sa formation de commando, mais sur une enquête, il ne laissait jamais passer le moindre indice, d'après ce qu'elle avait lu à son sujet.

— Vous avez bien fait. Je les ai déjà étudiés mais si quelque chose m'a échappé, vous le verrez peut-être tout de suite.

L'estomac de Jane gargouilla à nouveau.

— Il faut que vous mangiez un bout et que vous vous reposiez un peu avant l'arrivée d'Elliot avec les dossiers, déclara Sullivan en se levant.

Elle eut l'impression que sa haute stature et sa large carrure transfiguraient l'espace. La cheminée, avec son feu de bois flambant et crépitant à l'intérieur, disparut brusquement de son champ de vision. Elle ne voyait plus que des pectoraux et des biceps. Sa bouche devint anormalement sèche.

— Je ne viens pas très souvent, malheureusement, continua-t-il. Alors en dehors de quelques rations de survie traînant dans le fond des placards, je crains que nous ne trouvions pas grand-chose à nous mettre sous la dent. Mais dans nos sacs, il y a de quoi tenir au moins trois jours. Où les avez-vous fourrés, au fait ? Je vais nous préparer quelque chose en deux temps trois mouvements, vous allez voir.

Jane, qui se réjouissait déjà de passer à table, s'assombrit.

— Zut ! s'exclama-t-elle en se donnant une tape sur le front. Je les ai laissés dehors. Je vous ai traîné jusqu'ici et après, ils me sont complètement sortis de l'esprit.

— Ce n'est pas grave, assura-t-il en s'avançant vers elle.

Beaucoup plus grand qu'elle, il dut se pencher pour la regarder droit dans les yeux. Il la prit aux épaules. Bien que troublée jusqu'au vertige, Jane ne bougea pas.

— Vous avez paré au plus urgent, continua-t-il. Vous m'avez sauvé la vie. Les sacs, je m'en charge. Ils ne sont pas très loin, je suppose ?

Il fallut plusieurs secondes à Jane, qui retenait son souffle, pour recouvrer ses esprits et répondre.

— Non, je les ai laissés à la lisière de la forêt. Il n'a pas neigé assez pour recouvrir mes traces de pas. Si vous les suivez, vous devriez tomber dessus.

— D'accord. À mon retour, nous appellerons la police d'Anchorage pour qu'elle transmette à toutes les patrouilles le signalement de la dépanneuse qui nous est rentrée dedans.

Il la lâcha enfin et se dirigea vers les affaires qu'elle avait mises à sécher au coin du feu. Lorsqu'elle le vit enfiler son holster d'épaule sous son treillis, Jane frissonna. Puis il glissa une main sous le plateau du bureau, derrière le support de clavier, et en extirpa un Glock. Il libéra le barillet pour vérifier la chambre. Avec des gestes rapides et précis, comme s'il avait fait ça toute sa vie, ce qui n'était pas loin d'être le cas, il rechargea le pistolet.

— J'en ai pour cinq minutes, dit-il en s'assurant que sa lampe torche fonctionnait. Si jamais je ne reviens pas, prenez le téléphone jetable et utilisez la fonction de rappel du dernier numéro. Vous tomberez directement sur Elliot. Il ne doit plus être très loin. Il foncera à la rescousse, en cas de besoin.

Jane acquiesça d'un hochement de tête mais elle n'en menait pas large. Elle tendit le doigt vers le Glock.

— Vous n'en auriez pas un autre, par hasard ? Juste au cas où.

Sullivan ne serait pas absent longtemps, certes, mais après le coup de la dépanneuse qui les avait percutés sur le pont, il fallait s'attendre à tout. Se sachant à la merci d'un psychopathe, Jane préférait prendre un maximum de précautions.

Il esquissa un sourire et fila dans la chambre. Trois secondes plus tard, il reparut avec un autre Glock, qu'il lui tendit.

— C'était mon arme de service quand j'étais commando, et c'est mon pistolet préféré. Si vous êtes amenée à tirer à l'extérieur, quelle qu'en soit la raison, veillez bien à ce qu'il n'y ait pas de neige dans le canon et n'oubliez pas de le réchauffer un peu. Sinon, il pourrait vous exploser dans les mains.

— Je vous rappelle que j'ai pris des cours de tir, moi aussi. Je connais les précautions à prendre par temps froid.

Comme pour lui en faire la démonstration, Jane imita les gestes qu'elle lui avait vu faire un instant plus tôt. Elle chargea le revolver en un tournemain. Sceptique tout d'abord, Sullivan la fixa bientôt d'un air sombre, farouche, qui la décontenança.

— De toute façon, bredouilla-t-elle, vous ne partez pas longtemps. Je suis une grande fille ; je peux bien rester seule quelques minutes.

Sans un mot, les yeux toujours rivés sur elle, il glissa son Glock dans son holster d'épaule puis il tourna les talons et sortit.

Encore toute chamboulée, Jane fixa longtemps la porte qu'il venait de refermer derrière lui. Plus aucun doute ne subsistait dans son esprit. A la manière dont il l'avait regardée, à la manière dont il l'avait tenue, tout à l'heure, il était évident que Sullivan voulait lui extorquer les renseignements qu'elle détenait sur lui, ces renseignements qu'elle avait eu tant de mal à se procurer et qui prouvaient qu'il se cachait derrière un faux nom. Malgré le soin qu'il avait pris à enterrer son passé, elle avait découvert la vérité. Elle avait aussi deviné, à la seconde où elle la lui avait balancée au visage, qu'il allait lui faire payer très cher le chantage auquel elle le soumettait.

Sa vengeance risquait d'être terrible. Mais en quoi consisterait-elle ? se demanda Jane, soudain tout émoustillée. Et s'il avait décidé de l'exciter et de la laisser se consumer de désir jusqu'à ce qu'elle lâche tout ce qu'elle savait sur lui et sur sa famille ?

Appuyée contre le comptoir, le revolver de Sullivan dans la main, Jane réfléchissait. Tout bien pesé, elle n'avait rien contre ce genre de torture. Surtout si elle lui était infligée par un grand costaud qui avait été commando dans la marine. Elle imaginait déjà comment tout cela se terminerait. Le désir fulgurant, le corps-à-corps qui en résulterait, puis l'explosion de…

Ouverte à la volée, la porte du chalet claqua contre le mur. Machinalement, Jane leva son arme et visa, prête à tirer. Son cœur battait si fort qu'elle avait l'impression qu'il allait lui remonter dans la gorge. Lorsqu'elle vit la tête de Sullivan apparaître dans l'encadrement, elle laissa retomber son bras. Elle avait failli lui tirer dessus.

— Vous m'avez flanqué une de ces frousses ! Vous entrez toujours aussi délicatement ?

Il secoua ses bottes sur le pas de la porte puis fonça vers le téléphone jetable qu'il avait laissé sur le comptoir. Lorsqu'il l'effleura au passage, Jane frémit, sensible cette fois non pas à la chaleur mais à la tension qui émanait de toute sa personne. Elle devina qu'il y avait un problème.

Portant le téléphone à son oreille, Sullivan planta son regard outremer dans le sien. Frappée par son air farouche, elle recula d'un pas.

— Les sacs ont disparu.

4

Les armes, les munitions, les vivres et tout le reste avaient disparu. Sullivan bouillonnait de rage. Le mystérieux psychopathe qui traquait Jane inlassablement avait encore frappé. Elliot Dunham, son détective privé, décrocha à la première sonnerie.

— Dunham à votre écoute !

Sullivan jeta un coup d'œil à sa montre.

— Tu es encore loin ?

— J'arrive dans cinq minutes.

— Je t'en donne trois. Cet enfoiré a retrouvé notre trace.

— Je suis là dans deux minutes.

Le vrombissement d'un moteur de voiture lancé à plein régime résonna dans l'écouteur. Avec Elliot, qui était l'un des meilleurs éléments de son équipe, les ordres et les consignes étaient superflus. Sullivan savait qu'il pouvait compter sur lui. Il l'avait rencontré en Irak, peu après avoir quitté la marine, et l'avait arraché à sa condition misérable d'escroc à la petite semaine. Elliot avait le chic pour dénicher et récupérer les renseignements les plus sensibles, pour fouiller dans la vie des gens et mettre au jour leurs secrets les mieux gardés. Comme un pit-bull avec un os, Elliot ne lâchait jamais. Outre cette ténacité peu commune, sans doute acquise dans son premier métier, il était doté d'une intelligence bien supérieure à la moyenne qui le poussait constamment à se dépasser. Sa mission accomplie, il disparaissait le temps de se régénérer. Le recruter n'avait pas été très compliqué. Mais d'un simple coup de téléphone, Sullivan pouvait le renvoyer en Irak, où il croupirait au fond d'une geôle.

Sullivan appela ensuite le commissariat d'Anchorage pour signaler la dépanneuse qui avait tenté de les précipiter dans le golfe d'Alaska.

Puis il reposa le téléphone sur le comptoir et se passa une main sur le visage.

— Elliot va-t-il nous apporter de quoi manger ? demanda Jane, les bras croisés sur sa poitrine menue.

Elle avait les épaules rentrées en dedans, comme si elle se sentait épiée. Ce qui semblait bien être le cas.

Cette sensation désagréable, il l'éprouvait aussi. Dans quelques minutes, Jane et lui pourraient examiner les dossiers de ses affaires et peut-être y découvrir le nom du cinglé qui l'avait prise pour cible. Il ne leur resterait plus ensuite qu'à décider de la marche à suivre.

— J'ai demandé à mes hommes d'apporter des armes, des munitions et des vivres pour plusieurs jours, au cas où nous serions confinés ici plus longtemps que prévu.

— Vous croyez qu'il nous a suivis jusqu'ici et qu'il est en train de nous épier ?

Sa voix tremblait un peu. Elle était terrifiée. Mais il reconnaissait lui-même qu'il y avait bien de quoi.

La personne qui avait volé leurs sacs n'avait laissé derrière elle aucune empreinte, pas la moindre trace de pas dans la neige. Cela témoignait d'une habileté peu commune. Une habileté que Sullivan possédait lui aussi, son père leur ayant appris, à son frère et à lui, à chasser en forêt sans jamais se faire repérer. Cet enseignement remontait à de nombreuses années en arrière, bien avant que son père ne devienne ce tueur en série qui avait fait la une des journaux. Mais présentement, Sullivan avait l'impression d'être la proie plutôt que le chasseur.

Une sonnerie mélodieuse le tira de ses sombres pensées. Levant les yeux, il vit Jane sortir son téléphone portable de sa poche. Fronçant les sourcils, elle le porta à son oreille.

— Allô ?

Il n'entendait pas la voix de son interlocuteur ; il était trop loin. Bien que sa mission de protection eût rendu légitime sa curiosité, il préférait ne pas lui mettre trop la pression. *J'ai besoin de vous*, lui avait-elle dit. Ces quelques mots résonnaient constamment en lui.

— Qui est à l'appareil ? demanda Jane d'une voix blanche.

Sullivan se précipita vers elle et lui prit le téléphone des mains. Il mit le haut-parleur et tint l'appareil entre eux deux.

— Qui est-ce ? demanda-t-il à son tour.

— Il ne pourra rien pour vous, Jane, murmura l'inconnu à l'autre bout de la ligne.

Ce salaud avait l'outrecuidance de l'appeler par son prénom ! s'indigna Sullivan, intérieurement.

— Vous allez devoir payer pour ce que vous avez fait.

Les doigts crispés sur le téléphone, Sullivan apprit par cœur le numéro qui s'affichait à l'écran. L'inconnu parlait si bas qu'il était impossible de déceler le moindre accent susceptible de trahir ses origines.

— Ne vous avisez pas de vous approcher d'elle ou je vous mets en pièces ! rugit Sullivan. Vous avez tenté de la tuer mais je ne vous laisserai pas recommencer. Est-ce bien clair ?

Les yeux rivés sur le visage décomposé de Jane, il ajouta d'un ton encore plus menaçant :

— Ne rappelez pas. Laissez Jane tranquille.

Sur ce, il voulut raccrocher.

— Toujours dans le rôle du protecteur… *Sullivan*, dit alors l'inconnu avant d'éclater de rire.

Réprimant un frisson, Sullivan mit fin à la conversation. Il s'ensuivit un grand silence que seul le crépitement des bûches dans la cheminée venait troubler.

Mais ce moment de flottement ne dura pas. En moins de cinq secondes, il avait pris le téléphone jetable et appelé à l'agence la responsable de la sécurité des réseaux.

— Elizabeth, je veux que vous localisiez l'appel dont je vais vous donner le numéro.

Il le lui dicta.

— C'est très urgent. Je compte sur vous.

— Je m'en occupe tout de suite, patron, promit l'ancienne analyste de l'agence de renseignement américaine.

Il raccrocha et tendit une main secourable vers Jane qui, blanche comme un linge, les yeux écarquillés, le souffle court, semblait être sur le point de défaillir de peur.

— Jane…

Mais en un clin d'œil, elle se ressaisit ; il laissa retomber sa main.

— Il est là, tout près. Il me surveille, dit-elle d'une voix sifflante. La preuve : il sait que vous êtes avec moi.

Ils auraient dû s'y attendre. Ce genre d'individu était tellement obsédé par sa proie qu'il ne s'en éloignait jamais beaucoup. C'était probablement lui qui leur avait pris leurs sacs. Elle savait qu'elle risquait gros en se lançant dans cette aventure mais Sullivan s'abstint de le lui rappeler. Il tenait à ce qu'elle garde son sang-froid.

— Vous m'avez engagé parce que je suis le meilleur dans mon domaine et donc le plus apte à vous protéger. Vous n'avez rien à craindre de cet individu. Je ne le laisserai pas vous faire du mal. Je vous en donne ma parole.

— Merci.

Elle leva un peu le menton et se haussa sur la pointe des pieds comme si elle allait l'embrasser. Il n'en fallut pas plus à Sullivan pour s'enflammer comme une torche et s'imaginer en train de s'emparer voracement de sa jolie bouche. Bon sang ! Pourquoi était-il aussi peu maître de ses pulsions dès qu'elle était près de lui ?

Trois coups frappés à la porte du chalet l'arrachèrent à ses réflexions. Il fit prestement passer Jane derrière lui et sortit son Glock. Un tueur ne prendrait sans doute pas la peine de frapper à la porte avant d'entrer, mais avec un psychopathe, on ne pouvait jamais savoir.

— Et moi qui m'attendais à devoir tirer dans tous les coins ! s'exclama Elliot Dunham en ouvrant la porte à la volée.

Un large sourire illuminait son visage noir de barbe, mais ses yeux gris avaient une expression dure. Rangeant son arme sous sa veste de treillis, il referma la porte d'un coup de pied.

— Tout va bien, déclara-t-il. Le périmètre est dégagé et ma chemise neuve préservée des éclaboussures de sang.

— Quelle chance ! s'exclama Sullivan avec un sourire. On en aurait entendu parler toute la soirée. Tu as apporté les dossiers ?

— Ils sont dans la bagnole. J'ai aussi pris des munitions et de quoi grignoter. Mais pour venir jusqu'ici, quelle galère ça a été avec tous ces abrutis qui conduisent n'importe comment !

L'ancien escroc devenu détective privé parut soudain s'apercevoir de la présence de Jane, derrière Sullivan.

— Vous devez être Jane. On ne peut pas dire que votre photo vous avantage.

— Vous au moins, vous savez parler aux femmes, répliqua Jane du tac au tac.

— J'adore les femmes qui ont de l'humour, déclara Elliot en la gratifiant d'un sourire.

Sullivan posa une main sur l'épaule du détective. Il

appréciait moyennement que celui-ci fasse du charme à leur nouvelle cliente.

— Et si tu allais chercher les dossiers au lieu de faire le joli cœur ?

— Tout de suite, patron.

Après avoir esquissé un petit salut à l'intention de Jane, Elliot fit volte-face et sortit.

Un carillon retentit, signalant l'arrivée d'un texto. Sullivan s'empara du téléphone prépayé, lut le message puis jeta l'appareil par terre et l'écrasa sous la semelle de ses boots, pulvérisant l'écran.

— L'appel n'a pas pu être tracé, dit-il. Il n'a pas duré assez longtemps.

— Et c'est pour ça que vous piétinez votre téléphone ? railla Jane, amusée.

— On n'est jamais trop prudent.

En vérité, il anticipait. Si jamais l'enquête tournait mal et si l'homme qui traquait Jane s'en prenait également à lui, il ne voulait pas qu'on puisse remonter jusqu'à son équipe.

— Il est spécial, votre détective privé, fit remarquer la jeune femme en se dirigeant vers la salle de séjour.

Au passage, son bras effleura celui de Sullivan, qui ne put réprimer un tressaillement que Jane, heureusement, ne remarqua pas. Debout devant la cheminée, bien droite, elle semblait avoir repris du poil de la bête, malgré les épreuves qu'elle venait de traverser, épreuves dont rendaient compte les ecchymoses et les éraflures sur son visage, que les flammes rendaient plus visibles. Malgré aussi — surtout — la cible qu'elle avait dans le dos. Mais elle se méfiait de lui. De tout le monde, apparemment.

— Elliot est le meilleur détective privé du pays, déclara Sullivan en faisant un pas vers Jane.

L'air de rien, il se rapprochait d'elle. Il devait se tenir

prêt à parer à toute éventualité car son harceleur était capable de tirer sur elle à travers la fenêtre.

— C'est un ancien escroc, précisa-t-il. Il est capable de percer à jour n'importe qui. D'exhumer les secrets les mieux gardés. Et grâce à son intelligence hors norme, Elliot a toujours plusieurs longueurs d'avance. Il va trouver qui vous a prise pour cible.

— Et s'il ne trouve pas ?

Se tournant vers lui, elle lui offrit un sourire las. Ses épaules s'affaissèrent comme si elle n'avait soudain plus la force de rester debout.

— Je me suis usé les yeux à lire et relire ces dossiers. Je les connais par cœur. Et aucun suspect potentiel n'a attiré mon attention.

Se massant les tempes du bout des doigts, elle murmura comme pour elle-même :

— Quand retrouverai-je une vie normale ?

— Ecoutez, Jane, dit-il en mettant dans sa voix, son regard, l'expression de son visage, toute la sincérité dont il était capable. Je ne fais jamais de promesses à la légère. Et bien que vous m'ayez fait du chantage pour que j'accepte de vous protéger, je suis prêt à tout pour tenir mes engagements. Alors faites-moi confiance : nous allons démasquer ce cinglé et faire en sorte qu'il vous laisse tranquille.

Elle hocha la tête.

— Je ne demande qu'à vous croire.

— Tant mieux.

Et dire que quatre heures plus tôt il avait essayé de la jeter hors de son bureau ! songea Sullivan, effaré par un tel revirement de situation. Dans l'intervalle, il lui avait sauvé la vie puis elle lui avait rendu la pareille. Et il allait maintenant veiller personnellement sur elle. Même s'il la tenait pour responsable de la mort de Marrok.

— Vous tenez à peine debout. Pourquoi n'allez-vous

pas vous allonger un moment ? Je vous réveillerai si nous trouvons quelque chose.

Jane acquiesça. Ses yeux semblaient moins éteints que tout à l'heure.

— J'espère que vous aurez préparé quelque chose à manger.

En riant, il la regarda entrer dans la chambre. La vision de ses longues jambes sortant de sous la couverture devant la cheminée lui traversa l'esprit. Et lui mit le ventre en feu. Il continua de fixer rêveusement l'entrée de la chambre jusqu'à ce qu'il sente dans son dos le poids d'un regard insistant. *Elliot !* Comme un gamin pris la main dans le pot de confiture, Sullivan ne savait plus où se mettre.

— Il y a longtemps que tu es là ? demanda-t-il.

— Assez longtemps pour me rendre compte que tu es sur le point d'enfreindre ton propre règlement.

Après avoir posé sur le bureau le carton qui contenait les dossiers de Jane et son ordinateur portable, Elliott leva les mains en signe de reddition.

— D'accord, j'aurais mieux fait de me taire. Mais ce n'est pas une raison pour me fusiller du regard.

Sullivan n'avait aucune envie de discuter de ça avec lui. Ni avec qui que ce soit. Pas plus maintenant qu'à un autre moment.

— Alors ? Qu'as-tu trouvé dans ces dossiers ?

— Le fait que le type ait effacé ses traces après avoir volé vos sacs a considérablement restreint le nombre de suspects potentiels. Parce que c'est une technique que tout le monde n'a pas. Dans l'entourage de Jane, à l'armée, je ne vois que deux personnes qui pourraient correspondre.

Elliott sortit du carton trois dossiers qu'il lui tendit.

— Ta petite amie a pris énormément de notes sur les

affaires qu'elle a traitées. Et ça, je peux te dire que ça m'a drôlement facilité la tâche.

Sa petite amie ? songea Sullivan. Certainement pas ! Mais il s'abstint de contrarier le détective et prit les dossiers qu'il s'empressa d'ouvrir. Il parcourut des yeux lesdites notes, prises à la main. Il y en avait effectivement beaucoup, mais elles étaient précises et pertinentes. Sans fioritures. Le seul trait de fantaisie résidait dans les Post-it roses et violets collés un peu partout. C'était inattendu, tout comme le vernis rouge sang sur les ongles de ses orteils. Empêchant *in extremis* ses pensées de dériver, Sullivan lut le nom qui figurait sur le dossier. Sergent Marrok Warren.

Un flot de bile lui remonta dans la gorge.

— Alors lui, c'est un gros morceau, dit Elliot en croisant les bras sur sa poitrine. Il y a juste un petit problème. Jane l'a poursuivi pour agression sexuelle sur trois jeunes recrues, mais…

— Il est mort, le coupa Sullivan.

C'était écrit en rouge sur le dossier. Tendu comme un arc, Sullivan jeta le dossier dans le carton. Elliot ne s'était pas trompé : Marrok aurait très bien pu voler les sacs sans laisser dans la neige la moindre trace, mais Sullivan l'avait enterré dix mois plus tôt, presque jour pour jour.

— Oui, mais justement. Si je l'ai sélectionné quand même, c'est à cause de son père.

Elliot tira un sachet de cacahuètes de la poche de son treillis.

— Le Bûcheron d'Anchorage, ça te dit quelque chose ? Il a tué douze personnes. À coups de hache. Le sergent Warren étant mort, un proche parent pourrait chercher à le venger en s'en prenant à Jane, peut-être un de ces dingues qui vouent au Bûcheron un véritable culte. Je me demande bien à quoi…

Les doigts crispés sur les dossiers, Sullivan luttait pour recouvrer son calme.

— Qui d'autre ? demanda-t-il.

— En second, répondit le détective privé qui semblait ne pas avoir remarqué l'électricité qui était dans l'air, nous avons le commandant Patrick Barnes, le chef de Jane. Il connaît son emploi du temps, ses habitudes, et il a accès à tous ses dossiers. C'est lui qui lui a accordé une permission, il y a un peu plus de deux mois.

— Le commandant Barnes n'a rien à voir avec tout ça, décréta d'un ton sans réplique une voix familière.

Sullivan se retourna et vit Jane qui sortait de la chambre. Il posa les dossiers sur le bureau.

— Vous étiez censée vous reposer.

— Impossible de me détendre. Et puis, c'est sur mon affaire que vous travaillez, alors la moindre des choses, c'est que je vous donne un coup de main.

S'approchant, Jane prit le dossier du commandant Barnes et y jeta un rapide coup d'œil. Puis elle le reposa sur celui de Marrok Warren.

— Si je suis encore en vie aujourd'hui, c'est à lui que je le dois. Barnes m'a plaquée au sol lorsqu'une bombe a explosé devant mon bureau en Afghanistan, il y a deux mois. Il ne l'aurait certainement pas fait s'il avait voulu me tuer. Et puis, il n'a pas de mobile.

— Très bien. En ce cas, il faut chercher en dehors de l'armée. Le dernier nom qui m'ait interpellé est Christopher Menas.

Elliot tendit le dossier à Jane puis lança un regard à Sullivan, comme s'il quêtait son approbation.

— Il s'est distingué à la chasse mais c'est à peu près tout ce que j'ai sur lui, en dehors de son casier judiciaire. Je n'ai pas trouvé de diplômes, d'états de service professionnel ou militaire, rien qui indique qu'il ait changé de nom. Ni non plus de certificat de décès. Menas a tout bonnement disparu des écrans radar après son défaut de comparution, mais compte tenu du différend qui vous a opposée à lui, Jane, je le considère comme suspect.

— Je n'en reviens pas, murmura Jane en fixant le nom sur le dossier, l'air effaré. Christopher... Il m'était complètement sorti de l'esprit.

— Jane ? dit Sullivan en se rapprochant de la jeune femme, au mépris des sonnettes d'alarme qui carillonnaient dans sa tête. Qu'en pensez-vous ?

S'arrachant à la contemplation morbide du dossier, elle leva les yeux vers lui.

— C'est lui, j'en suis sûre !

Christopher Menas.

Son visage, ses yeux marron dépourvus de chaleur, son teint bistre lui apparaissaient par flashs successifs. Jane se dressa sur son séant, pantelante, au beau milieu de la nuit. Elle avait été follement amoureuse du quart-arrière de l'équipe de foot de l'université de Washington. Et tout cela n'avait été qu'une mascarade.

La porte de la chambre étant fermée, elle n'y voyait rien mais elle aurait pu jurer qu'elle n'était pas seule. Du coin de l'œil, elle perçut un mouvement. Il y avait un homme dans sa chambre ! Elle glissa la main sous son oreiller pour attraper le Glock que Sullivan lui avait prêté lorsqu'elle était allée se coucher.

— C'est moi, vous n'avez rien à craindre.

Sullivan ! Une chaise grinça à sa gauche puis le matelas se creusa quand il s'assit au bord du lit. Jane lâcha le revolver et se détendit. Il alluma la lampe de chevet.

— Parlez-moi de Christopher Menas.

— Quoi ? dit Jane, encore mal réveillée et éblouie par la lumière. Mais quelle heure est-il ?

— Il fait presque jour. Vous parliez dans votre

sommeil. Je n'ai pas tout saisi, mais il était question de Christopher Menas.

Ce nom la tétanisa. La voix de Sullivan était douce, cajoleuse.

— J'ai lu le rapport de police le concernant. Alors que vous sortiez ensemble, il s'est rendu coupable d'agression sexuelle sur deux étudiantes. Vos deux colocataires, si je ne m'abuse. Puis il a cherché à s'en prendre à vous.

Un frisson la parcourut. Pourquoi cette vieille histoire revenait-elle sur le tapis ? Elle avait tourné la page, elle s'était engagée dans l'armée et avait pris son destin en main. Elle avait fait une croix sur cet épisode de sa vie, sur Christopher et tout ce qui le lui rappelait.

— Est-ce la raison pour laquelle vous avez poursuivi mon frère avec un tel acharnement ? Marrok a payé le fait que votre petit copain de fac s'en était sorti blanc comme neige, c'est ça ?

Sullivan la fixait durement, les mâchoires tellement crispées qu'un muscle tremblait sur sa joue. Jane s'obligea à affronter son regard.

— Êtes-vous en train de m'accuser de corruption, ou dites-vous cela seulement parce que j'ai poursuivi votre frère pour agression sexuelle ?

Elle s'en voulut de l'avoir rembarré aussi méchamment. Toutes ces questions, il était normal qu'il les lui pose. C'était son travail. Si elle lui avait demandé de l'aide, et si elle était allée jusqu'à lui faire du chantage pour l'obtenir, c'était justement parce que son travail, Sullivan le faisait bien. Si c'était Christopher qui la harcelait, qui avait tenté de les tuer, Sullivan ferait en sorte que cette fois il soit condamné.

— Je vais tout vous raconter, dit-elle, mais je vous assure que cela n'a rien à voir avec vous ou avec votre frère.

— Comment voulez-vous que je vous fasse confiance ?

Alors que vos accusations ont poussé Marrok à se suicider ? Alors que vous me faites du chantage pour m'obliger à vous aider ? Alors que vous écartez sciemment une piste vraisemblable ?

— Comment cela ? Je n'ai jamais…

— Vous avez affirmé ne pas avoir d'ex-petit ami susceptible de vous avoir gardé rancune. Or je vous rappelle que c'est vous qui avez dénoncé Menas à la police. Vous saviez qu'il n'avait pas comparu au tribunal, mais à aucun moment vous n'avez pensé que votre harceleur, ça pouvait être lui ?

Il se passa une main dans les cheveux. La colère qu'il avait si soigneusement maîtrisée jusque-là menaçait d'éclater.

— Bon sang, Jane ! J'aurais pu mettre des hommes sur sa piste juste avant de quitter l'agence et nous n'aurions peut-être pas frôlé la mort dans un accident de voiture, ni crapahuté dans les bois pendant des heures. Si vous aviez parlé, rien de tout cela ne serait arrivé.

— Qu'est-ce qui vous prouve que c'est bien lui la cause de tout ça ? Vous n'avez pas vu le chauffeur de la dépanneuse qui nous a percutés, et l'homme qui a volé les sacs n'a laissé aucune trace.

Jane sauta à bas du lit. Elle se félicita d'être restée en pantalon. D'habitude, elle dormait en T-shirt et en culotte.

Cette histoire ne tenait pas debout. Pourquoi son ex-petit ami s'en prendrait-il à elle, après tout ce temps ? Il y avait eu prescription, aussi ne risquait-il plus rien. Et puis, il n'avait jamais fait de prison. De quoi pourrait-il bien vouloir se venger ?

— C'est vous qui avez dit que c'était lui ! répliqua Sullivan.

Elle ne sut que répondre. Il lui paraissait si improbable que Christopher resurgisse dans sa vie après toutes ces années…

— La police d'Anchorage a retrouvé la dépanneuse. En ville, derrière une station-service. Mon expert scientifique a collaboré avec la police et confirmé que la peinture noire prélevée sur l'aile du véhicule provient bien du SUV. Cette dépanneuse, Jane, elle est enregistrée au nom de Christopher Menas.

À ces mots, Jane sentit l'air se bloquer dans sa gorge. Le doute n'était plus permis. Christopher était à Anchorage. Pour la traquer. Serrant les dents, elle enfila ses boots. Si elle était entrée dans l'armée, c'était à cause de lui. Pour apprendre à se défendre contre des salopards de son espèce. Christopher ne lui faisait plus peur. Elle allait lui montrer de quel bois elle se chauffait.

— Eh bien, dit-elle en se dirigeant vers la porte d'un pas de grenadier, qu'attendons-nous ? On y va ?

— On va où ? demanda Sullivan.

Pour un ex-commando de la marine, il n'était pas très réactif.

— Chez Christopher, pardi ! Il a forcément une planque dans le coin. Sinon, il ne pourrait pas surveiller mes faits et gestes.

— Nous ne pouvons pas débarquer chez lui comme ça, Jane.

Sullivan la prit par le bras mais elle se dégagea, agacée par cette drôle de manie qu'il avait de la toucher à la moindre occasion.

— Nous ne sommes pas la police. Nous n'avons pas de mandat. La seule chose que nous puissions faire, c'est de le faire surveiller pendant un jour ou deux. Ensuite, nous aviserons.

En d'autres circonstances, elle aurait accepté. En tant que magistrate, elle avait prêté serment. Elle était censée respecter les règles, mais cette affaire la touchait de bien plus près qu'elle ne l'avait pensé.

— Je n'ai pas deux jours à perdre. Tout cela a déjà

bien trop duré. C'est *maintenant* que je veux pouvoir à nouveau vivre normalement.

Ouvrant la porte toute grande, elle fonça vers Elliot, qui dormait sur le canapé.

— J'ai besoin de vos clés de voiture.

Elliot s'assit en bâillant et en se frottant les yeux.

— Bien le bonjour à vous aussi, dit-il.

Jane ne releva pas l'allusion à son impolitesse.

— Les clés, insista-t-elle en tendant la main. *S'il vous plaît.*

— Je suppose que tu lui as dit pour la dépanneuse, lança Elliot par-dessus son épaule, à l'adresse de Sullivan. Je vous souhaite une belle virée, mon chou. Appelez-moi en cas de besoin.

Elle lui arracha les clés des mains.

— Allez, mon vieux, dit Sullivan en attrapant Elliot par sa veste et en le forçant à se lever. Si nous y allons, tu viens aussi.

— Le temps presse. Christopher est malin. Il a abandonné la dépanneuse exprès pour qu'on puisse remonter jusqu'à lui, mais il ne va sûrement pas nous attendre.

Jane prit une grande inspiration pour se remettre les idées en place, puis elle rendit les clés de la voiture à Elliot. Lorsqu'ils sortirent du chalet, le froid la gifla et lui coupa le souffle. Cela ne freina en rien ses ardeurs : ils devaient coincer Christopher avant qu'il ne file. Le mieux était de lui tomber dessus par surprise, mais il ferait jour bientôt ; ils devaient agir vite.

Dès qu'ils furent à l'abri dans le pick-up, Elliot enclencha la marche arrière.

— On est censés faire quoi, exactement ? demanda-t-il, les mains à plat sur le volant.

— C'est vous, le détective privé, s'impatienta Jane, assise à l'arrière. Je suppose que vous savez où se cache

Christopher Menas. Nous allons le trouver et nous l'interrogeons.

— Et s'il est armé ? objecta Sullivan en se tournant vers elle.

— Pourquoi croyez-vous que je vous ai engagé ?

Jane avait bien conscience que son agressivité à l'égard de Sullivan ne contribuait pas à détendre l'atmosphère, mais elle ne digérait pas qu'il l'ait accusée de s'être acharnée sur son frère lorsqu'il était passé en cour martiale. Certes, les charges qui pesaient contre Marrok étaient presque identiques à celles qui avaient été retenues contre Christopher, mais elle avait toujours veillé à bien cloisonner et à se montrer impartiale. Elle ne pourrait pas exercer ce métier si elle laissait ses émotions prendre le dessus. D'où ce maudit surnom. Elle se devait d'être impassible.

Pour quelqu'un qui prétendait être à l'abri des émotions et des passions, elle faisait fort ! songea-t-elle en soupirant intérieurement.

Ils prirent la route d'Anchorage, et bien que Jane fût loin d'être sereine, s'attendant à tout moment à voir foncer sur eux une dépanneuse meurtrière, ils regagnèrent la ville sans encombre. D'après Elliot, Christopher Menas louait un appartement non loin du lac Taku. Il leur fallut moins de trente minutes pour y arriver. Le détective privé se gara à deux pâtés de maisons de l'endroit où habitait Christopher.

La résidence de deux étages, avec ses balcons de bois clair et ses murs crépis en blanc, présentait plutôt bien. Des arbres et des pelouses agrémentaient l'ensemble. Mais dès qu'elle posa un pied sur le trottoir, Jane sentit une sourde appréhension s'emparer d'elle.

— Allons-y. Son appartement est le 310.

Sullivan marchait à côté d'elle. L'assurance, la stature

et la musculature de son garde-du-corps redonnèrent confiance à la jeune femme.

— Puis-je vous rappeler que ce n'est pas une bonne idée ? dit-il lorsqu'ils arrivèrent devant le numéro 310, en rez-de-jardin. Nous ne savons pas ce qui nous attend derrière cette porte.

Elle s'en moquait totalement.

— Je veux que ça s'arrête. Une bonne fois pour toutes.

Derrière eux, Elliot commençait à s'impatienter. Il portait un bélier sur l'épaule, pour le cas où il leur faudrait employer les grands moyens pour entrer dans l'appartement.

Jane soupira. Tout cela lui paraissait tellement surréaliste. Cela faisait des années qu'elle n'avait pas pensé à Christopher Menas. Et la voilà qui débarquait chez lui pour lui demander pourquoi il essayait de la tuer.

Sullivan se plaça entre elle et la porte, prêt à lui servir de bouclier si ça tournait mal. Elle avait encore peine à croire qu'il pensait vraiment ce qu'il lui avait dit au chalet, tout à l'heure. Après toutes les épreuves qu'ils avaient traversées au cours de ces dernières heures, après qu'elle lui eut sauvé la vie, il ne pouvait pas avoir une aussi piètre opinion d'elle.

Sullivan cogna à la porte. Puis il recula d'un pas et sortit son arme. Elliot fit de même.

Personne ne répondit. Il n'y avait aucun bruit à l'intérieur.

Jane commençait à craindre qu'ils ne soient venus pour rien. Il faisait à peine jour. Christopher aurait pu avoir l'obligeance de les attendre.

Sullivan cogna plus fort, sans davantage de résultat.

— Vous êtes sûre que c'est bien ce que vous voulez ? demanda-t-il à Jane. Il est encore temps de faire machine arrière et d'aborder les choses autrement ?

Faire machine arrière ? Hors de question ! Si elle

était venue jusque-là, ce n'était pas pour se dégonfler au dernier moment.

— J'en suis sûre et certaine.

— D'accord. On va défoncer la porte puisque vous y tenez, mais après, il ne faudra pas venir nous le reprocher, madame le procureur.

S'écartant de devant la porte, il fit signe à Elliot de s'approcher.

— À toi de jouer !

— Quand nous serons à l'intérieur, ne touchez à rien, surtout. Mais il faudra faire vite. Quelqu'un va sûrement appeler la police.

En deux coups de bélier, et moins d'une minute, la porte fut défoncée.

— Allons-y, dit Sullivan en entrant le premier, son Glock à la main, paré à toute éventualité.

La boule au ventre, Jane lui emboîta le pas. Elle appréhendait de se retrouver nez à nez avec Christopher Menas, qu'elle n'avait pas vu depuis presque dix ans.

De la pointe du coude, Sullivan pressa l'interrupteur. À première vue, tout était normal. Il n'y avait ni odeur de décomposition dans l'air, ni tapis couverts de taches de sang. Le trois-pièces était décoré dans le style typique du Sud-Ouest américain — d'où Christopher était originaire — et ne donnait pas l'impression d'avoir été quitté dans la précipitation. Leur suspect n'avait, semblait-il, aucunement l'intention de s'en aller.

— Vous êtes sûr que c'est là qu'il habite ? demanda Jane, craignant soudain qu'ils ne se soient trompés d'adresse. Rien, ici, ne trahit la présence d'un psychopathe.

Fouillant la cuisine, Sullivan utilisa une serviette en papier pour ouvrir les tiroirs et fourrager dans les paperasses et les factures. Il montra à Jane une carte de visite tandis qu'Elliot se dirigeait vers les chambres.

— Nous sommes à la bonne adresse.

Elle lui prit la carte des mains.

— Remorquage Menas. Tiens ! Comment se fait-il qu'Elliot n'ait pas eu connaissance de ce détail ?

Jane passa en revue tout le reste de l'appartement. Il devait y avoir quelque chose, quelque part, qui la désignait comme cible. D'après les profileurs avec lesquels il lui arrivait de travailler, les maniaques collectionnaient presque toujours des objets appartenant à leurs victimes. Des sortes de trophées. Mais autant qu'elle puisse en juger, il n'y avait rien de ce genre chez Christopher. Et si c'était quelqu'un d'autre qui la harcelait ? Mais qui ? Le seul élément de preuve qu'ils avaient contre lui était la dépanneuse enregistrée à son nom.

— Il faudrait qu'il soit vraiment débile pour nous percuter avec sa propre dépanneuse, fit-elle soudain remarquer.

— En effet, concéda Sullivan en plantant ses fascinants yeux bleus dans les siens.

Elle avait le cœur qui battait comme un tambour quand il la fixait aussi intensément, comme s'il cherchait à percer en elle un mystère.

— On a cherché à nous attirer ici, et nous avons sauté dans le piège à pieds joints ! dit-il. Quand il vous a appelée, avez-vous reconnu sa voix au téléphone ?

— Il murmurait, alors difficile à dire. Et puis, ça fait si longtemps que je n'ai plus de contacts avec lui, que je ne suis pas sûre d'être capable de la reconnaître.

Repensant à ce qu'il venait de dire, elle se tourna vers lui.

— Vous croyez que Christopher est victime d'un coup monté ?

— Ça n'en a pas l'air, déclara Elliot en faisant irruption dans la salle de séjour. Venez voir un peu par là.

— Qu'est-ce qu'il y a ? demanda-t-elle, affolée, en suivant le détective privé.

Une dizaine de scénarios, plus macabres les uns que les autres, lui traversèrent l'esprit tandis qu'elle longeait le couloir conduisant à la chambre du fond. Sur le pas de la porte, elle se figea. La mâchoire lui en tomba et le souffle lui manqua. Un vertige la saisit.

— C'est complètement dingue ! s'exclama Sullivan, faisant écho à ses propres pensées, en entrant dans la chambre.

Agrippée au chambranle, Jane secoua la tête, anéantie.

— Nous sommes bien chez lui. Aucun doute possible.

5

De quelque côté qu'il se tourne, Jane était partout.

— Il y a au moins une centaine de photos de moi, dans cette chambre, dit Jane d'une voix chevrotante.

Dans un élan de compassion, Sullivan faillit lui tendre une main secourable mais il se retint. Ce n'était pas le moment de s'apitoyer. Sur la photo qu'elle avait trouvée dans son téléphone, Jane dormait. Celles qui ornaient les quatre murs de la chambre la montraient en train de manger. De siéger au tribunal. Et même de se doucher ! La vie de la jeune femme au cours de ces trois derniers mois s'étalait sous leurs yeux. Ce type était complètement cinglé. Obsédé par Jane, il l'avait traquée sans relâche, aussi bien chez elle qu'au-dehors, vampirisant sa vie.

Tétanisée, au point qu'il se demanda si elle respirait encore, elle contemplait les photos sans rien dire. Cette fois, il ne put s'empêcher de s'approcher d'elle, la main tendue.

— Jane…

— Il a violé mon intimité. Il a…

Comme une carpe au bord de l'asphyxie, elle ouvrit la bouche pour inspirer un grand coup. Puis elle déglutit et, une main sur la bouche, sortit précipitamment, laissant derrière elle un sillage vanillé.

— Je crois que je vais vomir, lança-t-elle depuis le couloir.

Deux secondes plus tard, il entendit une porte claquer et ferma les paupières pour mieux se concentrer sur sa respiration. À lui aussi cette intrusion dans la vie privée de la jeune femme donnait la nausée. Mais son instinct de protecteur dominant, la rage le disputait en lui au dégoût. Christopher Menas était un homme mort. Sullivan allait lui faire passer l'envie de prendre des photos de Jane.

— Elliot, fais ce que tu as à faire et allons-nous-en.

Il fallait emmener Jane loin d'ici. La police allait sans doute débarquer d'une minute à l'autre. Les coups de bélier dans la porte avaient dû alerter les voisins. Si Jane attirait l'attention de la police sur elle, l'armée l'apprendrait immédiatement et limiterait son habilitation au secret défense, allant peut-être même jusqu'à se débarrasser d'elle. Arme au poing, il se dirigea vers la salle de bains, attentif au moindre bruit, au plus léger déplacement d'air. Avec un suspect capable d'effacer ses traces de pas dans la neige, en pleine forêt, il fallait s'attendre à tout. Menas avait probablement plus d'un tour dans son sac aussi Sullivan préférait-il se tenir sur ses gardes. Car il y allait de la vie de Jane.

— Jane ? appela-t-il après avoir frappé trois petits coups à la porte de la salle de bains.

Pas de réponse.

Il prit peur et, une main sur la poignée, faillit ouvrir la porte.

— Tout va bien ?

Toujours rien.

Reculant d'un bon mètre, ses deux mains crispées sur la crosse de son Glock tendu devant lui, il s'apprêta à balancer un grand coup de pied dans la porte.

— Bon, eh bien, j'entre !

La porte s'ouvrit d'un coup et Jane apparut, dévastée. D'un revers de main, elle s'empressa de faire disparaître les traces de larmes sur ses joues. En un clin d'œil, elle se recomposa un masque d'impassibilité, affichant son visage habituel, à l'expression lisse, dénuée de toute émotion.

— Tout va bien. J'avais juste besoin d'une minute.

— Ne me faites plus jamais ce coup-là, Jane, dit-il en relâchant la pression de ses doigts sur le pistolet.

Il se devait d'être fort, de se montrer rassurant. Il lui appartenait de l'empêcher de s'effondrer. Cela faisait partie de sa mission. Et tant pis s'il enfreignait le règlement.

S'approchant tout doucement, pas trop près pour ne pas l'effaroucher, il écrasa une larme sur sa joue du bout du doigt. Il hésitait encore, n'osait pas, mais cette fois, il ne s'écarta pas. Lorsqu'elle se blottit contre lui, il posa son menton sur le sommet de son crâne.

— Je suis désolé que vous soyez tombée sur ces photos. Vous ne méritiez pas cette nouvelle épreuve.

C'était la première fois qu'il était totalement sincère avec elle. La chaleur qui émanait d'elle le gagnait peu à peu, s'infiltrant sous sa peau, jusque dans ses muscles et dans ses os. La tension disparaissait ; il n'aspirait plus qu'à une chose, en cet instant : la ramener au chalet pour la soustraire à la folie de Menas. Les obsédés dans son genre, prêts à tuer l'objet de leurs fantasmes, ne renonçaient pas facilement. Elle n'en avait pas fini avec lui...

Sullivan renifla puis inspira à fond. Ça sentait... la fumée.

— Vous sentez cette odeur ? demanda Jane au même moment en s'écartant de lui.

— Elliot.

Le cœur étreint par la peur, il prit la main de Jane dans la sienne et entraîna la jeune femme le long du couloir. Une épaisse fumée noire s'échappait de dessous la porte de la chambre du fond. L'avait-il refermée derrière lui, tout à l'heure ? Il l'ouvrit d'un coup de pied. D'énormes flammes léchaient les murs sur lesquels étaient accrochées les photos de Jane. De son bras replié, il se protégea le visage et les yeux mais avec toute cette fumée, impossible de voir quoi que ce soit.

— Elliot !

— Sullivan, regardez ! s'écria Jane en lui montrant un des angles de la pièce.

Avant qu'il puisse l'en empêcher, elle s'élança à travers les flammes qui dévoraient l'encadrement de la porte.

— Jane, revenez !

Il voulut la rattraper par sa parka mais la manqua d'un ou deux centimètres. Elle ne pouvait pas tirer Elliot de là sans aide. Il y avait des flammes partout et le rugissement du brasier les empêchait de s'entendre. Renonçant à la raisonner, Sullivan se baissa et entra à son tour dans la pièce en feu.

— Jane, où êtes-vous ? Elliot ?

— Par ici.

Une quinte de toux l'attira au fond de la pièce. Le crépitement des flammes couvrait presque le son de sa voix, mais grâce à sa toux, il parvint à la localiser.

— Jane.

L'attrapant par le bras, il la poussa vers la porte. La fumée lui irritait les yeux et les poumons. Il se mit lui aussi à tousser comme un perdu.

— Sortez, bon sang ! Allez m'attendre dehors.

Elliot était évanoui près du mur ouest. Sullivan le chargea sur son épaule et s'élança à travers les flammes qui avaient envahi toute la chambre, évitant de peu un morceau de plafond qui s'était détaché.

Une fois dehors, il aspira l'air goulûment. Il tenait à peine debout ; ses muscles manquaient cruellement d'oxygène et Elliot pesait son poids. Jane, les yeux exorbités, se précipita à la rescousse, les saisissant à bras-le-corps lui et son chargement. Ils tombèrent les uns sur les autres, bras et jambes mêlés. Tandis qu'ils s'efforçaient de retrouver leur respiration, la sirène des pompiers déchira la nuit.

En moins de sept minutes, les valeureux soldats du feu furent à pied d'œuvre pour lutter contre l'incendie, qui s'était propagé dans tout l'immeuble, comme Sullivan put bientôt le constater.

— Est-ce qu'il y a...

Une quinte de toux l'empêcha d'aller au bout de sa phrase. Il préférait ne pas penser aux conséquences éventuelles de l'incendie, qui n'avait de toute évidence rien d'involontaire. Christopher Menas savait qu'ils allaient venir chez lui. Il avait mis le feu à l'appartement pour faire disparaître les preuves qui s'y trouvaient. Et accessoirement, pour leur faire du mal. Pour faire du mal à Jane.

— Dès que je suis ressortie de la chambre, j'ai déclenché l'alarme incendie, expliqua Jane en cajolant la tête d'Elliot, calée sur ses genoux.

Elle avait de la suie sur le visage en plus des égratignures et des bleus dus à l'accident de voiture, mais cela n'enlevait rien à sa beauté. Mais encore plus que sa beauté, c'était son courage et sa présence d'esprit qui impressionnaient Sullivan. Jane n'avait pas hésité à braver l'incendie pour sauver Elliot, puis elle s'était empressée de déclencher l'alarme incendie.

Toujours inconscient, Elliot avait une vilaine entaille au-dessus de la tempe droite. Il l'avait échappé belle. Bon sang ! Dire qu'ils s'étaient précipités dans le piège que leur avait tendu Menas...

Ils auraient pu y rester tous les trois, songea Sullivan en secouant la tête. En regardant Jane, qu'il avait crue presque indemne, il s'aperçut qu'elle saignait, elle aussi.

— Vous êtes blessée ?

Elle lui montra son bras.

— Rien de grave. Avec quelques points de suture, ça devrait pouvoir s'arranger. Mais ça m'embête pour la parka. Je l'aimais vraiment beaucoup.

Des crissements de pneus et des gyrophares annoncèrent l'arrivée des secours. Sullivan prit la main de Jane dans la sienne. Il ne voulait pas qu'on les sépare.

Des ambulanciers se précipitèrent vers eux et hissèrent Elliot sur une civière. Sullivan avait pris soin de confisquer son téléphone à son détective privé car il ne voulait pas que la police le mette sous scellés avant d'avoir pu regarder les photos dont ce cinglé de Christopher Menas avait couvert les murs d'une des pièces de son appartement. Et au diable la rétention de preuves !

Elliot était entre de bonnes mains. Il n'avait plus rien à craindre de Menas. Sullivan aurait aimé avoir la même certitude à propos de Jane. Mais tout ce qu'il savait, c'était qu'ils ne pouvaient pas rester là. Menas les surveillait.

— On y va ? suggéra-t-il. Vous allez pouvoir marcher ?

— Si je dis non, me jetterez-vous sur votre épaule comme vous l'avez fait avec Elliot ? demanda-t-elle en se relevant péniblement. Tout va bien, rassurez-vous. Et à vrai dire, je ne suis pas fâchée que toutes ces photos aient été détruites.

— Vous n'avez pas hésité à entrer dans la pièce en feu pour porter secours à Elliot, et vous m'obligez, une fois de plus, à vous témoigner toute ma reconnaissance.

Sullivan se releva à son tour, repoussant un des ambulanciers qui tentait de l'examiner. Il allait bien et n'avait pas besoin de soins. Il avait inhalé un peu de fumée, mais ce n'était pas la première fois et il n'en était pas mort.

Deux voitures de police arrivèrent tandis que Sullivan envoyait un texto à son équipe tout un gardant un œil sur Jane, qu'on avait fait monter à l'arrière d'une ambulance pour lui prodiguer les premiers soins. Puis il se dirigea vers les policiers pour faire sa déposition. Une enquête serait ouverte, bien entendu, mais il était hors de question de leur parler d'autre chose que de l'incendie. La police avait refusé de prendre au sérieux les allégations de Jane. C'était donc à lui, maintenant, qu'il appartenait d'arrêter Menas. Et personne ne viendrait marcher sur ses plates-bandes.

Moins de cinq minutes plus tard, un SUV de Blackhawk security arriva à son tour sur les lieux. Sullivan vit descendre du véhicule son expert en armement, un grand costaud bronzé très athlétique. Anthony Harris inspecta tranquillement la scène. Ses lunettes de soleil et sa barbe masquaient son expression, mais Sullivan devina qu'il évaluait la situation afin de prévenir toute nouvelle attaque. L'ex-ranger ne se laissait jamais surprendre.

— Je t'emmène ? demanda-t-il à Sullivan.

— Venez, Jane, on y va, dit Sullivan en écartant les ambulanciers pour se frayer un chemin jusqu'à la jeune femme.

Elle prit sans hésitation la main qu'il lui tendait. Il l'aida à se lever et à descendre de l'ambulance. Avec Menas dans les parages, elle n'était pas en sécurité. Ce n'était pas une poignée d'ambulanciers et de policiers qui allaient faire reculer le psychopathe. Il fallait partir.

Sa détermination devait se lire sur son visage car personne ne chercha à les retenir. Jane n'opposa elle-même aucune résistance, ce qui fut pour lui un grand soulagement. Serrant sa main dans la sienne, il la guida vers le SUV. Après ce qu'elle venait encore d'endurer, il avait très envie de la prendre dans ses bras et de la réconforter, comme il l'avait fait tout à l'heure, avant que le feu ravage totalement l'appartement. Il avait allègrement enfreint les règles qu'il s'était fixées mais peu lui importait. À ce moment-là, seule Jane comptait à ses yeux.

Il la fit entrer à l'arrière du SUV, avant d'y grimper à son tour tandis qu'Anthony prenait le volant.

— C'est parti !

— Où allons-nous ? Christopher savait que la dépanneuse nous conduirait jusqu'à lui. Il nous attendait, dit

Jane d'une petite voix en scrutant anxieusement les abords de la résidence, en partie dévastée par l'incendie.

— Nous allons nous planquer. Le reste de mon équipe va nous rejoindre. Je l'ai prévenue.

Ils roulaient dans le centre-ville à vive allure, malgré les gerbes d'eau qui giclaient sous les roues et fouettaient les bas de caisse du véhicule. Mine de rien, pour ne pas inquiéter davantage la jeune femme, Sullivan scrutait les toits, une main posée sur son Glock qu'il se tenait prêt à dégainer en cas de besoin.

— Essayez de voir le bon côté des choses, dit-il pour détendre l'atmosphère. Vous n'avez pas eu à traîner quelqu'un dehors, vous !

Le rire de Jane dissipa un peu la tension qu'il ressentait aussi. Il respira plus librement mais s'en voulut de prendre autant à cœur le bien-être de sa cliente.

— Nous sommes arrivés, tout le monde descend ! déclara Anthony en franchissant le portail électrique du parking de l'agence.

Quatre voitures étaient déjà garées là, à proximité de l'ascenseur.

Sullivan se retourna vers Jane qui, une main sur la portière, s'apprêtait à descendre du SUV.

— Ecoutez-moi bien, dit-il en plantant son regard dans ses beaux yeux noisette. Vous allez marcher derrière moi. En cas de danger, courez jusqu'à la sortie de secours et surtout, ne vous retournez pas.

— D'accord.

Il dut se faire violence pour ne pas remettre en place la mèche de cheveux qui lui barrait la joue. Il devait à tout prix résister au désir qu'il avait de la toucher. Nouer une relation avec une cliente — avec *elle* — ne ferait que compliquer un peu plus les choses. C'était un risque qu'il n'était pas prêt à prendre. Et ce pour deux raisons. D'une part parce qu'il compromettrait sa propre sécurité, et de l'autre parce qu'il bafouerait la mémoire de son frère.

— Et vous ? demanda-t-elle.

Chassant toute pensée susceptible de le distraire de sa mission de protection, Sullivan s'empressa de la rassurer.

— Ne vous en faites pas pour moi. Je n'ai rien à craindre.

— C'est vite dit ! répliqua-t-elle en souriant. Rappelez-vous ce qu'il s'est passé dans la forêt en allant au chalet.

— Je savais que vous me reparleriez de cet épisode malheureux.

Redevenue sérieuse, elle posa une main sur son bras juste au moment où il allait descendre du SUV. Il se figea, en proie à un grand émoi.

— Promettez-moi quelque chose, dit-elle.

Une main sur la portière, l'autre sur la crosse de son pistolet, Sullivan fronça les sourcils.

— Tout ce que vous voulez.

Il déglutit, se demandant ce qu'elle allait encore exiger de lui.

— En tant que magistrate, j'ai juré de respecter la loi. Promettez-moi que nous allons livrer ce type à la justice.

— C'est une promesse que je ne peux pas vous faire, Jane.

Il sauta à bas du SUV. Il était maître de *ses* agissements mais il n'avait aucun pouvoir sur le destin des uns et des autres. S'il était écrit que Christopher Menas irait directement au cimetière plutôt que de passer par la case prison, Sullivan n'y pouvait rien.

Il prit la tête des opérations, Jane lui emboîtant le pas tandis qu'Anthony fermait le cortège. L'ascenseur se trouvait à quelques pas et était le seul moyen d'accéder à l'agence depuis le parking. Blackhawk Security était l'un des bâtiments les plus sécurisés au monde. Ce qui n'avait pas empêché Jane d'entrer dans son bureau, la veille, sans déclencher la moindre alarme…

Mais comment diable avait-elle bien pu faire ? se demandait Sullivan, très intrigué. Et par quels stratagèmes était-elle parvenue à découvrir sa véritable identité ?

Les souvenirs étaient parfois la pire torture qui soit.

Assise sur le canapé, la tête dans les mains et les genoux repliés sur la poitrine, Jane patientait devant la salle de conférences de Blackhawk Security. Il y avait plus de deux heures que Sullivan et son équipe discutaient du meilleur plan à adopter pour capturer Menas. Elle avait demandé à participer à la réunion mais Sullivan s'était montré inflexible : seuls ses agents avaient voix au chapitre.

Les photos affichées sur les murs de la chambre de Christopher — ces photos qu'il avait prises d'elle à son insu — lui revenaient constamment en mémoire, l'obsédant jusqu'au vertige.

Elle ferma les yeux, en proie à un malaise grandissant. Des voix d'hommes filtrant à travers les portes en verre de la salle de conférences attirèrent son attention. La réunion était-elle enfin terminée ?

Soudain, la porte s'ouvrit et une jeune femme apparut, si mince et si éthérée qu'on eût dit une apparition. Blonde, avec des cheveux longs, portant des talons aiguilles et une jupe crayon, elle prit le couloir à pas menus après avoir adressé un petit sourire triste à Jane.

Remarquant les dossiers qu'elle avait dans les mains, Jane faillit lui demander ce qu'il était ressorti de la réunion, mais la jeune femme blonde paraissait si pressée et si contrariée qu'elle n'osa pas.

Quatre ou cinq hommes sortirent tranquillement à sa suite. Jane n'en connaissait aucun, en dehors d'Anthony, cette montagne de muscles qui se cachait derrière des lunettes de soleil. Une autre femme sortit à son tour. Celle-ci avait des cheveux châtains coupés au carré juste au-dessus des épaules, et des traits un peu grossiers. Il devait s'agir d'Elisabeth, l'experte que Sullivan avait appelée pour tenter de retracer l'appel que Jane avait reçu sur son portable peu après leur arrivée au chalet. Le dernier à sortir fut un homme à l'allure athlétique et à la peau bronzée. Il se dirigea droit sur elle.

— Jane, dit Sullivan, qui attendait sur le pas de la porte que tout le monde soit sorti, je te présente Vincent Kalani, notre expert en criminalistique.

— Ravi de faire enfin votre connaissance.

Son accent hawaïen et sa solide poignée de main mirent tout de suite Jane en confiance. Il avait relevé le col de son caban, mais on apercevait quand même ses tatouages, de grandes volutes noires qui partaient du cou et couvraient probablement une grande partie de sa poitrine.

— J'ai l'impression de vous avoir déjà rencontrée, dit-il après l'avoir scrutée de la tête aux pieds.

Son regard n'avait rien de concupiscent. Il exprimait simplement de la curiosité.

— Ah bon ?

Troublée malgré tout, Jane croisa les bras sur sa poitrine.

— C'est Vincent qui est allé chez vous pour collecter des preuves. Pour avoir longtemps travaillé pour la police new-yorkaise, il connaît bien ces cas de harcèlement, expliqua Sullivan en se rapprochant d'elle et en posant une main sur le bas de son dos. Va-s'y, Vincent, dis-lui ce que tu as trouvé.

— Eh bien, en dehors des rouleaux de pâte à cookies aux pépites de chocolat planqués dans le bac à légumes du réfrigérateur, strictement rien.

— Comment ça, *strictement rien* ? s'indigna Jane. Je n'ai pourtant rien inventé. Ce cinglé est bel et bien entré chez moi. J'en ai la preuve dans mon téléphone…

— Il ne subsiste aucune trace de son passage, déclara Vincent, impassible, en lui tendant un mince dossier. Ni empreintes, ni cheveux, ni poils, ni fibres : absolument rien.

— C'est impossible, voyons !

Elle referma le dossier après y avoir jeté un bref coup d'œil. Le découragement le disputait en elle à la colère. Le regard appuyé de Vincent quand il lui avait serré la main prenait maintenant tout son sens. Il mettait en doute ses allégations.

Lui rendant le rapport, elle leva les yeux vers lui.

— Vous ne me croyez pas, déclara-t-elle.

Aux éclats de voix entendus tout à l'heure, elle avait compris que son cas faisait débat, certains membres de l'équipe la prenant sans doute pour une affabulatrice. Et Sullivan ? La croyait-il ? Ou bien croyait-il Vincent ?

— Et vous ? demanda-t-elle en se tournant vers lui. Je suppose que vous avez lu ce rapport. Après tout ce qu'il s'est passé au cours des dernières trente-six heures, l'accident de voiture, l'incendie, quel est votre sentiment ?

— Je ne peux faire abstraction du fait que vous ayez passé sous silence le suspect principal. Force est d'admettre qu'en l'état actuel des choses, dit-il en regardant le rapport de Vincent, rien ne prouve que Christopher Menas vous harcèle. La dépanneuse et les photos ont pu être utilisées pour le piéger et faire croire à sa culpabilité. Quelqu'un peut vouloir se venger de lui puisqu'il n'a jamais comparu pour les agressions sexuelles dont il s'est rendu coupable, il y a dix ans.

Ce *quelqu'un*, c'était elle, bien sûr. Un coup de couteau en plein cœur ne lui aurait pas fait plus de mal que ces perfides sous-entendus sortant de la bouche de Sullivan. Par miracle, elle parvint à sauver la face mais elle sentait qu'elle ne pourrait faire illusion bien longtemps.

— Je vois, dit-elle d'un ton le plus neutre possible. D'après vous, j'ai engagé quelqu'un pour nous rentrer dedans sur le pont ? J'ai pris moi-même toutes ces photos et les ai placardées sur les murs de sa chambre ? Et j'ai mis le feu à l'appartement pendant qu'Elliot et vous regardiez ailleurs, c'est bien ça ?

— Ecoutez, mademoiselle Reise, dit Vincent. Vous êtes une femme intelligente, brillante même, comme le prouvent vos diplômes de droit et vos états de service dans l'armée. Vous pourriez très bien avoir mis sur pied un plan qui vous permette de vous venger d'un homme qui n'aurait pas payé pour ses crimes.

Il fit un pas vers elle, sans doute pour essayer de l'intimider du haut de son mètre quatre-vingt-quinze. Mais elle ne cilla pas. On ne l'avait pas surnommée la Terreur des tribunaux militaires pour rien.

— Est-ce la raison pour laquelle vous vous êtes adressée à Blackhawk Security ? demanda Vincent.

— C'est *capitaine* Reise, rectifia Jane en relevant fièrement le menton. Et je ne vois vraiment pas de quoi vous voulez parler. J'ai déjà dit à Sullivan pourquoi j'étais venue le trouver. Lui seul est capable d'arrêter le maniaque qui me harcèle.

— Je crois savoir qu'il y a une autre raison, dit Vincent en fourrant les mains dans les poches de son caban. Comme Sullivan vient de nous l'expliquer en réunion, au procès de Marrok Warren en cour martiale, vous étiez, en tant que procureur général, la plus déterminée à le faire condamner. Mais vous n'avez pas supporté que Sullivan vous tienne pour responsable de la mort de son frère, aussi êtes-vous aujourd'hui en train d'essayer de vous faire passer pour une victime. À moins que le fait que vous ayez emménagé à Anchorage peu de temps après que Sullivan a démissionné de la marine ne soit qu'une simple coïncidence ?

Jane dut serrer les dents pour empêcher sa mâchoire de trembler. Ils n'avaient rien compris. Marrok n'avait rien à voir là-dedans. Pas plus que les griefs que Sullivan pouvait avoir contre elle. C'était de sa survie qu'il s'agissait. Se tournant vers Sullivan, elle mobilisa ses toutes dernières forces pour lui dire ce qu'elle pensait de lui et de sa façon de faire. Elle le regarda droit dans les yeux, ces yeux bleu outremer dans lesquels, sotte qu'elle était, elle avait eu envie de se perdre.

— Si c'est en accusant les victimes que vous faites tourner votre agence de sécurité, eh bien, j'ai eu tort de m'adresser à vous !

Sur ces mots, elle se dirigea d'un pas décidé vers l'ascenseur, à l'autre extrémité du couloir. À mi-chemin, elle s'immobilisa à côté d'un ficus factice et lança par-dessus son épaule :

— Épluchez mes relevés téléphoniques, mes e-mails ou mes relevés bancaires, enfin, tout ce que vous voudrez, et faites-moi signe quand vous aurez trouvé qui est l'enfoiré qui essaie de me tuer !

Cette tirade ayant apparemment sorti Sullivan de sa léthargie, elle ralentit un peu le pas.

— Où allez-vous ? demanda-t-il en lui courant après.

— Je ne vais pas restée là à attendre que l'homme qui me traque sans relâche m'ait retrouvée, répondit-elle en s'engouffrant dans la cabine d'ascenseur. Cela fait plus de vingt-quatre heures que je n'ai ni dormi ni mangé. Alors je rentre chez moi. Seule. Je vous interdis de me suivre.

Elle appuya sur le bouton du rez-de-chaussée et garda obstinément les yeux fixés sur les diodes lumineuses jusqu'à ce que la porte se referme et qu'elle puisse enfin laisser couler ses larmes.

6

Jane n'y était strictement pour rien.

Il l'avait compris à la seconde où elle avait autorisé son équipe à accéder à ses relevés bancaires et relevés de communications téléphoniques, et à fouiller dans son ordinateur portable. Vincent avait poussé le bouchon un peu trop loin, mais enquêter à fond sur la jeune femme avait été le seul moyen de l'éliminer définitivement de la liste des suspects. Il y avait dans cette affaire beaucoup trop de coïncidences, de fausses pistes et de questions sans réponses. Comment Menas pouvait-il être aussi bien informé de leurs moindres faits et gestes ? Lorsqu'il les avait attendus au feu à l'entrée du pont pour les percuter, comment avait-il su quel itinéraire ils emprunteraient ? Et le chalet au milieu des bois, qui le lui avait indiqué ? Comment s'y était-il pris pour les piéger comme des bleus dans l'appartement ?

Etouffant un grognement de frustration, Sullivan cogna trois coups à la porte munie d'un judas. Dès qu'il avait franchi le seuil de la salle de conférences, il avait tenu à signifier à son équipe qu'il n'était pas là pour interroger Jane. Mais les indices — ou plutôt l'absence d'indices — en disaient long. Ils avaient affaire à un professionnel.

La porte s'ouvrit brusquement. Et l'espace d'un instant, le temps se figea. Jane était décidément une très belle femme.

— Je vous avais interdit de me suivre, dit-elle en appuyant contre le battant son corps mince et athlétique.

— Puis-je entrer ?

Il avait très envie de la toucher, de s'assurer qu'elle ne lui tenait pas rancune et que le climat de confiance qu'ils avaient instauré au cours des deux derniers jours était intact.

Elle ne fit pas mine de s'écarter pour le laisser entrer.

— Laissez-moi deviner, dit-elle en croisant les bras sur sa poitrine, attirant l'attention sur le fait qu'elle ne portait pas de soutien-gorge. Vous êtes venu me dire que vous avez la preuve que j'ai tout manigancé dans le seul but de me venger de Christopher Menas. C'est bien ça ?

— Je suis désolé que les soupçons se soient portés sur vous, déclara-t-il, sincèrement navré. Mais c'est officiel : vous ne figurez plus sur la liste des suspects. Vous ne serez plus embêtée.

Hochant la tête, Jane s'écarta enfin. S'obligeant à garder la tête froide, il passa devant elle et se mit à chercher des yeux d'éventuels signes d'effraction. Mais ni la fenêtre ni la baie vitrée ne semblaient avoir été forcées. Jane avait pris soin de tout verrouiller. Avec ses trois chambres et deux salles de bains pleines de couleurs et décorées avec goût, la maison qu'elle louait contrastait avec le dénuement monastique de son propre bungalow et de son bureau. L'odeur de son parfum imprégnait l'air. Toute la maison embaumait la vanille. Il fit volte-face, bien décidé à lui dire ce qu'il était venu lui dire et à partir avant de céder à la tentation de rester.

— Si cela peut vous rassurer, j'ai demandé à Elisabeth de vérifier vos déclarations et tout s'est révélé exact, dit-il.

Un bip emplit la salle de séjour. Lui effleurant le bras au passage, elle se précipita dans la cuisine et ouvrit le four à micro-ondes.

— On a essayé de me tuer deux fois en l'espace de

deux jours. Rien ne pourra me rassurer en dehors de ma pâte à cookies, si Vincent n'a pas fait mains basses sur mon stock.

Claquant la porte du four, elle planta une fourchette dans la mixture fumante et se mit à souffler dessus, ce qu'il trouva incroyablement sexy. Dans cet environnement domestique, en T-shirt et pantalon de jogging, Jane semblait parfaitement à l'aise. Ses cheveux humides laissaient penser qu'il l'avait surprise au sortir de la douche. S'il n'avait pas poireauté dans sa voiture aussi longtemps, hésitant à frapper à sa porte, peut-être serait-il arrivé au moment où…

— Comment va Elliot ? demanda-t-elle, coupant court à ses pensées libidineuses.

— Il s'en remettra. Ce n'est pas un petit coup sur la tête qui va avoir raison d'un dur à cuire tel que lui. Mais ce n'est pas la raison de ma visite.

Sullivan s'efforçait de la regarder dans les yeux mais il était hypnotisé par ses hanches étroites qui flottaient dans le jogging.

— Je voudrais savoir comment vous avez fait pour vous introduire dans mon bureau avant-hier, et qui vous a révélé mon vrai nom.

Elle lui jeta un regard stupéfait, mais il lui fallut moins d'une fraction de seconde pour se ressaisir.

— Est-ce parce que vous continuez de penser que je cherche à me venger que vous tenez tant à le savoir ? Ou par simple curiosité ?

— J'ai équipé mon agence d'un système de sécurité ultra-performant, fait installer des centaines de caméras un peu partout et je paie des vigiles pour qu'ils surveillent les locaux jour et nuit.

Tout en parlant, Sullivan se rapprocha d'elle. Il ne pouvait empêcher son cœur de battre la chamade. Impassible, elle lui fit face, relevant légèrement la tête pour affronter son regard. Captivé par les effluves de vanille qui émanaient d'elle, il ne put résister à l'envie de s'approcher plus près. Au cours de sa vie, il avait été blessé par balles à plusieurs reprises, il avait été torturé, il avait traversé mille épreuves extrêmement éprouvantes et certains de ses hommes étaient morts sous ses yeux. Mais jamais encore il ne s'était senti aussi troublé. Comment se faisait-il que Jane produisît sur lui un tel effet ?

— Toutes ces mesures rendent impossible une intrusion dans mes bureaux. Quant à ma véritable identité, j'ai mis un tel soin à en effacer la moindre trace que la CIA elle-même s'y casserait les dents.

— C'est vrai, admit-elle en plantant ses yeux noisette dans les siens. Vous possédez un système de sécurité inviolable. Mais fouiller dans votre passé et en exhumer ce que je cherchais n'a pas été très compliqué. Cela étant, je ne vous révélerai tous mes secrets que lorsque je serai sûre de pouvoir vous faire confiance.

Sullivan redressa l'échine.

— Vous me semblez bien arrogante pour une femme qui a été soupçonnée d'avoir mis en scène son soi-disant harcèlement.

— Si vous aviez accordé quelque crédit à la thèse de Vincent selon laquelle j'aurais tout manigancé et ne serais venue ici que pour vous faire changer d'avis à mon sujet, vous n'auriez pas essayé de convaincre votre équipe de ma bonne foi, tout à l'heure, en salle de conférences.

Il ne pouvait la contredire. Son instinct — et Dieu sait que dans la marine on lui avait appris à développer cet instinct et à s'y fier — lui criait qu'elle était innocente. Le détraqué — qu'il s'agisse de Christopher Menas ou de quelqu'un d'autre — qui se donnait un mal de chien pour lui rendre la vie impossible agissait de son propre chef. Jane n'y était pour rien. Il en était persuadé.

— Bon, si vous avez faim, continua-t-elle d'un ton

plus affable, j'ai d'autres plateaux-repas dans le congélateur à réchauffer au micro-ondes. À moins que vous ne préfériez des sandwichs au beurre de cacahuètes ?

Elle prit un fin plateau noir sur lequel étaient posés des espèces de nuggets de poulet, de la purée et un brownie.

— Mais si vous tenez à passer la nuit dans votre SUV et à mâchouiller du bison séché en guise de dîner, libre à vous !

— Vous m'avez vu ? demanda Sullivan sans pouvoir cacher sa surprise.

Bien sûr qu'elle l'avait vu ! songea-t-il, de plus en plus émoustillé. Jane n'était pas une cliente ordinaire. Dans son métier, les menaces de mort étaient légion, aussi devait-elle être sur ses gardes en permanence et dormir avec un revolver sous son oreiller.

— Et moi qui pensais être la discrétion même quand j'étais en planque ! se lamenta-t-il.

— Cela fait trois mois qu'un psychopathe me harcèle où que j'aille et quoi que je fasse, alors vous pensez bien que j'ai tout de suite remarqué votre SUV garé dans la rue un peu plus bas depuis environ deux heures. Et puis, je ne suis pas stupide. Je n'aurais pas pris le risque de baisser ma garde pour prendre une douche si je n'avais pas su que quelqu'un surveillait la maison et réagirait à la moindre alerte.

Jane engouffra une grosse cuillérée de brownie. Les yeux brillants, esquissant un sourire, elle déclara :

— Quelle piètre opinion auriez-vous de moi si je vous avouais que c'est pour le brownie que j'achète ces plateaux-repas ?

Bloquant sur une information qu'elle avait lâchée comme par mégarde, Sullivan se raidit.

— Où que vous alliez, dites-vous ?

Cessant de sourire, elle reposa sa cuillère et s'essuya la bouche du dos de la main.

— Je crains d'avoir passé sous silence ce petit détail. À vrai dire, Vincent n'avait pas tout à fait tort sur les raisons de mon séjour à Anchorage. Je ne suis pas venue dans l'espoir insensé de me faire pardonner ce qui est arrivé à Marrok, mais parce que j'ai commencé à paniquer quand je me suis aperçue que des objets disparaissaient de mes quartiers en Afghanistan. Au début, c'étaient des petits trucs insignifiants, une pince à cheveux ou un foulard.

Elle posa le plateau sur la table et croisa les bras sur sa poitrine.

— Puis on m'a volé mon arme de service. Un Smith & Wesson de calibre 40. J'ai alors demandé un congé pour raisons personnelles et je suis venue vous trouver. Et vous faire chanter, si vous refusiez de m'aider.

— Vous voulez dire que votre harceleur a retrouvé votre trace en Afghanistan puis vous a suivie aux Etats-Unis ?

Sullivan se promit de vérifier les déplacements de Menas, ses relevés bancaires et tout ce qui pourrait prouver qu'il se trouvait au Moyen-Orient au même moment que Jane. Dommage qu'ils n'aient pas commencé par là, mais ils n'avaient pas vraiment eu le temps de fouiller dans la vie de Menas avant qu'elle parte littéralement en fumée.

— Je ne vois absolument pas qui pourrait m'en vouloir à ce point. En dehors de vous.

Tandis qu'elle prononçait ces mots, il vit son beau regard s'assombrir.

— C'est vous, si ça se trouve, qui me harcelez.

— J'ai bien essayé de vous haïr, dit-il, mais comment pourrais-je continuer de vous en vouloir alors que vous m'avez sauvé la vie au chalet, et que vous avez traversé un mur de flammes pour secourir mon enquêteur ?

Visiblement soulagée, elle reprit son plateau-repas.

— Puisque vous n'êtes pas là pour me dénoncer à la police et que je ne vous dirai pas comment j'ai fait pour m'introduire dans vos locaux, qu'êtes-vous venu faire chez moi, lieutenant Bishop ?

— Vous n'êtes pas en sécurité, ici. Ce type vous connaît. Il en sait bien plus qu'il ne devrait et…

— En l'état actuel des choses, je ne suis en sécurité nulle part. Les récents événements l'ont montré. Alors autant que je sois chez moi, vous ne croyez pas ?

Au bord des larmes, elle reposa son plateau sur la table.

— Où que j'aille, je sais qu'il me retrouvera, dit-elle d'une toute petite voix.

— Sauf si je prends les choses en main.

Bouleversé par le désarroi de Jane, il combla la distance qui le séparait de la jeune femme et prit son visage entre ses grandes mains rugueuses. Bêtement troublé par son parfum, il songea très fugacement à son frère, mais en cet instant, sa priorité était de redonner à Jane un peu de joie de vivre.

— Nous devrions aller dormir, suggéra Jane, le souffle court, en se dégageant. Vous pouvez vous étendre sur le canapé et si vous avez faim, n'hésitez pas à vous servir dans le réfrigérateur.

Il la retint par le bras. Elle était forte pour une femme aussi mince.

— Vous me laisseriez taper dans votre stock de pâte à cookies ?

— Bien sûr. Vous l'avez mérité, il me semble. Mais je ne suis toujours pas disposée à vous dire comment je m'y suis prise pour entrer dans votre agence, déclara-t-elle avec un petit sourire malicieux.

Sullivan dut se faire violence pour la lâcher. Bon sang, fallait-il qu'il soit masochiste pour se mettre dans des situations pareilles ! S'amouracher d'une cliente — et de pas n'importe quelle cliente, par-dessus le marché ! — était une grossière erreur. Probablement la pire qu'il eût commise de toute sa vie. Mais dès qu'il posait les yeux sur elle, il oubliait à qui il avait affaire. Il oubliait que deux jours plus tôt il l'avait tenue en joue. La chair était faible, hélas, et son imbécile de cœur ne lui facilitait pas les choses.

— Puis-je au moins avoir un indice ?

— OK, je vais vous donner un indice, concéda-t-elle. Mais vous ne m'extorquerez rien d'autre, je vous préviens.

Lui passant les bras autour du cou, elle noua ses mains derrière sa nuque et se haussa sur la pointe des pieds pour lui murmurer à l'oreille :

— Si vous voulez le savoir, ça n'a pas été aussi compliqué que cela.

Jane entra dans sa chambre d'un pas décidé et referma la porte derrière elle. Mais son cœur continua de battre la chamade comme si Sullivan était toujours à côté d'elle. Et dire qu'elle avait été à deux doigts de l'embrasser…

Encore toute vibrante de désir, elle s'adossa un instant au battant de la porte. Qu'est-ce qu'il lui avait pris de lui proposer de dormir sur le canapé ? Sachant que quand il avait encadré son visage de ses mains, elle avait cru défaillir, elle aurait vraiment mieux fait de s'abstenir. Avec lui juste à côté, elle n'allait pas fermer l'œil de la nuit.

Elle devait se ressaisir au plus vite. Si elle voulait rester en vie, il était impératif qu'elle garde la tête froide. Forte de cette résolution, elle souffla par le nez pour se débarrasser de l'odeur virile de Sullivan et se sentit tout de suite mieux. Ouvrant sa penderie, elle composa le code six chiffres de son coffre-fort ignifugé. Elle le pensait vraiment quand elle avait dit à Sullivan que son harceleur viendrait la traquer jusque chez elle.

En fait, elle n'attendait que ça.

C'était la raison pour laquelle elle était rentrée. Le cinglé qui la persécutait n'hésitait pas à s'en prendre à tous ceux qui se dressaient sur son chemin, aussi comptait-elle sur Sullivan pour l'intercepter et l'empêcher de faire des victimes collatérales. Sullivan allait devoir déployer d'importants moyens matériels et humains car l'homme était bien plus dangereux qu'elle ne l'avait cru. Ils l'avaient tous largement sous-estimé.

Sachant la confrontation inévitable, Jane préférait l'attendre chez elle, entre ses murs. Au moins s'y sentait-elle à l'aise, dans son élément. Certes, l'homme s'était déjà introduit chez elle et avait sans doute fouillé la maison. Mais c'était là qu'elle vivait, dans cette maison dont elle connaissait le moindre recoin.

Si elle devait le coincer, ce serait là, chez elle.

Extirpant du coffre son arme personnelle, un Smith & Wesson de calibre 40 identique à celui qu'on lui avait volé en Afghanistan, elle fit basculer le chargeur puis le remit en place en un tournemain. C'était un geste qu'elle aurait pu accomplir les yeux fermés. À l'armée, elle s'était entraînée à monter et démonter n'importe quel fusil, mais son petit revolver ferait l'affaire pour ce soir. La crosse en métal se réchauffait peu à peu au creux de sa main. Elle en aimait le contact. Il y avait bien longtemps qu'elle n'avait pas eu à tirer à vue sans préavis, mais ce soir, c'était une question de vie ou de mort.

Sans compter que Sullivan Bishop était en bas, couché sur le canapé.

— Tiens le coup, ma grande. Ce sera bientôt fini, murmura-t-elle avant de glisser le pistolet sous son oreiller.

Elle se mit au lit mais les draps lui parurent froids et lui donnèrent la chair de poule. Rien à voir avec les frissons de volupté que faisaient courir sur sa peau les mains de Sullivan, songea-t-elle, le corps et l'esprit en émoi. Il suffirait qu'elle descende le rejoindre sur le canapé…

Non, pas question ! gronda en elle la voix de la raison. Se tournant sur le côté, Jane fixa l'œil de la minuscule caméra qu'elle avait installée quelques minutes avant que Sullivan ne cogne à sa porte. Si l'homme qui voulait sa peau s'avisait de revenir, elle le verrait. À condition, bien sûr, de ne pas dormir. Elle allait veiller toute la nuit, l'attendre et en finir avec cette histoire. Pour pouvoir enfin recommencer à vivre normalement. Et pour accessoirement s'autoriser à laisser s'exprimer l'attirance qu'elle ressentait pour Sullivan.

Plongeant le nez dans l'encolure de son T-shirt, elle respira l'odeur qu'il avait laissée sur ses vêtements. Lorsqu'il n'y aurait plus de chantage entre eux, lorsque la menace la visant aurait disparu, elle serait libre de nouer avec lui une relation plus intime.

Les paupières closes, elle songeait au regard magnétique de ses yeux bleus. Fatiguée au point d'avoir mal partout car cela faisait maintenant plus de vingt-quatre heures qu'elle ne s'était pas allongée, elle luttait âprement contre le sommeil. Ce n'était pourtant pas le moment de dormir. La caméra allait capturer l'image de son harceleur et leur prouver que ce petit jeu pervers était bien l'œuvre de Christopher Menas — un jeu auquel, grâce au revolver caché sous son oreiller, elle allait mettre fin radicalement.

Un silence assourdissant la tira du sommeil.

Jane se frotta les yeux énergiquement. Et zut ! En dépit de ses résolutions, elle s'était endormie. Glissant machinalement une main sous l'oreiller pour récupérer son revolver, elle tâtonna et se dressa sur son séant. Elle avait l'esprit embrumé mais pas au point de ne pas s'apercevoir que l'arme avait disparu. Fébrile, elle alluma la lampe de chevet pour fouiller l'ensemble du lit.

Un bout de papier blanc était posé sur l'oreiller, à côté d'un revolver S&W de calibre 40 qu'elle reconnut immédiatement. Son arme de service ! Celle qu'on lui avait dérobée en Afghanistan.

Son cœur se décrocha dans sa poitrine.

« VOUS ALLEZ EN AVOIR BESOIN »

Ces cinq mots se détachaient en caractères d'imprimerie sur le bout de papier.

Ce salaud était entré chez elle. Peut-être même l'avait-il touchée…

À cette seule pensée, la nausée lui souleva l'estomac. Elle était revenue dans le seul but de l'attirer chez elle, mais le dégoût que ce pauvre type lui inspirait la paralysait. Comment diable avait-il fait pour entrer dans la maison et monter dans sa chambre à l'insu de Sullivan ?

— Mon Dieu, Sullivan ! murmura-t-elle, affolée, en jetant un coup d'œil à la porte entrouverte.

S'il lui était arrivé quelque chose, elle s'en voudrait jusqu'à son dernier jour de l'avoir entraîné là-dedans.

Le bruit mat de la porte d'entrée la fit bondir hors de son lit. L'intrus était encore dans les parages. Arme au poing, elle sortit de sa chambre en trombe et se lança à sa poursuite. Cette fois, elle ne le laisserait pas filer.

Le froid glacial de novembre la saisit mais, concentrée sur son objectif, elle ne s'en soucia pas et se mit à courir comme une dératée. La plaisanterie avait assez duré. Ce salopard avait fini de la terroriser. Indifférente au froid mais aussi au gravier qui écorchait la plante de ses pieds nus, elle poursuivait le fuyard avec l'énergie du désespoir. Prenant vers le sud, il passa sous un réverbère. Elle vit qu'il portait une grosse veste noire, une casquette à l'effigie des Huskies, et qu'il avait les cheveux châtains, coupés court, mais elle était trop loin pour distinguer ses traits. Serrant les dents, elle allongea encore sa foulée. L'homme venait de s'engouffrer dans une ruelle, entre deux maisons. S'il croyait la semer, il se trompait !

— Christopher ! cria-t-elle lorsqu'elle le perdit de vue.

Pantelante, elle ralentit. Elle avait la chair de poule, les pieds en sang, mais pas question qu'elle renonce. Le jour où elle avait emménagé, elle avait exploré le coin et repéré toutes les issues possibles. Elle savait que la ruelle que venait d'emprunter le fuyard donnait sur l'arrière d'un restaurant chinois. À moins qu'il ne se réfugie à l'intérieur de la grande usine, juste en face, il allait se retrouver piégé. Fait comme un rat.

Recroquevillée dans l'encoignure du mur qui longeait la ruelle, elle attendait, aux aguets. Elle n'y voyait pas grand-chose mais les émanations poivrées d'après-rasage qui flottaient dans l'air ressuscitèrent en elle de vieux souvenirs. Elle se revit à l'université, amoureuse pour la première fois, puis déçue, malheureuse et en proie à la peur. C'était l'après-rasage de Christopher. Elle l'aurait reconnu entre mille.

Mais pourquoi Christopher la harcelait-il, après toutes ces années ? C'était complètement fou.

Son instinct la poussait à laisser tomber et à rentrer. Le fuyard avait disparu et ça, c'était bizarre. Et inquiétant. À se demander s'il n'avait pas cherché à l'attirer jusque-là… Mais dans quel but ?

— Jane ! appela Sullivan depuis le bas de la rue.

Il arrivait en courant. Ouf ! songea-t-elle, rassurée de ne plus se savoir seule, à la merci de ce psychopathe de Christopher. Rassurée aussi de constater que Sullivan n'était pas blessé. Il allait sans doute lui passer un savon mais tant pis.

Abaissant son arme, elle jeta un dernier coup d'œil dans la ruelle. Christopher continuait de jouer avec elle au chat et à la souris. Il s'amusait à l'effrayer. Il la manipulait. Il l'avait incitée à sortir de la maison et elle, elle avait marché. Ou plutôt couru, sotte qu'elle était ! Si elle avait pris le temps de réfléchir et de se concerter avec

Sullivan, au lieu de se lancer à sa poursuite, peut-être auraient-ils réussi à l'attraper…

Furieuse contre elle-même, Jane sortit de sa cachette et fit deux pas en direction de Sullivan.

— Il a filé par là, dans…

— Salut, Janey.

Lui plaquant une main sur la bouche, son agresseur la prit par la taille et l'attira brutalement contre son torse puissant. Puis il l'entraîna dans la ruelle sombre. Elle se débattit, tenta de lui échapper. En pure perte.

7

Sullivan fulminait, partagé entre l'envie de houspiller Jane pour son inconscience et le désir de l'embrasser. Il verrait le moment venu. Il sortit tant bien que mal de la maison, son arme à la main, mais pris de vertiges, il tomba par terre. Son organisme n'avait pas encore évacué la saloperie qu'on lui avait injectée. L'intrus était entré par la porte. Il n'y avait pas eu d'effraction. Comme un film qu'il se repasserait en boucle, Sullivan revoyait précisément chaque seconde de la scène. Il s'était levé du canapé et avait ôté le cran de sûreté de son pistolet. Puis il avait fait un pas en avant. Plus rapide que lui, l'intrus lui avait planté une seringue dans le cou avant qu'il comprenne ce qui lui arrivait. Il s'était effondré. Inerte, incapable de bouger et de parler, mais conscient, il avait vu Jane sortir en trombe et n'avait pas réagi.

Que diable avait-on bien pu lui injecter ? Un anesthésique ?

Cela faisait presque trois mois que Menas terrorisait Jane. Il allait voir, cet enfoiré, quelle sorte de monstre Sullivan recelait en lui depuis dix ans.

Gonflé à bloc par l'adrénaline qui rugissait dans ses veines, il s'élança sur les traces de Jane. Il n'avait pas fait trois pas qu'une crampe lui tétanisait le mollet droit. Ignorant la douleur, la fatigue et la torpeur, il continua de courir car il devait retrouver Jane.

Vivante.

L'homme qui la harcelait, qui jouait avec ses nerfs depuis des mois, n'était pas idiot. Il savait que Sullivan s'interposerait entre elle et lui, aussi avait-il pris soin de le droguer pour le neutraliser. Sauf que ça n'allait pas se passer comme ça.

Un bruit de pas — comme si on traînait les pieds — provenant d'une des rues sur sa gauche attira son attention. Le doigt sur la détente, il se tint prêt à tirer. Un frisson d'excitation lui parcourut l'échine. Ce genre de traque était sa spécialité. Il s'y adonnait avec un plaisir toujours renouvelé, que ce soit pour son pays, pour ses clients ou pour Jane.

Après tout ce qu'elle lui avait fait subir — ce qu'elle *continuait* de lui faire subir —, il aurait dû la détester. Mais il n'y arrivait pas. Impossible de détester une femme aussi courageuse, aussi intelligente, aussi vulnérable que Jane. Elle avait besoin d'aide. Elle avait besoin de *lui*.

Plaqué contre un mur, il scruta la ruelle plongée dans la pénombre. Rien ne bougeait, apparemment. Mais il ne fallait pas s'y fier. L'homme avait très bien pu assommer Jane. Ou même… *Non, mieux valait ne pas envisager le pire.*

Il s'engagea dans la ruelle. Les effets de l'anesthésique ne s'étaient pas encore totalement dissipés ; il se sentait moins alerte que d'habitude. Plutôt que le droguer, l'homme aurait pu se débarrasser de lui définitivement. Il allait regretter de ne pas l'avoir tué.

Où pouvait-il avoir emmené Jane ?

— Vous avez trois secondes pour vous montrer, lança-t-il d'une voix forte en levant son arme. Nous savons qui vous êtes et pourquoi vous en voulez à Jane. Vous ne nous échapperez pas. Je vous traquerai sans relâche et vous enverrai en prison.

Le bruit de pas se fit de nouveau entendre, sur sa

droite. Il braqua son arme dans cette direction. Une douleur fulgurante lui vrilla la nuque, irradiant jusqu'à la base de son crâne. Il lutta pour rester debout et ne pas baisser sa garde.

Mais une espèce d'armoire à glace se jeta brusquement sur lui, le projetant contre le mur. Sullivan en eut le souffle coupé. Armé d'un tuyau en métal, son agresseur se mit à le rouer de coups, qu'il essayait de parer tant bien que mal. Son revolver avait valsé à plusieurs mètres de lui mais il lui restait ses jambes. Bandant ses muscles, il envoya la droite le plus fort possible dans le ventre de son adversaire, qui tituba et tomba lourdement sur le côté. Il se reçut sur son bras gauche. Il y eut un craquement sinistre suivi d'un grognement sourd. Mais l'homme se releva. Un éclat de métal brilla dans la pénombre. Il avait troqué son morceau de tuyau contre un couteau.

Se relevant d'un bond, Sullivan sortit lui aussi son couteau, fixé à sa cheville, et en fit jaillir la lame. Bien d'aplomb sur ses jambes écartées et légèrement fléchies, de profil, de manière à moins s'exposer aux coups de son adversaire, il se tint prêt au combat. En voyant son assaillant prendre exactement la même position, un doute s'immisça dans son esprit.

Autant qu'il le sache, Christopher Menas n'avait reçu aucune formation militaire. Or l'homme qu'il avait en face de lui reproduisait chacun de ses gestes. Sullivan para adroitement la première attaque et riposta par un crochet en pleine figure. L'homme portait un passe-montagne noir qui masquait entièrement son visage. Lorsque Sullivan lui taillada la poitrine, l'homme poussa de nouveau un grognement mais, loin de déclarer forfait, il se jeta sur lui avec une violence décuplée.

De toutes ses forces, Sullivan lui envoya son pied dans la rotule. L'air vif et l'adrénaline avaient fini par dissiper les effets de l'anesthésique mais il n'avait pas encore tout à fait retrouvé ses réflexes et ne put éviter le coup de couteau de son adversaire. La douleur aiguë qui lui transperça le haut du bras accrut la hargne qu'il ressentait pour ce salopard qui harcelait Jane depuis des mois.

Assez plaisanté, songea-t-il en fonçant tête baissée sur l'homme masqué. Il l'envoya valdinguer contre le mur bordant la ruelle, dans l'espoir de l'assommer. Mais cet abruti avait la tête dure et ripostait en lui assenant de grands coups de coude dans la colonne vertébrale. Ses jambes commençant à flageoler, Sullivan utilisa toute son énergie pour faire basculer son assaillant cul par-dessus tête.

Il n'avait pas prévu que celui-ci l'entraînerait avec lui dans sa chute pour reprendre le dessus.

Sullivan se retrouva par terre, un peu sonné. Il vit son adversaire lever le bras. L'éclat de la lame de son couteau le tira in extremis de sa torpeur. Sullivan le saisit par le poignet et s'efforça de faire dévier la trajectoire de la lame qu'il menaçait de lui enfoncer dans le sternum. Sullivan était plus fort mais son adversaire luttait âprement pour arriver à ses fins. Le bras de fer qui s'était engagé entre eux risquait de mal se terminer. À bout de souffle, Sullivan sentait la sueur lui dégouliner dans les yeux.

Il ne pouvait pas se permettre de perdre. La vie de Jane était en jeu. Levant son genou droit, il l'enfonça dans les côtes de son assaillant pour se dégager. Puis il roula sur lui-même, se remit sur pieds et saisit l'homme par le cou avant qu'il ait eu le temps de se relever complètement. Il le fit pivoter vers lui et lui mit son couteau sous la gorge.

Hoquetant, l'homme cherchait désespérément son souffle.

— Où est-elle ? Qu'avez-vous fait de Jane ?

Déformée par la rage, par une folle envie de meurtre, la voix de Sullivan résonna dans la ruelle déserte. D'un geste brusque, il arracha à l'homme son passe-montagne.

Puis il le poussa sans ménagement sous le réverbère. Ce qu'il vit le décontenança tellement qu'il faillit le lâcher.

— Mais qui diable êtes-vous donc ? demanda-t-il. Je vous avais pris pour Christopher Menas.

L'inconnu se mit à rire. Il était bien plus vieux que Menas, âgé de trente-quatre ans, et il avait un visage très marqué. Se contorsionnant pour le regarder, il lui décocha un sourire sardonique.

— Je suis là pour tuer, pas pour parler.

— Un tueur à gages. Super !

Il aurait dû s'en douter. Menas ne savait probablement pas se battre. Il conduisait une dépanneuse. Mais comment ce type falot avait-il fait pour se procurer un homme de main ?

— Où est Jane ? répéta Sullivan en appuyant un peu plus fort la lame de son couteau sur la carotide du tueur.

En voyant le laser d'un tireur embusqué passer furtivement sur l'épaule du mercenaire, Sullivan réagit au quart de tour. Lâchant son couteau, il fit pivoter l'homme, qui reçut deux balles dans le dos.

À la faveur de la lune, il vit briller quelque chose sur le toit de l'entrepôt juste en face. Cela ne dura qu'une fraction de seconde mais il comprit immédiatement qu'il s'agissait de la lunette d'un fusil. Un autre tueur à gages avait sans doute pour mission de terminer le travail. Mais où donc était passée Jane avec tout ça ?

Repoussant l'homme qui lui avait servi de bouclier, Sullivan se dirigea à grands pas vers l'usine, sise à l'extrémité nord de la ruelle. Un petit coup sur le minuscule émetteur-récepteur logé dans son oreille lui permit d'entrer en contact avec son expert en armement.

— De nouveaux participants se sont invités dans la partie, dit-il. L'un d'eux vient de me tirer dessus. Depuis l'entrepôt se trouvant au nord de la maison de Jane. Ramène-le-moi.

— Entendu, répondit Anthony avant de raccrocher pour exécuter les ordres sans délai.

S'étirant la nuque, Sullivan entendit ses vertèbres craquer sinistrement. Peu lui importait le nombre de tueurs que Menas avait engagés pour couvrir ses arrières. Ce salopard pouvait bien avoir recruté une armée entière que cela n'aurait rien changé. Sullivan allait retrouver Jane. Envers et contre tout.

Jane lui balança un grand coup de coude dans la poitrine mais elle se heurta à de solides pectoraux recouverts de Kevlar. Elle lui enfonça ses ongles dans le poignet pour lui faire lâcher prise, moulina des deux jambes et se déporta brusquement vers l'avant dans l'espoir de le faire tomber. Sans résultat. L'homme était un véritable colosse que rien ne semblait pouvoir ébranler. Elle se débattait comme un beau diable mais il ne cillait pas et traçait son chemin à travers l'usine.

— Tu as vraiment cru pouvoir m'échapper, Jane ? Je ne suis plus celui que tu prétendais aimer à l'époque où nous étions tous deux à l'université. J'ai changé. Parcouru le monde. Tué à l'occasion. Je me suis aussi fait de nouveaux amis.

Cette voix étrangement familière au creux de son oreille droite la fit frissonner. *Christopher Menas.*

— Et pendant tout ce temps, j'ai attendu le moment favorable, confia-t-il en lui soufflant dans le nez son haleine de fumeur.

— Christopher, je t'en prie. Il n'est pas nécessaire d'en arriver là.

Il la serrait si fort qu'il l'étranglait à moitié. Elle avait du mal à respirer et ses pieds nus la faisaient terriblement souffrir car elle marchait parfois sur des morceaux de ciment brisé. Ils avaient déjà parcouru un bon bout de chemin à l'intérieur de la fonderie, slalomant entre d'énormes machines dont elle ignorait la fonction. Il régnait là-dedans une chaleur infernale. Plus ils s'enfonçaient dans cette usine cauchemardesque et moins il y avait de chances que Sullivan la retrouve. Car il s'était lancé à sa recherche, elle le savait. Il fallait qu'elle trouve un moyen de gagner du temps. De ralentir Christopher pour donner à Sullivan une chance de les rattraper.

— Oh ! que si, Janey ! affirma Christopher.

Elle frémit en l'entendant l'appeler par le petit nom qu'il lui avait donné autrefois. Sauf qu'il n'avait aujourd'hui plus rien d'affectueux.

S'arrêtant net, Christopher lui fit faire volte-face.

Ses yeux marron foncé brillaient comme de la braise à la lueur du métal fondu qui se déversait dans une cuve à moins de deux mètres d'eux. Il devait rester dans l'usine quelques ouvriers qui travaillaient de nuit, mais Christopher semblait se moquer pas mal de tomber sur l'un d'eux. À son regard dément, Jane comprit qu'il n'hésiterait pas à tuer quiconque se dresserait sur son chemin. Elle redoutait que des innocents soient sacrifiés à cause d'elle.

Christopher la contemplait en silence. Son visage dur était moite de sueur. Il avait effectivement beaucoup changé en l'espace de quelques années. Elle ne reconnaissait pas l'homme qu'elle avait aimé quand elle était étudiante. Ses traits avaient bien quelque chose de familier mais son visage s'était empâté. Énormément. Le gilet en Kevlar sanglé sur sa poitrine peinait à contenir ses puissants pectoraux et rendait plus étranges encore les nombreux tatouages qui ornaient ses bras bien plus musclés aujourd'hui qu'ils ne l'étaient autrefois. Son visage était en outre balafré à divers endroits : une cicatrice barrait son menton mal rasé, une autre coupait en deux la ligne de ses sourcils. Il commençait aussi à se dégarnir, son cuir chevelu présentant désormais de larges entrées.

Cet homme qui la fixait d'un air mauvais était assurément dangereux. Probablement fou. Il n'avait rien d'un dépanneur, et ne correspondait pas à l'idée qu'elle s'était faite de lui lorsque Sullivan et elle l'avaient identifié moins de douze heures plus tôt comme étant son harceleur.

— Ne t'en fais pas pour ton garde du corps, dit-il. Mes amis s'occupent de lui.

Ses *amis* ? L'angoisse étreignit le cœur de Jane.

— Qu'est-ce que ça veut dire ? demanda-t-elle en se dégageant brusquement.

Contre toute attente, Christopher la laissa s'écarter de lui. Et pour cause. Si elle tentait de s'enfuir, elle n'irait pas bien loin dans ce labyrinthe de machines. Il la rattraperait sans mal et tout ce qu'elle y gagnerait, c'était de le rendre encore un peu plus nerveux et agressif.

Il était armé jusqu'aux dents : quatre couteaux et autant de pistolets sortaient de sous son gilet de Kevlar et des poches de son pantalon de treillis. Comment était-ce possible ? Où s'était-il procuré cet arsenal ?

Il consulta sa montre puis il lui agrippa le bras et la plaqua de nouveau contre lui.

— Nous avons de grands projets pour toi.

Nous ?

— Tu as l'intention de me tuer ?

Gagner du temps à tout prix.

Il fallait le faire parler. Détourner son attention d'une façon ou d'une autre. Subrepticement, elle avança une main vers la poche de son pantalon. Au même instant, alerté par les sifflements stridents d'une machine, il tourna la tête vers la gauche et tira une arme de poing de sous son gilet. Visiblement surexcité, il était prêt à ouvrir le feu.

Elle sentit sous ses doigts le manche d'un coutelas mais s'en saisir à l'insu de Christopher paraissait impossible.

— Non, ma belle, pas tout de suite, répondit-il en s'écartant d'elle d'un mouvement souple.

Jane en profita pour lui subtiliser le coutelas convoité.

— Il va d'abord falloir, continua-t-il en refermant sur son bras l'étau de sa poigne, que nous prenions un hélicoptère.

— Je n'irai nulle part avec toi ! décréta Jane en pivotant vers lui et en lui portant un violent coup de couteau en pleine figure.

La douleur le fit se plier en deux et son cri faillit percer les tympans de Jane, qui s'enfuit à toutes jambes sans demander son reste. La chaleur suffocante qui régnait dans l'usine, emprisonnée entre des murs aveugles, mettait ses muscles à rude épreuve. Quelques foulées suffirent à l'épuiser. Il fallait pourtant qu'elle sorte de ce labyrinthe.

Toutes les fenêtres avaient été obstruées. Aucun panneau n'indiquait la sortie. Elle avait beau essayer de se repérer en se fiant aux machines près desquelles elle était passée à l'aller, impossible de retrouver son chemin. Elle ne pouvait errer sans fin dans ce dédale industriel avec un fou furieux à ses trousses. Un plan s'imposait de toute urgence. Le bruit infernal des machines couvrait celui des pas de son poursuivant. Il ne devait pas être loin, pourtant. Elle se planqua derrière une énorme machine pour reprendre son souffle. Son cœur cognait contre ses côtes à grands coups sourds. Toute sportive qu'elle était, elle savait que si elle n'avait pas été boostée par l'adrénaline qui courait dans ses veines, jamais ses jambes ne l'auraient portée jusque-là.

Quelle idée stupide, aussi, d'avoir cherché à attirer Christopher chez elle ! En même temps, elle ne pouvait pas deviner qu'il avait viré mercenaire. Rien dans ce que Sullivan ou son équipe avaient découvert dans son passé ne le laissait supposer. Encore que, maintenant qu'elle y repensait, il lui semblait bien avoir vu un jour le nom de Christopher Menas sur la liste des personnes recherchées par le FBI.

— Janey, mon chou, susurra-t-il, soudain, non loin d'elle. Ce n'est pas très gentil ce que tu m'as fait.

Jane se rencogna contre la machine derrière laquelle elle se cachait. Terrorisée. Si elle appelait à l'aide, criait au secours, Menas la repérerait immédiatement. Elle ne pouvait compter que sur elle-même.

Et sur le coutelas qu'elle lui avait volé.

Au jugé, elle aurait dit qu'elle se trouvait à l'extrémité sud de l'usine. Or à sa connaissance, il n'y avait pas de sortie de ce côté.

Où diable était Sullivan ? Un type comme lui, un ancien marine, était capable de se défendre, cela ne faisait aucun doute. Cependant, ni Sullivan ni elle n'avaient prévu que Christopher serait accompagné.

Des bruits de pas la mirent à nouveau sur le qui-vive. Elle inspira à fond, calmement. La sueur lui dégoulinait dans les yeux, et dans sa main moite, le manche du coutelas avait tendance à glisser. Il fallait qu'elle sorte de là. Qu'elle rejoigne Sullivan.

— Janey.

Christopher déboula devant elle, lui fit lâcher le coutelas et la saisit à la gorge avant qu'elle ait eu le temps de comprendre ce qu'il lui arrivait. Puis il la plaqua brutalement contre le métal brûlant de la machine dans son dos. Jane sentit une vive douleur entre ses omoplates mais il lui serrait tellement la gorge qu'elle était incapable de crier.

Tout juste si elle arrivait à respirer. Elle voyait trouble mais cela ne l'empêcha pas de constater que tout à l'heure, avec le coutelas, elle ne l'avait pas loupé.

Sauf que ce coup de couteau, Christopher allait le lui faire payer.

Mobilisant les techniques de défense apprises à l'armée, elle enfonça ses pouces dans les orbites de son agresseur et lui balança son genou dans l'entrejambe.

Il poussa un cri de goret qu'on égorge mais ne lâcha pas Jane pour autant.

— Tu vas le regretter, ma jolie, siffla-t-il en la giflant d'un revers de main. Je me suis engagé à te ramener vivante. Pas intacte.

Elle tomba si lourdement sur le sol en ciment qu'elle en vit trente-six chandelles. N'eussent été les halètements de Christopher, elle aurait sombré dans l'inconscience. Le coup de pied rageur qu'elle reçut dans les côtes lui coupa le souffle et lui ôta toute velléité de fuite. Instinctivement, elle se roula en boule mais la douleur était telle qu'elle faillit s'évanouir.

— Tu as plus de répondant que dans mon souvenir, fit remarquer Christopher, penché sur elle. Si à l'époque où nous sortions ensemble tu avais montré ce tempérament de guerrière, je n'aurais peut-être pas couru après tes petites camarades de chambre.

Au bord de l'asphyxie, Jane avala une grande goulée d'air. De nouveau oxygéné, son cerveau se remit à fonctionner. Pas question de capituler, songea aussitôt la jeune femme. Elle devait résister, coûte que coûte. C'était sa seule chance de rester en vie.

— Sullivan, murmura-t-elle presque malgré elle.

— Il est mort, déclara Christopher.

Non, par pitié. Pas Sullivan.

— Je ne te crois pas.

— À ta guise.

Approchant son visage balafré du sien, il lui glissa une mèche de cheveux derrière l'oreille. Puis il l'attrapa à bras-le-corps et la hissa en travers de ses épaules avant de se redresser. D'une main, il lui tenait les poignets, de l'autre, les genoux.

— Personne ne viendra à ton secours, mon chou. Tu es enfin toute à moi.

8

Lorsque Sullivan arriva dans l'usine, ce fut pour voir Jane jetée comme un sac de farine en travers des épaules d'un colosse armé jusqu'aux dents.

Il était grand temps qu'il arrive !

S'élançant à travers les machines, sur le sol en ciment glissant, il piqua un sprint d'anthologie. Il avait appris dans la marine à tirer sur une cible distante de plus deux cents mètres, mais il ne voulait pas risquer de blesser Jane.

La chaleur suffocante lui brûlait les poumons.

— Jane ! hurla-t-il lorsqu'il vit l'homme disparaître derrière les lourdes portes de la sortie ouest.

Jamais Sullivan n'avait couru aussi vite de sa vie. Il était trempé de sueur et son cœur semblait prêt à exploser. Mais il savait que la vie de Jane dépendait des quelques secondes qu'il lui faudrait pour rattraper son ravisseur.

Il fonça dans la porte qu'il ouvrit d'un coup d'épaule et se retrouva dehors. Le cœur battant comme un tambour, il remplit ses poumons d'air frais.

Jane avait disparu.

— Jane ! appela-t-il à nouveau, craignant de l'avoir perdue.

Bon sang, elle ne pouvait pourtant pas s'être volatilisée ! Violemment éclairé, le parking de l'usine était désert. Son ravisseur avait beau courir vite, il n'avait pas pu aller très loin. Surtout avec un fardeau d'une cinquantaine de kilos sur le dos.

Du coin de l'œil, il capta sur sa droite les faisceaux d'une paire de phares, une fraction de seconde avant qu'une Audi noire ne fonce sur lui à toute vitesse. Il se jeta de côté pour l'éviter et dégaina son Glock. Il tira à quatre reprises mais le SUV était manifestement équipé de vitres pare-balles. Après avoir traversé le parking sur les chapeaux de roue, le SUV prit la direction de la grand-route.

Tout en tapotant l'oreillette qui le reliait au meilleur élément de son équipe, Sullivan se mit à courir après l'Audi. À pied, il serait vite distancé, mais il ne voulait pas abandonner Jane.

— Laisse tomber le franc-tireur. Ravisseur et victime viennent d'embarquer à bord d'un SUV Audi noir qui fonce vers l'est en direction de l'autoroute. La plaque d'immatriculation est…

Arrivée en trombe, une des voitures de l'agence pila juste devant lui. Il plongea à l'intérieur. Anthony Harris, son expert en armement, enfonça l'accélérateur avant même que Sullivan ait refermé la portière. Puis il donna un grand coup de volant et fit un tête-à-queue.

— Ton tireur est dans cette Audi. Accroche-toi !

L'accélération brutale plaqua Sullivan contre le dossier de son siège. Il prit appui des deux mains sur le plafond tandis que le SUV rebondissait allègrement sur les ralentisseurs du parking. L'Audi, dont ils apercevaient les feux arrière, avait au moins quatre cents mètres d'avance sur eux.

— Va-s-y, mon vieux, fonce ! Ils vont nous semer.

Anthony ne moufeta pas. Toujours prêt à exécuter les ordres sans discuter, il se contenta d'appuyer encore plus fort sur l'accélérateur. Le moteur du SUV s'emballa et en quelques secondes, ils atteignirent l'autoroute. Lorsqu'ils se furent insérés dans la circulation, la tension à l'intérieur de l'habitacle augmenta d'un cran.

— Elle est là ! s'écria Sullivan en tendant le doigt vers l'Audi qui n'arrêtait pas de changer de file.

Il se pencha en avant, espérant apercevoir Jane à travers les vitres teintées. Peine perdue. On distinguait vaguement la chaîne de montagnes aux sommets enneigés qui bordait l'autoroute, mais c'était à peu près tout ce qu'on voyait car il faisait nuit noire. À la faveur des phares des autres voitures, Sullivan se rendit compte que du sang dégoulinait de son bras.

— Il y a une trousse de secours sous ton siège, l'informa Anthony sans quitter la route des yeux.

Sullivan se borna à appuyer sur la blessure avec son revolver pour stopper l'hémorragie.

— Ne t'en fais pas pour moi. Débrouille-toi juste pour rattraper le SUV. Ou du moins t'en rapprocher.

Au besoin, il sauterait sur le coffre. Mais il lui suffirait sans doute de tirer dans les pneus. À moins que ceux-ci ne soient également à l'épreuve des balles.

L'Audi déboîta brusquement et coupa deux files de voitures, au risque de provoquer un carambolage monstre. Tandis qu'Anthony écrasait la pédale de frein, Sullivan, tout en anticipant le choc d'une possible collision, gardait les yeux rivés sur le SUV qui s'engageait à présent sur la bretelle conduisant à l'aéroport international d'Anchorage. Si Jane était embarquée de force dans un avion, Sullivan savait que jamais plus il ne la reverrait. Or c'était quelque chose qu'il ne voulait même pas envisager. Ni maintenant ni jamais.

Dans un crissement de pneus qui leur écorcha les oreilles, Anthony déboîta à son tour pour prendre vers l'ouest.

— Ils se dirigent vers l'aéroport ! cria Sullivan en détachant sa ceinture.

Enjambant le dossier de son siège, il se glissa sur la banquette arrière pour extirper de sous le siège conducteur la mallette ultrarésistante qu'Anthony trimballait partout avec lui. Elle contenait des munitions. Il rechargea son Glock puis sortit d'une autre mallette trois gilets en Kevlar. Il en passa un en vitesse, et se munit de deux couteaux de commando et d'un chargeur supplémentaire.

— Je suppose que tu es armé ?

— J'ai tout ce qu'il faut, confirma Anthony. Tiens-toi prêt. Nous allons leur rentrer dedans.

Sur ces mots, l'expert en armement combla rapidement la distance qui les séparait de l'Audi dont il percuta l'aile arrière, côté conducteur. Le choc propulsa Sullivan entre les deux sièges avant.

— Recommence ! ordonna celui-ci, farouchement déterminé à empêcher le ravisseur de Jane d'atteindre l'aéroport.

Anthony fit une nouvelle embardée pour rattraper l'Audi et la percuter à nouveau. Elle ne leur échapperait pas, cette fois.

Le SUV noir zigzagua dangereusement, heurta leur propre véhicule et fit trois tonneaux avant de s'échouer sur le toit.

Anthony pila aussitôt pour ne pas lui rentrer dedans, mais Sullivan avait bondi hors de leur propre véhicule avant même qu'il soit arrêté.

Son Glock dans la main droite, un couteau dans la gauche, il se précipita vers l'épave. Un bruit de verre brisé et de respiration haletante attira son attention. Un des passagers cherchait à s'extraire du SUV. Jane, peut-être… Elle était costaude et comme lui, elle en avait vu d'autres. Mais la main qui se frayait un passage à travers les éclats de verre n'était pas celle de la jeune femme.

Un mercenaire ne te laissera aucune chance, songea-t-il. *Si tu ne tires pas le premier, il te tuera sans la moindre hésitation.*

Une portière de voiture claqua derrière lui.

Sullivan libéra le cran de sécurité de son Glock et visa sans se préoccuper le moins du monde de son expert en armement. L'ex-ranger était capable de se défendre tout seul et il connaissait la consigne : mettre le client à l'abri. À n'importe quel prix.

Les premiers coups de feu obligèrent Sullivan à se retrancher derrière le véhicule de l'agence. Il riposta, touchant le tireur à plusieurs reprises. Pas question de laisser celui-ci trouver refuge derrière les arbres qui bordaient la route. Sullivan était bien décidé à ne pas faire de quartier. La fusillade cessa. On n'entendait plus que le bruit du vent dans les frondaisons. Mais ce n'était pas fini. Loin s'en fallait. Il fit le tour de la portière, son pistolet levé.

Deux hommes plus lourdement armés s'extirpèrent à leur tour de l'épave. Mais Anthony leur tomba dessus par surprise et les neutralisa. Plusieurs secondes s'écoulèrent sans qu'il ne se passe rien. Une minute. Deux. Mais où était passée Jane ?

Une nouvelle série de coups de feu retentit. Sullivan se jeta par terre.

— Sullivan ! cria une voix familière.

Il releva la tête.

— Jane.

Repérant deux silhouettes qui couraient sur la route, il bondit et se lança à leur poursuite, ventre à terre. Il n'avait plus rien à craindre, a priori, des hommes de main de Menas. Menas, si c'était bien lui, semblait mal barré. Les arbres se faisaient plus rares le long de la route et l'aéroport était à au moins huit kilomètres. De plus, il était ralenti dans sa fuite par Jane, qu'il traînait derrière lui.

Ce constat donna des ailes à Sullivan. Mais un vrombissement sourd, qu'il prit tout d'abord pour le martèlement de son cœur dans ses oreilles, lui fit marquer une pause.

Il leva la tête.

Un cercle lumineux se matérialisa au-dessus de Jane et de son ravisseur, éclairant violemment la route. Sullivan n'eut alors plus aucun doute sur l'identité de celui-ci. Il s'agissait bel et bien de Christopher Menas.

Sullivan se remit à courir tandis que l'hélicoptère piquait droit sur sa cible.

Mais qui était donc Menas pour avoir des hélicoptères et des mercenaires à sa disposition ?

Derrière Sullivan, Anthony se mit à tirer sur le Super Cougar pour l'empêcher d'atterrir, mais sa tentative fut vaine. Conçus pour la guerre, les Cougars ne reculaient devant rien. Seuls, les missiles Hellfire pouvaient les dégommer.

Si Jane montait dans cet hélico, Sullivan n'avait plus qu'à lui dire adieu. Dans un rayon de près de cinq cents kilomètres, Menas pouvait l'emmener n'importe où. Et Sullivan la perdrait pour toujours.

— Jane ! cria-t-il en sprintant sur les derniers mètres qui le séparaient de la jeune femme.

Pour lui donner quelques secondes supplémentaires, elle balança son coude dans la figure de Menas, mais celui-ci la gifla avec une telle violence qu'elle se retrouva par terre, évanouie.

Fou de rage, Sullivan se jeta sur Menas, qui tomba à son tour. Chevauchant aussitôt ce bloc de muscles et de Kevlar, il leva son arme, le doigt sur la détente. Mais son adversaire fit dévier son poignet. La balle alla ricocher sur l'asphalte, à quelques centimètres de la tête de Menas, qui en profita pour lui décocher un coup de poing dans le flanc gauche. Déstabilisé, Sullivan roula sur le côté.

Menas se releva, le visage en sang.

— Je suppose que vous êtes le fameux marine Sullivan Bishop. J'ai beaucoup entendu parler de vous, moussaillon.

Choppant au vol le pied que Menas s'apprêtait à lui envoyer dans les côtes, Sullivan le fit tomber et lui coinça la tête entre ses cuisses serrées en étau.

Pendant que Sullivan affrontait le ravisseur de Jane, Anthony avait récupéré la jeune femme. Mission accomplie, donc. Il fallait en finir.

Le pilote de l'hélico se précipita au secours de Menas mais Sullivan le coupa dans son élan en lui logeant une balle dans chaque jambe.

— Je ne tolère aucun enlèvement quand un client m'a chargé d'assurer sa sécurité, déclara-t-il en tordant le bras de Menas.

Un crac écœurant se fit entendre mais Menas ne desserra pas les dents. Ce salaud avait du cran, il fallait le reconnaître, mais pour venger Jane, Sullivan était prêt à l'abattre.

Une pluie de balles s'abattit brusquement sur le sol, tout autour d'eux. Sullivan bondit, arme au poing. Il tira trois fois sur un second SUV surgi de nulle part et fonçant vers l'hélicoptère. Bon sang ! Menas devait avoir une autre équipe qui attendait à l'aéroport.

Le chargeur de son Glock était vide. Jetant par terre l'arme devenue inutile, couvert par Anthony, il courut se mettre à l'abri derrière l'appareil tandis que le SUV pilait dans un grand crissement de pneus.

Lorsqu'il vit deux mercenaires sortir du SUV et s'approcher de Menas — en tirant à feu nourri sur la voiture de l'agence —, Sullivan comprit que ses chances de faire la peau au harceleur de Jane étaient sur le point de s'envoler.

Inerte, Menas se laissa traîner vers le SUV par ses deux sbires, qui continuaient d'arroser copieusement Sullivan.

Incapable de riposter, Sullivan se résignait déjà à voir

Menas lui échapper lorsque le SUV de l'agence arriva soudain à sa hauteur. Anthony se pencha pour ouvrir la portière du côté passager.

— Il faut qu'on décolle de là, patron. Elle n'a pas l'air en forme.

Ignorant la portière ouverte, Sullivan monta à l'arrière, à côté de Jane, tandis que les hommes de main de Menas quittaient la scène sur les chapeaux de roue.

Il prit le pouls de la jeune femme et essuya le sang qui maculait sa joue. La voir aussi mal en point lui déchirait le cœur. Mais il l'avait retrouvée. Vivante. Et Menas n'allait pas s'en sortir comme ça, foi de Sullivan !

Un petit bip résonnait dans ses oreilles. Ses paupières pesaient des tonnes, comme si elle manquait de sommeil. Mais comment aurait-elle pu dormir avec ce bip incessant ?

Jane passa la langue sur ses lèvres, complètement sèches.

Puis elle entrouvrit les yeux et, se sentant agressée par l'éclairage au néon juste au-dessus de sa tête, se mit à cligner furieusement des paupières. Recouvrant peu à peu ses esprits, elle s'aperçut qu'autour d'elle tout était blanc : les murs, le sol, les draps. Et qu'une perfusion était installée dans son bras.

— Salut, ma jolie ! lança Elliot, tout sourire. Je savais que ma montre allait vous réveiller. C'est fascinant d'observer quelqu'un qui ouvre les yeux et se rend compte que finalement il n'est pas mort.

— Salut, dit-elle à son tour d'une voix affreusement rocailleuse. On vous a laissé sortir ? s'étonna-t-elle en se massant la trachée pour retrouver sa voix.

— Tenez, buvez un peu d'eau, suggéra-t-il en lui tendant un gobelet et une paille.

Il l'aida à s'asseoir dans le lit, tapotant consciencieusement les oreillers dans son dos.

— Dès que j'ai appris ce qu'il s'était passé à la fonderie, j'ai exigé de sortir. Je n'allais pas rester dans mon coin pendant que Sullivan et vous, vous vous amusiez comme des fous.

— Comme des fous, en effet.

L'effort qu'elle avait dû fournir pour s'asseoir dans le lit l'avait épuisée. Elle avait mal partout, était couverte de pansements, souffrait de contusions diverses et de brûlures, mais elle avait conscience de l'avoir échappé belle.

— J'ai dormi longtemps ? demanda-t-elle, inquiète de ne pas trouver Sullivan à ses côtés.

Elle but une grande gorgée d'eau avant de se caler tant bien que mal contre les oreillers.

— Et Christopher Menas ? En sommes-nous définitivement débarrassés ?

— Pas exactement, répondit Elliot en s'asseyant dans un fauteuil capitonné qu'il avait tiré tout près du lit.

Les mains nouées derrière la tête, souriant, il avait l'air drôlement en forme pour quelqu'un qui avait failli se faire tuer par un mercenaire déguisé en dépanneur.

— Mais assez tourné autour du pot, ma jolie. Vous savez très bien que ce n'est pas ce que vous brûlez de me demander.

Elle n'osait pas prendre des nouvelles de Sullivan. Poser des questions à son sujet l'obligerait à enfreindre une des règles qu'elle s'était fixées lorsqu'elle avait décidé de faire chanter un ex-commando de marine : interdiction de nouer avec lui des liens affectifs.

— Quand êtes-vous sorti de l'hôpital ? demanda-t-elle à nouveau pour noyer le poisson.

— Avant-hier.

Elle voulut boire une gorgée d'eau mais avala de travers et se mit à tousser comme une perdue. Elliot s'empressa de lui enlever le gobelet des mains. Puis il attendit qu'elle récupère.

— Il sait ce que vous avez fait, déclara-t-il alors en la fixant d'un air grave. La caméra à infrarouge qui était dans votre chambre a tout enregistré. Dès qu'il a visionné la vidéo, il a compris qu'en sortant de la maison vous aviez cherché à servir d'appât.

Jane se mit à tripoter le bord de son drap de dessus, consternée par la déception qu'elle lisait dans le regard du détective privé. Bien que rien ne l'obligeât à se justifier, elle se mit spontanément à lui expliquer les raisons qui l'avaient poussée à servir d'appât.

— L'enquête s'enlisait et je voulais absolument savoir qui me harcelait depuis des mois. Je n'arrivais pas à croire que Christopher puisse encore m'en vouloir après tout ce temps. Il n'avait plus rien à craindre de moi puisque la plainte que j'avais déposée contre lui a été prescrite il y a un an.

Elle prit une profonde inspiration pour neutraliser le souvenir pénible de sa confrontation avec Christopher dans la fonderie.

— Mais il ne s'agit pas de ça, en fait. Menas a dit quelque chose, mais…

La migraine lui martelait les tempes.

— Je n'arrive pas à me rappeler ce que c'est.

— Elliot, fiche-moi le camp ! ordonna une voix familière depuis la porte.

— Sullivan.

Jane tourna la tête dans sa direction. Les mâchoires crispées, Sullivan avait l'air stressé. Il lui parut bien plus impressionnant que dans son souvenir. Mais peu lui importait. Il était là. Sain et sauf.

— Salut ! Mon tour de garde de la maison est terminé, déclara-t-il d'un ton enjoué. Mais autant vous l'avouer tout de suite, j'ai mangé toute votre pâte à cookies pendant ces deux jours. Je vous en rachèterai quand vous sortirez d'ici. Promis.

Elliot sortit docilement de la chambre sans un mot, ce qui laissa penser à Jane que Sullivan et lui se relayaient à son chevet depuis deux jours.

Pas étonnant que Sullivan ait les traits creusés ! songea-t-elle.

Le silence s'éternisait. D'un côté, elle avait envie qu'il s'assoie dans le fauteuil à côté d'elle et l'aide à oublier le cauchemar de la fonderie, de l'autre, elle savait que si elle l'avait fait chanter, c'était précisément pour qu'il trouve le cinglé qui la harcelait et pour qu'il l'envoie en prison.

— Vous auriez pu vous faire tuer. Il s'en est fallu de peu, dit-il en serrant les poings.

Et à en juger par les ecchymoses et les éraflures qu'il avait sur les bras et par l'état de ses mains, il avait lui-même été blessé, constata Jane avec consternation. Christopher Menas l'avait même pas mal amoché. À cause d'elle. Elle avait tout fait foirer en se lançant seule à la poursuite de son harceleur.

— Je suis vraiment désolée. Je n'aurais jamais imaginé que Christopher ferait appel à des mercenaires pour l'aider à…

— Vous avez de quoi être désolée, en effet. Alors que nous étions censés mener l'enquête conjointement, voilà ce que j'ai trouvé dans votre chambre.

Il sortit de la poche de son jean les débris de la caméra qu'elle avait installée au-dessus de son lit à son insu.

— En vous lançant seule à la poursuite de Menas, vous nous avez fait courir de gros risques, à moi et à mon équipe.

Jane resta coite. La gorge serrée, elle dut se mordre les lèvres pour ne pas éclater en sanglots. Elle n'était pas de taille à affronter seule Christopher et ses sbires, mais en aucun cas elle n'avait voulu mettre en danger l'équipe de Blackhawk Security. Ils n'avaient rien fait pour mériter ça.

— Vous avez raison. J'ai agi inconsidérément.

Il s'avança vers elle d'un pas de grenadier, les bras le long du corps, prêt à dégainer à la moindre alerte. Le matelas se creusa sous son poids. Jane retenait son souffle. Elle ne voulait pas se laisser troubler par sa présence, par la manière bizarre qu'il avait à présent de la regarder, comme s'il avait vraiment eu peur qu'elle monte dans l'hélicoptère.

— Savez-vous ce qu'il se serait passé si Menas vous avait tuée ?

Le souvenir de ces moments terribles dans la fonderie, en tête à tête avec Menas, l'accapara de nouveau, anéantissant tous ses efforts pour garder un minimum de sang-froid.

— Eh bien, dit-elle en refoulant ses larmes, vous n'auriez plus eu à craindre que je vous fasse chanter.

— Le problème n'est pas là. Vous êtes une battante, comme moi. Il fallait du cran pour installer cette caméra à infrarouge et pour poursuivre Menas comme vous l'avez fait. Dieu sait que j'aimerais vous en faire le reproche, mais vous avez agi à l'instinct, au mépris du danger, et je ne peux qu'admirer votre courage. Vous êtes forte, Jane, et vous ne manquez pas de ressources, je le reconnais. Mais vous m'avez engagé pour que je vous protège, et je ne peux m'acquitter de cette mission si vous prenez des initiatives sans m'en parler. Vous comprenez ?

Il prit le visage de Jane entre ses mains calleuses. Ses yeux bleus si fascinants plongèrent en elle au plus profond comme si d'un simple regard il pouvait la mettre à nu. Sa voix prit une tonalité grave, solennelle.

— Si Menas vous avait fait monter dans cet hélicoptère, j'aurais passé le reste de ma vie à les pourchasser, lui et ses complices, jusqu'à ce que je les aie tous exterminés.

Elle battit des paupières, perplexe.

— J'ai chamboulé votre vie deux fois. Pourquoi mon sort vous tient-il tant à cœur ?

— Parce que vous nous avez sauvé la vie, à Elliot et à moi, et que vous n'avez pas hésité à risquer la vôtre.

Il fit glisser son pouce sur ses lèvres et s'attarda sur son arc de Cupidon. Cette caresse la bouleversa presque autant que les paroles qu'il venait de prononcer.

— Et parce que Menas va continuer de vous harceler, sans relâche, et que je vais me charger personnellement de faire de sa vie un enfer.

Il tiendrait parole, elle le savait. Sullivan avait ses secrets — des secrets pas toujours reluisants — mais il était loyal. Bien plus que n'importe quel autre homme qu'elle avait connu.

— Vous avez sacrément confiance en vous, fit-elle remarquer.

Cela n'avait rien d'étonnant puisqu'il appartenait aux forces spéciales de la marine. Des forces qui pouvaient se déployer aussi bien en mer que sur terre ou dans les airs, et dans n'importe quel type d'environnement. Le trident qu'il s'était fait tatouer sur le haut du bras dépassait de la manche de son T-shirt.

Elle avait de nouveau la gorge sèche, mais cette fois, cela n'avait rien à voir avec les médicaments qu'elle prenait.

— Nouer des liens avec moi n'est pas une très bonne idée, dit-elle, car elle voulait être honnête avec lui. Cela ne peut que vous attirer des ennuis. Mes amis, ma famille, tous mes proches ont fini par jeter l'éponge.

Personne n'avait compris pourquoi elle avait tellement changé à son retour de l'université, pourquoi elle n'arrivait pas à tirer un trait sur ce que Christopher lui avait fait. Elle n'avait plus personne.

— C'est donc une bonne chose que je sois capable de me prendre en main, conclut-elle.

Son regard magnétique rivé au sien, Sullivan se

pencha vers elle, portant au paroxysme le trouble qu'elle éprouvait. Elle sentait ses doigts effleurer les contours de sa mâchoire, elle entendait son souffle irrégulier et elle respirait son odeur virile. Chaque cellule de son corps aspirait à une seule et même chose : qu'il la prenne dans ses bras et l'embrasse.

Mais il s'éloigna.

— Menas va payer, je vous le garantis. J'ai chargé Anthony de retrouver sa trace.

Elle n'avait pas envie de penser à ça maintenant, alors que Sullivan était tout près d'elle et l'aidait par sa présence à oublier l'épisode de la fonderie, la peur, la douleur. Mais ses paroles finirent malgré tout par s'insinuer dans son esprit.

Quoi ? Que venait-il de dire ? Avait-elle bien entendu ?

— Dites-moi, Sullivan…

— Ce n'est pas mon vrai nom, la coupa-t-il.

Il s'écarta mais Jane sut qu'elle garderait du contact de ses doigts sur son visage un souvenir qui n'était pas près de s'effacer, même si une fois l'enquête finie leurs routes se séparaient.

— Je veux vous entendre m'appeler par mon vrai nom. Juste une fois.

Elle fronça les sourcils.

— Mais vous n'êtes plus le même homme.

— Qu'en savez-vous ? Vous ignorez à peu près tout de moi.

Elle esquissa un petit sourire. S'il la testait, s'il essayait de savoir si elle était aussi bien renseignée qu'elle le disait, Sullivan Bishop n'allait pas être déçu.

— Très bien, *Sebastian Warren*. Vous voulez vous lancer à la poursuite de Menas ? À votre guise. Mais je viens avec vous.

9

Encore une journée mémorable.

Dans le genre calamiteux.

Sullivan bougea la tête dans tous les sens pour étirer sa nuque endolorie. Ce séjour forcé au chalet ne l'emballait pas des masses. Bien sûr, Jane était moins exposée ici qu'à l'hôpital, mais si Menas ne s'était pas manifesté jusque-là, c'était parce qu'il était trop occupé à panser ses plaies.

N'empêche que Sullivan n'arrivait pas à dormir.

Comment aurait-il pu fermer l'œil alors que Jane avait une bande de mercenaires à ses trousses ?

Les points de suture qu'il avait en haut du bras le tiraillèrent lorsqu'il se leva du canapé pour faire un nouveau tour de garde. Il ne voulait prendre aucun risque. L'enquête s'était corsée : ils étaient non plus confrontés à un vulgaire quidam qui n'arrivait pas à tirer un trait sur le passé mais à un véritable commando.

Pour protéger efficacement Jane, Sullivan avait confié à Anthony le soin de sécuriser le chalet. Sa modeste résidence secondaire avait à présent des allures de bunker.

— Vous ne dormez pas ?

La voix rauque de Jane le fit presque sursauter. Il lui avait laissé la seule et unique chambre pour qu'elle puisse se changer et se reposer. Mais le sommeil semblait l'avoir désertée, elle aussi. Ses yeux noisette brillaient comme des éclats de quartz dans la pénombre. Elle portait le T-shirt taille XXL et le pantalon de jogging qu'il lui avait prêtés. Anthony avait été chargé de rapporter de chez elle un sac de vêtements et de chaussures mais bizarrement, il avait « oublié » de lui prendre un pyjama. Elle tenait dans la main la tasse de café que Sullivan lui avait préparée en arrivant. Elle était incroyablement belle. Absolument sublime, songea-t-il, la gorge sèche.

— Moi non plus, dit-elle.

Il se racla la gorge.

— Comment vous sentez-vous ?

— J'ai mal partout et je suis à l'agonie.

Elle lâcha un petit rire mais de toute évidence, sa mâchoire la faisait encore souffrir. Elle avait désenflé, cependant. Son sourire réchauffa le cœur de Sullivan. Mais aussi d'autres parties de son anatomie auxquelles il ne prêtait plus guère attention.

— Mais je ne vais pas me plaindre. Je suis vivante, hein ?

Par miracle, elle avait échappé au pire.

— Vous seriez en droit de vous plaindre, après tout ce que vous avez enduré ces derniers jours, dit Sullivan en rangeant son Glock dans son holster d'épaule.

— Vous n'avez pas été épargné non plus, fit remarquer Jane.

Elle flottait dans les vêtements qu'il lui avait prêtés mais affublée de la sorte, il la trouvait extrêmement attirante. Il avait fallu que Sullivan voie Menas l'entraîner vers cet hélicoptère pour qu'il se rende compte qu'il était prêt à tout pour la protéger. Elle avait affronté seul un mercenaire et elle avait survécu. Combien de victimes de Christopher Menas pouvaient en dire autant ?

— Sullivan, je voulais vous dire…

Posant sa tasse sur le comptoir, Jane se mit à se mordiller les lèvres, ce qui traduisait chez elle, avait-il remarqué, une certaine nervosité.

— Vous n'imaginez pas à quel point je suis désolée pour ce qui s'est passé chez moi, l'autre soir. La caméra, je veux dire… C'était une très mauvaise idée. Le reste aussi, d'ailleurs. J'aurais dû vous mettre au courant. Je regrette infiniment de ne pas vous avoir fait confiance mais je vous promets que ça ne se reproduira pas.

Au cours de ces deux derniers jours, Sullivan avait souvent repensé à l'affront qu'elle lui avait fait en ne lui accordant pas totalement sa confiance. Mais il refusait d'en prendre ombrage car il savait que Jane s'était sentie poussée dans ses derniers retranchements. Elle avait juste cherché à sauver sa peau.

Visiblement mal à l'aise, elle guettait anxieusement sa réaction. Il décida de lui dire la vérité.

— Si vous n'aviez pas attiré Menas chez vous, nous n'aurions sans doute jamais su à qui nous avions affaire.

— À un mercenaire, dit-elle dans un souffle, comme si elle avait encore du mal à croire que son ex-petit ami ait pu si mal tourner.

— Sa couverture n'a pas résisté à un examen approfondi. Sous le dépanneur inoffensif se cache un redoutable tueur, ce qui, dans le fond, n'a rien de vraiment surprenant. Comme vous l'avez dit vous-même, Christopher Menas aime faire du mal aux gens. Il se croit au-dessus des lois et se moque de la justice. L'agression sexuelle de vos camarades de chambre, à l'époque où vous étiez tous deux étudiants, n'était qu'un début.

Lorsqu'il était dans la marine, Sullivan avait parfois croisé des mercenaires et, tout récemment, on lui avait même proposé de monter une société de sécurité privée spécialisée dans le genre d'activités qu'avait Menas. Son frère Marrok, avant de se suicider, avait vu les débouchés que cela pouvait offrir, mais Sullivan, lui, ne tuait que pour se défendre ou pour protéger un client. Jamais pour de l'argent.

— Malheureusement, ce genre de têtes brûlées n'est jamais en peine de trouver du travail, continua-t-il.

— J'ai remarqué que vous aviez renforcé la sécurité du chalet depuis l'autre fois. J'en déduis que c'est parce que vous craignez que Menas ne frappe à nouveau.

Elle se dandinait d'un pied sur l'autre.

— Bien que je vous aie demandé expressément de le remettre à la police, j'ai eu l'impression que vous alliez le tuer, l'autre jour, sur la route de l'aéroport. Je me trompe ?

— Non.

Sa réponse était nette et précise. Elle tenait à ce qu'il soit jugé, il le savait, mais dans le feu de l'action, lorsqu'il s'était agi de sauver sa peau — et celle de Jane — Sullivan avait décidé de ne pas faire de quartier. Il prit une profonde inspiration.

— Ce genre d'individus ne renonce jamais. Leur truc, c'est de faire souffrir les autres. Je ne voulais pas vous voir souffrir.

— Je comprends.

Elle passa une main sur le haut de son bras et sur son épaule, là où elle avait le plus d'ecchymoses, d'éraflures et de brûlures. Un pâle sourire illumina ses traits.

— Il se pourrait que je dorme mal pendant quelque temps, dit-elle. Mais ce n'est pas vraiment nouveau. Il y a des mois que Christopher me harcèle, alors je devrais être habituée, vous ne pensez pas ?

Sullivan ouvrait déjà la bouche pour lui répondre qu'elle n'avait rien à craindre, qu'il était là pour la protéger, quoi qu'il arrive. Mais il sentit que Jane ne craignait pas tant Menas en personne que le climat d'insécurité dans lequel ce salaud la faisait vivre depuis des mois. S'approchant d'elle, il lui releva le menton.

— Quand tout sera terminé, vous ne ferez plus de cauchemars, vous verrez. C'est juste une question de temps.

Il fixa la boîte bleu marine, toute plate, posée sur

l'étagère, derrière elle. Elle contenait le stylo gravé à son nom que lui avait offert sa mère il y avait des années. Marrok avait reçu le même présent pour son douzième anniversaire.

— C'est comme ça que cela s'est passé pour vous ? demanda-t-elle d'une petite voix. Après ce qui est arrivé à votre père ?

Exactement. Impossible de sortir indemne d'un drame pareil. Survenu alors qu'il avait quinze ans, cet épisode avait bouleversé à jamais le cours de sa vie. Il avait commencé par changer de nom puis, quelques années plus tard, soucieux de prendre le large, il s'était engagé dans la marine et finalement enrôlé dans les forces spéciales. Après quoi, il avait créé Blackhawk Security. Mais tout cela, il n'avait pas envie de le raconter à Jane. Parce que ce n'était pas une histoire qui se finissait bien, et qu'elle risquait d'être déçue.

— Vous devriez manger un morceau, dit-il. Et aller vous coucher. Une dure journée nous attend.

Il se détourna.

— Vous m'avez demandé de vous appeler Sebastian à l'hôpital. Juste après que…

Elle inspira un grand coup, encore toute remuée par le souvenir de ses grandes mains posées sur elle.

— Vous vous en souvenez ?

Sans crier gare, elle le rejoignit à pas menus et, posant ses longs doigts sur son avant-bras, elle l'obligea à se tourner vers elle.

— Oui, je m'en souviens très bien.

Il n'avait rien oublié : ni l'éclat de ses yeux quand il était entré dans sa chambre d'hôpital, ni la manière dont ses lèvres s'étaient abandonnées à la caresse de son pouce, ni non plus l'envie de meurtre qu'il avait ressentie à l'encontre de ce salopard de Menas quand elle lui avait montré ses blessures.

Le simple fait d'y repenser réactivait sa colère. Pour frapper une femme, il fallait être une ordure de la pire espèce. Mais Menas était capable de tout. Un tueur à gages ne fait pas dans la dentelle.

Sullivan ferma les yeux. Une vague de chaleur envahit ses mains et remonta jusqu'à ses épaules. Il avait la chair de poule partout où Jane avait posé ses doigts. Le désir que ce contact avait suscité en lui menaçait de lui faire perdre tout contrôle. Il se tourna vers elle, submergé par cette fragrance de vanille si grisante. Comment diable pouvait-elle sentir aussi bon après tout ce qu'elle venait d'endurer ?

— Vous pensez que je ne suis plus le même homme.

— Est-ce que je me trompe ? demanda-t-elle en laissant ses doigts dériver vers son torse, qui s'embrasa à son tour. J'ai lu les journaux, expliqua-t-elle. Vous étiez très jeune quand vous avez…

— Tué mon père parce qu'il avait assassiné ma mère ainsi qu'onze autres femmes ?

Voilà. C'était dit. Il avait commis un meurtre à l'âge de quinze ans et il avait coupé les ponts avec tout ce qui se rattachait à son passé. Y compris avec son frère cadet.

— Si cela s'ébruite, je risque de perdre l'agence que j'ai créée en partant de zéro. Mais en éliminant le terrifiant Bûcheron d'Anchorage, j'estime avoir rendu un fier service à la société, alors si vous espérez que je vais en éprouver du regret, vous perdez votre temps.

— Je n'espère rien du tout. J'essaie juste de mieux comprendre l'homme qui affronte une redoutable bande de mercenaires pour moi.

De le comprendre ? Jane voulait qu'il lui parle de ses vieux démons ? Un rire gronda dans sa poitrine. Mais il y avait une telle empathie dans son regard qu'il ne put se défiler. Il aurait pourtant eu des raisons de le faire puisque, outre qu'elle lui avait fait du chantage et l'avait entraîné de force dans ce bourbier, Jane était indéniablement responsable de la mort de son frère.

Certes, Marrok n'était pas obligé de se suicider et s'il avait décidé de se donner la mort, elle n'y pouvait pas grand-chose. Quant au chantage… Bon, ce n'était pas mortel, surtout pour un ex-commando de marine qui avait tenu dans ses mains des grenades dégoupillées, qui avait protégé des civils au Moyen-Orient, qui était capable de rester sous l'eau sans se faire repérer pendant plus de trois minutes. Au regard des douze années tumultueuses qu'il avait passées dans la marine, des missions dangereuses dont il s'était acquitté avec brio, ce qu'elle attendait de lui était un jeu d'enfant. S'il arrivait à s'affranchir du poids des valises qu'il traînait derrière lui, celle qu'on surnommait la Terreur des tribunaux militaires avait de bonnes chances de s'en sortir.

— Êtes-vous sûre d'être de taille à supporter tout ça ? demanda-t-il.

— Au cours de ma carrière, j'ai été très souvent confrontée à de dangereux criminels, de redoutables commandos. Et je vous rappelle que j'ai récemment affronté à deux reprises un mercenaire bien déterminé à me tuer, et que je vous ai sauvé la vie en vous traînant dans la neige pour vous mettre à l'abri du froid.

Elle lui décocha un sourire diabolique qui lui retourna les tripes et anéantit ses réticences.

— Laissez-moi au moins vous montrer de quoi je suis capable.

Pourquoi son imbécile de cœur se mêlait-il de choses qui ne le regardaient en rien ? Il était censé pomper le sang, point barre. S'il s'en était tenu à cette seule fonction, sans doute Jane n'aurait-elle jamais éprouvé le besoin d'apprendre à connaître le véritable Sullivan Bishop.

Quelle idée saugrenue elle avait eue. Mais dès qu'il posait les yeux sur elle, plus rien d'autre n'existait. Sa fatigue, ses douleurs, les sonnettes d'alarme qui résonnaient dans sa tête : d'un seul coup, tout disparaissait.

Il n'aurait jamais dû la toucher, à l'hôpital. Parce que depuis elle n'aspirait plus qu'à sentir à nouveau ses mains sur elle. Et cette obsession la détournait de son objectif initial, qui était de traîner en justice son harceleur.

Lorsqu'il s'approcha d'elle, elle vit l'ombre sur l'arête de son nez se déplacer dangereusement. Cela déclencha en elle une réaction en chaîne qui lui coupa le souffle. Une vague de chaleur la submergea et son cœur s'emballa tandis que son instinct de survie, cette réaction de fuite ou de lutte face au danger, se rappelait à elle avec insistance. Sullivan avait déjà bien failli l'embrasser, tout à l'heure à l'hôpital, mais le désir qu'elle lisait à présent dans son regard fébrile était beaucoup plus troublant. Comme s'il avait finalement décidé de céder à l'attirance qu'il ressentait pour elle.

Malgré l'envie qui la tenaillait de s'abandonner à son tour à cette alchimie toute-puissante, elle s'écarta. Maintenant qu'elle avait mangé, récupéré, et qu'elle se sentait en sécurité, elle était censée, d'après la hiérarchie des besoins de Maslow, laisser sa chair exulter. Mais elle ne pouvait pas. En tout cas, pas avec Sullivan.

Parce qu'elle était en danger et devait rester sur ses gardes. Parce que sa priorité était de retrouver rapidement sa vie d'avant.

Elle allait dont devoir se contrôler. Après tout, ce n'était qu'une question de volonté.

Sullivan et elle ne se connaissaient que depuis quatre jours, mais ces quatre jours comptaient parmi les plus intenses de sa vie. Elle savait aussi que s'il restait auprès d'elle plus longtemps, cela risquait de mal finir pour lui.

— Jane ? Qu'est-ce qui ne va pas ? demanda-t-il, perplexe.

Très bonne question. Les hommes qu'elle avait connus avant lui se comptaient sur les doigts d'une seule main. Elle n'était pas très expérimentée en la matière. Mais ce genre de choses ne s'oubliait pas, d'après ce qu'elle en savait. Un peu comme le vélo, non ?

Outre qu'elle craignait de ne pas se montrer à la hauteur si leur relation prenait une tournure plus intime, Jane ne voulait pas le mettre dans le pétrin. Parce que Sullivan était un type bien, au final, et qu'elle se le reprocherait toute sa vie si jamais par sa faute il lui arrivait malheur.

— Rien ne va, en fait, répondit-elle en passant une main dans ses cheveux courts.

Croisant les bras sur la poitrine, elle s'adossa au canapé, derrière elle, parce que ses genoux menaçaient de se dérober et qu'elle avait l'impression de manquer d'air, tout à coup.

— Je vous ai fait du chantage pour vous obliger à m'aider, dit-elle d'une petite voix. Mais Christopher a failli vous tuer et je… ne sais absolument pas comment vous tirer de là.

— Me tirer de là ? s'exclama-t-il. Qu'est-ce qui vous laisse penser que je veux me tirer de là ?

— Vous avez mis Christopher Menas KO pour m'arracher à ses griffes. Autant que je sache, les mercenaires dans son genre sont plutôt rancuniers. Cela m'étonnerait fort qu'il passe l'éponge. À mon avis, vous êtes désormais dans son collimateur, vous aussi.

Elle prit une profonde inspiration, se délectant secrètement de l'odeur fraîche et virile qu'il dégageait.

— Je ne doute pas que vous soyez apte à vous défendre, mais il se trouve que les gens qui gravitent autour de moi finissent toujours par avoir des ennuis. Or pour une raison que je ne m'explique pas, je ne veux pas que cela vous arrive.

Un long silence se fit, compact, déstabilisant.

Tel un fauve encerclant sa proie, Sullivan fondit sur elle à pas feutrés. Avant de comprendre ce qui se passait, Jane se retrouva prisonnière de ses bras musclés, acculée contre le canapé. Son regard de braise lui coupa les jambes et fit grimper en flèche sa température corporelle.

— Est-ce que j'ai l'air d'être du genre à me défiler devant quelqu'un qui me chercherait des noises ?

Certainement pas.

— Si vous pouviez… arrêter de me regarder comme ça, bredouilla Jane, qui n'en menait pas large.

Comment fallait-il le lui dire ? Il ne pouvait rien y avoir entre eux. Jamais. Christopher ne lui laisserait aucun répit. Il la traquerait sans relâche. Elle ne voulait pas entraîner Sullivan dans sa fuite éperdue, une fuite dont l'issue risquait de leur être fatale à tous les deux.

Il n'y avait qu'un moyen de lui faire entendre raison.

— Vous devriez me détester après ce qui est arrivé à votre frère et après ce que j'ai fait pour vous forcer à m'aider.

— J'ai essayé. En vain.

Baissant les bras, il la libéra de la cage dans laquelle il l'avait enfermée. Les muscles de sa mâchoire firent palpiter sa joue droite.

— Vous voulez que je vous déteste ? C'est ça ?

Cela leur faciliterait grandement les choses. Chacun repartirait de son côté, une fois que Christopher serait arrêté. Mais s'ils ne le retrouvaient pas ? Elle serait obligée de quitter l'armée. De déménager. De changer de nom.

Jane soupira mais l'anxiété qui lui étreignait la poitrine ne diminua pas. Qu'arriverait-il si Menas s'en prenait de nouveau à elle et que Sullivan n'était pas là pour la secourir ? Elle repensa à ce qu'il s'était passé dans la fonderie. Si Sullivan n'était pas intervenu, Christopher l'aurait fait monter dans l'hélicoptère et Dieu seul sait ce qu'il serait advenu d'elle.

— Vous êtes d'un courage exemplaire, Jane. Depuis quatre jours, je vous vois vous démener pour échapper à Menas et pour l'empêcher de me tuer. Alors même si vous êtes effectivement la Terreur des tribunaux militaires, je ne peux pas vous détester.

Ces mots eurent sur elle un effet lénifiant. Elle se détendit un peu.

Selon ses plans, tout devait aller comme sur des roulettes. Elle avait tout prévu, jusque dans les moindres détails. Elle devait lui faire du chantage pour le convaincre de se lancer à la poursuite de son harceleur, qu'il avait pour mission de livrer à la police. Elle voulait s'en débarrasser au plus vite pour pouvoir reprendre son travail. Sullivan n'était pas censé affronter une bande de mercenaires pour elle. Et elle, elle n'était pas censée avoir des vues sur lui.

Mais dans quelle galère s'était-elle encore fourrée ? Elle ne pouvait pas s'amouracher de lui. Pas alors qu'elle le faisait chanter.

— Où tout cela va-t-il nous mener ? demanda-t-elle.

— Jane, mon frère a fait ses propres choix. À vrai dire, je ne sais pas quel genre d'homme Marrok était devenu puisque j'avais coupé les ponts avec lui. Je ne sais pas non plus s'il a ou non agressé ces femmes, en Afghanistan, mais maintenant que je vous connais mieux, je sais que vous avez fait votre travail en votre âme et conscience. Personne ne l'a obligé à se tirer une balle. Les charges retenues contre lui étaient sérieuses ; je ne pense pas que vous vous soyez acharnée sur lui.

Jane n'était pas sûre d'avoir bien entendu.

— Vraiment ?

— Nous formons une équipe et je soutiens toujours

les membres de mon équipe, déclara-t-il. Y compris Elliot, figurez-vous.

Le sourire qu'il lui décocha acheva de dissiper l'angoisse qui l'étreignait. Elle se blottit contre lui, posant une oreille sur sa poitrine. Les battements réguliers de son cœur l'apaisèrent mais elle savait que le silence avant la tempête serait de courte durée. Christopher courait toujours.

— Un jour, quand tout cela sera terminé, il faudra que vous me racontiez ce qu'a fait Elliot pour entrer ainsi dans vos bonnes grâces.

— À condition que vous me disiez comment vous avez fait pour vous introduire dans mon bureau, répliqua-t-il du tac au tac.

— Vous ne m'aurez pas à ce petit jeu-là, dit Jane en riant.

Comment pouvait-elle avoir souhaité écarter Sullivan ? C'était quand même un ex-commando de marine. Un homme capable d'affronter les pires ennemis de sa patrie.

Et elle l'avait tout à elle.

10

Les aurores boréales, ces traînées de rose, vert et violet qui éclaboussaient le ciel au-dessus de leur tête, comptaient parmi les plus belles choses qu'il ait eu le privilège de contempler dans sa vie. Mais ce n'était rien comparé à la femme qui était assise à côté de lui. Plus belle que jamais, trois jours seulement après avoir survécu à une agression extrêmement brutale.

Il expira et vit son souffle se cristalliser devant sa bouche. La température avait pas mal chuté au cours des quinze dernières minutes mais il n'avait pas envie de bouger. D'une part parce qu'il y avait toutes ces couleurs magnifiques qui rendaient le paysage enneigé vraiment féerique, et de l'autre, parce que Jane était assise sur le banc à côté de lui, blottie contre son épaule.

— Je n'avais encore jamais vu d'aurores boréales aussi spectaculaires, dit-elle.

Une tasse de café brûlant dans la main, elle fixait le ciel d'un air ébloui.

— Je n'aurais jamais imaginé que j'aurais un jour l'occasion de les admirer. C'est vraiment super, ajouta-t-elle en posant la tête sur son épaule.

Sullivan but une gorgée de café. Lui aussi savourait intensément cet instant. Il était détendu, apaisé. Toutes les tensions semblaient s'être dénouées. Il y avait si longtemps qu'il ne s'était pas senti aussi bien. Sans doute pas loin de dix ans. Et Jane, c'était évident, n'était pas pour rien dans cet état de quasi-béatitude.

Il avait connu d'autres femmes avant elle, bien sûr, mais aucune ne lui avait fait cet effet.

Le Glock caché sous son blouson lui rentra dans les côtes, se rappelant brusquement à son souvenir. Pas question de baisser la garde : Menas pouvait leur tomber dessus par surprise. Sullivan s'était juré que le mercenaire ne toucherait plus jamais à un seul cheveu de Jane. Il suivit du regard une traînée de rose indien qui passa au-dessus des arbres qui entouraient le chalet.

— Je viens me réfugier ici quand j'ai besoin de solitude, quand je ne supporte plus rien ni personne, ou bien quand mon dos en a assez du canapé du bureau et a besoin d'un vrai lit. Je viens me ressourcer.

Il esquissa un sourire et but une gorgée de café. Ce chalet lui avait sauvé la vie plus d'une fois au fil des années. Et il l'avait aussi empêché de devenir fou.

— Si je pouvais me débarrasser de vous, continua-t-il à mi-voix, ce serait parfait.

Sa remarque lui valut un coup de coude dans le plexus solaire qui le fit tressaillir. Jane était bien plus costaude qu'elle n'en avait l'air. C'était le genre de femme qu'en cas de bagarre il aurait été fier d'avoir à ses côtés.

Elle releva la tête pour le regarder, un sourire malicieux sur les lèvres.

— Vous avez d'autres blagues comme celle-là ? On a toute la nuit devant nous.

— Comment ça, des blagues ? Je parlais tout à fait sérieusement.

— Très bien.

Elle se leva et traversa la terrasse en bois couverte de neige dans laquelle ses pas laissaient des empreintes éphémères. Se baissant, elle ramassa une poignée de neige dont elle fit une boule.

— Vous voulez jouer à ça avec moi ? Je vous prends au mot.

Elle lança sa boule de neige sur Sullivan.

Encombré par sa tasse de café, il essaya bien d'esquiver l'attaque en se penchant de l'autre côté du banc, mais il ne fut pas assez rapide. La boule de neige s'écrasa dans son cou et se désagrégea à l'intérieur de son blouson, lui déclenchant des frissons. Et pour couronner le tout, il renversa sa tasse et s'ébouillanta la cuisse. Il émit un grognement sourd et se leva à son tour après avoir reposé précautionneusement sa tasse presque vide.

— Êtes-vous bien sûre de savoir ce que vous faites, capitaine Reise ?

Sullivan avança d'un pas, préparant mentalement sa riposte.

— Parce que vous l'ignorez peut-être, mais je suis connu pour savoir me tirer des situations les plus désespérées. Je l'ai encore montré, il n'y a pas si longtemps que ça. Je préfère vous prévenir parce que je ne voudrais pas vous amocher.

— Au lycée et à la fac, je jouais dans l'équipe de softball, et à l'armée, mon équipe a même remporté le tournoi annuel. Alors ne vous faites pas de soucis pour moi, répliqua Jane en lançant en l'air une boule de neige qu'elle rattrapa dans sa main nue. À moins que vous n'ayez peur de m'affronter ?

— Je vais vous montrer un peu si j'ai peur !

Sullivan s'élança vers elle. Après une brève hésitation, elle tourna les talons et s'enfuit à toutes jambes vers la forêt, crapahutant allègrement dans les congères en riant comme une folle. Elle n'avait aucune chance de le semer. Pour l'avoir arpentée dans tous les sens, par tous les temps, Sullivan connaissait cette forêt comme sa poche. Personne ne pouvait s'y cacher à son insu. Elle avait beau courir, elle ne pourrait pas lui échapper.

Toute sa vie il avait lutté pour garder le contrôle. De son corps, de son esprit, de sa vie. Cette discipline lui avait été imposée très tôt. Grandir dans la maison d'un psychopathe vous forgeait le caractère. Surtout avec un petit frère, qu'il avait longtemps essayé de protéger. Mais c'était dans la marine qu'il avait vraiment appris à ne compter que sur lui-même. Plus personne ne lui dicterait sa loi et ne lui ferait du mal, ni à lui ni à aucun de ses proches.

Mais il se rendait bien compte que l'euphorie qu'il ressentait depuis quelque temps échappait à tout contrôle. À la seconde où Jane avait fait irruption dans son bureau, il n'avait plus été le même homme.

Cela faisait quatre jours. *Seulement* quatre jours. C'était ce qu'il avait fallu à la jeune femme pour attendrir son cœur de pierre. Pour lui sauver la vie quand il s'était évanoui dans la neige, pour se porter au secours d'Elliot en défiant les flammes qui avaient envahi l'appartement de Menas... Ces exploits ne cadraient pas avec sa réputation de Terreur des tribunaux militaires. Mais cette réputation était-elle vraiment fondée ? Certes, elle lui avait fait du chantage pour s'assurer ses services mais Sullivan était persuadé que Jane n'était pas vraiment comme ça. Cet air implacable qu'elle affichait n'était rien d'autre qu'un mécanisme de défense, tout comme le sien à lui était la solitude.

Une solitude dans laquelle elle avait ouvert une large brèche. Pour la première fois de sa vie, il se sentait vraiment en danger.

Quoique dérangeante, cette pensée ne l'empêcha pas d'envoyer une boule de neige dans le dos de Jane. Cette bataille, elle l'avait voulue, alors même si ses points de suture dans le haut du bras lui faisaient mal, il se battrait jusqu'au bout. Fort de cette résolution, il se baissa pour ramasser des munitions, mais lorsqu'il se releva, Jane avait disparu.

Il sentit son sourire se figer sur ses lèvres. Tout était calme et immobile. Seuls les battements frénétiques de son cœur rompaient le silence qui l'entourait. Respirant un grand coup pour se calmer, il remarqua qu'un léger parfum de vanille flottait dans l'air. Jane n'était pas loin. Les yeux rivés au sol, il se mit à suivre anxieusement la trace de ses pas dans la neige.

Surgie de nulle part, elle lui sauta dessus par-derrière et le plaqua au sol en riant. Il avait frôlé la crise cardiaque et se demandait bien comment elle avait fait pour surprendre un ex-commando comme lui.

— Eh, tout doux, mon gars, dit-elle. Je vous conseille de ne pas faire de mouvements brusques.

Assise à califourchon sur lui, elle lui montra sa main pleine de neige. Son sourire diabolique acheva de diluer l'adrénaline qui avait afflué dans ses veines.

— Gare à vous si vous bougez, le menaça-t-elle.

Il leva la tête et balaya du regard l'endroit où il l'avait vue juste avant qu'elle disparaisse.

— Mais où étiez-vous passée ?

— Attaque surprise, dit-elle à voix basse, comme si elle lui confiait un secret.

Tandis qu'il contemplait ses lèvres lisses et charnues à portée des siennes, elle se redressa, l'air soudain grave.

— Pas un mot ! lui intima-t-elle.

Posant une main sur son torse, elle lui fit tomber dans le cou de la neige fondue. Il se mit à se tortiller comme un ver, comme si la torture auquel elle le soumettait lui était intolérable.

— Je vous avais prévenu, Sullivan Bishop. Je suis très forte à ce jeu-là et j'ai vraiment l'intention de gagner. À mon tour de vous interroger.

Malgré la position inconfortable qui était la sienne,

Sullivan, toujours couché dans la neige et chevauché par Jane, savourait intensément cet instant.

— Je me rends, dit-il. Je vais tout vous dire.

Il leva les mains en signe de reddition mais avec les cuisses fuselées de Jane étreignant ses hanches, il n'avait aucunement l'intention d'obtempérer. Comme tout homme normalement constitué, il avait plutôt envie de faire durer le plus longtemps possible ce doux supplice.

— Parfait. Si vous vous montrez coopérant, vous aurez droit à une récompense, déclara Jane, magnanime.

Elle jeta par terre sa boule de neige et glissa dans le cou de Sullivan sa main gelée. Il frissonna tandis qu'elle se penchait sur lui, son visage juste au-dessus du sien.

— Si vous pouviez vous rendre n'importe où dans le monde, où choisiriez-vous d'aller ? demanda-t-elle.

Il avait posé les mains sur les genoux de son bourreau et sentait la chaleur de son corps à travers la toile de son jean. Les muscles qui se contractaient sous ses paumes l'incitaient à monter ses mains un peu plus haut, mais il résistait à la tentation. Il ne voulait pas passer pour une bête lubrique. Il attendrait qu'elle s'offre à lui. Et il était prêt à attendre le temps qu'il faudrait.

— Je ne bougerais pas d'un poil, répondit-il du tac au tac.

— Admettons. Mais vous n'avez pas répondu à ma question, moussaillon. Vous allez donc être puni.

Joignant le geste à la parole, elle lui balança une poignée de neige dans la figure et dans le cou. Cette fois, c'en était trop !

D'un coup de hanche, il la désarçonna. Elle roula sur le côté et il la chevaucha à son tour. Elle était à présent entièrement à sa merci. Il neigeait toujours ; leurs vêtements étaient tout blancs. Le froid les obligerait bientôt à rentrer pour aller se réchauffer sous la douche. Une douche qu'ils prendraient peut-être ensemble… Il lui lâcha les poignets et fit en sorte de ne pas trop peser sur elle, par égard pour ses blessures. Elle aurait pu se dégager mais elle n'en fit rien. Ses yeux noisette exprimaient la surprise.

— C'est à mon tour de vous questionner, dit-il.

— OK. Je vous écoute.

— Allez-vous réintégrer l'armée une fois l'enquête terminée ?

Il avait parfaitement conscience de se mêler de ce qui ne le regardait pas, mais depuis qu'il l'avait fait sortir de l'hôpital, cette question lui brûlait la langue.

Elle se rembrunit.

— Je n'en sais rien. J'ai un peu de mal à me projeter dans l'avenir. Surtout après ce qui s'est passé à la fonderie. J'ai vraiment cru que j'allais y passer.

Il s'en voulut d'avoir ravivé en elle l'épisode de la fonderie alors que pendant quelques minutes ils avaient réussi à oublier Menas et sa soif de vengeance.

— Toute cette histoire ne doit pas vous gâcher la vie, dit-il en se reculant un peu pour lui laisser plus d'espace. Elle ne sera bientôt plus qu'un mauvais souvenir.

Il avait de plus en plus de mal à s'imaginer loin de Jane. Bien que jusqu'ici la notion de couple lui ait été étrangère, il se serait bien vu vivre avec elle. Si elle acceptait de lui faire une place dans sa vie.

— Je ne demande qu'à vous croire. Mais allons-nous vraiment nous lancer à nouveau à la poursuite de Christopher ?

— Je finis toujours ce que j'ai commencé.

Prenant appui sur les coudes, elle s'assit. Sullivan était toujours à cheval sur ses jambes.

— Et si ça tourne mal ? Et s'ils nous tuent ?

— C'est un risque qu'on ne peut pas totalement écarté.

Il ne voulait pas lui mentir. Mais en la voyant se décomposer, son instinct de protection le poussa à la rassurer. L'agrippant par le bas de sa doudoune, il l'attira à lui.

— Mais ce qui est sûr, c'est que je ferai tout pour l'en empêcher.

Sullivan Bishop n'avait rien du preux chevalier des contes de fées qui se portait au secours de la veuve et de l'orphelin. Il se battait pour de vrai et n'hésitait pas à tuer quand il le fallait. Une fois déjà, il avait tenu en échec Christopher et sa bande de mercenaires. Sous sa protection, elle n'avait rien à craindre.

Mais si par malheur il était blessé ? Ou même pire ?

Elle leva les yeux vers les siens et s'empressa de refouler cette terrible pensée. Parce que autant regarder les choses en face : elle préférait passer sa vie à fuir Christopher plutôt que perdre Sullivan.

— Jane ? Ça va ?

Foin du froid glacial et de la neige qui leur tombait dessus ! Elle rêvait de le prendre dans ses bras et de l'embrasser. Elle en mourait d'envie. Et plus elle scrutait sa mâchoire mal rasée, ses yeux bleus qui trahissaient si facilement ses émotions, les rides qui creusaient son front quand il réfléchissait, et plus elle avait de mal à résister.

— Oui, mais taisez-vous, murmura-t-elle en se rapprochant de lui.

Lorsqu'elle se pencha en avant, ses brûlures se rappelèrent à elle mais elle les ignora. Peu lui importait la douleur dans son dos, peu lui importait le froid qui s'insinuait partout en elle et lui gelait la moelle des os. Tout ce qui comptait, c'étaient leurs souffles réunis dans un même panache, c'était de s'abandonner enfin au désir de sentir les lèvres de Sullivan sur les siennes, d'en goûter la saveur, d'en savourer la douceur.

L'impatience le gagna à son tour. L'agrippant par la nuque, il s'empara de sa bouche comme d'une place forte trop longtemps convoitée. Le goût du café noir sur son palais fit oublier à Jane la forêt, la neige, le danger. Totalement grisante, cette haleine virile, qui sentait aussi la menthe et le scotch pur malt, acheva de lui faire perdre la tête.

Mais Sullivan avait décidé de prendre son temps. Il lui mordillait les lèvres, les caressait du bout de la langue, retardant une fusion qu'elle appelait de tous ses vœux. Le temps était comme suspendu. Avec le spectacle des aurores boréales au-dessus de leurs têtes, la neige immaculée tout autour d'eux, elle aurait voulu que la magie de cet instant ne prenne jamais fin.

Mais le climat de l'Alaska était peu propice aux ébats amoureux.

Un frisson la parcourut et Sullivan s'écarta.

— Vous êtes gelée, fit-il remarquer en lui frictionnant énergiquement le haut des bras.

Pour la première fois depuis qu'elle avait fait irruption dans son bureau, il avait l'air heureux et détendu, et son sourire lui réchauffa le cœur. Certes le danger rôdait, et Sullivan Bishop, ex-commando de marine revenu de tout, n'était probablement pas l'homme qu'il lui fallait, mais elle refusait de laisser ces considérations gâcher la perfection de l'instant présent.

— Je ne sais pas comment vous faites pour dégager une telle chaleur, s'extasia-t-elle. Une vraie chaudière !

— Une chaudière à laquelle il arrive de tomber en panne. Sans vous, l'autre jour, je serais mort d'hypothermie.

Il se releva et tendit une main pour l'aider à en faire autant.

— Je vous le revaudrai. D'une façon ou d'une autre.

— Comme si depuis vous ne m'aviez pas sauvé la vie deux ou trois fois !

Elle prit la main qu'il lui tendait. Tandis qu'il l'attirait contre lui, les couleurs des aurores boréales se mêlèrent dans le ciel en une explosion de rose, violet, bleu et vert, avant de se fondre dans la nuit. Le spectacle que leur avait offert Dame Nature était terminé, mais Jane savait que jamais elle ne l'oublierait.

— Mais si vous tenez à faire quelque chose pour moi, dit-elle, j'ai ma petite idée.

L'agrippant par son blouson, elle le plaqua contre elle avec rudesse et l'embrassa fougueusement. Pour oublier les événements de ces derniers jours. Pour oublier la peur. Pour se soustraire à toute cette folie. Il y avait si longtemps qu'elle ne s'était pas sentie aussi légère. Elle revivait.

— À condition que vous soyez d'accord, bien sûr, précisa-t-elle après avoir mis fin à leur baiser.

— La tension de ces derniers jours a mis mes nerfs à rude épreuve, dit Sullivan. Un peu de détente me ferait le plus grand bien.

Son sourire en coin et l'éclat de son regard, brillant de désir, électrifièrent Jane. Un flot de chaleur l'envahit lorsque Sullivan l'entraîna vers le chalet au pas de course. Ils montèrent les marches du perron quatre à quatre et se précipitèrent à l'intérieur. À peine avait-il refermé la porte que Sullivan se jetait sur elle pour lui enlever sa doudoune, qu'il envoya valdinguer à travers la pièce. Pendant qu'elle retirait ses bottes, il se débarrassait de son blouson.

— Enlevez vite tout ça, suggéra-t-il en lui montrant ses vêtements. Vous êtes trempée.

Comme pour vaincre ses ultimes résistances, il se mit à l'embrasser dans le cou, à la mordiller, à la lécher voluptueusement, l'amenant en quelques secondes au paroxysme de l'excitation. Elle avait l'impression que son ventre n'était plus qu'un immense brasier et que chaque centimètre de sa peau n'aspirait qu'à une chose : être caressé, embrassé, cajolé. Son corps tout entier vibrait de désir et d'impatience.

Cependant, elle posa une main sur son torse pour le repousser. Tout cela était bien beau — les aurores boréales, la bataille de neige, le baiser passionné qu'ils avaient échangé, mais où cela les mènerait-il ? Son congé sans solde prenait fin dans une semaine et Sullivan, de son côté, avait une agence et une équipe à gérer. Accaparés par leurs occupations respectives, et géographiquement éloignés l'un de l'autre, ils n'auraient sans doute pas l'occasion de se revoir. Dans le fond, c'était peut-être mieux comme ça. Parce que même quand elle coupait les ponts avec les gens, cela finissait mal pour tous ceux qui l'avaient un jour côtoyée de près.

Plantant son regard droit dans le sien, ce qui l'obligea à lever la tête car il était bien plus grand qu'elle, elle voulut mettre les choses au point avant d'aller plus loin.

— J'ai quelque chose à vous demander.

— Je vous écoute, dit Sullivan en posant sur sa main sa grande paume rugueuse. Je suis prêt à tout vous dire. Je ne veux pas qu'il y ait de secrets entre nous. J'ai toute confiance en vous.

— Vraiment ?

— Oui, confirma-t-il en lui caressant le dos de la main avec le pouce. Vous m'avez fait du chantage, c'est vrai, mais au final, je trouve que vous avez sacrément bien fait.

Il éclata de rire et Jane ne put s'empêcher de sourire.

— Grâce à vous, j'ai l'impression de revivre. Le fait que vous sachiez que j'ai changé de nom et enterré mon passé, que vous n'ignoriez rien de mon histoire familiale, contrairement aux gens avec lesquels je travaille à l'agence, change complètement nos relations. Avec vous, je n'ai rien à cacher. Je me sens libre.

Jane avait la gorge sèche et son cœur battait la chamade.

— Waouh ! On peut dire que vous savez trouver les mots pour charmer une femme.

— C'est le but recherché, admit-il avec un grand sourire.

La main qu'il avait posée sur sa hanche s'insinua sous son T-shirt. Au contact de ses doigts sur sa peau nue, Jane s'embrasa comme une torche.

— Mais que vouliez-vous savoir ? demanda-t-il, intrigué.

Éperdue de désir, Jane n'était plus à même de réfléchir. Se concentrer exigea d'elle un terrible effort.

Elle avait, sans le vouloir, fait du mal à beaucoup de gens autour d'elle, mais Sullivan était persuadé qu'il ne pouvait rien lui arriver. Les péripéties de ces derniers jours semblant lui donner raison, elle commençait à se dire que ce n'était pas parce qu'elle tombait amoureuse de lui qu'il allait forcément lui arriver malheur.

D'un coup d'œil par-dessus son épaule, elle évalua la distance qui les séparait du cabinet de toilette, derrière elle.

— Je me demandais combien de temps il vous faudrait pour m'emmener sous la douche.

Vif comme l'éclair, Sullivan se baissa, glissa un bras derrière ses genoux et la souleva comme une plume. Les contours du chalet autour d'elle perdirent soudain de leur netteté mais il la tenait solidement dans ses bras, contre son large torse.

— Nous allons le savoir tout de suite, dit-il en la couvant d'un regard lourd de promesses.

11

Jane dormait dans ses bras. Chaude, douce, et terriblement sexy. Elle le comblait au-delà de tout ce qu'il aurait pu imaginer et alimentait déjà ses rêves les plus fous. Mais le soleil qui pointait au-dessus des montagnes Chugach le tira de ses chimères. Enfouissant son visage dans la chevelure de sa compagne, Sullivan voulut se repaître une dernière fois de son parfum avant de sortir du lit et de mettre fin à la parenthèse enchantée qu'avait été cette nuit merveilleuse.

À regret, il prit son téléphone sur la table de chevet et l'alluma. Chassant la quiétude de ces dernières heures, une pointe d'anxiété le traversa. D'après Anthony et Elliot, Menas et sa bande s'étaient planqués dans un chantier de construction abandonné, en périphérie de la ville. Sullivan connaissait ce chantier mais il jeta néanmoins un coup d'œil aux photos que les deux hommes lui avaient envoyées. Il parcourut aussi le dossier de Menas, qui détaillait tout son parcours. Son parcours officiel, tout du moins. Après avoir échappé aux poursuites pour l'agression sexuelle de trois jeunes filles à l'université, cet enfoiré de Menas avait compris qu'il pouvait gagner sa vie en faisant du mal, ce qui était parfaitement dans ses cordes. Sous un faux nom, il avait commencé par travailler comme agent de sécurité dans une compagnie basée à Seattle puis, très vite, il s'était hissé au rang de mercenaire pour le secteur privé. Il s'était mis à gagner beaucoup d'argent et à utiliser des armes de plus en plus grosses. Un jour, il avait monté sa propre équipe de mercenaires.

Actuellement, son équipe comptait encore trois personnes, lui inclus, munies d'armes et de matériel de type militaire. En voyant l'hélicoptère avec lequel Menas avait tenté de kidnapper Jane, Sullivan s'était douté de quelque chose de ce genre. Il posa le téléphone sur les draps lorsque Jane se blottit plus étroitement contre lui car il ne voulait surtout pas la réveiller. Il avait déjà été, par le passé, confronté à des mercenaires, mais c'était la première fois qu'il avait affaire à des hommes aussi lourdement équipés. Menas n'avait pourtant rien à voir avec l'armée. Quant à voler à l'armée l'hélicoptère et les armes utilisées par ses nervis, cela aurait constitué un tel exploit que Sullivan en aurait forcément entendu parler.

Il y avait quelque chose qui leur échappait…

Jane avait peut-être raison de vouloir chercher ailleurs. Depuis quelques mois, Menas ne pouvait plus être poursuivi pour agression sexuelle puisque le délai de prescription était écoulé. Il n'avait donc aucune raison de s'en prendre à elle.

À moins que son équipe et lui ne fassent qu'obéir aux ordres d'un commanditaire…

— De combien de temps disposons-nous avant de devoir sortir du lit ? demanda Jane d'une voix ensommeillée dont le voile sensuel lui fit dresser les poils sur la nuque.

Et pas que les poils.

Elle se mit à lui caresser la poitrine, réveillant sous ses doigts toute une batterie d'influx nerveux et lui déclenchant des frissons dans tout le corps. Elle avait le don de le mettre dans tous ses états simplement en l'effleurant du bout des doigts.

Il déposa un baiser sur son front, captif de ses beaux

yeux noisette levés vers lui. Puis il coupa le son de son téléphone et se blottit contre elle.

— Elliot sera là dans quinze minutes, répondit-il.

— Mmm, grommela Jane avant de l'embrasser sur la bouche.

Le baiser qu'ils échangèrent était étrangement doux et plein de promesses. Des promesses qu'il avait très envie de tenir. Il n'avait jamais été spécialement romantique mais pour ne pas décevoir Jane, il était prêt à tout. Elle le chevaucha et s'allongea sur lui de tout son long. Posant le menton sur son sternum, elle lui décocha un sourire mutin.

— J'espère qu'il n'a pas de clé. Et qu'il est patient, parce qu'il risque d'attendre un petit moment derrière la porte.

Sullivan éclata de rire, ce qui ne lui était pas arrivé depuis longtemps. Enroulant ses pieds autour de ceux de la jeune femme, il la fit basculer sur le dos et posa son téléphone par terre. Il avait bien l'intention de profiter pleinement de chacune de ces quinze petites minutes.

— Je ne sais pas si Elliot est patient mais ce qui est sûr, c'est qu'il n'a pas de clé.

— Tant mieux.

Quinze minutes plus tard, il fut arraché aux bras de Jane par des coups frénétiques frappés à sa porte. En toute hâte, il enfila un jean, glissa les pieds dans ses boots et ferma la porte de la chambre derrière lui pour laisser Jane s'habiller tranquillement. Dès qu'il se fut un peu éloigné d'elle, son cœur reprit un rythme plus normal. Bon sang, cette femme le tourneboulait complètement, songea-t-il en secouant la tête, conscient du sourire idiot qui s'étalait sur ses lèvres.

— Tu es ponctuel, dit-il en ouvrant la porte d'entrée.

Cela sonnait comme un compliment mais c'était un reproche. Il aurait préféré qu'Elliot arrive en retard.

Sauf que ce n'était pas Elliot.

Un coup de pied dans le ventre l'envoya au tapis, mais

une soudaine montée d'adrénaline le remit promptement sur pied. Se retournant pour attraper son Glock, dans le holster d'épaule qu'il avait accroché au dossier d'une chaise, il sentit une vive douleur dans son dos nu suivie d'une brûlure intense. Un Taser, songea-t-il en entendant le cliquetis du pistolet à impulsion électrique. De ses orteils recroquevillés dans ses boots à ses mâchoires crispées à s'en briser les dents, tout son corps se tétanisa sous les assauts répétés du Taser. Il tenta en vain de saisir son arme et tomba à terre, conscient mais incapable du moindre mouvement.

Christopher Menas franchit le seuil du chalet, deux de ses nervis sur les talons, armes au poing et doigt sur la détente. Le sourire cruel qu'il affichait rouvrit l'entaille que Jane lui avait faite dans la joue. Elle ne l'avait pas loupé, songea Sullivan en réprimant un sourire. L'équipe de mercenaires se déploya rapidement dans la salle de séjour.

— Allez voir dans la chambre, aboya Menas. C'est sûrement là qu'elle est, cette garce.

Jane était maligne, songea Sullivan. Alertée par le raffut, elle avait dû s'enfuir par la fenêtre.

L'un des hommes de Menas enfonça la porte d'un coup de pied rageur. Au silence qui s'ensuivit, Sullivan devina que Jane n'était plus là.

Fou de colère, Menas reporta son attention sur Sullivan, qui commençait à récupérer. Il se jeta sur lui, l'attrapa par le cou et le remit debout. Puis, lâchant son Taser, il s'empara du M16 qu'il portait à l'épaule, un fusil d'assaut capable de réduire Sullivan en miettes.

— Où est-elle ? rugit-il.

— Vous voulez que je vous dise ? Je suis content que cette fois vous soyez armé, répondit Sullivan en repoussant la main qui lui serrait la gorge et en frappant de toutes ses forces Menas à la joue.

Le mercenaire vacilla et appuya involontairement sur la détente de son fusil, aspergeant copieusement le sol ainsi que le mur du fond, et tuant l'un de ses acolytes. D'un coup de pied, Sullivan écarta le fusil mais le poing qu'il reçut dans la figure lui brouilla la vue une fraction de seconde.

Un coup dans le plexus lui fit traverser le seuil et dégringoler les deux marches du perron. Il atterrit dans la neige.

Menas lui fonça dessus, le saisit à bras-le-corps, le souleva et le chargea sur son épaule.

Sullivan lui enfonça ses coudes dans les côtes. Deux fois. Trois fois. Menas finit par le laisser choir. Sullivan l'agrippa par sa veste et le tira à lui pour le faire basculer dans la neige. Mais Menas, au-dessus de lui, avait l'avantage. Sullivan réussit à parer le premier uppercut mais pas le second. Bien que sonné, il profita d'un bref instant de répit — Menas reprenant son souffle — pour se relever. Torse nu, il ne sentait pas le froid, galvanisé par le combat. Posté sur le perron, le troisième mercenaire observait la scène, prêt à tirer si son chef se trouvait en difficulté, mais restant en retrait. Tout se passait maintenant entre Menas et Sullivan.

Menas moulinait des deux poings comme s'il avait disputé des combats illégaux de boxe à mains nues avant de devenir tueur à gages. Il tenta un crochet du droit que Sullivan para avec son avant-bras. Pris par son élan, Menas fit une volte-face. Sullivan en profita pour lui flanquer un coup de pied vicieux derrière le genou. Un hurlement de douleur déchira l'air.

La plaisanterie avait assez duré.

— Je vous avais demandé de la laisser tranquille, Menas, dit Sullivan en attrapant le chef des mercenaires par sa veste. Vous auriez mieux fait de m'écouter.

Jane voulait que son harceleur soit jugé, soit, mais avec

des enfoirés tels que Christopher Menas, il ne fallait pas faire de quartier.

— Mon homme de main vous tuera sans hésiter si vous m'achevez. Puis il se lancera à la poursuite de Jane.

Le mercenaire avait la joue en sang mais cela ne l'empêcha pas de sourire.

— Est-ce que c'est ce que vous voulez ? demanda-t-il perfidement.

Sullivan jeta un coup d'œil au fusil d'assaut braqué dans sa direction.

— Peu importe ce que je veux. Vous avez fait assez de mal comme ça. Personne ne vous regrettera en ce bas monde.

Un rayon de soleil fit étinceler la lame du couteau que Menas, vif comme l'éclair malgré l'énergie dépensée dans le combat, lui planta dans le flanc gauche. Une douleur fulgurante le traversa de part en part. Le sang dégoulinait sur la ceinture de son jean et maculait la neige à ses pieds.

Menas s'apprêtait à frapper à nouveau, le visant au visage, cette fois. Mais Sullivan ne se laissa pas surprendre. Levant brusquement devant lui ses avant-bras croisés, il para le coup de couteau et riposta dans la foulée d'un coup de genou dans l'entrejambe de Menas. Le couteau voltigea dans les airs et atterrit dans la neige, hors de portée.

— Vous avez encore une surprise en réserve avant que je vous rompe le cou ? s'enquit Sullivan.

Il était à bout de souffle et saignait abondamment. Mais Menas ne valait pas mieux.

— C'est loin d'être fini, je vous préviens, dit le mercenaire.

Plié en deux, il se tenait le flanc. Il devait avoir deux ou trois côtes cassées. Avec un peu de chance, l'une d'elles lui perforait le poumon.

— Il n'a pas engagé que moi, continua Menas.

Le cœur de Sullivan manqua un battement.

— Qu'est-ce que vous dites ?

Juste au moment où le mercenaire se jetait sur lui, un coup de feu retentit derrière eux. Ils se retournèrent d'un bloc.

— Ecarte-toi de lui, Christopher, ordonna Jane.

Elle serrait dans sa main le Glock de Sullivan, qu'elle pointa sur Menas.

— Maintenant, c'est entre toi et moi.

Elle était beaucoup moins sûre d'elle qu'elle ne le laissait paraître. Pour empêcher sa main de trembler, elle dut faire appel aux réflexes qu'elle avait acquis au stand de tir, après des heures et des heures d'entraînement. Son cœur battait comme un tambour. Elle avait affaire à des mercenaires de la pire espèce. Menas n'était plus seulement un ex-petit ami bodybuildé qui n'avait pas été fichu de tourner la page. Il était devenu un redoutable tueur à gages.

— Jane, qu'est-ce que tu fabriques ? Va-t'en tout de suite, dit Sullivan, qui n'avait pas l'air au mieux de sa forme.

Plié en deux, il se tenait le côté gauche. Du sang dégoulinait entre ses doigts. Il était blessé. Mais le regard qu'il leva vers elle était déterminé, l'expression de son visage imperturbable.

— Va-t'en, je te dis. *Immédiatement !*

Elle savait qu'il n'en démordrait pas. Sullivan était têtu. Mais elle n'avait pas l'intention de s'en aller. Elliot n'allait pas tarder. Elle devait donc gagner du temps, faire diversion en attendant son arrivée. Et prier pour qu'il ait prévu du renfort.

— Une fois de plus, l'armée vient sortir la marine

du pétrin, dit-elle, bien qu'elle n'eût pas trop le cœur à plaisanter. Que tu le veuilles ou non, je vais te tirer de là. Une fois pour toutes.

Elle se tourna vers Christopher. Sullivan avait rempli sa mission. Il avait trouvé qui la harcelait. Elle allait s'occuper du reste.

— Tentative de meurtre. Harcèlement aggravé. Et j'en passe. Tu vas passer le reste de ta vie en prison, Christopher.

— Janey.

Christopher clopina vers elle, les mains en l'air comme s'il allait se rendre. Jane n'était pas dupe. Elle savait qu'il n'était pas du genre à renoncer.

— Nous savons toi et moi que tu ne vas pas tirer, dit-il d'une voix enjôleuse. Je te rappelle que tu es du bon côté de la loi. Un procureur n'est pas censé tuer les gens.

Jane abaissa son pistolet de quelques centimètres et pressa la détente. La balle s'enfonça dans la neige aux pieds de Christopher.

— Assez parlé ! Dis à ton copain de te rejoindre et lâchez vos armes.

Lui décochant son plus beau sourire, Christopher tenta encore une fois de l'amadouer.

— Janey...

— Exécution ! cria Jane en tirant une balle de sommation juste à côté de son pied droit.

À cause du recul de l'arme, elle avait des fourmis dans la main, mais s'il l'y obligeait, elle n'hésiterait pas à vider son chargeur.

— Je suppose que nous allons devoir obéir à la dame.

Haussant les épaules, le mercenaire jeta dans la neige ses pistolets et son couteau. Son acolyte le rejoignit et l'imita.

— Et maintenant, mon chou, tu comptes faire quoi ? Attendre que la cavalerie débarque ? Désolé de te décevoir, Janey, mais tout sera terminé bien avant l'arrivée des renforts.

Elle vit Sullivan se décomposer et ses yeux s'écarquiller d'effroi.

— Jane !

Elle n'eut pas le temps de réagir. Des bras puissants l'enserrèrent par-derrière et la soulevèrent. Elle donna un grand coup de tête à son assaillant, mais nez cassé ou pas, celui-ci ne moufeta pas. Sullivan, qui s'élançait pour lui porter secours, fut intercepté par Christopher qui le frappa dans le flanc gauche, en plein dans sa blessure. Il s'effondra en hurlant de douleur. Elle se débattait comme un beau diable pour tenter d'échapper à la poigne de son ravisseur, qui la serrait à l'étouffer, mais sa vision se brouilla et le pistolet lui tomba de la main.

— Je suis un tueur, Jane, et j'ai maintenant une longue pratique du métier. J'ai appris de mes erreurs, dit Christopher.

Les deux mercenaires ramassèrent leurs armes. Christopher posa un pied conquérant sur le dos de Sullivan, qui gisait sur le ventre, dans la neige.

— Tu as engagé un ex-commando de marine pour te protéger. Il ne faisait pas le poids face à mon équipe. Et maintenant, à cause de toi, il va mourir, déclara-t-il en pointant son canon sur la tête de Sullivan.

— Non !

Jane enfonça son coude dans le plexus de son ravisseur, qui relâcha légèrement son étreinte. Elle le lui envoya ensuite dans la figure et se baissa pour ramasser le Glock avant de s'enfuir à toutes jambes. Le mercenaire qui se trouvait à côté de Christopher se lança aussitôt à ses trousses. Il allait la rattraper en quelques enjambées, elle le savait, mais elle ne pouvait laisser Christopher tuer Sullivan sans rien faire.

Un coup de feu retentit. Le tir, qui provenait de l'orée

de la forêt, atteignit le mercenaire qui la poursuivait à la base du cou. Il grimaça de surprise et de douleur puis tomba à genoux avant de s'affaler dans la neige. Une autre balle régla son compte à l'homme de main dont elle s'était débarrassée à grands coups de coude quelques instants plus tôt.

— Trop tard, Janey, dit Christopher en pressant la détente.

Sullivan tressaillit sous l'impact de la balle.

— Non ! cria Jane en se précipitant vers lui, bousculant Christopher au passage.

Ils tombèrent l'un sur l'autre et roulèrent dans la neige. Christopher planta ses ongles dans ses bras pour l'empêcher de s'emparer du pistolet de son holster de cuisse. La lutte était inégale car il était beaucoup plus lourd qu'elle. Il la plaqua au sol et sourit, visiblement très satisfait de la sentir sous lui, à sa merci. Jane réprima un haut-le-cœur.

— Ça me rappelle le bon vieux temps. Tu te souviens, Janey ?

— Lâche-la immédiatement.

Agrippant Christopher par le cou, Sullivan le tira en arrière. Malgré le coup de couteau qu'il avait reçu dans le flanc gauche et la balle qui lui avait traversé l'épaule opposée, Sullivan tenait encore debout.

Dans son état, c'était à peine croyable. Mais avec Sullivan Bishop, il ne fallait s'étonner de rien.

Il se mit à cribler le mercenaire de coups de poing, tel un boxeur livrant son dernier combat, s'acharnant sur son adversaire avec une rage folle. Christopher chancelait, bouche bée, un œil tuméfié.

Jane se releva et ramassa son Glock dans la neige. En attendant que l'équipe de Blackhawk Security sorte du bois, elle devait prêter main forte à Sullivan, dont les forces s'amenuisaient. Il frappait de moins en moins fort, ce qui n'avait sûrement pas échappé à Christopher qui se jeta brusquement sur lui et le poignarda.

— Non !

Comme dans un film au ralenti, elle vit Sullivan s'écrouler à nouveau dans la neige, inerte. Et Christopher venir à sa rencontre en claudiquant. Il avait du sang plein les mains. Elle leva son pistolet, visa juste en dessous du gilet de Kevlar qui le protégeait des balles. Et tira.

Le mercenaire pila net, l'air surpris.

Elle lui tira dessus une seconde fois. Puis une troisième. Une quatrième. Le froid glacial gelait les larmes qui coulaient sur ses joues. Elle ne s'arrêta de tirer que lorsque le chargeur fut vide. Le clic que produisit le percuteur lorsqu'il s'écrasa sur la chambre vide la sortit de sa transe.

Christopher s'affala dans la neige. Raide mort.

Sans même lui accorder un regard, elle se précipita vers Sullivan, qui semblait contempler le ciel.

— Sullivan, je t'en prie, reste avec moi.

— Tu l'as eu, Jane.

Il parlait avec difficulté, d'une voix rauque pleine de gargouillis.

— *Nous* l'avons eu, rectifia-t-elle. C'est fini. Mais il faut maintenant te mettre à l'abri. Si tu restes là, je ne donne pas cher de ta peau.

Elle essayait de plaisanter mais le cœur n'y était pas. Pas sûr que cette fois elle réussisse à lui éviter l'hypothermie.

Soudain, deux silhouettes émergèrent du bois. Deux hommes armés et prêts à en découdre. L'angoisse étreignit Jane. Son chargeur était vide et elle n'avait pas le temps de courir jusqu'au chalet pour faire le plein de munitions.

Puis elle reconnut Elliot et Anthony. L'expert en armement aboyait déjà des ordres dans sa radio.

— Jane, dit Sullivan en lui prenant la main.

Ses pupilles étaient dilatées et son regard de plus en

plus fixe. Il porta la main de Jane à ses lèvres et l'embrassa avec ferveur.

— Va te mettre au chaud.

— Pas question que je te laisse. C'est moi qui t'ai entraîné là-dedans.

Accroupie à côté de lui, elle pleurait comme une madeleine, le couvrant de larmes qui diluaient le sang maculant sa poitrine et son ventre.

Un bruit sourd se répercutait partout autour d'eux. Mais elle n'y prêtait pas vraiment attention. Puis ses cheveux se soulevèrent et lui vinrent dans la figure. Le vent s'était-il brusquement levé ?

— Jane, il va falloir vous écarter.

On la saisit aux épaules mais elle se dégagea.

— Les urgentistes vont le prendre en charge. Laissez-les faire.

— Sauvez-le, dit-elle en serrant plus fort la main de Sullivan. Je vous en prie, sauvez-le.

— Jane, venez. Il vaut mieux que vous n'assistiez pas à ça.

La voix d'Elliot lui parvenait comme au travers d'un épais brouillard.

— C'est ma faute. Je suis désolée. Tellement désolée.

Elliot la força à se relever et à s'écarter. Elle était effondrée, anéantie. Les yeux rivés sur la main inerte de Sullivan traînant dans la neige ensanglantée, elle répéta :

— Je suis désolée. Tellement désolée.

12

Des balles dans le buffet. Des coups de couteau. Il commençait à avoir l'habitude.

L'esprit embrumé, il tenta de s'asseoir dans son lit mais la douleur lui arracha un gémissement. Bon sang, ses blessures lui faisaient un mal de chien. Dès qu'il aperçut la petite tête brune, posée sur le bord du lit, il oublia cependant la douleur et l'hébétude.

Jane. Qui s'était endormie dans son fauteuil.

Il se redressa et, penché sur elle, écarta une mèche folle qui lui tombait sur la joue. Elle se mit à respirer plus vite. Il sourit. C'était incroyable l'effet qu'il lui faisait. Elle lui avait pris la main avant de s'endormir et il la lui avait laissée. Elle dormait comme un bébé, oublieuse du cauchemar de ces cinq derniers jours. L'ecchymose sur sa joue avait presque disparu et son crâne cicatrisait. Elle n'avait même pas eu besoin de points de suture. Ses traits étaient détendus. La peur l'avait enfin quittée.

Il avait parcouru le monde et vu les forces de la nature les plus extraordinaires et les plus dévastatrices, mais Jane Reise était de loin la plus stupéfiante.

Si belle. Si courageuse. Et amoureuse.

Et dire que ce salaud de Menas avait bien failli la lui enlever…

C'est loin d'être fini, je vous préviens. Il n'a pas engagé que moi.

Les paroles du mercenaire résonnaient encore dans ses oreilles. Cette ordure avait mérité chacune des balles qu'elle avait tirées sur lui, mais ce n'était malheureusement pas terminé. Le commanditaire de l'opération était toujours en vie, lui.

Il ne renoncerait pas tant qu'il ne serait pas arrivé à ses fins. Jane était toujours en danger de mort.

Mais pour la sauver, Sullivan était prêt à braver une demi-douzaine de mercenaires, à encaisser leurs balles et leurs coups de couteau.

Il la tirerait de là, coûte que coûte.

— Je crois que c'est la première fois que je te vois sourire à quelqu'un avec autant de dévotion. Devant une part de gâteau au chocolat, oui. Mais devant une femme…

Anthony Harris — qui ne portait pas de lunettes de soleil, pour une fois — considérait Sullivan d'un air amusé. L'ex-ranger fourra les mains dans ses poches, comme si, sans une arme au poing, il ne savait pas quoi en faire. Il ne pouvait par ailleurs pas s'empêcher de scruter la chambre, à l'affût d'un éventuel danger.

Anthony se racla la gorge.

— Si je rencontrais une fille comme elle, moi aussi je me démènerais pour la garder.

Ce que Sullivan appréciait le plus chez son expert en armement, sa qualité première, c'était son franc-parler. Bien qu'il aurait parfois mieux valu qu'il la ferme.

— Depuis combien de temps est-elle là ?

— Elle ne t'a pas quitté d'une semelle depuis que les urgentistes t'ont fait franchir les portes de l'hôpital. Et elle n'a consenti à se faire à son tour examiner par un médecin que lorsque tu as été tiré d'affaire. Cela fait environ trente heures, précisa Anthony après avoir consulté sa montre. Elle s'est endormie il y a deux heures.

Jane. Qui faisait toujours passer les autres avant elle.

Même quand elle avait le flingue de Menas pointé sur sa tête.

Il déglutit en repensant à ce dernier affrontement avec le mercenaire. Jane avait bien failli être tuée. Une fois de plus. Par sa faute à lui.

— Explique-moi comment nous avons pu passer à côté de l'éventualité que Menas ait été engagé pour tuer Jane.

— J'ai bossé avec des gars comme lui. Ils s'y entendent pour se créer de nouvelles identités et cacher leur véritable profession. Ils en ont parfois deux ou trois qu'ils utilisent alternativement pour mieux passer inaperçus. Techniquement, ils n'existent pas. Ils n'ont ni famille ni amis. Ils sont très compétents dans leur métier, mais Menas était une vraie pointure. Un spécialiste hors norme.

— Il avait gardé son nom, fit remarquer Sullivan en observant la poitrine de Jane qui montait et descendait au rythme de sa respiration.

Pourquoi Menas avait-il pris un tel risque ?

— Sans doute voulait-il que Jane sache qu'il la traquait, supputa-t-il.

Pour détourner l'attention de la vraie menace ?

— Comment Menas a-t-il pu échapper à votre surveillance ?

— Il savait que nous étions là. Il a envoyé quatre hommes à nos trousses pendant que lui et trois autres de ses acolytes s'enfuyaient du chantier dans lequel ils avaient trouvé refuge.

Se passant une main sur le visage, Anthony haussa les sourcils, ce qui était chez lui un signe de nervosité.

— J'ai essayé de te prévenir mais tu ne répondais pas au téléphone.

Et pour cause ! Son téléphone, Sullivan l'avait coupé et abandonné au pied du lit pour s'accorder encore un peu de bon temps avec Jane. Bon sang ! Tout cela aurait pu être évité s'il l'avait laissée tranquille. Il l'avait mise en danger. Il s'était montré en dessous de tout. Elle, en revanche, avait assuré, n'hésitant pas à affronter un mercenaire pour lui sauver la vie. Une fois de plus.

Il risquait de tomber follement amoureux d'elle, songea-t-il en reposant sa tête sur la pile d'oreillers, dans son dos. En fait, il l'était même déjà.

— Appelle Elizabeth. Je veux les noms des acolytes de Menas, les relevés de téléphone du cellulaire découvert dans le chalet, son ordinateur portable si tu sais où il est, des renseignements sur ses déplacements et ses missions, et tout ce qu'elle pourra trouver à son sujet. Reprends la liste des suspects et vois qui d'autre que Menas est allé en Afghanistan.

Sur ces mots, Sullivan arracha l'intraveineuse reliée au cathéter planté dans son poignet. Une vive douleur lui remonta le long du bras mais il l'ignora. Il en avait vu d'autres.

— Tiens-moi au courant dès que possible.

Anthony sortit de la chambre pour appeler l'ancienne analyste de l'agence de renseignement américaine. Ils allaient devoir patienter au moins une heure. Entretemps, Sullivan allait élaborer un nouveau plan. Avec Menas mis hors circuit, ils étaient revenus à la case départ. Mais il s'agissait maintenant non plus de savoir qui harcelait Jane, mais qui lui en voulait au point de mettre un contrat sur sa tête.

Elle gémit dans son sommeil et serra sa main. Fasciné par les courbes délicates de sa bouche, il lui caressa l'intérieur du poignet, la réveillant doucement. Elle leva la tête. Un sourire flottait sur ses lèvres.

— Tu es réveillé ? demanda-t-elle de cette voix rauque et si troublante qu'elle avait au sortir du sommeil.

Elle se frotta les yeux et se passa les mains dans les cheveux. Puis elle se rassit dans son fauteuil en faisant des étirements de cou.

— Comment te sens-tu ?
— Je survivrai. Grâce à toi.

Il avait désapprouvé le fait qu'elle s'interpose entre lui et Menas, sur le moment. Mais sans son intervention, il serait mort des suites de ses blessures. Il lui devait la vie, une fois de plus.

— C'est la deuxième ou la troisième fois que tu me sauves la vie ?

— La troisième, répondit Jane en riant. Dois-je faire encore allusion au fait que l'armée est arrivée à point nommé pour sauver la mise ou est-ce que cette fois-ci ce ne sera pas nécessaire ?

— Je savais que tu reviendrais là-dessus. Dans l'armée, vous n'avez pas la victoire modeste, c'est le moins qu'on puisse dire ! Vous ne pouvez accomplir un exploit sans aussitôt le crier sur tous les toits.

Il secoua la tête mais il y avait des lustres qu'il ne s'était pas senti aussi bien, aussi détendu. Anthony avait raison. Jane le rendait heureux, donnait un sens à sa vie en dehors de son travail à l'agence, et une raison de se projeter dans l'avenir.

— Tu as la repartie à tout, fit-elle remarquer en glissant à nouveau une main dans la sienne.

Son sourire s'évanouit. Levant ses beaux yeux noisette vers lui, elle se mit à se mordiller la lèvre inférieure. Ce qui était mauvais signe.

— Mon congé prend fin dans deux jours. L'armée s'est montrée compréhensive en m'accordant une aussi longue permission, mais maintenant que la menace est écartée, que Christopher est mort, précisa-t-elle après un court silence comme pour mieux s'en convaincre, il faut que je reprenne le travail. Que je retourne en Afghanistan.

En Afghanistan ?

— Tu t'en vas, lâcha-t-il comme une évidence en reposant la tête sur ses oreillers.

Qu'est-ce qu'il s'imaginait ? Il était évident qu'elle allait retourner en Afghanistan. Sa vie était là-bas. Son travail. Du moins jusqu'à ce qu'elle soit mutée ailleurs.

— À moins que…, dit-elle.

Il se redressa d'un coup.

— À moins que quoi ?

— À moins que je ne demande une mutation ici, à Anchorage.

Elle rayonnait à nouveau. Sullivan sentit renaître en lui une lueur d'espoir. Mais il n'osait y croire et attendait la suite, suspendu à ses lèvres.

— Il y a une opportunité à la base d'Elmendorf-Richardson. Je crois que je vais la saisir, même si en termes de salaire je vais y perdre un peu. Anchorage sera probablement ma dernière affectation avant que je puisse demander ma démobilisation, dans un an environ. D'après mon chef, cette mutation ne devrait pas poser de problème. J'ai juste à la demander.

— Alors demande-la.

Les mots lui avaient jailli de la bouche presque à son insu. Un cri du cœur. Un cœur qui était soudain beaucoup plus léger. Il se rassit tant bien que mal dans son lit. Les tendons entre son cou et ses épaules tiraillaient mais il se moquait pas mal de ses points de suture. Pour Jane, il était prêt à souffrir le martyre.

— Je ne vais pas te mentir, dit-il en attirant la jeune femme à lui. Je préfère jouer franc-jeu avec toi. Cette mutation, je veux que tu la demandes. Et que tu restes ici. Avec moi.

Il vit qu'elle était troublée. Son cœur battait fort au creux de sa gorge. Il l'avait prise au dépourvu.

— Tant mieux. Parce que j'ai déjà appelé mon chef, tout à l'heure, pendant que tu dormais. Il va m'envoyer les papiers dans la matinée.

Sullivan lui prit le visage entre ses mains et l'embrassa.

Éperdu d'amour et de reconnaissance. Elle restait. Pour lui. Pour eux. Tandis que leur baiser se faisait plus fougueux, que leurs corps se pressaient l'un contre l'autre, le moniteur qui mesurait son rythme cardiaque émit soudain une sonnerie stridente. Il s'écarta vite de Jane en riant comme un bossu.

— L'infirmière va débarquer, persuadée que je fais une crise cardiaque.

Il n'avait pas fini sa phrase que la porte de la chambre s'ouvrait.

— J'aimerais beaucoup vous laisser à votre petite affaire, dit Anthony, mais j'ai les infos que tu attendais.

Sullivan soupira. Le monde n'allait pas s'arrêter de tourner juste pour eux.

— Elles apportent du nouveau ?
— Quelles infos ? demanda Jane en scrutant Anthony.

Elle jeta un coup d'œil à la pendule, sur le mur.

— Si vous êtes déjà sur une nouvelle affaire, je vais vous laisser en discuter en tête à tête. Je suis attendue au commissariat pour ma déposition.

Elle prit sa doudoune et se leva.

— Il faut aussi que je passe chez moi pour me changer.

Sullivan l'agrippa par le bras. Il ne savait pas comment lui annoncer la nouvelle. Il lui devait la vérité mais il sentait que s'il la lui disait il la perdrait à nouveau. Juste au moment où ils s'étaient mis d'accord pour donner une chance à leur histoire…

Lui cacher la vérité n'était pas envisageable. Elle finirait par la découvrir, il le savait. Et elle disparaîtrait pour toujours.

— Ce n'est pas une nouvelle affaire, Jane.

Il se surprit à se mordre la lèvre inférieure, tic qu'elle lui avait sûrement transmis puisqu'il ne le faisait pas avant de la connaître.

— C'est la tienne.

— Comment ça ? Christopher est mort. C'est fini.

Il ne répondit pas tout de suite. Le silence se prolongeant, elle fronça les sourcils, de plus en plus perplexe.

— Je l'ai criblé de balles. Il est mort, Sullivan.

— Christopher Menas n'était qu'un simple exécutant, payé pour t'enlever.

Tout en prononçant ces mots, il serrait la main de Jane, qu'il voulait garder près de lui encore un peu.

— Et celui qui l'a engagé est toujours à tes trousses.

— Quoi ? demanda Jane d'une voix blanche.

Le cauchemar était terminé. Sa vie allait reprendre son cours normal. Elle avait même demandé sa mutation à Anchorage de façon à ce que Sullivan et elle puissent poursuivre leur relation... Prise de vertiges, elle s'agrippa au bord du lit. Quelqu'un avait engagé Menas pour la tuer ?

— Mais qui... qui pourrait engager un mercenaire pour me faire la peau ?

Elle n'était pas une personnalité politique et elle n'avait aucune accointance avec la mafia. Elle n'avait jamais fait condamner un soldat innocent. Pourquoi était-elle soudain devenue la femme à abattre ?

— C'est ce que je m'efforce de découvrir. Anthony a travaillé avec des hommes comme Menas par le passé. L'un de ses contacts dans le milieu nous refilera peut-être un tuyau. D'autre part, j'ai demandé à une de mes collaboratrices, spécialiste du renseignement, de récupérer les relevés téléphoniques de Menas. Il a forcément eu des contacts avec le commanditaire de l'opération.

Elle n'arrivait pas à y croire.

Christopher était mort. Elle l'avait tué de ses propres mains, au lieu de le traîner en justice, comme elle en avait eu l'intention au départ. Mais son répit n'avait duré qu'une trentaine d'heures. La mort de Christopher n'avait rien changé, en fait.

Tout cela pour rien, songea-t-elle en regardant Sullivan, couvert de pansements. Il avait eu de la chance de ne pas y passer après tout ce qu'il avait subi. À grand renfort de points de suture, les médecins avaient réussi à le rafistoler, mais à l'avenir, il allait devoir se ménager.

— Jane, à quoi penses-tu, mon cœur ? demanda-t-il, ses yeux bleu outremer rivés sur elle comme pour lire dans son âme.

Elle ne pouvait pas rentrer chez elle. Ni reprendre son travail. Et surtout, elle ne pouvait pas continuer de mettre en danger l'homme qu'elle aimait.

Qui qu'il soit, le commanditaire de l'opération ne pouvait ignorer qu'elle avait engagé Sullivan pour assurer sa protection. Christopher avait dû le mettre au courant.

Elle poussa un gros soupir. Il lui faudrait se débrouiller toute seule, désormais.

Sa décision prise, elle se leva. Sullivan ne chercha pas à la retenir. Ce n'était pas son genre. Il tenait à son libre arbitre et respectait celui des autres.

Elle se dirigea vers la porte.

— Je dois m'en aller.

— Pour combien de temps ? demanda-t-il.

La fêlure qu'elle perçut dans sa voix confirma ses craintes : d'une manière ou d'une autre, Sullivan avait deviné ses pensées. Il fallait qu'elle s'en aille. Qu'elle s'éloigne de lui et de son équipe. Si elle restait dans les parages, ils étaient en danger. Anthony se tenait près de la porte, prêt à la retenir si son patron l'avait ordonné. Mais il n'en ferait rien. Du moins l'espérait-elle…

— Jane, nous allons faire front ensemble. Ne t'en va pas.

Elle faillit se laisser fléchir et dut se faire violence pour ne pas se retourner.

— Je t'en prie, Jane. Je ne veux pas te perdre.

— Moi non plus, et c'est justement la raison pour laquelle je m'en vais.

Elle aurait dû sortir de la chambre et les laisser en plan, Anthony et lui, mais elle ne pouvait pas partir comme une voleuse après ce que Sullivan et elle avaient vécu pendant ces cinq derniers jours. *Cinq jours*. Elle ne le connaissait que depuis cinq jours et elle était déjà raide dingue de lui. Comment était-ce possible ?

— Tu sais ce que ça m'a fait de te regarder te vider de ton sang après que Christopher t'a réglé ton compte ?

Le souvenir de cet instant tragique lui fit monter les larmes aux yeux.

— Ça a dû être terrible, dit piteusement Sullivan.

— Je ne souhaite à personne de vivre une épreuve pareille. Ce sont les deux minutes les pires de ma vie.

Elle serrait sa doudoune contre elle mais elle n'avait qu'une envie : rejoindre Sullivan dans son lit.

— Je t'avais prévenu qu'il arrivait malheur aux gens qui m'approchaient d'un peu trop près. Regarde où cela t'a mené. Regarde dans quel état tu es.

Elle désigna les pansements ensanglantés qui lui couvraient l'épaule et une grande partie du torse.

— Et qui sait comment ça se terminera la prochaine fois ? Ou celle d'après ? Je tiens à toi et je sais ce à quoi tu aspires et ce dont tu as besoin.

— Jane, je peux…

— Prendre soin de toi, compléta-t-elle. Je n'en doute pas. Mais tu as rempli ta mission. Christopher est mort. Il est temps pour moi de me prendre en charge.

Sur ces mots, elle tourna les talons et gagna la porte. Chaque pas qui l'éloignait de Sullivan lui arrachait le cœur.

Derrière elle, les moniteurs auxquels était relié Sullivan se détraquèrent et se mirent à biper et à sonner tous à la fois.

En voyant Anthony, complètement affolé, se précipiter vers le lit, elle ne put s'empêcher de faire à nouveau volte-face. Sullivan s'était levé et bataillait pour se débarrasser de son cathéter. Il avait visiblement du mal à tenir debout mais il refusa la main secourable que lui tendit son expert en armement.

Médusée, Jane observait la scène de loin. Arriver jusqu'à la porte avait été assez compliqué comme ça. Si elle revenait sur ses pas, elle savait qu'elle risquait de flancher.

— Qu'est-ce que tu fabriques ? Tu vas faire sauter tes points de suture si tu ne te tiens pas tranquille.

— Eh bien, qu'ils sautent ! Je ne te laisserai pas partir seule. S'il faut s'en aller maintenant, on s'en va. Anthony, va chercher le SUV, s'il te plaît. Nous te retrouvons devant l'entrée principale.

— Non, tu ne vas nulle part.

Le raffut que faisaient les moniteurs allait rameuter l'équipe médicale d'une minute à l'autre, mais Sullivan passerait outre et n'aurait de cesse d'achever sa mission. Il n'y avait pas plus opiniâtre et plus investi que lui. C'était une qualité qu'elle admirait énormément chez lui, et la raison pour laquelle elle était allée jusqu'à le faire chanter pour qu'il accepte de la protéger. Cette fois, cependant, elle ne le laisserait pas risquer sa vie à nouveau pour elle. Quitte à employer les grands moyens.

— Tu te souviens que je t'avais menacé, à l'agence, quand tu refusais obstinément de m'aider ?

Ses yeux brillaient d'un éclat farouche presque effrayant. Il luttait pour rester debout, appuyé à l'armature du lit. Faible comme il l'était, avec tout le sang qu'il avait perdu, il ne pourrait pas aller bien loin.

— Tu ne ferais pas ça ?

Pour toute réponse, elle s'avança vers la porte.

— Jane…

Il s'écarta du lit en serrant les dents.

— Ecoute-moi, je t'en prie.

— Tu as rempli ta mission. C'est le seul moyen de te faire tenir tranquille. Je suis désolée.

Ouvrant la porte toute grande, elle cria :

— Police !

Deux officiers de police en uniforme rappliquèrent au pas de course du bout du couloir. Elle savait qu'ils étaient dans le coin et l'attendaient pour l'emmener faire sa déposition au commissariat.

— Que se passe-t-il ? demanda l'un des deux flics, la main sur la crosse de son arme de service.

— Cet homme se fait passer pour quelqu'un d'autre. Son vrai nom est Sebastian Warren. Il est recherché pour le meurtre de son père, le tueur en série surnommé le Bûcheron d'Anchorage, il y a dix-neuf ans.

Les policiers entrèrent dans la chambre mais, bras écartés, Anthony les empêchait d'avancer. Posant une main sur son épaule, Sullivan lui enjoignit de les laisser passer. Depuis la porte, Jane vit briller le métal des menottes. Sullivan se recoucha docilement, à la demande des flics, mais il ne quittait pas Jane des yeux.

Son regard s'était éteint. N'y subsistaient que les braises d'un amour défunt.

Le cœur serré, elle enfila sa doudoune tandis que les policiers pressaient Sullivan de questions. Elle tenait dans sa main le téléphone portable qu'elle avait volé à l'un des flics. Les yeux embués de larmes, elle composa un numéro appris par cœur à utiliser en cas d'urgence. Un numéro hors réseau, bien sûr. Non traçable. Qui allait lui permettre de disparaître.

— Jane !

La voix de Sullivan résonnait dans le couloir.

Elle s'arrêta devant une poubelle pour y jeter son propre téléphone. Elle savait que dès qu'il aurait versé la caution, Sullivan se lancerait à sa recherche. Et que son premier réflexe serait de faire tracer son téléphone.

Il voulait débusquer l'homme qui cherchait à la tuer. Au péril de sa vie.

Il lui avait donné une raison de se battre et rien que pour ça, elle ne voulait pas le perdre.

Tiens bon, ma grande. Et surtout, ne te retourne pas.

Le téléphone à l'oreille, elle attendait qu'on lui réponde, à l'autre bout de la ligne. À la quatrième sonnerie, on décrocha enfin.

— Salut, c'est moi.

Elle s'assura d'un coup d'œil par-dessus son épaule qu'Anthony ne la suivait pas. Elle vit deux infirmières se ruer dans la chambre de Sullivan, qui beuglait toujours. Elle avait profité de l'affolement d'Anthony, tout à l'heure, pour lui subtiliser les clés du SUV. Concentrée sur la double porte vitrée conduisant au parking, elle avançait tel un automate. En dénonçant Sullivan, elle n'avait fait que consolider sa réputation de garce sans cœur, mais elle s'en moquait. Tout ce qui comptait, c'était la sécurité de Sullivan, le seul être au monde qu'elle ne supporterait pas de perdre. Le reste n'avait aucune importance.

— J'ai besoin de ton aide.

13

— Comment avons-nous pu nous laisser surprendre ?

Sullivan fourra le dossier d'enquête dans un classeur qu'il balança sur son bureau. Une douleur lui traversa l'épaule et la cage thoracique lorsque le classeur tomba par terre et que tous les documents qu'il contenait se répandirent sur le sol. Depuis qu'il avait été relâché, une heure plus tôt, le téléphone n'arrêtait pas de sonner, ce qui n'arrangeait pas son mal de tête. De sa main libre, l'autre étant en écharpe, il pointa un doigt accusateur sur Elliot.

— Le détective, c'est toi, il me semble. Tu aurais dû te rendre compte que Menas nous menait en bateau.

— Ce type était une pointure, Sullivan. Qu'est-ce que tu veux que je te dise ?

Téléphone à la main, Elliot s'affala dans un des fauteuils de cuir qui faisaient face au bureau directorial en chêne massif. Rendus plus visibles par la luminosité de l'écran, les points de suture qu'il avait sur le front depuis l'incendie de l'appartement de Menas firent regretter à Sullivan ses reproches. Certes, ils avaient perdu un peu de temps, mais ils avaient de la chance qu'Elliot soit encore en vie.

— En tout cas, reprit Elliot, cela nous servira de leçon. Nous savons à présent qu'il ne faut jamais se fier aux seuls fichiers. Mieux vaut se concentrer sur la routine du suspect, scruter sa vie quotidienne dans ses moindres détails. Si nous avions soumis Menas à ce genre de surveillance, j'aurais pu le cerner et prévoir qu'il allait chercher à nous tuer.

— Peu importe qui a foiré, intervint Elizabeth Dawson, la responsable de la sécurité du réseau de l'agence, en jetant sur le bureau un paquet de chemises en papier. Notre cliente a pris le large, probablement terrorisée, et nous n'avons pas la moindre idée de l'identité de l'homme qui cherche à la tuer. Il est évident que c'est là-dessus qu'il faut qu'on planche en priorité.

L'ex-analyste du service de renseignement désigna d'un coup de menton la pile de documents.

— Tout ce que j'ai pu récupérer sur Christopher Menas est là. Ses relevés téléphoniques et bancaires, ses e-mails, ses SMS, les bulletins de salaire de ses hommes et les photos de surveillance de Jane. J'ai dû faire jouer mes contacts pour obtenir tout ça, alors vous pouvez me remercier.

Sullivan se raidit lorsqu'elle mentionna Jane. Bon sang ! Ce n'était pas le moment de laisser ses émotions prendre le dessus. Il avait gardé sur son poignet la marque des menottes que lui avaient passées les flics, à l'hôpital. Ils l'avaient cuisiné pendant des heures et ne l'avaient relâché que parce qu'il avait un compte en banque bien garni et que Blackhawk Security s'était offert les services d'un avocat de renom. Mais le cauchemar n'était pas terminé.

Il avait tué son père pour l'empêcher d'assassiner d'autres femmes. Il savait qu'un jour la justice lui demanderait des comptes pour ce crime et qu'il risquait de passer le reste de sa vie en prison. Même si cette perspective ne l'enchantait pas, ce n'était pas, présentement, ce qui le préoccupait le plus. Chaque chose en son temps : sa priorité était de retrouver Jane. S'il pouvait lui parler, il…

— Mais rien dans tout ça ne m'a permis de découvrir qui a engagé Menas, continua Elizabeth. Soit Christopher

Menas a menti quand il a prétendu qu'il avait été payé pour liquider Jane, soit le commanditaire de l'opération est le meilleur agent secret qu'il m'ait été donné de rencontrer. Dieu sait pourtant que j'en connais un paquet !

— Il ne mentait pas, déclara Sullivan. S'il a agi sous son vrai nom, c'est uniquement pour mieux nous berner et nous détourner de la véritable menace. Des nouvelles d'Anthony ?

— Jane n'est pas retournée chez elle et son chef est aux abonnés absents, répondit Elliot en brandissant son téléphone. Je surveille son compte bancaire mais pour l'instant, je n'ai repéré aucun mouvement, ni retrait ni paiement par carte. Elle doit avoir bénéficié de certains appuis pour survivre aussi longtemps sans recourir à aucun moyen de paiement. Quoi qu'il en soit, aujourd'hui, elle a disparu.

— C'est impossible, décréta Sullivan d'un ton sans appel.

Jamais il n'avait perdu un client ou foiré une mission et ce n'était pas maintenant qu'il allait commencer.

— Nous devons de toute urgence démasquer l'homme qui a mis un contrat sur la tête de Jane. Parce que *lui*, il saura où la trouver.

— Elle t'a dénoncé à la police, Sullivan, et a mis l'agence en danger. Elle ne veut plus que tu t'occupes de l'affaire.

Vincent Kalani, qui se tenait en retrait, décroisa les bras. C'était la première fois depuis le début de la réunion que l'expert en criminalistique sortait de sa réserve et prenait part à la conversation. Il fronçait les sourcils, désapprouvant de toute évidence ce qui venait d'être dit. De tous les collaborateurs dont Sullivan s'était entouré pour créer Blackhawk Security, Vincent était le seul capable de le remettre dans les rails lorsqu'il perdait les pédales. Ce coup-ci, cependant, ça ne marcherait pas.

— Es-tu prêt à attirer de nouveau sur toi — et sur nous tous — les foudres de ce psychopathe pour sauver quelqu'un qui ne veut pas de ton aide et qui t'a dénoncé à la police ?

— Absolument.

Parce qu'on n'abandonne pas la femme qu'on aime. À la seule évocation de Jane, Sullivan avait le cœur serré. Il inspira profondément, espérant secrètement capter dans l'air les effluves de vanille de son parfum. Mais Jane était loin. Elle fuyait l'homme qui avait payé Menas pour la tuer. Et elle le fuyait lui aussi. Parce qu'elle ne voulait pas l'exposer au danger.

Ce qu'elle ne comprenait pas, c'était qu'il vivait depuis toujours avec le danger. Il l'avait côtoyé dès sa prime enfance, en partageant la vie d'un tueur en série. Puis pendant sa carrière de commando de marine. Le danger était même devenu son fonds de commerce puisqu'il dirigeait aujourd'hui une agence de sécurité renommée à laquelle le gouvernement n'hésitait pas à faire appel. Cette confrontation permanente avec le danger avait fait de lui l'homme qu'il était devenu, l'homme qui était en mesure de lui sauver la vie. Parce que Jane avait fini par le convaincre que le jeu en valait la chandelle.

— J'ai créé cette agence — et recruté chacun d'entre vous — pour sauver des vies, et c'est exactement ce que nous allons faire. Peu importe le degré de confiance que nous accordons à nos clients. Peu importe la sympathie ou l'antipathie qu'ils nous inspirent. Notre devoir est de leur sauver la vie, à tous, autant qu'ils sont, Jane Reise y compris.

Sullivan reporta son attention sur Vincent.

— Mais si tu refuses de faire ce pour quoi je t'ai engagé, tu peux partir, dit-il en désignant la porte d'un coup de menton. Je n'ai pas le temps de chercher à savoir si, oui ou non, je peux compter sur toi.

Le téléphone sonna à nouveau, détendant un peu l'atmosphère dans laquelle le coup de gueule de Sullivan avait jeté un froid. Il décrocha le combiné et le reposa brutalement sur son socle. Il n'avait pas le temps non plus de papoter au téléphone.

— Moi, en tout cas, je te suis, déclara Elliot en se levant pour taper dans la main de Sullivan. Mais pas tant par conviction que parce que j'ai trop peur que tu me renvoies au fond de la geôle dans laquelle tu m'as trouvé si je n'obtempère pas.

Sullivan accueillit cet aveu par un grand éclat de rire.

— Tu as raison de te méfier, parce que ça pourrait bien t'arriver, en effet.

Elizabeth ramassa les documents éparpillés sur le sol et se mit à les classer.

— Je vais passer en revue les suspects potentiels gravitant autour de Jane, en me concentrant plus particulièrement sur son milieu professionnel. Dois-je solliciter Kate pour un profil ?

— Nous, pas la peine. Nous allons nous débrouiller sans elle.

La profileuse de l'agence avait besoin de décompresser après la mort de son mari tué par une balle perdue deux mois plus tôt. Sullivan tenait à lui laisser tout le temps nécessaire pour faire son deuil. Il rebondit sur ce que venait de dire Elizabeth.

— Pourquoi son milieu professionnel ?

— Parce que ce n'est pas n'importe qui qui peut monter une opération de cette envergure sans se faire repérer. Au début, j'ai pensé que nous avions affaire à un ancien agent secret, ou même à un agent encore en activité, mais ça ne cadre pas avec le reste. D'après ce que j'ai compris, tout a commencé en Afghanistan, or la NSA n'a plus d'enjeux dans ce pays depuis au moins un an.

Elizabeth replaça une mèche de cheveux châtains

derrière son oreille. Sa coupe courte mettait en valeur la forme triangulaire de son visage et ses yeux marron, plus foncés que ceux de Jane mais tout aussi expressifs.

— Sans contacts dans le milieu du renseignement, notre homme n'aurait jamais pu recruter une équipe de mercenaires. De plus, il connaît Jane, il n'ignore rien de ce qui la concerne et il la suit comme son ombre partout où elle va. Comme elle ne voit plus sa famille et n'a pas d'amis proches, il nous reste trois possibilités.

Elizabeth les énuméra une à une sur ses doigts.

— Notre suspect est soit son chef de corps, soit un autre procureur qui a travaillé avec elle, soit un criminel qu'elle a fait condamner. Un militaire, dans tous les cas.

— Cela fait quand même beaucoup de possibilités, et Jane a juré que son chef n'avait rien à voir là-dedans.

Sullivan passa sa main valide sur son visage las puis examina la centaine de clichés de Jane qui recouvraient le dessus de son bureau. Cela faisait maintenant vingt-quatre heures qu'elle avait disparu. Elle pouvait aussi bien être dans le quartier qu'à l'autre bout du monde. Idem pour son harceleur. Et eux, pendant ce temps, ils pataugeaient dans la semoule. Ils n'avaient pourtant plus droit à l'erreur.

— Il va nous falloir des semaines pour interroger tous ces suspects.

— Je me charge du chef de corps, déclara Vincent en s'approchant du bureau.

Il fit signe à Elizabeth de lui remettre le dossier correspondant, laissant entrevoir par inadvertance les tatouages tribaux qu'il avait sur les bras.

— Il connaît son emploi du temps, ses collègues de travail et les soldats qu'elle a fait inculper et qui sont susceptibles de vouloir se venger. Alors pourquoi ne pas commencer par là ?

— Merci, Vincent.

Pour Jane, son chef était hors de cause, mais comment

pouvait-elle en être aussi sûre ? En l'absence de piste, mieux valait ne rien laisser au hasard. Frappant dans la main de Vincent, peut-être un peu plus fort que nécessaire, il hocha la tête, puis il fit le tour de son bureau et choisit l'une des photos qu'Elliot avait récupérées dans l'appartement de Menas juste avant l'incendie.

— Il nous reste donc une cinquantaine de suspects sur lesquels il va falloir se pencher sérieusement. Sans oublier que l'homme que nous cherchons, et qui compte peut-être parmi ces suspects, est susceptible d'avoir trois coups d'avance sur nous.

Les chances étaient inégales et il n'aimait pas ça.

Il scruta avec attention la photo qu'il tenait dans sa main. On y voyait Jane au tribunal. Elle portait un treillis orné sur la poitrine de l'insigne de son corps de métier. Les murs étaient nus. Deux drapeaux se dressaient de part et d'autre de la magistrate. Le drapeau américain et l'étendard de l'armée américaine. Pas d'autre insigne américain en vue, ce qui laissait penser que ce tribunal ne se trouvait pas sur le territoire américain. Peut-être en Afghanistan. Difficile à dire, mais ce qui était sûr, c'était que l'auteur de la photo n'était pas Christopher Menas. Si elle l'avait eu en face d'elle, Jane l'aurait reconnu immédiatement.

— Quelque chose ne va pas ? demanda Elliot.

Telle qu'elle était cadrée, la photo avait été prise depuis le banc des accusés. Mais pourquoi un inculpé ou un avocat prendrait-il une photo en pleine audience ? Et comment Menas s'était-il procuré ce cliché ? Jane était à la barre et ne regardait pas l'objectif. S'agissait-il d'une photo prise par une caméra de vidéosurveillance ? L'estomac noué, Sullivan fit pivoter la photo d'un quart de tour pour examiner de plus près les papiers éparpillés sur le bureau, à la recherche du moindre indice susceptible de les mettre sur une piste. Tel qu'un nom, un grade ou même un chef d'inculpation…

Quelque chose d'autre attira son attention.

Il regarda la photo d'encore plus près. Le stylo sur le bureau. Il l'avait déjà vu quelque part, songea-t-il avec effroi. Mais…

Son téléphone portable émit un signal sonore. Il venait de recevoir un message. Un message d'Anthony.

La cliente est rentrée chez elle.

Il fourra le téléphone dans la poche de son pantalon.

— Je sais qui a engagé Christopher Menas, annonça-t-il tout de go en relevant la tête.

Cela paraissait insensé mais il se fiait à son instinct. Reposant la photo de Jane sur le bureau, il ouvrit le premier tiroir et en extirpa son Glock rangé dans son holster d'épaule. Il n'y avait pas une minute à perdre. Ils devaient se rendre de toute urgence chez Jane.

— Et je sais pourquoi il veut tuer Jane.

Christopher Menas avait fini par obtenir ce qu'il voulait.

Le capitaine Jane Reise, procureur militaire de l'armée américaine n'existait plus.

Elle fixait d'un œil morne son nouveau passeport, son acte de naissance, son permis de conduire et sa carte de sécurité sociale, étalés sur ses genoux, et se demandait ce qu'elle attendait pour descendre de voiture. Les photos provenaient de son ancien passeport mais le nom, la date de naissance et l'adresse inscrite sur tous ces documents avaient fait d'elle quelqu'un d'autre, grâce à une amie qui travaillait pour le programme de protection des témoins du FBI. Elle sortit son billet d'avion pour vérifier une dernière fois l'heure de son vol. Un vol pour Los Angeles qui décollait dans deux heures de l'aéroport international d'Anchorage. Cela lui laissait le temps de passer chez elle pour récupérer l'argent liquide qu'elle avait caché sous les lattes de son lit. Elle ne pouvait pas piocher sur ses comptes bancaires. Un simple retrait dans un distributeur et aussi sec, elle se serait fait repérer. L'argent qu'elle avait planqué allait lui permettre de repartir de zéro. Et de disparaître sans laisser de traces.

Le froid était si vif que son souffle se cristallisait devant elle en panaches de vapeur, mais elle ne bougeait pas, guettant la moindre anomalie dans sa rue ou devant chez elle. Il n'y avait ni cambrioleur ni tueur embusqué, prêt à lui sauter dessus dès qu'elle rentrerait chez elle. Il n'y avait pas non plus de voiture de Blackhawk Security garée le long du trottoir. La voie était libre.

Une nouvelle vie s'offrait à elle. Elle s'appelait désormais Rita Miller et était avocat de la défense, travaillant pour une grosse boîte située en plein centre de Los Angeles. Elle n'avait aucune idée de la manière dont son amie du FBI s'y était prise pour lui forger cette nouvelle identité, mais quelle importance, dans le fond ?

Elle risqua un énième coup d'œil sur sa maison. Une maison dont elle n'était plus locataire. Tout son mobilier, ses vêtements, ses souvenirs de voyage seraient cédés au plus offrant lors d'enchères publiques. Son père et sa belle-mère n'en avaient que faire et elle n'était pas autorisée à les déménager en Californie. Les règles étaient strictes. Elle ne devait rien emporter. Rien ni personne.

Les règles. Secouée par un éclat de rire, elle se cogna à l'appui-tête. Un fil électrique sectionné pendouillait au-dessus du rétroviseur central, au-dessus de sa tête. Sullivan aurait dû mieux cacher le GPS dont il équipait ses véhicules. Ou alors prévoir un mouchard de secours.

Fermant les yeux, elle songea que toute sa vie elle avait respecté les règles. Il lui était arrivé parfois de les contourner quand ça l'arrangeait mais jamais elle ne les avait enfreintes. Dans son travail, elle avait toujours été irréprochable.

Jusqu'à récemment.

Cinq jours plus tôt, elle avait fait une entorse à la règle numéro un qu'elle s'était fixée lorsqu'elle était entrée par effraction dans les bureaux de Sullivan Bishop : ne pas tomber amoureuse. Et voilà où cela l'avait menée. Elle en était réduite à se geler dans une voiture garée devant chez elle parce qu'elle se demandait ce qu'elle allait trouver à l'intérieur.

Ou plutôt qui.

Elle avait les yeux qui piquaient. D'un revers de main, elle sécha une larme qui s'était aventurée sur sa joue. C'était complètement idiot. Sullivan ne l'avait pas suivie. Il ne l'attendait pas chez elle.

— Au diable, les règles !

C'était le seul moyen de repartir de zéro, de sauver l'homme qu'elle avait obligé à la protéger.

Elle jeta son nouveau passeport sur le siège passager du SUV qu'elle avait emprunté à Blackhawk Security. Dès qu'elle serait à l'aéroport, elle contacterait Elliot ou Anthony pour qu'ils viennent le récupérer. Elle ne voulait pas parler à Sullivan car elle craignait de changer d'avis. Même si, après le coup qu'elle lui avait fait à l'hôpital de le dénoncer à la police et de partir comme une voleuse, elle se doutait bien qu'il ne devait plus tellement la porter dans son cœur.

S'étant enfin décidée à descendre de voiture, elle traversa la rue en toute hâte, à l'affût du moindre mouvement, s'attendant à tout moment à être éblouie par des phares de voiture. Elle serrait dans sa main les clés de chez elle, au cas où elle devrait entrer en catastrophe. Elle parvint à sa porte sans encombre, enfonça la clé dans la serrure, la tourna et entra. La chaleur qui régnait à l'intérieur l'enveloppa comme une gangue, soulageant partiellement la tension qui nouait les muscles de son dos. Jetant ses clés sur le guéridon du vestibule, comme à son habitude, elle referma la porte et tira le verrou. La gorge sèche, elle constata que l'odeur de Sullivan flottait toujours dans l'air. Son regard se porta sur le canapé dans lequel il avait dormi la nuit où elle s'était lancée à la poursuite de son harceleur. Elle se traîna jusqu'au salon, s'affala sur le canapé et contempla cet intérieur dévasté qu'elle avait longtemps considéré comme un lieu sûr.

Tout était sens dessus dessous. Les vêtements, les livres, les photos. Qui était responsable d'un tel carnage ? La police ? L'équipe de Sullivan ? Christopher Menas ? Contre toute attente, la vision de sa maison dévastée, encore imprégnée du parfum familier de l'homme dont elle s'était éprise à son insu, lui procurait un étrange soulagement. C'était fini. Bel et bien terminé. Du moins pour l'instant. Elle n'avait plus rien à craindre du cinglé qui l'avait traquée pendant des mois. Certes, il n'avait fait qu'obéir aux ordres d'un mystérieux commanditaire, mais c'était une autre histoire. Une histoire qui bientôt ne la concernerait plus. Elle avait juste besoin de s'accorder quelques minutes de répit avant de prendre l'argent caché sous son lit et de partir pour de bon. Loin d'Anchorage et du cauchemar qu'elle avait vécu. Une nouvelle vie l'attendait.

Cette perspective aurait dû la remplir d'aise mais elle ne pouvait chasser de son esprit la scène de son départ précipité de l'hôpital. Elle repensait à la tête qu'avait faite Sullivan lorsqu'elle avait appelé la police. Il lui avait sauvé la vie et voilà comment elle le remerciait. En le dénonçant à la police. Après une telle trahison, il était peu probable qu'il fasse à nouveau confiance à une femme. Ou lui pardonne un jour.

Elle se massa le sternum pour dissiper la douleur

qui envahissait sa poitrine. Sullivan lui avait pardonné la part de responsabilité qu'elle avait dans le suicide de Marrok, mais il avait aujourd'hui mille raisons de la haïr. Ses yeux s'emplirent de larmes, à nouveau. Des larmes qu'elle s'empressa de sécher.

La décision qu'elle venait de prendre lui semblait insensée. Elle était pourtant irrévocable.

Il fallait qu'elle voie Sullivan. Coûte que coûte. Et tant pis pour la protection des témoins ! Elle ne partirait pas sans lui avoir parlé. Sans s'être expliquée avec lui. Elle irait le trouver, et s'il lui claquait la porte au nez, elle insisterait.

Parce qu'elle n'imaginait pas une seconde de vivre sans lui. Sullivan Bishop — ou Sebastian Warren — était l'homme de sa vie. Elle l'aimait à la folie.

Pourquoi lui avait-il fallu tant de temps pour l'admettre ? Fallait-il qu'elle soit bête, tout de même. Comment aurait-elle pu résister à un homme tel que lui ? Un homme qui s'était donné pour mission de protéger ses semblables en toutes circonstances, qui se mettait en quatre pour les servir, qui bravait le danger pour leur venir en aide, et tout cela avec le sourire. Son dévouement était sans limites. Pour elle, il avait risqué sa vie plusieurs fois, refusant de jeter l'éponge même quand la situation semblait désespérée. Jamais il ne l'aurait abandonnée. Jamais il n'aurait laissé personne lui faire du mal. Elle l'avait lu dans son regard...

Un peu tard, elle avait compris que lui aussi l'aimait.

S'extirpant du canapé dans lequel Sullivan avait laissé son empreinte olfactive, elle se fraya un chemin jusqu'à sa chambre, slalomant entre les livres, les papiers, les vêtements qui jonchaient le sol. Il y en avait partout, y compris dans l'escalier et dans la salle de bains. Jane n'avait pas le courage de remettre de l'ordre. Et puis, à quoi bon ? Après avoir vu Sullivan, elle s'en irait.

Mais elle allait commencer par prendre une douche

car elle avait mal partout, comme si on l'avait rouée de coups. Après quoi, elle appellerait l'hôpital, le commissariat de police, Blackhaw Security. Où qu'il soit, elle retrouverait Sullivan.

Forte de cette pensée, elle posa sa doudoune sur la banquette, au pied de son lit. Lorsqu'elle se retourna, elle se heurta à un torse massif doté de solides pectoraux.

— Dites-moi, capitaine Reise, ce chiffon sent-il le chloroforme, d'après vous ? dit une voix surgie du passé.

Une main lui appliqua sur la bouche un chiffon blanc tandis qu'une autre main lui tenait fermement la tête.

— Chut ! Ce sera bientôt fini.

Jane passa ses mains entre les bras de son agresseur et se dégagea d'un coup sec. Le chiffon tomba par terre mais elle gardait dans la bouche le goût âcre du chloroforme, ce qui ne l'empêcha pas de foncer vers la porte, galvanisée par un puissant instinct de survie. Elle hurla de douleur lorsque son agresseur l'agrippa par les cheveux et la tira en arrière. Machinalement, elle porta les mains à son crâne. L'homme en profita pour lui coller à nouveau le chiffon imbibé de chloroforme sur la bouche.

Elle le bourra de coups de pied et de coups de genoux, et s'agrippa à ses poignets pour lui faire lâcher prise. Mais il était costaud. Et elle n'était pas au mieux de sa forme après tout ce qu'elle avait enduré ces derniers jours. Sous l'effet de l'anesthésique, sa respiration se fit chaotique tandis que peu à peu ses forces l'abandonnaient et que son acuité visuelle diminuait.

Résiste. Ne t'endors pas. Laisse un indice, une trace, n'importe quoi. Il fallait que Sullivan sache...

Elle se sentit partir, ses muscles s'insurgeant contre les ordres que leur transmettait son cerveau. Elle s'empara de la première chose qui lui tomba sous la main : le stylo qui était dans la poche poitrine de son agresseur. Puis ses jambes se dérobèrent sous elle.

— C'est bien, dit l'homme en la laissant glisser au sol. Détendez-vous. Vous êtes entre de bonnes mains.

Elle leva le bras au-dessus de sa tête et lâcha le stylo, qui roula loin d'elle, sous le lit. Les yeux fixés sur son agresseur, elle était incapable du moindre mouvement et luttait désespérément contre le sommeil. Pour échapper à son regard scrutateur, l'homme l'obligea à s'allonger complètement. Mais elle l'avait reconnu. Ce visage, elle n'était pas près de l'oublier.

— Pas... vous ! bredouilla-t-elle, de plus en plus hébétée.

— Eh si, Jane, c'est bien moi !

Il se pencha sur elle. Les cicatrices qui barraient ses sourcils et balafraient son menton étaient plus visibles que dans son souvenir. Elle voulut se relever, se sauver mais le sommeil la gagnait inéluctablement. Ses paupières se fermèrent malgré elle.

— À mon tour, à présent, de vous torturer !

14

Fonçant à tombeau ouvert sur l'autoroute, Sullivan serrait dans sa main le seul indice que son équipe et lui avaient pu trouver chez Jane : un stylo. Il avait roulé sous le lit, mais il était prêt à parier que ce stylo ne s'était pas trouvé là par hasard. C'était un signe que lui adressait Jane pour le mettre sur la piste de son kidnappeur.

Il savait aussi où se cachait celui-ci. Au chalet. Le seul endroit où il était sûr que Sullivan viendrait le chercher.

— J'arrive, Jane. J'arrive.

Il s'était engagé à la protéger et il comptait bien tenir toutes les promesses qu'il lui avait faites. Quoi qu'il lui en coûtât. Des gerbes d'eau boueuse maculèrent les vitres du SUV lorsqu'il enfonça la pédale d'accélérateur. Les essuie-glaces, qui se déplaçaient sur le pare-brise à toute vitesse, semblaient faire la course avec son cœur, qui tambourinait dans sa poitrine comme pour s'en échapper. Il venait de comprendre que dans cette histoire ce n'était pas Jane qui était visée. C'était *lui*. Le passé avait refait surface, mais il lui manquait encore quelques pièces pour reconstituer le puzzle. Donnant un grand coup de volant sur la gauche, Sullivan s'engagea dans un chemin enneigé. Son bras et son flanc l'élançaient mais, ignorant la douleur, il se concentra sur sa conduite, qui exigeait de sa part une grande concentration. Le ciel était couvert, menaçant. Le vent soufflait en rafales, qui couvraient le pare-brise de flocons. Sullivan avait de plus en plus de mal à voir la route. Et avec toute cette neige, il n'avait plus aucun repère. Le chalet ne devait pourtant plus être bien loin…

Une masse sombre, indistincte, apparut soudainement au milieu du chemin.

Lâchant un juron, Sullivan donna un coup de volant et écrasa la pédale de frein. Le SUV fit une embardée et se mit à chasser de l'arrière avant de partir en vrille. Le temps parut se dilater. Retenant son souffle, Sullivan essayait désespérément de garder le contrôle du véhicule. Il s'en fallut de peu qu'il écrase Jane, qui gisait sur la route, inconsciente. Il voulut redresser le volant mais trop tard : le SUV alla percuter l'un des arbres qui bordaient la route. Le choc fut rude, tant pour le conducteur que pour le véhicule. Un gros paquet de neige tomba sur le capot enfoncé, et le moteur se tut. Sullivan, qui avait été projeté sur le volant, se redressa sur son siège. Se passant la main sur le front, il constata qu'il saignait. Mais par miracle, il n'avait pas perdu connaissance. Le souffle court, il tenta d'ouvrir la portière. Sans succès.

Il devait porter secours à Jane.

Débloquant la portière d'un coup d'épaule qui lui arracha un cri de douleur, il réussit, non sans mal, à s'extraire de la voiture. Mais dans sa précipitation, il dérapa sur la neige compacte et valdingua contre le SUV. À moitié sonné, il dut faire appel à toute sa volonté pour se relever.

Jane avait besoin d'aide.

Assise sur une chaise, les mains attachées au dossier, le buste ployé en avant, elle semblait évanouie. Heureusement qu'elle n'avait pas vu qu'il avait failli lui rouler dessus, songea-t-il en vérifiant la culasse de son Glock. Il se garda bien, cependant, d'approcher de la jeune femme. Il savait qu'on ne l'avait pas mise là par hasard. Il n'allait pas tomber dans un piège aussi grossier. Malgré la peur qui lui nouait les entrailles, il s'efforçait de ne pas paniquer. Il n'y avait qu'une issue possible. Le ravisseur de Jane voulait la jouer comme ça ? Il n'allait pas être déçu.

— Je sais que tu es là, cria-t-il par-dessus son épaule en s'adossant au SUV pour se couvrir.

Le doigt sur la détente, il tendait l'oreille, à l'affût du moindre craquement dans la neige. Les battements frénétiques de son cœur ne lui facilitaient pas la tâche mais il perçut un léger bruit de pas. L'homme s'immobilisa. Il était de l'autre côté du chemin, à moins de dix mètres de Sullivan.

— Finissons-en.

Sullivan s'écarta brusquement du SUV, leva son arme et la pointa sur sa cible.

Et se figea.

— Salut, grand frère.

Une fumée âcre emplissait l'air autour de Marrok Warren. Il jeta son cigare dans la neige et l'écrasa sous son pied. La crosse d'un pistolet pointait sous sa parka. Une abondante tignasse châtaine masquait partiellement les cicatrices au menton que leur père lui avait faites, sous les yeux de Sullivan, impuissant.

Le front marqué de rides profondes, Marrok dégaina son arme.

— Tu ne t'y attendais pas, hein ?

— Pour une surprise, c'en est une, en effet. Je te croyais au cimetière, mort et enterré.

En retrouvant le stylo que leur mère avait offert à Marrok pour son douzième anniversaire, Sullivan avait compris *qui* était l'homme qu'il traquait. L'avoir devant lui, en chair et en os, lui faisait bizarre, cependant. Solidement campé sur ses deux jambes, en position de combat, il raffermit la pression de son doigt sur la détente de son Glock.

— Tu as fait croire au suicide pour pouvoir te venger

de Jane parce qu'elle t'avait fait condamner. C'est bien ça, n'est-ce pas ?

— C'était de bonne guerre, non ? La terroriser au cours de ces trois derniers mois a été un vrai plaisir. Je me suis amusé comme un fou, je l'avoue. Après, quand elle t'a engagé, les enjeux sont devenus plus sérieux. Finie la rigolade !

Marrok s'avança vers lui en décrivant un arc de cercle vers la droite. Sullivan se trouvait à présent au milieu du chemin.

— Sebastian Warren. Mon grand frère. L'éternel *sauveur*. Le héros de la famille.

— Si je comprends bien, tu me reproches de t'avoir protégé pendant toutes ces années où papa s'est acharné sur toi ? dit Sullivan avec un petit rire. Tu es complètement cinglé, mon pauvre Marrok. Tu devrais te faire soigner.

— Merci du conseil, frangin, mais je ne serais pas l'homme que je suis aujourd'hui sans papa. Si je n'avais pas pris exemple sur lui, je n'aurais ni les relations ni l'argent que j'ai aujourd'hui. Et, crois-moi, ça vaut vraiment le coup. La seule différence entre papa et moi, c'est que je suis… un peu plus raffiné.

Marrock jeta un coup d'œil vers Jane. Le sourire en coin qui se dessina sur ses lèvres attisa la colère que Sullivan sentait monter en lui. Le soldat qu'il croyait avoir enterré dans le cimetière familial, auprès de leur mère, était un imposteur, un fou dangereux, un tueur. Sullivan avait cru en son innocence pendant plus d'un an.

— Jane avait vu juste. Elle a toujours su que tu étais coupable. Tu as bel et bien agressé ces femmes, en Afghanistan.

Ne se donnant même pas la peine de nier, Marrok enfouit la main dans la poche de sa parka et en extirpa un petit boîtier noir.

— Tu n'as aucune chance, Sebastian. Je te connais

mieux que personne, ne l'oublie pas. Ce n'est pas parce que tu as pris un autre nom que tu es devenu quelqu'un d'autre.

Marrok agita le boîtier dans sa main pour que Sullivan le voie, puis il leva son arme et le visa. En plein cœur.

— Je sais que tu ne me tueras pas, continua-t-il. Tu serais incapable de tuer ton propre frère. Mais je sais aussi que tu ferais n'importe quoi pour sauver la vie d'une femme innocente. Surtout quand tu couches avec elle !

— Moi aussi, je te connais, figure-toi. Je sais que tu ne vas pas tirer.

Sullivan serrait les dents. Sa blessure au côté le faisait atrocement souffrir. Comment Marrok savait-il que Jane et lui avaient couché ensemble ? Les avait-il épiés jusque dans leur intimité ? À cette pensée, il fut pris de dégoût. Mais son frère avait raison : il ne le tuerait pas. Ce qui ne signifiait pas qu'il ne le ferait pas payer pour ce qu'il avait fait. Arme au poing, il recula de quelques pas vers Jane, qui n'avait toujours pas repris connaissance. Il lui releva la tête et, plein d'appréhension, lui prit le pouls. Ses lèvres avaient bleui et son cœur battait au ralenti, mais elle était bien vivante. Sa doudoune l'avait protégée du froid.

— Détrompe-toi, Sebastian. Tu me *connaissais*. Mais ça, c'était avant que tu m'abandonnes pour t'engager dans la marine, en me laissant me débrouiller avec les conséquences qu'a eues sur ma vie le meurtre de ce cher papa. Tu n'as jamais cherché à savoir ce que je devenais. Tu as même changé de nom pour que je ne te retrouve pas. Et voilà qu'aujourd'hui tu protèges la personne que je déteste le plus au monde. *Jane Reise*. Alors c'est vrai, je ne vais peut-être pas te loger une balle dans le corps, mais si tu te prends une balle perdue, crois bien que je n'aurai aucun remords.

— Ecoute-moi, dit Sullivan en risquant encore un pas

en direction de la jeune femme. Tout ce que j'ai fait, je l'ai fait pour toi. Pour te protéger et…

— Epargne-moi ton baratin, Sebastian. Je sais exactement ce qu'il en est. Tu n'aspirais qu'à fuir la vie calamiteuse que nous avions. Tuer notre père a été pour toi l'occasion de ficher le camp.

Marrok leva le boîtier qu'il tenait dans la main en direction de Jane.

— Tu es un commando de marine. Tu sais à quoi sert ce truc et ce qu'il se passera si tu t'approches d'elle quand la bombe explosera.

— Jane, mon cœur, réveille-toi, exhorta Sullivan en se penchant vers elle pour écarter les cheveux qui lui masquaient le visage.

— Tu ferais mieux de t'éloigner, Sebastian. Le compte à rebours va commencer.

Son pistolet toujours pointé sur la poitrine de Sullivan, Marrok reculait lentement.

— Pour elle, c'est terminé. Elle n'a que ce qu'elle mérite.

— Non ! protesta Sullivan de toute la force de ses poumons.

Son cri provoqua un déplacement d'air qui eut pour effet de faire tomber la neige qui s'était accumulée sur les branches des arbres bordant le chemin. Sullivan comprit qu'il avait une carte à jouer. Profitant de l'absence temporaire de visibilité, il piqua un sprint.

— Je ne peux pas vivre sans elle, déclara-t-il, les poumons en feu.

La mini-tempête de neige s'estompa trop vite et il se retrouva à découvert. Il ne ralentit pas pour autant.

Ouvrant de grands yeux, Marrok fit feu. Il manqua sa cible. Il tira à nouveau et toucha Sullivan au bras droit. Puis en haut de la cuisse. Mais Sullivan n'en avait cure. Il continuait de courir. Parce qu'il aimait Jane. Il ne savait pas à quel moment il était tombé amoureux d'elle.

Ni comment. Mais ce qui était sûr, c'est qu'il l'aimait. Il s'était épris de la femme que deux ans plus tôt il s'était juré de détester jusqu'à son dernier souffle.

À bout de force, blessé, il luttait pour ne pas s'effondrer. Mais s'il ne récupérait pas ce fichu détonateur, il perdrait tout.

Galvanisé par cette pensée, il fonça sur Marrok et le déséquilibra d'un coup d'épaule. Ils s'écroulèrent l'un sur l'autre dans la neige. Au moment d'assommer son frère, Sullivan marqua une très brève hésitation. Cela suffit à Marrok pour reprendre l'avantage.

— Tu n'aurais jamais dû te mêler de ça, grand frère, dit Marrok en lui assenant un coup de crosse sur la tête.

Sullivan crut que son crâne allait exploser. Il tomba de tout son long en arrière mais sa chute fut amortie par la poudreuse. Il eut comme un flash et repensa à toutes ces nuits qu'il avait passées, bien des années plus tôt, une batte de base-ball, un couteau ou un flingue caché sous son oreiller, dans le cagibi qu'il partageait avec son petit frère. Il n'avait eu de cesse de le protéger. Et voilà que cet imbécile, dont il n'aurait jamais pensé qu'il se retournerait contre lui un jour, avait perdu la tête !

Sullivan jeta un coup d'œil à Jane qui commençait à revenir à elle. Et qui avait, elle aussi, bien besoin de son aide.

— Mais c'est vrai, reprit Marrok. Je ne suis pas chaud pour te tuer, moi non plus. C'est pourquoi Menas s'est contenté de te droguer et de te neutraliser à coups de Taser. Maintenant, si tu choisis Jane Reise plutôt que ton propre frère, je n'hésiterai pas une seconde.

Sullivan planta les talons dans la neige et se releva tant bien que mal, se débrouillant pour se retrouver au milieu du chemin, à égale distance entre Marrok et Jane. Son frère le tenait toujours en joue. Un brusque coup de vent souleva la neige à proximité du chalet. Puis un éclair, furtif, infime, attira son attention à la lisière des arbres. Le reflet d'un rayon de soleil sur du verre. Il réprima un petit sourire.

— Si tu me connais aussi bien que ça, dit-il, tu dois savoir que je vais toujours au bout de ce que j'entreprends. Or ma mission n'est pas terminée.

— Je me doutais que tu dirais quelque chose dans ce genre, répliqua Marrok en haussant les épaules, son pistolet dans une main, le détonateur dans l'autre. Je sais aussi que ton équipe est là pour me descendre si jamais les choses tournent mal.

Marrok jeta un coup d'œil par-dessus son épaule juste au moment où Anthony et Elliot sortaient de leur cachette, armés de fusils de précision équipés de lunettes de visée, et prêts à tirer dès que Sullivan leur en donnerait l'ordre.

— Tu sais quoi, grand frère ? Je crois bien que ça va mal tourner.

Visant Sullivan entre les deux yeux, Marrok comprima le détonateur.

— À bientôt en enfer, Sebastian.

— Non ! cria Sullivan en se jetant sur lui pour lui prendre le détonateur.

Marrok pressa la détente.

Les coups de feu l'avaient fait revenir à elle, réactivant dans son esprit embrumé de mauvais souvenirs.

— Sullivan, murmura-t-elle dans un souffle.

Son corps n'obéissait plus aux ordres que son cerveau lui transmettait en vain. Elle n'arrivait pas à bouger et cette blancheur aveuglante l'empêchait d'ouvrir les yeux. Marrok Warren avait-il fini par la tuer ?

Il fallait qu'elle prévienne Sullivan.

Mais Dieu que ses paupières étaient lourdes ! Sa tête roula sur le côté. À moins qu'il ne neige en enfer, elle était assise sur une chaise, pieds et poings liés, au milieu de nulle part. Quel triste sort Marrok lui avait-il réservé ? La laisser en pâture aux loups ? Pas très original.

Du coin de l'œil, elle repéra deux grosses pierres non loin d'elle, à moitié enfouies dans la neige. Mais à cause du chloroforme, elle ne pouvait ni bouger ni crier. Elle était sans défense, à la merci du premier prédateur venu.

Pas question, cependant, de baisser les bras.

Détache-toi et rejoins Sullivan.

Elle se mit à gigoter pour faire basculer la chaise dans la neige. À force de contorsions, elle finit par tomber à la renverse. Un instant suffoquée par la poudreuse qui lui recouvrit le visage, elle s'ébroua puis essaya d'étirer ses mains le plus possible pour atteindre l'une des pierres. Mais ses liens étaient trop serrés et elle était épuisée. À nouveau, le découragement la submergea. Marrok aurait ce qu'il voulait et Sullivan…

Non, pas question de renoncer ! Elle était une battante, une guerrière.

Du bout des doigts, elle effleura enfin la surface rugueuse d'une des pierres. Un ultime effort et elle put s'en emparer et limer la corde. En quelques minutes, ses poignets furent libérés de toute attache. S'extirpant de sous la chaise, Jane entreprit alors de s'attaquer aux liens qui lui entravaient les chevilles. Comme elle se penchait en avant, elle vit un éclair rouge sur son ventre. Elle crut d'abord que c'était du sang. Mais l'éclair disparut, puis revint, plus lumineux. Le message qui s'afficha sur l'écran la remplit d'effroi. *Activée.* Elle s'aperçut qu'elle était bardée de fils électriques de toutes les couleurs. Un goût de cendres lui emplit la bouche lorsqu'elle comprit de quoi il s'agissait.

Paniquée, elle se débarrassa de ses derniers liens en un tournemain.

Marrok ne s'arrêterait-il donc jamais ? Après avoir

lancé à leurs trousses, à Sullivan et elle, une dépanneuse folle, après avoir tenté de les faire périr calcinés dans l'incendie de l'appartement de Menas, après avoir lâché sur elle un détachement de mercenaires, voilà maintenant qu'il l'avait sanglée dans un gilet piégé. Tout cela parce qu'elle avait fait son travail.

Elle empoigna le gilet mais ses doigts fébriles ne rencontrèrent ni fermeture Eclair ni Velcro. Un grognement sourd de bête blessée lui fit faire volte-face. Elle vit Sullivan tomber à la renverse dans la neige, frappé par Marrok.

Elle n'était pas armée — juste affublée d'un gilet dont elle se serait bien passée, mais cela ne l'empêcha pas de se précipiter vers les deux pugilistes. Bien qu'engourdie par le froid, elle courait au secours de l'homme qu'elle aimait lorsque Anthony et Elliot surgirent brusquement de derrière la rangée d'arbres bordant le chemin et encerclèrent Marrok. Sullivan se releva. Elle dut s'adosser à un tronc d'arbre pour reprendre son souffle. Sullivan était sauvé et Marrok neutralisé. L'armée allait se charger de lui et le cauchemar serait enfin terminé. Pour de bon.

Plus besoin du programme de protection des témoins. Elle allait pouvoir retrouver sa véritable identité, son travail, sa vie.

Mais alors que personne ne s'y attendait, Marrok leva son pistolet et visa Sullivan. Non ! s'insurgea Jane, tétanisée. C'était trop injuste. Sullivan n'avait pas mérité ça.

S'arrachant à sa stupeur mortifère, elle se remit à courir comme une dératée dans sa direction. Malgré le désespoir qui lui étreignait la gorge, elle volait à sa rescousse.

— Sul...

Marrok fit feu tandis que Sullivan enfouissait sa main sous sa parka. Puis deux autres coups de feu déchirèrent l'air glacé, plongeant un peu plus la jeune femme dans le désespoir.

Sullivan lâcha son pistolet de secours et se jeta sur son frère, mais il n'y avait plus rien à faire. Marrok s'effondra, probablement tué sur le coup.

Les jambes flageolantes, Jane dut à nouveau s'appuyer à un arbre. Ses yeux s'emplirent de larmes et son cœur se serra. Pas pour Marrok, bien sûr. Il pouvait bien aller au diable. Ce qui la bouleversait, c'était de voir Sullivan se pencher sur la dépouille de son frère. Un frère qu'il n'avait jamais cessé d'aimer, malgré tout.

Poussée par la compassion et l'envie qu'elle avait de le prendre dans ses bras, de le consoler, de le réconforter, elle se remit en route.

Mais à peine avait-elle fait trois pas que son gilet piégé se rappela à son bon souvenir, émettant une série de bips de plus en plus sonores. Elle se figea. L'écran affichait à présent une série de chiffres. Qui décroissaient. Elle releva la tête, tétanisée face à la mort inéluctable qui l'attendait.

Plus oppressée que si un éléphant s'était assis sur sa poitrine, elle n'arrivait plus à penser. Ne pouvait même plus respirer.

— Jane !

Entre ses larmes, elle discerna le visage de Sullivan.

Elle s'empressa de reculer. Non, il ne fallait surtout pas qu'il s'approche ! Si elle s'éloignait suffisamment de lui, il avait une chance de survivre à l'explosion. Les bras tendus devant elle pour le tenir à distance, elle commença à reculer vers les arbres.

— Va-t'en ! cria-t-elle. Je porte un gilet piégé.

Sourd à sa mise en garde, il la rattrapa, ses yeux bleu outremer rivés dans les siens.

— Elliot, va chercher tes outils !

Le détective privé courut vers le SUV.

Jane, qui reculait toujours, se heurta à l'arbre contre lequel elle s'était appuyée quelques minutes plus tôt, et tomba par terre.

En essayant de désamorcer la bombe, Sullivan et ses hommes allaient risquer leur vie. Elle ne voulait pas qu'ils se sacrifient pour elle. L'écran affichait à présent moins de deux minutes.

Accablée de remords, Jane voulut que Sullivan sache à quel point elle regrettait de l'avoir entraîné dans cette galère.

— Je suis désolée, bredouilla-t-elle. Je suis désolée.

Que pouvait-elle dire d'autre ?

Sullivan s'agenouilla à côté d'elle. L'angoisse marquait ses traits et assombrissait son regard. Penché sur elle, il glissa une main sous sa nuque pour lui soutenir la tête. Elle frémit, troublée par le contact de ses doigts caressants. L'odeur rassurante de son parfum l'enveloppant, elle brûlait de se blottir contre lui. Mais le temps leur était compté. Littéralement.

— Ça va ? demanda-t-il.

Dans sa voix, l'inquiétude se mêlait à l'émotion.

— Tout va bien.

Elle disait vrai. Il lui restait moins de deux minutes à vivre mais elle avait Sullivan Bishop tout à elle. Posant une main sur son visage, elle ajouta :

— Mais il faut que tu t'éloignes. Ce gilet est piégé. Il va bientôt...

— Il n'explosera pas, décréta-t-il d'un ton sans appel. Je te le promets.

— D'accord.

Il tenait toujours ses promesses, elle le savait, mais cette fois, elle avait un peu de mal à le croire. Entremêlant ses doigts aux siens, Jane acquiesça malgré tout d'un hochement de tête car elle ne voulait pas le contrarier. Elle lui avait déjà fait bien assez de mal comme ça.

— Je suis désolée, répéta-t-elle. Tout est de ma faute. Je n'aurais jamais dû faire ce que j'ai fait : m'introduire dans ton agence, te faire chanter, me lancer seule à la poursuite de Menas...

Elliot s'agenouilla à côté d'elle, en face de Sullivan. Bien que soufflant comme un bœuf, il lui décocha un sourire.

— Salut, ma belle. Vous n'avez pas tourné de l'œil à ce que je vois. C'est mieux comme ça.

Il la fit s'allonger sur le dos.

— Passe-moi la pince coupante, dit-il à Sullivan. Bon, écoutez-moi bien, Jane. Il va falloir que vous restiez tranquille. Vous êtes une véritable bombe à retardement. Le moindre mouvement est susceptible de précipiter l'explosion.

Sullivan tendit la pince au détective privé. Puis il serra la main de Jane.

— Eh bien, moi, je ne regrette rien. Je croyais que la Terreur des tribunaux militaires avait fait irruption dans mon bureau, mais c'est dans mon cœur, Jane, que tu es entrée en force. Et c'est là qu'est ta place, désormais.

— Je n'en reviens pas de t'entendre exprimer tes sentiments. C'est tellement inhabituel, fit remarquer Elliot.

Sa voix trahissait sa concentration extrême tandis qu'il essayait de s'y retrouver dans tous ces fils électriques.

— Mais c'est si beau que j'en ai la larme à l'œil.

Jane aussi était émue. Sullivan était-il en train de lui dire qu'il l'aimait ? Cette pensée lui fit chaud au cœur.

— Eloigne-toi vite, laisse-moi, dit-elle en lui lâchant la main.

— La dernière fois que je t'ai laissée, mon frère t'a kidnappée et transformée en bombe à retardement.

Il prit à nouveau sa main dans la sienne et y déposa un baiser.

— Alors ne compte pas sur moi pour recommencer

la même erreur. Et n'espère pas cette fois qu'en me dénonçant à Dieu sait qui tu vas te débarrasser de moi.

— Il y a trop de fils, murmura Elliot en s'asseyant sur les talons. Et il nous reste moins de trente secondes. Je crois qu'on devrait…

— En ce cas, on va la débarrasser de ce maudit gilet.

Joignant le geste à la parole, Sullivan s'empara du couteau cranté qu'il cachait dans l'une de ses boots. Puis, avec l'aide d'Elliot, il retourna Jane sur le ventre.

— Tiens bon, Jane, on va y arriver.

Il entreprit de taillader le gilet de bas en haut. Terrorisée, Jane retenait son souffle. D'un instant à l'autre, elle allait exploser. Mais avant de mourir, elle voulait transmettre un dernier message à Sullivan.

— Sullivan, il y a une chose que je veux que tu saches. Je t'aime.

Il ne répondit pas tout de suite.

— C'est bon ! s'écria-t-il en tirant à lui le gilet piégé.

Hébétée, Jane se sentit brièvement soulevée de terre mais le poids du gilet la plaqua de nouveau au sol. Ayant recouvré ses esprits, elle sortit vite les bras des emmanchures. Le décompte des secondes continuait. D'une main, Sullivan l'attrapa par le bras et de l'autre, il ramassa le gilet et le jeta dans les bois, le plus loin possible.

— Abritez-vous !

Elliot et Anthony se planquèrent derrière le SUV pour l'un et derrière un long banc de neige de presque un mètre de haut pour l'autre. Sullivan poussa la jeune femme vers les arbres.

— Cours, Jane, cours !

Un léger bourdonnement se répercuta dans les bois.

Puis ce fut l'explosion. Assourdissante. Le souffle les projeta en l'air. Jane retomba sur le dos et roula sur elle-même. Lorsque, enfin, elle s'arrêta, elle était au bord de l'asphyxie. Il y avait de la fumée partout. Elle en avait inhalé pas mal et commençait à voir trouble. Des yeux, elle se mit à chercher Sullivan, qui avait disparu. Comme elle levait la tête vers les arbres, une avalanche de neige lui tomba dessus. Elle perdit connaissance.

— Jane…

15

Condamné à une période de probation assortie d'une peine de plus deux cents heures de travaux d'intérêt général, Sullivan perdit près de la moitié de ses clients. Mais la dénonciation de Jane avait aussi un avantage. De taille. Tout le reste de sa vie, il allait pouvoir lui reprocher cette trahison.

Et c'était bien ce qu'il avait l'intention de faire.

Les yeux embués de larmes, il longeait le couloir qui menait à la chambre de Jane. Devant sa porte, un ex-ranger montait la garde. Sullivan avait pris cette précaution au cas où son psychopathe de frère aurait engagé un autre homme de main qui n'aurait pas capté le message : personne ne touchait à Jane Reise. Elle était à *lui*.

Après avoir salué Anthony, il posa la main sur la poignée de la porte et se figea, l'estomac brusquement noué. Tous les papiers qu'il avait retrouvés dans le SUV, acte de naissance, permis de conduire, carte de sécurité sociale et passeport, laissaient penser que Jane avait projeté de commencer une nouvelle vie. En Californie. Et si, maintenant que tout danger était écarté et qu'il était lui-même en règle avec la justice, elle décidait de partir quand même ?

— Je crois que c'est la première fois que je te vois changer de couleur à ce point, fit remarquer Anthony, à qui rien n'échappait.

Il avait beau se cacher derrière des lunettes de soleil, son air sarcastique se voyait comme le nez au milieu de la figure.

— J'ai des excuses, non ? À chaque fois que je m'approche d'elle, soit on me tire dessus, soit on essaie de me faire exploser.

Ce n'était pas tout à fait exact, mais Anthony n'avait pas besoin de le savoir. En vérité, s'il n'ouvrait pas cette porte, c'était parce qu'il tremblait à la seule pensée que Jane puisse refuser de rester à Anchorage, et revenir sur les trois mots qu'elle avait bredouillés lorsqu'elle avait frôlé la mort.

Un élancement dans la cage thoracique le tira de ses sombres réflexions. Le coup de poignard qu'il avait reçu, tout comme les blessures par balle qu'il avait à l'épaule et à la cuisse, se rappelaient à lui périodiquement. Mais ce n'était rien à côté de la souffrance qu'il endurerait si par malheur Jane le quittait.

— Je te suis très reconnaissant de veiller sur elle, dit-il à Anthony, qui l'observait toujours. Un grand merci. Vraiment.

— Tu as toujours dit que tu ferais n'importe quoi pour protéger l'équipe. Eh bien, figure-toi que c'est réciproque.

Lorsque Anthony transféra son poids d'une jambe sur l'autre, Sullivan remarqua l'anneau doré qui pendait à son cou, plus ou moins caché sous le gilet pare-balles. L'alliance de Glennon. L'ex-ranger, expert en armement, était donc resté fidèle à son grand amour ? Il n'en avait jamais soufflé mot. Le cœur de Sullivan se serra. Sans cesser de surveiller le couloir des yeux, Anthony, visiblement gêné, s'empressa de glisser l'anneau sous sa chemise.

— Les collègues et moi, nous désapprouvons le fait que tu nous aies caché qu'elle t'avait fait du chantage, mais si tu l'aimes, Jane Reise fait partie de l'équipe. Et nous nous battrons pour elle.

— Merci encore.

Ce vote de confiance le réconforta. Mais il n'était pas totalement rassuré. Il n'y avait qu'une façon de savoir ce que Jane avait décidé. Et cette décision, quelle qu'elle soit, Sullivan allait l'accepter. Il ne s'accrocherait pas à Jane comme Anthony s'accrochait à la femme qui l'avait larguée, des années plus tôt, le laissant avec ses doutes, ses espoirs, ses interrogations.

Prenant une grande inspiration, Sullivan appuya sur la poignée de la porte et entra dans la chambre.

Il expurgea d'un coup tout l'air contenu dans ses poumons.

Debout à côté du lit, Jane était en train d'enfiler sa doudoune. Il referma la porte doucement et l'observa. Les traces de brûlures, les estafilades et les bleus qu'elle avait sur le haut du corps commençaient à disparaître. Son parfum de vanille, si addictif, flottait dans la pièce. Il ne put s'empêcher de le respirer à pleins poumons.

— Si tu pouvais arrêter de me regarder comme ça, dit-elle en lui souriant par-dessus son épaule.

Elle finit d'arranger son col et se retourna.

— À moins que tu ne sois venu pour me faire sortir d'ici, comme l'autre fois.

— Je suis sûr que ça devrait pouvoir s'arranger.

En fait, le médecin avait déjà délivré l'autorisation de sortie, mais Sullivan n'était pas pressé de le lui annoncer. Il avait juste besoin de quelques minutes de plus en tête à tête avec elle. Fourrant les mains dans les poches de sa parka, il s'adossa à la porte.

— Qui croirait en te voyant que tu viens d'échapper aux griffes d'un mercenaire puis à celles d'un psychopathe ?

Une ombre passa dans les yeux noisette de la jeune

femme. Cette soudaine tristesse dans son regard lui fit presque aussi mal que le coup de poignard de Menas.

— Je suis désolée pour Marrok, dit-elle. Tu n'imagines pas à quel point j'aurais préféré qu'il n'ait pas été mêlé à tout ça. Je ne pensais pas que cela se terminerait comme ça.

Désemparée, elle se mit à se mordiller la lèvre inférieure. Puis elle chassa d'un revers de main une poussière invisible sur sa doudoune.

— Tu m'as dit une fois que tu ne me haïssais pas pour le rôle que j'avais joué dans sa condamnation, continua-t-elle, les bras croisés sur la poitrine, comme si elle s'attendait à encaisser un coup dur. Mais depuis, tu as pu changer d'avis. Qu'en est-il aujourd'hui ?

— Je te dois la vérité.

Sullivan s'avança vers elle très lentement, de manière à ce qu'elle puisse s'esquiver si elle le souhaitait. En la voyant se tasser sur elle-même, il devina qu'elle était accablée par la culpabilité. La honte. Le regret.

— Depuis ce soir-là, beaucoup de choses ont changé, Jane. Pour la première fois en dix-neuf ans, le monde sait qui je suis vraiment. Et ce que j'ai fait. À cause de toi.

Elle blêmit, le fixant bouche bée, l'air effaré. Puis, les yeux rivés sur la porte, derrière lui, elle le contourna.

— Je comprends.

— Non, tu ne comprends pas.

Sullivan l'agrippa par le bras et l'attira contre lui. Elle ne lui opposa aucune résistance, pour une fois. C'était bon signe. Baissant les yeux vers les siens, il referma ses bras sur elle. Pas question de la laisser sans aller.

— Si tu comprenais, tu ne t'enfuirais pas. Rien de ce qui est arrivé n'est de ta faute, Jane. Tu n'es pas responsable des agissements des autres. Tu as juste fait ton travail.

Prenant le visage de Jane entre ses mains en coupe, il

refoula le souvenir de la fin tragique de Marrok. Et dire qu'à cause de lui, il avait failli la perdre...

Les choses auraient pu encore plus mal tourner mais son équipe et lui n'avaient rien vu venir. Il avait fallu qu'il reconnaisse le stylo de son frère sur la photo pour comprendre que c'était lui qui tirait les ficelles.

— C'est terrible que Marrok en soit arrivé là, dit-il. Mais les choix qu'il a faits lui appartiennent et il en a payé les conséquences.

— Et tu ne m'en veux pas trop de t'avoir dénoncé à la police pour le meurtre de ton père ? demanda Jane d'une si petite voix qu'il en fut tout remué.

Elle n'osait pas le regarder mais elle avait posé les deux mains à plat sur son torse, de part et d'autre de son cœur.

— La Terreur des tribunaux militaires va-t-elle se prévaloir d'avoir entraîné la chute du P-DG de Blackhawk Security ?

Elle tira sur sa chemise.

— Je ne suis plus du tout cette personne, Sullivan, et cela m'embêterait beaucoup que tu n'en conviennes pas.

— Crois-tu vraiment que je serais tombé amoureux d'une garce sans pitié qui s'acharnerait sur de valeureux soldats ?

L'attirant encore plus près de lui, il écarta une mèche de cheveux qui lui tombait sur la joue.

— Tu es déterminée, c'est vrai. Prête à tout pour arriver à tes fins. Mais c'est précisément pour ça que je t'aime, Jane Reise. Tu es dévouée et courageuse, par-dessus le marché. La femme idéale, autrement dit. Qu'aurais-je pu espérer de mieux ?

Un sourire éclaira son visage.

— N'oublie pas qu'en plus je t'ai sauvé la vie un certain nombre de fois !

— Je ne me réjouirai jamais assez de la chance que

j'ai d'avoir survécu à toutes ces turpitudes, de t'avoir à mes côtés et d'avoir échappé à la prison. Compte tenu de la personnalité de mon père et des circonstances dans lesquelles est survenue la mort de Marrok, le procureur a fait preuve d'indulgence à mon égard.

À la pensée qu'il aurait pu être jeté en prison et ne jamais revoir Jane, Sullivan la serra dans ses bras avec emportement.

— Mais il m'a fait promettre de ne plus jamais me faire justice moi-même.

— C'est un peu tard, pour ça, non ? dit Jane avec un petit rire en levant enfin les yeux vers lui.

Agrippant à deux mains le col de sa parka, elle l'attira à elle et demanda :

— Et tu crois que tu vas la tenir, cette promesse ?

— Je tiens toujours mes promesses. Tu le sais bien, mon ange. Mais prison ou pas, pour te protéger, je n'hésiterai pas à la rompre.

— OK. Alors moi aussi, je fais une promesse.

Débarrassée des soucis qui entachaient sa beauté, elle était radieuse et confiante en l'avenir. Sa gaieté et sa légèreté faisaient plaisir à voir.

— Quoi qu'il arrive une fois que nous aurons franchi les portes de cet hôpital, continua-t-elle, je promets de ne plus jamais te faire de chantage.

Quoi qu'il arrive ? Elle l'avait dit en plaisantant mais pris d'un doute affreux, Sullivan eut un mouvement de recul.

— Qu'entends-tu au juste par « quoi qu'il arrive » ? Tu as bien l'intention de signer les papiers de ta mutation à Anchorage ?

— Sullivan…, commença Jane d'une voix qui ne présageait rien de bon. Cela ne t'a donc pas encore servi de leçon ? M'aimer risque de te valoir bien plus qu'une peine de prison. En liant ta vie à la mienne, c'est à une condamnation à mort que tu t'exposes. Ta vie, je l'ai déjà bien assez perturbée comme ça, et je ne veux pas avoir ta mort sur la conscience.

Ces mots lui firent l'effet d'une douche glacée. Abasourdi, il se détourna pour cacher son désarroi. Elle ne pouvait pas partir comme ça. Le quitter. L'abandonner.

— J'en déduis que quand tu as dit que tu m'aimais, quelques secondes avant que la bombe explose, c'était juste pour…

Il prit une grande inspiration, tentant en vain de s'immuniser contre l'effet que produisait sur lui son maudit parfum.

— C'était juste pour m'apporter un peu de réconfort si jamais tu mourais ?

— Non, pas du tout. Je…

— C'est à toi de voir, Jane. Je ne chercherai jamais à t'influencer ou à te dicter ta conduite. Si tu ne veux pas rester à Anchorage, libre à toi de partir.

Il fit un pas vers elle, réprimant l'envie qu'il avait de la prendre dans ses bras. Mettant dans sa voix toute la ferveur dont il était capable, il ajouta :

— Mais ton éternel sentiment de culpabilité et cette crainte obsédante que tu as de nuire à ton entourage ne te donnent pas le droit de décider à ma place de ce qui est bon pour moi. Ma vie, j'en fais ce que je veux et je la partage avec qui je veux !

Voilà, c'était dit. Il se sentait soulagé d'avoir vidé son sac.

— En fait, le plus grand danger auquel tu m'aies jamais exposé, Jane, c'était que je tombe amoureux de toi. Je l'ai compris le soir où nous avons contemplé les aurores boréales. Tout a changé, ce soir-là. Pour la première fois de ma vie, je me suis senti vulnérable. Mais tu vois, Jane, je suis toujours là. Et je t'aime quand même.

Glissant une main dans la poche de sa parka, il sortit

les faux papiers qu'elle s'était fait faire et les jeta sur le lit sans la quitter des yeux un seul instant.

— Tu n'as plus qu'une chose à faire : rester.

Rester ?

À la vue des faux papiers que lui avait remis son amie pour l'aider à changer de vie, Jane ne put cacher sa surprise. Comment étaient-ils tombés entre les mains de Sullivan ?

Anthony avait dû les retrouver dans le SUV et les lui remettre après son kidnapping.

Elle frissonna en repensant au gilet piégé. Le bip-bip de la bombe après que Marrok eut déclenché le compte à rebours résonnait encore dans ses oreilles, et elle revoyait l'air horrifié de Sullivan lorsqu'il avait compris ce qu'avait fait son frère. Tout cela était gravé dans sa mémoire. Pour toujours.

— J'ai besoin de…
De quoi, au juste ?
— Jane, dit Sullivan.

Sa voix grave, persuasive, s'insinua en elle, chassant le cauchemar qui les avait réunis, et elle ne put faire autrement que de se jeter dans ses bras. Blottie contre lui, elle sentit passer en elle, à travers ses vêtements, sa chaleur corporelle. Entrecroisant ses doigts au creux de ses reins, elle murmura :

— J'ai besoin de… toi.

En prononçant ces mots, elle se revit, le tout premier jour, à l'agence, en train de lui tenir à peu près le même langage.

— J'ai besoin de toi, répéta-t-elle. Encore et toujours.

— Tu peux compter sur moi. Mais je ne veux pas passer le reste de ma vie à me demander si tu serais vraiment partie. Je t'aime. Je veux que tu restes.

Il posa sa joue sur le sommet de son crâne. Fermant les paupières, elle s'imprégna des arômes hespéridés de son après-rasage.

— Alors, que décides-tu, Jane ?

La tension qui s'accumulait dans les muscles de son dos se relâcha lorsqu'il referma Les bras sur elle. Elle put alors se presser plus étroitement contre lui. Serait-ce toujours ainsi entre eux ? Ces concessions mutuelles, ce souci de ne pas se faire de mal l'un à l'autre ?

Et dire qu'elle s'était bien juré, lorsqu'elle s'était introduite dans son bureau et s'était mise à lui faire du chantage, de ne pas laisser son cœur interférer dans ses décisions ! Ses sages résolutions s'étaient envolées les unes après les autres au cours de ces derniers jours. Mais Sullivan lui avait sauvé la vie, s'était colleté avec une bande de mercenaires, et avait mis son avenir professionnel en péril. Tout cela pour elle. Il avait fallu qu'elle se croie sur le point de passer de vie à trépas pour oser lui ouvrir son cœur et lui dire ce que son esprit refusait d'admettre. Elle l'aimait.

Elle ne sut jamais à quel comment exactement le déclic se produisit, mais brusquement, elle se rendit compte que son amour pour lui transcendait la peur qu'elle avait de le perdre.

Sullivan était un ex-commando. Il était fort et entraîné. Il savait se défendre.

— Moi aussi, je t'aime, répondit-elle en le serrant contre elle. Et c'est d'accord, je reste. Pour être avec toi.

Elle sentait instinctivement qu'elle avait pris la bonne décision. Qu'elle était en phase avec ce qu'elle voulait vraiment.

— Mais ne me demande pas de te suivre si tu t'aventures encore dans les contrées sauvages de l'Alaska en plein hiver !

Les yeux brillants, il prit son visage entre ses grandes

mains et s'empara de sa bouche voracement. La force de son désir lui coupa littéralement le souffle. Tandis qu'il l'embrassait avec fougue, la couvrait de caresses fébriles, et la serrait contre lui comme s'il voulait se fondre en elle, Jane, pantelante, tous ses sens en émoi, sentit qu'elle ne résisterait pas longtemps à l'envie qu'elle avait de répondre à ses attentes. Le lit, derrière eux, leur tendait les draps.

— Est-il vraiment nécessaire de la serrer si fort ? demanda une voix familière dans leur dos.

Ils se tournèrent d'un bloc vers la porte, sur le pas de laquelle se tenait Elliot, tout sourire. Avec un rire de gorge, Sullivan mit fin à leur étreinte.

— Tu as plutôt intérêt à ce que ce soit important, prévint-il.

Rouge de confusion, ne sachant plus où se mettre, Jane s'empressa de rabattre son T-shirt sur son ventre.

— Les flics veulent avoir vos dépositions sur ce qu'il s'est passé au chalet, dit le détective privé. Dois-je leur demander de vous accorder une demi-heure de plus ?

Un nouvel éclat de rire ébranla les murs de la chambre.

— C'est ça. Qu'ils attendent. Mais compte plutôt quarante-cinq minutes.

Elliot tourna les talons et ouvrit la porte à la volée. Vu sa délicatesse, Jane se demanda comment ils avaient pu ne pas l'entendre entrer.

— Vous savez, Jane, j'ai vraiment eu peur que vous ne vous décidiez pas à lui dire ce que vous ressentiez pour lui, et que nous y passions tous.

Le sourire en coin qu'il lui décocha fit redouter à Jane d'entendre la suite.

— Mais heureusement, tout s'est bien terminé.

— Viens un peu par ici, toi, dit Sullivan, l'air furibond, en rejoignant le détective en deux enjambées.

Le retenant par sa manche, Jane l'empêcha de lui sauter dessus.

— Attendez une seconde, dit-elle à Elliot. Êtes-vous en train de me dire que vous saviez quel fil couper mais que vous avez fait semblant de l'ignorer exprès pour que je dise à Sullivan ce que je ressentais pour lui ?

Elle fulminait. Elliot méritait non pas que Sullivan lui casse la figure mais qu'elle le tue de ses propres mains ! L'attrapant par le collet, elle le ramena à l'intérieur de la chambre.

— Vous êtes complètement dingue, ma parole ! Nous avons failli y rester !

— Je savais que ça se jouerait sur le fil, sans mauvais jeu de mots, mais que vous finiriez par vous décider, répliqua Elliot sans se départir de son sourire de filou.

Un sourire qu'elle vit s'évanouir lorsqu'il leva les yeux vers Sullivan, derrière elle.

Jane n'avait pas besoin de se retourner pour savoir que celui-ci ruminait sa vengeance, qui risquait d'être terrible.

Lâchant Elliot, elle s'empressa de s'écarter de devant la porte.

— Vous avez intérêt à courir vite.

Lorsqu'il vit Sullivan foncer sur lui, Elliot paniqua.

— Allons, patron, toi et moi, on est potes, n'est-ce pas ? Je te dois tout. J'ai cru bien faire en me servant de la bombe pour la forcer à cracher le morceau.

Les mains en l'air, il reculait vers la porte.

— Non seulement ça a marché, mais je te rappelle aussi que tu as eu largement le temps de l'extraire du gilet, plaida-t-il pour sa défense.

Il sortit de la chambre et fila sans demander son reste.

— Tu devrais me remercier ! lança-t-il du milieu du couloir.

Tendu comme un arc, Sullivan restait planté devant

la porte. Elle passa les bras autour de sa taille et pressa sa joue contre son dos musclé.

— Laisse-le prendre une longueur d'avance avant de lui flanquer une raclée, dit-elle en riant.

Il se retourna et fixa sur elle ses yeux bleu outremer.

— Avant de sortir de cette chambre, il y a encore une chose que j'aimerais que nous tirions au clair.

Il la dévisageait, l'air grave.

— Et après ce qu'il s'est passé avec Menas et avec mon frère, il me semble que j'ai le droit de savoir.

— Es-tu sûr de vouloir te livrer à un nouvel interrogatoire ? Il me semble que la dernière fois ça ne t'a pas réussi.

Elle n'avait plus de secrets pour lui. Mais sa vie était entre ses mains. S'il souhaitait lui poser des questions avant de se lancer dans la mission la plus dangereuse de sa carrière — une relation avec elle —, elle se ferait un plaisir de lui répondre.

L'écho d'un message diffusé par haut-parleurs filtra dans la chambre mais Jane n'y prêta pas attention.

— Je suis prête à tout te dire.

— Tant mieux. Parce que j'ai les moyens de te faire parler.

Joignant le geste à la parole, il lui mit un glaçon dans le cou et le laissa tomber le long de son dos.

Jane poussa un cri.

— Où diable es-tu allé chercher ce glaçon ?

— J'ai filé cinq dollars à Elliot pour qu'il vienne te raconter ses salades et j'en ai profité pour prendre discrètement un glaçon sur ta table de chevet.

Il lui décocha un grand sourire et la prit dans ses bras.

— Ce qu'il a raconté n'est donc pas vrai ? demanda-t-elle.

— Non. Sinon, tu penses bien que j'aurais déjà rompu la promesse que j'ai faite au procureur.

Elle lui donna une tape sur l'épaule.

— Oh ! mais ça ne va pas se passer comme ça. Quand nous serons de retour au chalet, je te garantis que tu vas me le payer. Tu vas encore finir nu comme un ver devant la cheminée.

— Mmm, j'adore quand tu t'occupes de moi.

Il ronronna quelques instants dans son oreille.

— Trêve de plaisanterie, déclara-t-il en relevant la tête. Il faut que tu me dises comment tu t'y es prise pour entrer dans l'agence. J'ai fait vérifier trois fois mon système de sécurité dans son intégralité et aucune faille n'a été trouvée. Alors soit tu as soudoyé l'un de mes employés pour qu'il te laisse entrer, soit tu as des talents cachés que ton métier de magistrate ne pourrait jamais laisser soupçonner.

— Tu aimerais bien le savoir, hein ?

Après ce qu'il avait fait pour elle, elle était prête à lui donner tout ce qu'il voulait. Non seulement la vérité mais aussi tout ce qu'elle avait. Tout ce qu'elle était. Elle était prête aussi à tout faire pour le garder auprès d'elle jusqu'à la fin de leur vie.

— Tu n'imagines pas à quel point, répondit-il.

— Cela t'intrigue drôlement, on dirait. Bon, allez, je ne vais pas te laisser languir plus longtemps.

Elle lui fit signe d'approcher. Lorsqu'il se pencha vers elle, elle colla sa bouche contre son oreille. Et lui glissa le glaçon dans le dos.

— Tu croyais t'en tirer à si bon compte ?

Sullivan s'écarta d'un bond. Son rire dut s'entendre jusque dans le couloir. Plantant ses yeux dans les siens, il fondit sur elle, tel un prédateur sur sa proie.

— Je sens qu'on va bien s'amuser.

MELINDA DI LORENZO

Alliance à risques

Traduction française de
ISABEL WOLFF-PERRY

Titre original :
UNDERCOVER PROTECTOR

© 2018, Melinda A. Di Lorenzo.
© 2019, HarperCollins France pour la traduction française.

1

Nadine Stuart était cernée par une épaisse fumée noire ; l'odeur âcre du bois et du plastique carbonisés la faisait suffoquer. Et, bien que des voix lui parviennent, l'encourageant à fuir, elle ne parvenait pas à réagir.

Un craquement sinistre se faisant entendre au-dessus d'elle, elle pensa que si elle levait la tête, le plafond s'écroulerait sur son corps meurtri.

Elle ferma les yeux tandis qu'un cri de terreur montait en elle. Avant qu'il franchisse ses lèvres, elle se redressa brusquement.

Et soudain, ce fut le calme. Seul son pouls était toujours affolé.

Avec une lenteur calculée, elle rouvrit les yeux, battit des paupières, et la réalité lui revint à l'esprit. Il n'y avait ni fumée, ni voix, ni terreur paralysante. La seule odeur qu'elle sentait était celle d'un désinfectant ; la seule lumière qu'elle percevait, celle d'un soleil pâle.

L'hôpital, pensa-t-elle. Ou, plus exactement, le centre de soins de Whispering Woods.

La bourgade, accrochée à un flanc de montagne, était trop petite pour avoir son propre hôpital mais l'afflux de touristes en été et en hiver nécessitait un équipement plus sophistiqué qu'un simple dispensaire.

Si elle n'avait pas été coincée dans ce même lit depuis

sept interminables journées, elle se serait félicitée d'avoir atterri là.

Pour tout arranger, les cauchemars récurrents dont elle souffrait depuis des années, à intervalles plus ou moins réguliers, semblaient lui revenir en force, dans cette chambre aux murs jaune paille.

Elle soupira. Si elle avait été chez elle, à Freemont, elle aurait signé une décharge et serait sortie de là, tout simplement.

Tu n'as plus vraiment ta place à Freemont, tu le sais bien !

Elle se maudit de ne pas parvenir à se débarrasser de cette pensée. Si encore elle avait laissé quelque chose derrière elle... mais non. Elle avait mis toutes ses possessions dans des cartons, son ancien poste avait été repris, quant à son ex, il devait être au lit avec sa dernière conquête.

Et tu t'es délibérément lavé les mains de cette vie-là.

C'était la triste vérité. Durant les six mois qui avaient suivi sa rupture avec Grant, elle avait vécu dans un brouillard constant. Si elle avait fait de son mieux pour répondre aux besoins et aux questions naïves de ses jeunes élèves, elle devait bien avouer qu'elle n'avait pas réussi à retrouver l'enthousiasme qu'exigeait l'enseignement.

Aussi, quand on lui avait annoncé qu'elle venait d'hériter de l'appartement dans lequel elle avait grandi, à Whispering Woods — un véritable choc, dans la mesure où elle était convaincue que les biens de sa mère avaient été redistribués un an auparavant —, n'avait-elle pas hésité une seconde. L'occasion était d'autant plus belle que, dans le même temps, on lui proposait un poste à l'école élémentaire de Whispering Woods.

Malheureusement, elle n'avait pas pu faire grand-chose depuis son retour, environ un mois plus tôt. Ni en ce qui concernait sa carrière, ni au niveau de l'appartement maternel qu'il lui faudrait bien débarrasser un jour. Elle avait été trop occupée pour cela : Tyler, son demi-frère, avait été abattu sous ses yeux, puis elle avait été rattrapée par un crime vieux de quinze ans, lui-même lié à un accident datant de la même époque et dont elle n'avait aucun souvenir.

Petite consolation cependant, le flic corrompu qui avait tué Tyler n'était plus de ce monde lui non plus. Bien qu'elle ait été responsable des événements qui lui avaient coûté la vie, les autorités avaient conclu à un accident.

Seulement maintenant, elle était coincée dans cette chambre, une perfusion dans le bras et un goût amer dans la bouche. Et comme si cela ne suffisait pas, un type jouait les gardes-chiourmes devant sa porte — un inspecteur de la police de Freemont, apparemment lié, lui aussi, aux crimes en question.

Les yeux de Nadine se posèrent sur le store accroché à l'intérieur de sa porte. D'où elle était, elle distinguait tout juste la forme avachie de l'homme assis sur un banc, dans le hall. L'inspecteur Anderson Somers ne bougeait pas beaucoup, c'était le moins qu'on puisse dire. Sans doute se nourrissait-il des sandwichs du distributeur, qu'il devait faire passer avec l'infâme café qu'on y vendait.

Avec un nouveau soupir, Nadine détourna la tête. Si l'omniprésence de l'inspecteur ne l'avait pas tant contrariée, elle aurait sans doute eu pitié de lui. Jouer les chiens de garde ne devait pas être bien excitant, par rapport à ce qu'il vivait au quotidien dans la police...

Quoi qu'il en soit, cette supposition ne l'apaisait pas. Tout simplement parce que Anderson Somers était la seule raison qui l'empêchait de signer une décharge et de plier bagage. C'était lui qui avait convaincu le médecin qu'elle avait encore besoin de repos. Il avait dit cela devant elle, d'une voix mielleuse, en ponctuant son discours de termes médicaux sur les traumatismes crâniens, et en souriant comme s'il se préoccupait réellement de sa petite santé.

Il avait un beau sourire, d'ailleurs, et l'expression adéquate pour l'accompagner. Alors, bien sûr, le médecin s'était rangé à son avis.

Les yeux étrécis par la méfiance, elle se tourna de nouveau vers le store. Qu'avait bien pu raconter l'inspecteur au personnel du centre de soins, sur sa relation avec elle ? Pourquoi acceptait-on si facilement qu'il parle en son nom ?

Comme s'il avait senti son regard sur lui, Somers s'agita légèrement sur son siège et leva suffisamment la tête pour que Nadine puisse voir sa tignasse blonde, un peu hirsute. Aussitôt, elle se laissa retomber sur ses oreillers et ferma les yeux. Pourvu qu'il ne se soit pas rendu compte qu'elle l'observait !

Moins d'une seconde plus tard, elle craignit qu'il ne l'ait vue, car la porte de sa chambre s'ouvrit silencieusement, puis quelqu'un s'approcha discrètement de son lit.

Inspirant et expirant à un rythme régulier, elle fit mine de dormir. Elle eut le temps de compter jusqu'à dix, avant que les pas s'éloignent et que la porte soit refermée.

Quand elle jeta un coup d'œil vers le hall, le banc était vide.

Ainsi, il vient m'observer pendant mon sommeil...

Pour une raison qu'elle s'expliquait mal, cette idée l'agaça prodigieusement. De nouveau, elle plissa les yeux, fit la moue… puis sourit. Elle venait de comprendre une chose essentielle : c'était le moment ou jamais de prendre la tangente, du moins si elle voulait échapper à la vigilance de l'inspecteur comme à celle du personnel.

Elle s'assit, posa les pieds sur le sol, et attendit de voir si une infirmière se mettait à hurler ou si Somers passait la tête par la porte pour la gratifier d'un de ces sourires un peu trop affables dont il avait le secret.

Rien de tel ne se produisant, elle s'enhardit jusqu'à faire un pas en avant et tendre la main vers sa perfusion pour l'arrêter. Aucune alarme ne se déclencha et personne n'accourut.

Les yeux rivés sur la porte, elle entreprit alors de soulever le sparadrap qui maintenait sa perfusion en place et l'arracha d'un coup sec. Après avoir appuyé fermement sur le cathéter, elle le retira de son bras. Ce ne fut pas douloureux et elle ne saigna pas. Pour un peu, elle aurait trouvé cela trop facile.

Sans doute aurait-elle dû culpabiliser au moment où elle enfila son sweat-shirt ou un peu plus tard, quand elle se saisit de son sac. Peut-être aussi aurait-elle dû songer qu'il n'était pas raisonnable de s'enfuir ainsi, mais elle n'était pas prête à renoncer. Si elle restait là, elle n'obtiendrait pas réparation pour son frère et ne parviendrait jamais à combler ses trous de mémoire.

Elle devait bouger, chercher, et ce n'était pas sous la garde d'un officier de police dans un cadre hospitalier qu'elle arriverait à ses fins.

Après avoir jeté un dernier coup d'œil à la chambre, elle enfila ses mules et se faufila dans le couloir.

Alors qu'il poussait la porte du hall dans lequel il montait la garde, Anderson Somers faillit renverser son café : une femme se dirigeait à toute allure vers la sortie opposée.

Avec ses cheveux blonds rasés d'un côté et retombant en une longue mèche raide de l'autre, ses yeux chocolat remplis de méfiance, et son expression de défi, elle ressemblait étonnamment à Nadine Stuart.

Elle tourna la tête pour jeter un coup d'œil autour d'elle, et il entrevit la cicatrice qui lui barrait la joue. Plus de doute, c'était elle.

Estomaqué, il mit quelques secondes à réagir. Que faisait Nadine Stuart hors de sa chambre à 2 heures du matin ? Elle ne s'était quasiment pas levée depuis son admission, et il s'était assuré qu'elle était dans son lit moins de cinq minutes plus tôt.

— Tu faisais semblant de dormir, alors, princesse ? marmonna-t-il.

De toute évidence, oui. Nadine Stuart n'appréciait guère sa surveillance, et elle ne s'en était pas cachée, allant même jusqu'à comparer sa condition à celle d'une prisonnière. Aussi n'aurait-il pas dû être surpris qu'elle ait pu…

— Bon sang ! pesta-t-il quand il eut pleinement pris conscience de ce qui se passait.

Nadine Stuart était en fuite, et voilà que la porte de l'un des ascenseurs se refermait sur elle à l'autre extrémité du hall.

Il avala rapidement une dernière gorgée de son café et se lança à la poursuite de la fugitive. Quand il arriva devant l'ascenseur qu'elle avait emprunté, les lumières situées au-dessus des portes étaient éteintes, de sorte qu'il ne put dire si elle était descendue à l'accueil ou montée. Les portes du deuxième ascenseur étaient barrées d'un panneau « EN PANNE » et, pour couronner le tout, au moment précis où il se tournait vers l'ascenseur de service, il fut écarté par un groupe d'infirmières poussant un brancard. Il leur céda le passage avant de faire demi-tour et de se précipiter vers l'escalier.

Anderson se considérait comme un homme patient, plus que raisonnable. Mais depuis que ses coéquipiers — qu'il appelait également ses frères d'armes —, l'avaient chargé de surveiller de près Nadine Stuart, sa patience et sa raison étaient mises à rude épreuve. Avec ses commentaires hargneux, ses regards hostiles et son insistance à l'appeler par son titre — *inspecteur* avec un I majuscule —, sa protégée le mettait à cran.

Il ne cessait de se répéter qu'elle avait été rudement éprouvée, ces derniers temps. Ce qu'elle avait vécu aurait brisé la plupart de ses semblables. Après avoir perdu un frère de mort violente, elle s'était retrouvée dans le collimateur de Jesse Garibaldi — l'homme qui avait causé la mort du père d'Anderson, quinze ans auparavant.

Jesse Garibaldi.

La seule évocation du nom de cet homme le faisait grincer des dents.

Ses frères d'armes et lui-même l'avaient pourchassé pendant quinze longues années pour finalement le trouver ici, à Whispering Woods où il se terrait.

Se terrait ? Non. Le lascar ne se cachait pas, bien au contraire. Il était même sous les projecteurs pour ainsi dire, régnant sur la ville grâce à sa fortune et utilisant ses semblables pour servir de sombres desseins.

Et Anderson, qui savait ce que c'était qu'être le jouet de Garibaldi, ne souhaitait cela à personne. Pas même à cette peste de Nadine Stuart. Pourtant, être ainsi obligé de la poursuivre l'empêchait de compatir autant qu'il l'aurait dû. Quel genre de femme était-elle pour fuir l'endroit où on lui prodiguait l'aide dont elle avait tant besoin ? Elle savait qu'il ne constituait pas une menace, non ? Elle était même la seule personne de la petite ville à connaître la véritable raison de sa présence à Whispering Woods !

Se rebeller ainsi contre sa protection n'avait aucun sens ! Sans compter le fait que son opiniâtreté ne lui serait d'aucune utilité, si jamais Garibaldi parvenait à la rattraper.

Il s'arrêta un instant devant la porte menant au hall d'entrée. Si le plus court chemin vers la liberté était celui-là, il vous obligeait à passer devant le bureau d'accueil et des admissions. Alors, qu'avait choisi Nadine ? La vitesse ou la ruse ?

Plutôt la ruse. De toute évidence, elle était du genre à chercher la complication. Mais elle devait aussi se douter qu'il ne serait pas loin derrière elle...

— Alors, va pour le hall d'entrée, dit-il en poussant la porte, sa voix grave résonnant dans la cage d'escalier.

L'accueil était désert. La seule personne en vue était la réceptionniste assise derrière le comptoir, plongée dans un livre. Elle ne releva même pas la tête lorsqu'il s'avança vers elle. Bien qu'effaré par un tel laxisme au niveau de la sécurité, il se dit qu'un endroit tel que celui-ci n'avait pas vocation à être cadenassé.

S'éclaircissant la voix, il se força à sourire poliment.

— Excusez-moi...

La réceptionniste daigna lever enfin les yeux vers lui, et le considéra avec lassitude.

— Oui ?

— Pardon de vous déranger. Vous n'auriez pas vu passer une femme blonde, il y a une minute ou deux ?

— Les gens entrent et sortent, vous savez...

— Elle était en pyjama.

— En pyjama ? Attendez une minute. C'est d'une patiente que vous parlez ?

Anderson hésita avant de répondre. Il lui paraissait un peu exagéré d'alarmer tout le monde en annonçant à la ronde qu'une patiente était en train de s'échapper. Sans compter que ça n'arrangerait pas ses relations avec Nadine.

— Non, non. D'une originale qui adore les vêtements confortables.

— Dans ce cas, non.

— Non, quoi ?

— Je n'ai vu aucune blonde en pyjama ces dernières minutes.

— Vous en êtes sûre ?

— Qu'ils entrent ou sortent, patients et visiteurs doivent passer devant ce comptoir, donc devant moi.

— C'est vrai, convint Anderson. Qu'est-ce qu'il y a au bout de ce couloir ? demanda-t-il à tout hasard.

La réceptionniste soupira.

— Pardon ?

Il tendit un doigt devant lui.

— Si je l'empruntais, plutôt que de passer devant votre comptoir, j'arriverais où ?

— Devant la salle de repos du personnel.

— Il y a une sortie vers l'extérieur ?

— Vous êtes sûr que vous n'êtes pas à la recherche d'une patiente ?

— Absolument.

Nouveau soupir de la réceptionniste.

— Il y a bien une sortie. Mais pour l'atteindre, il faut traverser la salle de repos, et pour y entrer, il faut un passe. Alors à moins que votre copine en pyjama travaille ici, elle n'a pas pu sortir par là.

— Merci infiniment, dit Anderson, son instinct de policier lui soufflant que Nadine Stuart avait trouvé le moyen de s'échapper.

Il ne perdit cependant pas de temps à s'interroger. D'un pas vif, il remonta le couloir et, quelques secondes plus tard, se retrouva devant une porte ornée d'un panneau sans équivoque : « SALLE DE REPOS. RÉSERVÉE AU PERSONNEL ». Se penchant pour étudier le mécanisme de fermeture, il constata qu'il s'agissait d'un simple système à carte magnétique. Après avoir jeté un rapide coup d'œil autour de lui, il sortit son portefeuille de sa poche, y prit une carte au hasard, et l'introduisit dans la fente. Le voyant du boîtier clignota mais resta rouge. Il récupéra sa carte en fulminant.

— Elle est démagnétisée ? demanda une voix masculine, derrière lui.

— Je le crains, oui.

L'homme lui sourit jovialement.

— C'est pareil avec la mienne. Ça m'arrive au moins deux fois par semaine. J'adore ça, moi, la technologie hors de prix qui fonctionne à mi-temps. Attendez, je vais vous ouvrir.

C'est ainsi qu'Anderson se retrouva dans la salle du personnel au bout de laquelle il y avait une porte vitrée. Une porte vitrée à travers laquelle il aperçut...

Nadine Stuart.

Le téléphone collé à l'oreille, elle était postée sur le trottoir près d'une borne de taxis.

Il la vit raccrocher puis ranger son portable dans son sac tandis qu'il s'avançait vers la porte. Au moment où elle allait traverser, une berline de couleur sombre, arrêtée de son côté de la chaussée, se mit à avancer. D'abord au ralenti, puis un peu plus vite.

Le sang d'Anderson ne fit qu'un tour.

Se ruant sur la porte, il l'ouvrit avec une telle force qu'il fut étonné de ne pas l'avoir arrachée de ses gonds, plongea en avant et prit la fugitive à bras-le-corps. Il eut juste le temps de l'attirer dans l'ombre avant que la voiture fonce vers l'endroit où elle se tenait encore un instant plus tôt.

Le souffle coupé, Nadine se retrouva coincée entre le corps compact de l'inspecteur Somers et un pilier en béton. Et si elle eut vaguement conscience qu'une voiture venait de freiner brutalement, juste avant de repartir en trombe, ce fut surtout l'homme qui la maintenait en place qui retint son attention.

Les bras refermés autour d'elle étaient d'une solidité rassurante ; les mains chaudes. Si elle avait pu respirer, elle se serait sans doute insurgée contre une telle familiarité. Mais comme elle étouffait, elle se contenta de prendre une petite goulée d'air et de foudroyer le policier du regard. Il braqua sur elle des yeux d'un bleu turquoise dans lesquels ne se lisait aucune contrition. Tiens, elle n'avait pas remarqué à quel point son regard était expressif et tumultueux ! Elle avait l'impression d'être engloutie, subitement. De se noyer. Et, curieusement, ce n'était pas désagréable.

Au terme de ce qui lui parut une éternité, bien qu'il n'ait pas pu s'écouler plus de quelques secondes, il se décida enfin à relâcher son étreinte, physiquement du moins, car il ne la quitta pas du regard.

— Vous cherchez à vous faire tuer ou quoi ? demanda-t-il d'un ton bourru.

Elle prit une nouvelle inspiration, très saccadée.

— N... Non, fit-elle, incapable d'en dire davantage.
— J'aurais pourtant cru.
— Pour... pourquoi dites-vous ça ?
— Parce que vous avez filé de l'hôpital et que...
— Du centre de soins.
— Pardon ?
— Ce n'est pas vraiment un hôpital.
— Et alors ?
— Et alors, quand on lance des accusations à la face des gens, on s'assure de l'exactitude de ses propos !

Il se renfrogna.

— Reprenons. Vous avez filé du « centre de soins » où vous êtes censée garder le lit parce que vous vous remettez d'un traumatisme crânien. Et vous avez fait ça en plein milieu de la nuit. Ça vous suffit comme explication ?

— J'ai demandé à sortir il y a plusieurs jours. Et on m'aurait renvoyée chez moi si vous n'aviez pas convaincu le médecin de me garder. Mon départ n'a rien d'une tentative de suicide, bien au contraire. J'essaie de ne pas devenir folle.

— Et dans votre effort pour conserver la raison, vous avez complètement oublié que vous vous mettez en danger en vous promenant toute seule. C'est ça ?

— Écoutez, je vis ici. Il faut que je puisse traverser la rue sans garde du corps !

— Quelqu'un vient d'essayer de vous renverser, Nadine, lui fit-il remarquer.

— Les accidents, ça arrive !

Somers mit une seconde à répondre, d'une voix sombre :

— Vous pensez vraiment que c'était accidentel ?

Elle sentit son cœur s'emballer, mais se ressaisit aussitôt.

— Bien sûr ! Que voulez-vous que ce soit d'autre ?

— Il est 2 heures du matin, l'endroit où vous alliez traverser est parfaitement éclairé. Il n'y avait aucun autre véhicule et personne en vue, donc aucune raison pour qu'on s'approche de vous à cette allure. Réfléchissez un instant, bon sang !

Elle déglutit péniblement. Absorbée par son évasion, elle n'avait pas prêté attention à ce qui l'entourait. Avait-elle seulement remarqué la voiture avant qu'elle lui fonce dessus ? L'aurait-elle même vue arriver si Somers ne s'était pas précipité à son secours ? Lui avait-on vraiment foncé dessus délibérément ?

Maintenant qu'il avait émis cette hypothèse, Nadine ne pouvait plus nier que c'était du domaine du possible. Elle avait vu jusqu'où Jesse Garibaldi pouvait aller. Il était impitoyable, comme le prouvait l'incendie dont elle garderait la marque toute sa vie.

Inconsciemment, elle fit courir ses doigts sur la cicatrice qui lui barrait la joue et, contre toute attente, la main d'Anderson Somers se posa sur la sienne. Elle en fut si surprise que, même quand il lui glissa un doigt sous le menton pour l'obliger à le regarder, elle ne se rebiffa pas.

— Maintenant que vous avez réfléchi, lui dit-il gentiment, vous comprenez mieux le danger que vous courez en vous enfuyant ainsi, non ?

Contrariée, elle réprima une grimace et secoua la tête. Le policier dut la relâcher.

— Non ? Vraiment ? Vous n'êtes même pas prête à admettre que vous seriez plus en sécurité en restant ici ?

— Peu importe, répondit-elle. Je refuse d'être traitée comme une invalide ou une gamine. C'est moi qui ai trouvé l'entrepôt souterrain de Garibaldi, votre coéquipier ne vous l'a pas dit ?

— Brayden ? Si, bien sûr. Lui et les autres m'ont raconté toute l'histoire avant le départ de Brayden et Reggie pour le Mexique.

Elle ne se laissa pas déstabiliser par le regard appuyé que l'inspecteur lui avait jeté en disant cela. Il faisait référence à un moment où elle ignorait que Brayden Maxwell était un policier en civil aux trousses de Jesse Garibaldi, et où elle avait la certitude que Reggie Frost, la propriétaire du restaurant local, avait été témoin du meurtre de son frère. Elle avait voulu se protéger, voilà tout. Certes, ce faisant, elle avait frappé l'ami de Somers à la tête, était entrée par effraction dans plusieurs endroits, et s'était un peu chamaillée avec Reggie. En revanche, elle avait réussi à garder l'anonymat, à échapper à un professionnel, et ne s'était rendue que parce qu'elle l'avait bien voulu.

Lorsqu'elle reprit la parole, ce fut avec assurance.

— Puisque vous connaissez toute l'histoire, vous pouvez peut-être m'expliquer pourquoi je suis enfermée dans un centre de soins.

— Écoutez, Nadine…

— Oui, inspecteur ? chantonna-t-elle.

— Il vaut mieux que vous restiez en un endroit bien précis.

— Mon appartement est un endroit bien précis, que je sache.

— Un endroit privé.

— Et alors ? C'est encore mieux, non ?

— Non. Il y a du monde jour et nuit, à l'hôp... au centre de soins, je veux dire. C'est trop risqué pour Garibaldi.

Il avait prononcé ce nom en grimaçant.

— Or, nous savons qu'il ne tient pas à s'exposer personnellement. De sorte qu'en restant ici...

— Et pour combien de temps, Anderson ? Vous n'allez pas pouvoir me faire passer pour plus malade que je le suis encore bien longtemps. Et une fois que je serai dehors ? Vous n'allez pas me demander de me cacher, tout de même ! On m'attend, à l'école. Les gens vont jaser... Ma présence ici n'est un secret pour personne ! En fait, votre présence m'expose autant qu'elle me protège.

Somers lui parut soudain si déconcerté qu'elle se demanda s'il avait entendu ce qu'elle venait de lui dire.

— Qu'est-ce qu'il y a ? Vous en faites, une tête !

— C'est la première fois que vous m'appelez par mon prénom.

— Et vous préféreriez qu'on vous appelle autrement ? Pour moi, vous n'avez pas une tête d'Andy. Mais si ça peut vous faire plaisir...

— Non.

— Alors où est le problème ?

— Ça fait une semaine que vous me donnez de l'« inspecteur », voire du « M. l'inspecteur » avec un petit air de vous payer ma tête.

— Nous nous écartons du sujet.

— Vous avez raison. Nous devrions plutôt discuter de la manière dont vous allez regagner votre chambre.

— Non. Ce que je veux, c'est rentrer chez moi.

— C'est impossible, Nadine. Les hommes de Garibaldi pourraient être en train de surveiller votre appartement en ce moment même. Un seul faux pas et...

Elle fut parcourue d'un frisson d'effroi.

— Je ne veux pas rester dans ce lit. Je n'en peux plus !

— Bon. Commençons par remonter dans votre chambre. Si vous n'avez pas changé d'avis, j'appellerai mes coéquipiers pour voir ce qu'ils en pensent. Nous trouverons une solution, promis.

— Promis ? répéta-t-elle, sceptique.

— Vous croyez que ça m'amuse, de passer ma vie sur un banc devant votre porte ? Eh bien, je peux vous assurer que ce n'est pas le cas. Pendant que je joue les nounous, je n'avance pas dans mon enquête, figurez-vous. Et j'aimerais creuser un peu ce que Brayden a trouvé sur Garibaldi.

— Alors faites ! Retournez travailler !

— En vous laissant sans protection ? Vous plaisantez ? Que vous le croyiez ou non, votre sécurité m'importe plus que l'évolution de l'enquête.

— D'accord, dit-elle à contrecœur. Je remonte avec vous, mais plus de perfusion, plus de médicaments. Et je veux l'assurance que vous tiendrez votre promesse.

Le visage du policier s'éclaira.

— Je la tiendrai, répondit-il avec un sourire charmeur.

Il recula d'un pas et tendit le bras.

— Après vous.

Ricanant doucement, elle passa devant lui et s'engagea dans le couloir. Lorsqu'ils arrivèrent dans le hall d'entrée, ils s'immobilisèrent. L'endroit grouillait de monde ; au loin, le hurlement des sirènes déchirait la nuit.

Anderson comprit immédiatement que l'établissement était en cours d'évacuation. Deux membres du personnel administratif vérifiaient les noms des patients avant de les diriger, les valides d'un côté, ceux en fauteuil roulant de l'autre, vers des infirmières et des médecins manifestement épuisés.

Il jeta un coup d'œil suspicieux à Nadine Stuart. S'il ignorait encore ce qui se passait, il était quasiment certain que c'était en rapport avec elle. Raison de plus pour l'emmener aussi loin que possible, et vite.

L'attrapant par le coude, il l'entraîna vers la sortie.

— Eh bien, on dirait que votre vœu va se réaliser et que vous n'allez plus être coincée ici bien longtemps.

Elle se laissa emmener à l'extérieur puis s'arrêta sur le trottoir si brusquement qu'il lui lâcha le bras.

— Attendez.

— Attendre quoi ?

— On devrait essayer de savoir ce qui se passe, non ?

— C'est une évacuation, expliqua-t-il patiemment.

— Dans ce cas, pourquoi tout le monde est à l'intérieur ?

— L'administration doit s'assurer que personne ne risque rien. Et puis, ils comptent peut-être les patients avant de les accompagner à l'extérieur.

Nadine tourna vivement la tête vers le hall d'entrée.

— Compter les patients ?

— Ça paraît logique, non ?

— En effet. Donc, ils ne vont pas tarder à s'apercevoir que je ne suis plus là.

— Il y a des chances, oui. Mais, dans l'immédiat, je préfère vous mettre à l'abri plutôt que perdre du temps à rassurer le personnel sur votre présence ici.

— Non ! Ça risque d'aggraver mon cas. J'insiste pour que nous nous renseignions sur ce qui se passe. Ça ne prendra pas plus d'une minute.

Il s'efforça de contenir son agacement.

— Si je vais me renseigner, vous accepterez de me suivre ?

— Je viens de vous dire que je ne voulais pas rester ici, répliqua-t-elle en hochant la tête vigoureusement.

— Je vous raccompagne à l'endroit où nous étions

tout à l'heure, et je veux que vous me promettiez d'y rester, reprit-il, exaspéré.

Une lueur d'amusement brilla dans les yeux chocolat de Nadine.

— Et d'être bien sage, c'est ça ?
— Comme si c'était votre style !

Elle partit d'un petit rire au moment précis où il refermait la main sur son bras et, l'espace d'un instant, il resta interdit. Alors qu'une semaine s'était écoulée depuis leur rencontre, il ne l'avait pas entendue rire une seule fois. Le son fut suffisamment doux à ses oreilles pour qu'il en oublie sa contrariété, du moins jusqu'à ce qu'elle reprenne la parole, avec l'agressivité dont elle semblait être coutumière.

— Bon. Vous vous décidez ?
— Oui, fit-il en hochant la tête.

Il la conduisit rapidement derrière les buissons, la considéra un instant de son regard le plus sévère, puis tourna les talons. Tout en se dirigeant vers l'entrée du bâtiment, il se prit à espérer qu'il entendrait encore le rire mélodieux de Nadine Stuart, si léger, si communicatif. Oui. Il voulait le réentendre, ce rire. Et très bientôt.

Les portes automatiques s'ouvrirent pour le laisser passer. Il allait entrer, un sourire figé aux lèvres, lorsqu'une infirmière en uniforme lui bloqua le passage.

— Je peux vous aider, monsieur ?
— Je l'espère, oui.
— Je vais voir ce que je peux faire pour vous, mais je ne vous promets rien. Nous avons un problème et nous ne pouvons laisser entrer aucun visiteur.
— C'est ce que je vois, oui, dit-il en souriant plus franchement. En fait, j'étais à l'intérieur il y a moins de dix minutes. J'ai emmené une patiente prendre l'air, et je ne sais plus comment la raccompagner à sa chambre.
— Comment s'appelle-t-elle, cette patiente ?

— Nadine Stuart.

L'infirmière se pencha sur son porte-bloc puis releva la tête.

— C'est bon. Son nom est coché.

— Ah bon ? fit-il, incapable de dissimuler sa surprise.

— C'est une bonne chose, non ? remarqua-t-elle en riant. Et comme son médecin a noté qu'il l'avait vue, tout va bien. Nous sommes en train de faire sortir tous nos patients un par un pour que la police puisse faire son travail. Ça risque de prendre un petit moment. En attendant, ne bougez pas d'ici.

— On peut savoir ce qui se passe exactement ? demanda Anderson, soulagé malgré lui que l'erreur dans le décompte des patients ait joué en sa faveur.

— Mieux vaut que vous l'appreniez par moi que par tous ces gens qui risquent de déformer la réalité.

— Tout à fait.

— Un de nos patients a vu une personne masquée rôder au troisième étage.

Anderson réprima une grimace d'inquiétude.

— Ce n'est pas très rassurant, dites donc !

— Si c'est vrai, non. Personne d'autre n'a rien vu, mais notre témoin est formel. D'après lui, l'homme au masque est passé juste devant sa chambre, d'où l'affolement général.

— Bien. Merci pour le renseignement.

— De rien !

Anderson la gratifia d'un dernier sourire, fit demi-tour et retourna vers les buissons.

— C'est bon, Nadine. Je crois qu'on p...

Il n'acheva pas sa phrase. Il n'y avait plus personne à l'endroit où il l'avait laissée.

Il examina les alentours dans l'espoir de l'apercevoir. Ce n'était pas l'animation qui manquait : deux voitures de police s'étaient garées le long du trottoir, et les patients sortaient du bâtiment en file indienne, dans un calme très relatif.

De Nadine Stuart, en revanche, aucune trace.

Il laissa échapper un juron. Ah ! elle avait vraiment choisi son moment, pour affirmer son besoin d'indépendance ! Dans son désir de mettre à profit le chaos ambiant, elle n'avait pas dû penser qu'une bonne dizaine de personnes pouvaient la repérer et l'arrêter dans sa course. Des gens qui s'inquiéteraient, à juste titre, de la voir s'éloigner seule dans la nuit.

Ou bien un inconnu masqué hantant les couloirs de l'hôpital…

Une autre possibilité lui vint soudain à l'esprit, et il se remit à jurer.

Et si elle n'était pas partie de son plein gré ?

Pour le coup, l'inquiétude l'emporta sur la contrariété et il s'aventura un peu plus loin en prenant garde à ne pas attirer l'attention sur lui.

La mâchoire crispée par l'angoisse, il passa les lieux en revue une dernière fois sans rien remarquer de suspect, étant donné les circonstances. Pas de véhicule vide garé à l'écart, pas de silhouette isolée errant dans l'ombre, rien.

Un peu rassuré, il tenta de se convaincre que c'était signe que Nadine n'avait pas été enlevée et réfléchit à la direction qu'elle avait pu prendre.

Où serait-il allé, lui, s'il avait voulu filer discrètement ? À peine s'était-il posé la question qu'il eut sa réponse. La foule ! Oui, il se serait mêlé à la foule. C'était le meilleur moyen de passer inaperçu, et ça lui aurait sûrement donné l'occasion de s'échapper en douceur.

Ses yeux se posèrent sur le groupe de personnes resté devant le centre de soins. Quelques blouses blanches, des membres du personnel, des administrateurs sans doute, à en juger par leur tenue formelle, et des gens en vêtements d'intérieur — peut-être des visiteurs passant la nuit au chevet d'un proche. Et des patients bien sûr, plus ou moins valides. Il se concentra sur ces derniers et commença à les passer en revue un à un.

Neuf d'entre eux étaient des hommes ; six des enfants. Les autres étaient des femmes âgées. Mis à part une patiente en chaise roulante et une autre appuyée sur des béquilles, il ne restait plus que des brunes. Encore que…

Il plissa les yeux. Une silhouette frêle se tenait un peu à l'écart, les épaules affaissées, la tête couverte d'un foulard noué sous le menton.

Bingo !

Il fit un pas dans sa direction et s'apprêtait à en faire un deuxième lorsqu'une main se posa sur son bras, l'arrêtant net.

Instinctivement, il pivota sur lui-même, les poings levés, prêt à se défendre.

2

Anderson Somers projetait un poing vers son visage. Ce fut trop rapide pour qu'elle ait le temps de réagir, de se baisser ou de reculer pour tenter d'esquiver le coup.

Aussi resta-t-elle là, figée, à attendre l'impact... qui ne vint pas. Le poing s'arrêta si près de sa joue qu'elle sentit la chaleur qui s'en dégageait. Il resta en suspens un long moment avant de retomber. L'instant d'après, Anderson la ramenait sans ménagement derrière les buissons.

— Nadine, grommela-t-il. Qu'est-ce que vous fabriquez ?

— Je... j'allais vous poser la même question, répondit-elle d'une voix mal assurée.

— Où étiez-vous passée ?

— Mon sac m'a échappé quand vous avez volé à mon secours, tout à l'heure.

— Tiens ! Vous commencez à reconnaître que je vous ai sauvé la vie ? Vous m'en voyez ravi, mais vous auriez pu choisir un autre moment pour aller récupérer vos affaires. Ça pouvait attendre, non ?

— Je me suis dit que ça paraîtrait louche, un sac à main, par terre au beau milieu du trottoir.

— Vous auriez pu vous faire arrêter par la police ou...

Il s'interrompit et secoua la tête.

— Il est temps qu'on y aille.

Vu l'angoisse qu'avait fait naître en elle sa dernière

remarque, elle n'allait pas le laisser s'en tirer aussi facilement.

— Où ? insista-t-elle.

— Ne vous souciez pas de ça. Partons, c'est tout.

— Vous n'avez pas répondu à ma question, inspecteur.

— Vous auriez pu être enlevée par ceux qui vous veulent du mal, Nadine. Allez, venez. On discutera dans la voiture. Je suis garé une rue plus haut, à moins d'une minute d'ici.

— Vous avez vu Garibaldi ? demanda-t-elle d'une voix étranglée.

— Non.

— Quelqu'un d'autre l'a vu ?

— Non plus. Mais un médecin a affirmé vous avoir vue, *vous*. Il a attesté de votre présence parmi les autres patients.

— Et alors ? Ça pose un problème ?

— En soi, pas vraiment, toutefois ça signifie que n'importe qui a pu vous repérer. Et maintenant, allons-y.

Sur ces mots, il lui reprit fermement la main.

Elle fut incapable de lui résister lorsqu'il se remit en route, l'entraînant dans son sillage. Elle s'accrocha même à lui comme à une bouée, tandis qu'ils sortaient de leur cachette. S'il s'en aperçut, il eut la bonne grâce de ne faire aucun commentaire.

— Pourquoi étiez-vous en train de repartir vers le centre de soins ? lança-t-elle, afin de penser à autre chose qu'à leurs mains enlacées.

Le geste lui semblait si naturel, si rassurant…

— Parce que je vous cherchais.

— On était censés se retrouver derrière les buissons, non ?

— Non. *Vous* étiez censée *m'attendre* derrière les buissons.

— Et vous avez cru que je ne reviendrais pas ? Vous

avez pensé que je m'étais enfuie, ajouta-t-elle, répondant à sa propre question.

— C'était du domaine du possible, non ?

À sa grande honte, elle sentit ses joues s'empourprer.

— Je vous avais dit que je vous attendrais.

Il se tourna vers elle, un sourcil haussé. Elle aurait pu jurer qu'il avait remarqué son embarras. Il s'arrêta devant un pick-up de taille moyenne et la lâcha pour sortir ses clés de sa poche.

Aussitôt, elle eut la sensation d'avoir perdu quelque chose de précieux. Tant et si bien qu'elle dut lutter contre l'envie de reprendre sa main. Une envie qui s'apparentait à un besoin si fort qu'elle fut soudain contente de déjà avoir les joues en feu — une bonne couverture s'il en était.

Sa gêne s'intensifia encore lorsque, chevaleresque, il lui ouvrit la portière du passager et la laissa s'installer avant de contourner le véhicule et de se mettre au volant.

— Vous n'avez pas l'impression d'en faire un peu trop ? demanda-t-elle d'un ton sec.

Il démarra en fronçant les sourcils, l'air perplexe.

— Pourquoi me dites-vous ça ?

— Parce que vous n'étiez pas obligé de m'ouvrir la portière par exemple.

— Attendez. Vous me reprochez d'être galant ?

— Vous pouvez être galant sans être aux petits soins pour moi.

— Alors là, il va falloir que vous m'expliquiez, parce que je suis perdu.

Elle soupira bruyamment.

— Je sais que vous préféreriez travailler sur votre enquête. Vous me l'avez déjà dit.

— C'est ce que je fais, Nadine. Vous êtes mon seul lien avec Garibaldi, pour le moment.

Elle se rembrunit. Pour une raison qui lui échappait, cette annonce lui déplaisait fortement.

— Vous me comprenez, dit-elle.

— Pas vraiment, non.

— Ce que je voulais dire, c'est qu'il est inutile d'être aussi prévenant avec moi.

— Il ne vous est pas venu à l'idée que ça pouvait être dans ma nature ?

— Non. Pourquoi êtes-vous aux petits soins avec moi alors que je perturbe votre enquête ?

— Vous ne pensez pas que tout le monde a droit à un minimum d'égards ?

— Ce n'est pas la ques… Oh ! et puis zut !

— Zut ? répéta-t-il avec un amusement manifeste.

— Je ne dis pas que les gens dans leur ensemble ne méritent pas qu'on les respecte, seulement…

Il se renfrogna.

— Vous pensez que vous ne le méritez pas, *vous* ?

— Vous êtes franchement pénible, vous savez ! s'exclama-t-elle en le fusillant du regard.

— Il faudrait savoir ! Il y a deux minutes, j'étais trop prévenant et maintenant… Enfin, je vais faire un effort, dit-il en souriant.

Elle réprima un soupir d'agacement et se força à regarder droit devant elle. Cependant, lorsqu'elle reconnut l'endroit où ils étaient, elle ne put se contenir davantage.

— Hé ! On n'est plus sur la bonne route, là ! Il fallait tourner à droite, tout à l'heure, pour aller chez moi.

— Nous n'allons pas chez vous, lui répondit-il calmement. Si Garibaldi s'est senti suffisamment en confiance pour s'en prendre à vous devant les portes du centre de soins, il n'hésitera pas une seconde à vous envoyer un de ses hommes.

Machinalement, elle se mordilla la lèvre inférieure. Dans son acharnement à reprocher ses attentions à Anderson, elle avait presque oublié la menace qui pesait sur elle.

— Vous m'avez bien dit que personne n'a vu Garibaldi ?

— Oui. Mais un patient a signalé la présence d'un individu masqué dans le couloir du troisième, expliqua-t-il.

— C'est-à-dire à mon étage..., murmura-t-elle, atterrée.

— J'en ai bien peur, oui. Si ça peut vous consoler, je doute qu'il se soit agi de Garibaldi en personne. C'était plutôt un de ses sbires.

— Le chauffeur de la voiture qui m'a foncé dessus ?

— Par exemple.

— Bon, alors qu'est-ce qu'on fait ? demanda-t-elle en se redressant sur son siège.

— J'ai pris une chambre au Whispering Woods. On va y aller. Une fois là, j'appellerai mes coéquipiers et on avisera.

— Vous savez que l'hôtel appartient à Garibaldi ?

— Je suis au courant, oui.

— Et vous n'avez pas l'impression que nous nous jetterions dans la gueule du loup en y allant ?

— Non, justement. C'est le dernier endroit auquel il pensera.

Elle secoua la tête.

— Sauf s'il vous cherche vous aussi, maintenant. Il ne mettra pas longtemps à comprendre que nous sommes là. Sous son nez.

— J'ai réservé sous un faux nom.

— Vous étiez déguisé, j'espère ! Parce que si Garibaldi faisait surveiller le centre de soins ses hommes ont votre signalement et vous aurez du mal à passer inaperçu.

— Faites-moi confiance, Nadine. J'ai tout prévu.

— En clair ?

— En clair, j'ai un prétexte en béton pour déambuler dans l'hôtel.

— Lequel ? Oh ! et puis, laissez tomber ! Ça ne m'intéresse pas, finalement. Ou plutôt, je préfère ne pas savoir.

— C'est sans doute mieux comme ça, en effet.

Quelque chose, dans son intonation, piqua la curiosité

de Nadine. Elle n'aurait su dire quoi exactement. Anderson semblait osciller entre l'amusement et… autre chose qui faillit la faire rougir, ce qui, naturellement, n'arrangea pas son humeur.

Réprimant un nouveau soupir, elle s'absorba dans la contemplation de ses ongles et se mit à ruminer. Quelques heures plus tôt, elle était encore une femme raisonnablement heureuse, une institutrice adulée par ses jeunes élèves. À présent, elle était constamment à cran et suffisamment lucide pour se rendre compte que ça ne devait pas être drôle pour le colosse blond assis à ses côtés. Anderson Somers ne la voyait pas sous son meilleur jour, c'était le moins qu'on puisse dire.

Elle l'observa à la dérobée, dans l'espoir de comprendre pourquoi elle se souciait de ce qu'il pensait d'elle, subitement.

Des cheveux blonds, hirsutes, un peu plus sombres que les siens ; une mâchoire carrée et obscurcie par une barbe de plusieurs jours. Pour le reste, il avait des traits fins, faussement ordinaires. Faussement, car elle savait d'expérience que, dès l'instant où son sourire ravageur gagnait ses yeux d'un bleu à se noyer dedans, il devenait tout sauf ordinaire.

Il se tourna brièvement vers elle.

— Ça va ?
— Oui, fit-elle du bout des lèvres.
— Vous êtes sûre ?
— Oui ! aboya-t-elle.
— Bon, bon ! dit-il en secouant la tête d'un air désabusé. Ne vous fâchez pas. Je voulais juste m'assurer que tout allait bien.

Sur le point de s'excuser, elle se ravisa. En cet instant précis, son irascibilité la servait, car elle venait de faire une découverte quelque peu embarrassante : que cela lui plaise ou non, la raison pour laquelle elle se préoccupait tant de l'opinion d'Anderson Somers était qu'elle le trouvait séduisant.

Anderson percevait une sorte de lutte intérieure, chez la jolie institutrice.

Tiens donc, tu la trouves jolie, maintenant ?

Il repoussa cette question d'une pichenette mentale. Oui, Nadine Stuart était jolie. On pouvait difficilement prétendre le contraire.

Le contraste frappant entre son apparence fragile et la détermination qu'on lisait dans son regard lui plaisait énormément. L'originalité de sa coupe de cheveux tendait à suggérer une certaine extravagance, sous des dehors revêches. Et il ne pouvait nier que cela l'intriguait.

Quant à sa cicatrice…

De tout ce qui la caractérisait, c'était sans doute cette balafre qu'il préférait. Elle courait de sa joue à son menton en une ligne rosâtre, et il y voyait une farouche volonté de survivre. Nadine Stuart était descendue en enfer au sens propre du terme, et elle en était remontée vivante. Alors, irritable ou non, ce seul fait la rendait plus que jolie à ses yeux.

En outre, il devait reconnaître qu'elle méritait sa compassion.

— Je ne vous obligerai pas à rester ici plus longtemps que nécessaire, lui assura-t-il en s'engageant sur le chemin de l'hôtel.

— Il est un peu tard pour essayer de me rassurer, lui renvoya-t-elle illico.

Malgré lui, il se hérissa.

— Je sais, je sais. Je suis trop prévenant, et ça vous agace. Mais je n'y peux rien, je suis comme ça.

Les joues de Nadine se colorèrent.

— Vous n'étiez pas censé faire un effort ?

— J'en suis encore au stade du travail sur moi-même. En attendant, néanmoins…

— En attendant… quoi ? demanda-t-elle avec impatience.

Sans réfléchir, il quitta la route, dirigea le pick-up vers une rangée d'arbustes suffisamment hauts pour le dissimuler puis se tourna vers elle.

— Je n'en sais rien, mais une chose est certaine : pour l'instant, nous sommes obligés de rester ensemble. Alors faisons en sorte que le laps de temps que nous serons amenés à passer en compagnie l'un de l'autre soit un peu moins… conflictuel. Vous voulez bien ?

Il s'attendait à ce qu'elle se rebiffe, à ce qu'elle lui reproche sa diplomatie, une fois encore. Au lieu de quoi elle se contenta de hocher la tête.

— D'accord. Qu'est-ce que vous proposez ? répondit-elle d'un ton presque aimable.

— Recommençons à zéro. Faisons comme si nous nous rencontrions pour la première fois et parce que nous le voulons tous les deux.

— Vous êtes sûr que ça…

— Vaut la peine d'essayer ? poursuivit-il à sa place. Oui.

Elle soupira, résignée.

— Bon. Alors si vous voulez bien vous présenter, cher monsieur, je vous écoute.

Anderson sentit son visage s'illuminer d'un large sourire.

— Anderson Somers, trente ans, célibataire et inspecteur au département de police de Freemont depuis environ quatre ans. Avant cela, j'étais simple agent.

— Vous aimez votre métier ?

— La plupart du temps, oui.

— Seulement la plupart du temps ? s'étonna-t-elle.

— Pourquoi ? Ça vous surprend ?

— Disons que je suis surprise que vous soyez aussi honnête sur la question.

— C'est le problème, avec les hommes dans mon genre — prévenants, attentionnés et tout le reste.

— Ça vous rend la tâche plus difficile, non ?

— Etre honnête ?

Le sourire de Nadine s'élargit.

— J'aurais plutôt tendance à penser que ça fait de moi un meilleur policier, dit-il.

— Vous êtes obligé de manipuler les gens, de temps à autre, j'imagine ?

— Je préfère éviter.

— Et vous parvenez quand même à vos fins ?

— Oui. Je suis assez doué pour ça.

— En d'autres termes, vous êtes un bon flic. Alors, quand est-ce que vous n'aimez pas votre travail ?

— Je n'ai jamais dit que je ne l'aimais pas, protesta-t-il.

— Vous avez dit « la plupart du temps ». Donc, il y a des moments où votre fonction vous plaît moins…

— Touché. En fait, ce que je préfère, c'est le déroulement d'une enquête. Quand j'étais gamin, j'étais fasciné par la façon dont mon père partait d'un point A pour arriver au point B. Toutefois, si vous voulez que je sois encore plus honnête, ce dont je rêvais vraiment, jusqu'à la mort de mon père, c'était de devenir pompier, comme mon oncle.

— Pourquoi avez-vous renoncé ? demanda-t-elle, une nuance d'empathie dans la voix.

— Allons, Nadine, vous connaissez mon histoire.

— Pas du tout ! On ne se connaît que depuis cinq minutes, je vous rappelle. Alors racontez-moi un peu…

— Vous y tenez vraiment ?

— Oui, dit-elle au bout de quelques secondes.

Son hésitation amusa vaguement Anderson. Quoi qu'elle en dise, elle savait déjà l'essentiel sur lui. Son « frère d'armes », Brayden, lui avait tout raconté lors de leur première confrontation avec Garibaldi. Il acquiesça donc, car cela lui faisait parfois du bien de formuler les choses.

— Il y a quinze ans, mon père, qui était inspecteur de police lui aussi, a été tué. Assassiné par le biais d'une bombe artisanale, avec trois autres hommes. Les fils de ces hommes et moi-même nous sommes juré de découvrir la raison de ces assassinats, et de le faire dans le cadre de la loi.

— De sorte que vous êtes entrés dans la police…, devina Nadine, refermant la main sur son avant-bras.

— Oui. Tous les quatre.

— Quoi d'autre ?

— Ça ne vous suffit pas ?

— Si, concéda-t-elle. Vous vous êtes déjà beaucoup confié, pour quelqu'un qui me connaît à peine.

— C'est un euphémisme.

— Qu'est-ce que vous entendez par là ?

— Qu'il est très rare que mes coéquipiers et moi divulguions cette information. Peu de gens sont au courant de cette affaire, en fait.

— Eh bien, je suis ravie de vous avoir inspiré confiance, vu que nous venons tout juste de nous rencontrer, dit-elle avec un sourire qu'il aurait sûrement qualifié d'aguicheur dans d'autres circonstances.

— À votre tour, maintenant, fit-il, se prenant au jeu.

— Prêt ? Bien. Je m'appelle Nadine Elise Stuart, j'ai vingt-six ans et j'aime les chiens, les couchers de soleil, les promenades le long de la mer…

Il l'interrompit d'un grognement :

— C'est tout ce que vous avez à me raconter ?

Elle se tourna vers lui et battit des paupières d'un air ingénu.

— C'est notre première rencontre, alors je ne voudrais pas trop en révéler.

Il ne put contenir plus longtemps son amusement. Le

rire monta de son torse jusqu'à sa gorge pour exploser bruyamment. C'était bon, libérateur, et ça le fut plus encore quand le rire harmonieux de Nadine se mêla au sien. Pour un peu, il en aurait oublié les problèmes auxquels ils étaient confrontés.

Lorsqu'il fut un peu calmé, il se tourna vers la vitre juste à temps pour voir passer une grosse berline de couleur sombre. Peut-être était-ce celle qui avait tenté de renverser Nadine ; ou peut-être pas.

Quoi qu'il en soit, cela lui rappela qu'en dépit de la légèreté du moment la jolie institutrice et lui-même étaient toujours en danger.

3

L'optimisme déjà tout relatif de Nadine diminua encore tandis qu'ils approchaient de l'hôtel de Whispering Woods. Entourée d'un vaste parking, nichée au creux d'une vallée, la bâtisse était visible de loin.

La vue de cet hôtel rustique lui avait toujours donné envie d'y entrer, surtout lorsqu'elle était enfant. Elle se souvenait en particulier de la rapidité avec laquelle l'établissement avait été construit. Aux yeux des habitants de la petite ville, Jesse Garibaldi, qui venait tout juste d'arriver dans la région, avait accompli un véritable miracle. À l'époque, ses investissements dans le tourisme et les infrastructures étaient une nouveauté. Alors âgée de dix ans, et encouragée par l'admiration de ses concitoyens, elle avait été convaincue que le pouvoir de Garibaldi ne connaissait aucune limite. En ce temps-là, ça l'impressionnait. Aujourd'hui, ça lui donnait la chair de poule.

Elle fut tirée de sa réflexion par la voix chaleureuse d'Anderson Somers.

— Ça va toujours ?

— Oui. Je pensais au jour où cet hôtel a été inauguré, il y a quinze ans. Comme mon père travaillait pour Garibaldi, nous avons eu droit à des sièges au premier rang. C'était superbe. Tellement porteur d'espoir et de…

Elle haussa les épaules.

— J'avais dix ans, vous comprenez. Alors cet hôtel était un endroit magique, pour moi.

— Il l'est toujours, lui fit remarquer Anderson.

— Peut-être, mais ce que je sais de Garibaldi m'empêche de l'apprécier. C'est un peu comme s'il était sali. Pollué. Ça doit vous paraître étrange, non ?

Le visage d'Anderson se durcit.

— Ce type est un assassin, Nadine. Tout ce qu'il touche ou a touché est souillé.

Moi comprise ?

La question avait surgi de nulle part, et elle fut incapable de la repousser aussi facilement qu'elle lui était venue. Après tout, Garibaldi avait eu une forte influence sur sa vie : il avait payé les obsèques de son père, ainsi que le déménagement de Whispering Woods à Freemont, puis réglé ses nombreux frais hospitaliers avant de financer ses études. Bref, s'il souillait tout ce qu'il touchait, êtres humains ou biens matériels, elle arrivait en tête de liste.

— Je ne crois pas qu'on puisse se garer là, dit-elle, s'apercevant qu'Anderson avait contourné le parking principal et se dirigeait vers l'autre, plus petit et souterrain. À moins que le règlement ait changé, ce parking est réservé aux VIP et au personnel.

Il lui sourit d'un air vaguement contrit.

— Ouvrez la boîte à gants, Nadine.

Elle s'exécuta et un passe plastifié lui tomba dans les mains.

— Je suppose que c'est un faux…

— Pas du tout.

Il posa le passe sur le pare-brise et salua le gardien d'un grand geste de la main.

— Vous voyez ? fit-il. Il est parfaitement réglementaire, ce passe.

— Hmm. Et vous êtes quoi, vous, pour avoir accès à ce parking ? Membre du personnel ou VIP ?

— Je ne fais pas partie du personnel.

— Vous avez pris une suite ? demanda-t-elle, étonnée.

— Bien malgré moi, je peux vous l'assurer.

— Et comment on se retrouve dans une suite malgré soi ? Vous pouvez me l'expliquer ?

— Il faut croire que l'hôtel était complet, répondit-il en se garant. Allez, venez.

Elle se renfrogna. Si l'unique hôtel de Whispering Woods disposait d'un grand nombre de chambres aux prix abordables, les suites, elles, avaient un coût autrement plus élevé. Difficile donc de croire qu'on en ait attribué une à Anderson Somers par accident.

— Qu'est-ce que vous leur avez raconté ?

— À qui ? demanda-t-il innocemment, avant de contourner le pick-up et de lui ouvrir sa portière.

Refusant de bouger, elle le dévisagea avec méfiance.

— Pourquoi vous ont-ils donné une suite, Anderson ?

Il poussa un gros soupir et passa la main dans sa tignasse blonde.

— Écoutez, ça s'est passé par hasard, c'est tout.

— Qu'est-ce qui s'est passé par hasard ?

— La réceptionniste était particulièrement aimable et bavarde. Elle m'a fait penser à ces poupées munies d'une ficelle sur laquelle on tire pour les faire parler. Vous voyez ce que je veux dire ?

— Oui.

— C'était exactement ça sauf que, chez elle, le mécanisme était coincé, de sorte qu'elle monologuait sans fin.

— Ce n'est pas très gentil, ce que vous dites là ! s'exclama-t-elle, hilare.

— Détrompez-vous, je n'ai rien contre, seulement ça a duré cinq bonnes minutes. Elle m'a raconté sa vie et celle de l'homme qui s'apprête à l'épouser. Ensuite, bien sûr, elle a voulu en savoir davantage sur mon compte.

Alors je lui ai expliqué que j'étais dans la région parce que l'une de mes amies séjournait au centre de soins.

— Je ne vois pas le rapport avec cette histoire de suite !

— Hmm… quand j'ai prononcé le mot « amie », cette écervelée a compris « petite amie ».

— Et vous n'avez pas démenti ?

— Ça ne m'a pas paru important, sur le moment. Oh ! et puis je vous raconterai ça tout à l'heure !

Elle aurait protesté si elle n'avait pas soudain pris conscience de l'embarras manifeste du policier.

— On va prendre l'ascenseur de service, reprit-il. On croisera moins de monde, et si un employé nous demande des comptes, on dira qu'on s'est trompés.

— Pourquoi ? On est si voyants que ça ?

— Moi, non, répondit-il avant de lancer un regard appuyé à ses jambes.

Elle baissa les yeux vers son bas de pyjama.

— Oups !

— Je savais bien que votre départ du centre de soins était un peu précipité.

— Ne remuez pas le couteau dans la plaie ! lui renvoya-t-elle.

— Je n'oserais pas. Allons-y.

Elle descendit du pick-up et se laissa guider dans le parking. Ils passèrent la porte en faux chêne qui menait aux ascenseurs principaux, s'engagèrent dans un couloir et finirent par arriver devant une autre porte, en métal cette fois. Anderson l'ouvrit puis recula pour la laisser passer devant lui.

— Tiens, vous n'avez plus rien contre la galanterie, tout d'un coup ? demanda-t-il, facétieux, comme elle franchissait le seuil sans faire de commentaire.

— J'ai décidé de mettre cette aversion particulière en suspens.

— Vous m'en voyez ravi.

— Ne vous réjouissez pas trop vite. Je changerai peut-être d'avis quand vous m'aurez rapporté exactement comment vous avez embobiné cette pauvre réceptionniste.

Il prit un air penaud et garda le silence jusqu'au départ de l'ascenseur.

— Disons qu'une fois qu'elle a émis l'idée que vous étiez ma petite amie, ça m'a paru plausible. Je me suis dit qu'un petit ami était plus susceptible de monter la garde devant votre chambre qu'une simple connaissance.

— En même temps, si vous étiez mon petit ami, pourquoi prendriez-vous une chambre… pardon, une suite ici, plutôt que vous installer chez moi ?

Il s'éclaircit la voix avant de répondre.

— C'est exactement la question qu'elle m'a posée.

— Et que lui avez-vous répondu ?

— La première chose qui m'est venue à l'esprit. Que nous nous étions disputés.

— À quel propos ?

— Vous tenez vraiment à savoir sur quoi portait notre querelle fictive ?

— Il me semble que j'en ai le droit, oui.

— Et qu'est-ce qui vous fait penser que j'ai fourni ce détail à la petite réceptionniste ?

— Le fait que vous ayez obtenu une suite. Parce que vous ne me ferez pas croire que votre « petite réceptionniste » vous l'a attribuée au seul prétexte que vous étiez mon petit ami. Vous êtes un sacré menteur, finalement. Dire que je vous croyais honnête !

— Je le suis ! Si on excepte mon faux nom — une nécessité en l'occurrence — et cette fausse querelle — une réaction instinctive de ma part —, c'est la réceptionniste qui a fabriqué la suite de l'histoire. Je vous ai dit qu'elle était pipelette, non ?

Elle leva les yeux au plafond.

— Et ça donne quoi, « la suite de l'histoire » ?

— J'étais sur le point de vous demander en mariage quand vous êtes venue vous réfugier ici pour m'échapper.

— Très crédible ! railla-t-elle.

Il étouffa un petit rire.

— Oui. Surtout si on considère que je suis passé de l'état de célibataire insouciant prenant une chambre dans un hôtel à celui d'amoureux éconduit.

— Avec tout ça, je ne sais toujours pas comment vous avez obtenu une suite, et je commence à redouter la réponse.

— Quand vous verrez de quelle suite il s'agit, vous serez peut-être à même d'écrire le reste de l'histoire toute seule.

— Je ne sais pas si je vais pouvoir tenir jusque-là, répliqua-t-elle d'un ton narquois.

Au même moment, l'ascenseur s'arrêta en douceur. Malgré la belle assurance qu'elle affichait depuis quelques minutes, lorsque les portes s'ouvrirent et qu'Anderson en retint une pour la laisser passer, elle eut soudain envie de s'enfuir en courant, de le repousser et de détaler dans le couloir qui s'étirait devant elle. Elle n'était animée ni par la peur ni même par une forme d'appréhension indéfinissable, mais au contraire par une sorte d'excitation. Un picotement inattendu qui lui chatouilla d'abord les extrémités avant de s'installer quelque part dans le bas de son ventre.

Une sensation à la fois enivrante et dangereuse.

Dangereuse parce que directement liée à son attirance naissante pour Anderson Somers et au fait qu'elle était sur le point de se retrouver seule avec lui.

Et surtout, il y avait la plaque dorée, fixée au mur, face à elle.

Suite Lune de Miel.

Le pire était néanmoins encore à venir. Au moment où, un peu comme un automate, elle s'engageait enfin dans le couloir, une fille d'une petite vingtaine d'années surgit en sautillant, les yeux pétillants de malice et visiblement surexcitée par leur vue.

Anderson n'eut pas besoin de faire les présentations pour qu'elle comprenne qu'il s'agissait de la pipelette qui s'était mis en tête de le réconcilier avec sa prétendue fiancée.

Anderson étouffa un grognement. Déjà gêné d'avoir dû confesser qu'il avait laissé cette fille à l'imagination débordante croire ce qu'elle voulait, voilà qu'il allait être confronté à ses propres mensonges.

Il inspira longuement, se força à sourire puis, aussi naturellement qu'il le pouvait, entoura de son bras les épaules frêles de Nadine Stuart.

— Je vous avais prévenue, lui souffla-t-il à l'oreille.

— Ça a marché ! couina la réceptionniste d'une voix suraiguë sans cesser d'avancer vers eux. J'en étais sûre !

Il hocha la tête, sans se départir de son sourire figé.

— Comment a-t-il fait ? demanda-t-elle en se tournant vers Nadine. Qu'est-ce qui vous a fait craquer ? S'il vous plaît, dites-moi que c'est la suite ! Oui, c'est ça ! Quand vous avez vu la suite, vous avez été incapable de résister. Au fait, pourquoi ne portez-vous pas votre bague ?

— Ma… ma bague ? répéta Nadine d'une voix presque inaudible.

— Il ne vous l'a pas encore donnée ?

La réceptionniste s'interrompit, le temps de les dévisager tour à tour.

— Attendez, monsieur… Vous ne l'avez pas encore demandée en mariage, c'est ça ? Oups ! J'ai vendu la mèche, là, non ?

— Un peu oui, parvint-il à répondre.

La fille ne se démonta pas pour si peu.

— Eh bien, heureusement que je suis venue changer les fleurs ! Allez, faites-le maintenant, monsieur !

— Maintenant ? répéta-t-il, hébété.

— Madame ne dira pas non, sans quoi elle ne vous aurait pas suivi jusqu'ici. Et puis, je suis le témoin idéal ! On est entre nous, et comme votre fiancée ne me connaît pas, elle ne se sentira pas obligée d'accepter votre demande. Par contre, je suis là pour immortaliser le moment si elle vous dit « oui ». Passez-moi votre téléphone, ordonna-t-elle à Anderson.

— Mon téléphone ?

— Oui, pour que je puisse immortaliser ce moment !

Il se détacha de Nadine, tira l'appareil de sa poche et se résigna à le tendre à la réceptionniste dont le visage juvénile s'illumina davantage.

— Et n'oubliez pas de vous agenouiller, si vous voulez un beau souvenir de ce merveilleux moment.

Vaincu, il se pencha vers Nadine qui semblait au bord de la panique.

— Il va falloir faire un petit effort, si vous voulez être crédible, ma belle, lui murmura-t-il à l'oreille. Même cette écervelée risque d'avoir des doutes, si vous continuez à faire cette tête d'enterrement.

Nadine esquissa un sourire mielleux.

— À moins qu'elle comprenne que je suis en train de lutter contre l'envie de vous étriper, répliqua-t-elle tout bas.

— Un peu de patience, Nadine. Je vous demande en mariage et ensuite, vous m'étriperez tant que vous le voudrez.

Il ponctua cette belle promesse d'un clin d'œil puis, s'agenouillant, la gratifia de son plus beau sourire.

— Nadine, depuis que je te connais, je suis comme animé par une lumière intérieure. Cette lumière, c'est toi qui l'as allumée. Je peux dire en toute honnêteté que tu en sais davantage sur mon compte que la plupart de mes proches et, étonnamment, j'ai l'impression qu'il ne m'a pas fallu plus de cinq minutes pour en arriver là. Je pèse mes mots, Nadine. C'est pour cela que je voudrais que tu me fasses l'honneur de m'épouser.

Elle remua les lèvres sans qu'un son n'en sorte. Son regard oscillait entre douceur et amusement. Il y brillait aussi une nuance indéfinissable. Au bout d'un long moment, elle hocha imperceptiblement la tête. Il se tourna alors vers la réceptionniste à l'âme d'entremetteuse.

— Ça vous va, comme ça ?
— Pas tout à fait. Je n'ai pas le principal !
— Le principal ?
— Le baiser !
— C'est que... nous n'aimons pas beaucoup nous donner en spectacle, hasarda-t-il.

La fille secoua la tête avec obstination.

— Il n'y a que vous deux et moi. Allez, faites-vous plaisir ! Un tout petit baiser, pour la postérité.
— Même pour la postérité, s'obstina-t-il. Ce n'est pas notre...
— Ça ne me pose pas de problème, assura Nadine en lui posant une main sur l'épaule.
— Qu'est-ce que tu as dit ? demanda-t-il, surpris.
— Que ça ne me pose aucun problème.

Aussitôt, il se redressa. Il dut se faire violence pour ne pas regarder les lèvres de sa « fiancée » avant de croiser son regard. Bien que ce n'ait pas été son intention première, maintenant qu'elle lui avait quasiment promis ce baiser, il aurait menti en prétendant que l'idée lui déplaisait. En même temps, dire qu'il voulait l'y contraindre aurait été un mensonge encore plus gros.

— Nadine..., fit-il d'une voix rauque. Faisons en sorte de pouvoir montrer cette vidéo à nos futurs enfants. D'accord ?
— D'accord.

Il se pencha vers elle puis s'immobilisa, prêt à lui dire qu'il ne pouvait pas l'embrasser dans ces conditions. C'est alors qu'elle posa la main sur sa joue puis sur sa bouche.

Sa paume était chaude sur ses lèvres. Son contact l'électrisa tout entier, et toutes ses pensées rationnelles le quittèrent pour laisser place à la nature qui reprit le dessus. Quand Nadine se hissa sur la pointe des pieds, chancela légèrement et se heurta à son torse, ses mains descendirent tout naturellement vers ses reins pour la rattraper et serrer contre lui.

— Prêt ? lui demanda-t-elle dans un souffle.

Elle releva la tête avant qu'il ait eu le temps de répondre. Leurs lèvres se rencontrèrent et si les mots devinrent superflus, les gestes prirent une tout autre importance.

Il fit remonter une de ses mains le long de son dos avant de la refermer délicatement sur sa nuque. Ses cheveux étaient soyeux, agréables au toucher, sa bouche plus douce encore. Enthousiaste aussi. Elle ne faisait pas semblant ; elle se donnait corps et âme. Elle pressa fermement ses lèvres contre les siennes, recula, puis recommença. C'était si bon qu'il aurait voulu que ça ne s'arrête jamais et qu'il se sentit sérieusement frustré lorsqu'ils furent interrompus par la voix de crécelle de la réceptionniste.

— Parfait ! s'écria-t-elle. Je crois que j'ai tout, cette fois !

Il redescendit péniblement sur terre et regarda Nadine dans les yeux avant de la relâcher.

Puis, incapable de détourner le regard, il céda à l'envie de faire courir son pouce sur sa bouche.

— Bien, reprit la réceptionniste en se glissant entre eux.

Elle rendit son téléphone à Anderson.

— Promettez-lui une bague convenable. Plus que convenable, même ! La bague parfaite, en harmonie avec votre demande en mariage et votre baiser. Vous avez entendu ça, mademoiselle Nadine ? Votre fiancé va vous dégoter la bague parfaite.

— J'ai entendu, oui, murmura Nadine.

Anderson ne put s'empêcher de hausser les sourcils.

— V... Tu as entendu ?

— Pourquoi ? Pas v... toi ? lui renvoya-t-elle sans chercher à dissimuler son hilarité.

— Si, si...

— J'ai hâte de la voir ! s'exclama la réceptionniste, intarissable. Bon, et maintenant vous feriez bien de vous dépêcher si vous voulez que je vous monte les fraises et le champagne que vous allez être forcés de commander.

Sur ces mots, elle tourna les talons et remonta le couloir en sautillant.

Les sourcils froncés, Anderson la regarda s'éloigner puis fouilla ses poches pour en sortir la clé ouvrant la porte de la suite.

— Ce... ça a été une expérience intéressante, dit-il sur un ton d'excuse. Désolé que...

Il s'interrompit. Nadine venait de passer devant lui sans le regarder. Penchée en avant, comme prise d'un spasme, elle traversa l'antichambre et se laissa tomber sur le canapé du salon.

Comme il se dirigeait vers elle, elle lui fit signe de s'éloigner. L'espace d'un instant, il crut qu'elle pleurait et, inquiet, la rejoignit.

Cependant, quand elle releva la tête, il constata qu'il s'était trompé. Elle ne pleurait pas, bien au contraire. Elle avait le fou rire !

— Qu'est-ce qui v... te prend ? demanda-t-il, se renfrognant. Je ne vois pas ce qu'il y a de drôle !

— Moi... si. Je pensais au fiancé de... de cette fille, dit-elle entre deux hoquets. Le pauvre...

— Quoi, le pauvre ?

— Elle doit le laminer ! Tu imagines ? Avoir promis d'épouser un phénomène pareil ?

Il ne put réprimer un sourire. Qu'il était bon de la voir aussi détendue !

— C'est difficile à imaginer, en effet. Une chose est certaine, ajouta-t-il, passant devant le canapé pour s'asseoir dans l'énorme fauteuil disposé de l'autre côté de la table basse, je suis vraiment désolé que nous ayons eu à subir tout ça.

— Tout ça quoi ? Ma fuite, notre arrivée ici, les mensonges et le baiser ?

— Le tout, oui.

Elle se remit à rire et regarda autour d'elle.

— C'est très chic. Exactement comme je m'imaginais l'intérieur de l'hôtel quand j'étais petite. À l'époque, je rêvais de passer une nuit ici, mais je n'en ai jamais eu l'occasion. On descend rarement à l'hôtel de la ville dans laquelle on vit.

Anderson examina les lieux à son tour. Il n'y était entré que le temps de déposer ses affaires et n'avait pas vu grand-chose. Maintenant, il pouvait constater que le salon était décoré avec goût. Le mariage des couleurs était particulièrement heureux, et rien ne rappelait l'aspect rustique de l'extérieur. Ici, tout était… harmonieux. Les murs étaient tapissés d'un papier couleur crème avec de petites touches de bordeaux qui donnaient à l'ensemble une petite note cosy. Il se demanda vaguement à quoi ressemblait la chambre, puis son regard se posa sur Nadine, et il revint à la réalité.

Après s'être éclairci la voix, il se força à demander, sur le ton de la plaisanterie :

— C'est dans la suite Lune de Miel que tu rêvais de passer une nuit, je suppose.

— Non. Je n'ai jamais vraiment fantasmé sur le mariage, répondit-elle en lui jetant un regard noir.

— C'est rare, ça, chez une petite fille !

— Mon père était chauffeur, de sorte qu'il avait des horaires impossibles. Et la deuxième famille qu'il entretenait en secret accaparait aussi une bonne partie de son temps.

Elle fit une petite grimace et poursuivit :

— Enfant, je pensais que tous les hommes passaient leur vie loin des leurs. Ça ne me plaisait pas beaucoup, et je ne voulais pas de cette existence-là. Ça ne s'est pas arrangé quand j'ai découvert la vérité, alors… Désolée, Anderson. Mes petits malheurs ne t'intéressent certainement pas.

Il secoua la tête.

— Il n'y a pas de quoi être désolée, et détrompe-toi. J'adore que les gens me racontent leur enfance atypique. Ça me donne l'impression d'en avoir eu une un peu plus normale.

— Très drôle !

— Je ne plaisante pas. Mes parents se sont rencontrés quand ils étaient encore lycéens, et ils ont abandonné leurs études le jour où ils ont appris que ma mère était enceinte. Ils m'ont élevé comme ils ont pu ; mon père travaillait toute la nuit dans une station-service pendant que ma mère et moi dormions. Ensuite, il rentrait, et elle partait pour l'épicerie où elle était caissière. On déménageait souvent, parce qu'ils avaient des difficultés à payer le loyer.

— Ça n'a pas dû être facile pour toi. Pour eux non plus, d'ailleurs.

— C'était la vie, que veux-tu… Il a fallu que j'entre à l'école pour me rendre compte qu'on pouvait manger autre chose que des nouilles chinoises, des légumes congelés et des céréales. Et dans ma petite tête de gamin de cinq ans, ça a fait tilt. J'ai réussi à me taire pendant quelque temps et puis un jour, je m'en souviens comme si c'était hier, je suis rentré à la maison et j'ai dit à ma mère ce qu'il y avait dans les paniers-repas de mes petits camarades. Bien entendu, je voulais la même chose qu'eux. J'avais préparé mon discours ; pour moi, ce n'était pas juste, et par la faute de mes parents j'étais différent des autres. Maman s'est mise à pleurer. Le soir même, nous avons déménagé, une fois de plus, cette fois pour aller nous installer chez mes grands-parents. J'ai cru que c'était ma faute.

— Pourtant, tu n'y étais pour rien…

— Non.

Il baissa les yeux et se remémora son sentiment de culpabilité de l'époque. Ce n'était pas un souvenir qu'il confiait à autrui, en temps normal. Ni une période qu'il aimait se rappeler, d'ailleurs. Pourtant, il avait la sensation que ses propos faisaient du bien à Nadine qui l'écoutait attentivement, le corps penché vers lui. Elle avait traversé de rudes épreuves, ces derniers temps. Alors, s'il n'avait pas été à ses côtés quand son frère avait été assassiné, il pouvait au moins essayer d'alléger son fardeau.

Et puis, ça me fait du bien de parler, à moi aussi, s'avoua-t-il.

Cette pensée le prit par surprise, mais il n'avait ni le temps ni l'envie de s'y attarder en cet instant.

Il tenta de changer de sujet, sans que sa bouche lui obéisse.

— Ma mère ne me l'a jamais avoué, dit-il, mais les commérages sont allés bon train, et je n'y ai pas échappé. En fait, le jour où je me suis plaint de mes paniers-repas est également celui où mon père est parti.

— Il vous a quittés tous les deux, comme ça ?

— On ne l'a pas vu pendant six mois. Je n'ai su que plus tard que mes grands-parents n'avaient accepté de nous héberger qu'à la condition expresse que ma mère n'ait plus aucun contact avec lui. Ils le détestaient : il n'était pas assez bien pour eux, apparemment. De sorte qu'ils n'ont pas été ravis de le trouver devant leur porte, un beau soir.

— Ta mère l'a repris ? Sans conditions ?

Il eut un petit rire sans joie.

— Que non ! Il s'est écoulé un autre mois avant qu'elle daigne lui adresser la parole. Il venait tous les matins avec un café et une rose.

— Au moins, il était persévérant.

— Et surtout très penaud.

— Dans ce cas, pourquoi est-il parti ?

— Je crois qu'il avait une piètre opinion de lui-même.

— Et il pensait que ta mère et toi, vous vous en sortiriez mieux sans lui, c'est ça ?

— Tout juste. Malheureusement, il s'est révélé encore plus égoïste qu'il le pensait lui-même.

Nadine fronça les sourcils.

— Que veux-tu dire ?

— S'il n'aimait pas être loin de nous, il n'a jamais rien fait non plus pour que les choses s'améliorent à ce niveau-là. La preuve : il s'est mis en tête d'entrer dans la police.

— J'imagine que tes grands-parents n'ont rien trouvé à y redire.

— Non. Pas plus que ma mère, d'ailleurs. Elle l'aimait. Alors quand il lui a annoncé qu'il s'était déjà inscrit à la formation…

— Elle n'a pas pu dire non, acheva Nadine avec un sourire doux.

Il lui jeta un coup d'œil insistant.

— C'est ça, le grand amour, non ?

— L'impuissance totale ? La faiblesse ?

— Eh oui !

— J'espère bien que non.

— Tu en es sûre ?

— Pourquoi se priver du droit de dire « non » ?

— Parce que quand on est vraiment amoureux la médaille n'a aucun revers. On est à la fois faible et tout-puissant.

— Tu parles d'expérience ?

Bien que Nadine n'ait pas changé d'expression, l'atmosphère sembla se réchauffer tout à coup, et il ne put que se demander si sa question était aussi innocente qu'elle le paraissait.

À peine avait-elle prononcé ces paroles que Nadine en mesura l'ambiguïté. Elle fut toutefois incapable de faire machine arrière. Les secondes s'écoulèrent dans un silence pesant, sans qu'aucun son sorte de sa bouche. En même temps, quel mal y avait-il à chercher à en savoir davantage sur un homme qu'elle venait d'embrasser et avec qui, de surcroît, elle allait partager — du moins pour un temps — une suite ?

De toute évidence, ces fausses fiançailles lui étaient montées à la tête. Depuis que ses lèvres s'étaient posées sur celles d'Anderson, elle n'avait pas pensé une seule seconde à Garibaldi ou à son sbire masqué. À croire qu'à cet instant-là toutes ses angoisses s'étaient évanouies comme par enchantement. Sa raison aussi l'avait désertée, semblait-il, car elle frissonna légèrement au souvenir de leur baiser. Inconsciemment, elle se passa la langue sur la lèvre supérieure, le dernier endroit où leurs bouches avaient été en contact.

Elle remarqua qu'Anderson avait surpris sa mimique et eut soudain le sentiment que si elle ne disait pas quelque chose, n'importe quoi, il viendrait la rejoindre sur le canapé pour l'embrasser à nouveau. Et elle ne l'en empêcherait pas… Surtout après l'ivresse qu'elle avait ressentie entre ses bras puissants !

Elle prit une longue inspiration et murmura, avec un détachement feint :

— Tu n'as pas répondu à ma question.

— Tu veux savoir si j'ai déjà été amoureux ? La réponse est non ou pas vraiment.

— Tu m'étonnes.

— Et toi ?

Elle hésita un instant avant de songer qu'elle n'avait aucune raison de mentir.

— J'ai aimé un homme, oui. Malheureusement, j'ai fini par m'apercevoir que ce n'était pas réciproque.

Anderson se raidit visiblement.

— Tu as envie d'en parler ?

— Je ne sais pas, dit-elle en toute sincérité. Nous avons rompu il y a environ six mois, et je n'en ai encore parlé à personne.

— Pas même à une amie ou à une collègue ?

— Non.

— Pourquoi ?

— Parce que j'avais honte, Anderson. Je suis sortie avec Grant pendant deux ans. Nous avons vécu quelques mois ensemble. Je lui ai fait confiance et je pensais sincèrement que nous avions un avenir commun, mais j'ai découvert que ce fumier avait une liaison et que ce n'était pas la première. Et tu sais ce qu'il m'a répondu, quand je l'ai mis au pied du mur ?

Sur cette dernière question, elle n'avait pu s'empêcher de relever le menton. Un peu comme si elle le mettait au défi de deviner la réponse de Grant.

Il secoua la tête d'un air ombrageux.

— J'imagine qu'il a trouvé une excuse qui, à mon avis, n'était pas valable.

Sa véhémence la laissa momentanément sans voix. Elle ne savait trop comment interpréter la lueur féroce qui brillait dans ses yeux bleu océan. Était-ce simplement son côté chevaleresque qui reprenait le dessus ou réagissait-il ainsi parce qu'il s'agissait d'elle en particulier ?

Dans l'espoir de se calmer, elle prit une nouvelle inspiration, plus profonde que la précédente, et ajouta :

— Bon, en fait, ce n'est pas aussi terrible que ça en a l'air.

Anderson haussa un sourcil et se pencha vers elle.

— Tu vas me dire que tu comprends ton ex ?
— Non. Enfin pas vraiment.
— Tu en es sûre ?
— Certaine.

Il l'étudia attentivement, comme pour s'assurer qu'elle lui disait la vérité.

— D'accord. Alors, que s'est-il trouvé comme excuse ?
— Apparemment, il n'avait pas compris que notre relation était basée sur la fidélité.
— Attends… Tu m'as bien dit que vous viviez ensemble ?
— Oui.
— Alors cet argument ne tient pas debout !
— C'est aussi ce que j'ai pensé, sur le moment. Au point que, pendant quelques jours, j'ai attendu le deuxième round. Parce que, dans mon esprit, il y avait forcément autre chose.

Elle ne se rendit compte qu'elle avait porté la main à sa joue balafrée que lorsque Anderson referma la sienne sur son poignet. Il fit courir ses doigts sur les siens, puis les pressa doucement sur la boursouflure toujours sensible.

Au bout de quelques secondes, il fit retomber leurs mains enlacées sur ses genoux.

— Quelque chose de plus personnel ? demanda-t-il à mi-voix.
— Quelque chose en moi, oui. Un travers qu'il aurait pu me reprocher. Je me répétais que ce n'était pas ma faute s'il me trompait, mais je craignais qu'il finisse par inverser les rôles, par prétendre que j'étais froide, distante,

trop accaparée par mon travail… que sais-je encore ? À ma grande surprise, il n'en a rien fait. Et quand j'ai vraiment réfléchi à la question, je me suis dit qu'il avait raison, à propos de la fidélité.

Elle poussa un petit soupir de soulagement. Formuler cette vérité à voix haute lui avait fait du bien.

Anderson ne semblait pas convaincu.

— Comment ça ?

— On ne s'était jamais rien promis.

— Vous ne vous êtes pas promis fidélité, tu veux dire ? Pour moi, ça tombait sous le sens, à partir du moment où vous viviez sous le même toit.

— Je ne te parle pas de ça mais du reste, le plus important.

Elle dut rougir plus violemment qu'elle ne l'avait pensé car Anderson vola à son secours.

— J'y suis. Vous ne vous êtes jamais fait de grandes déclarations d'amour. C'est ça ?

— Exactement. Et avec le recul, je vois bien que ce n'était pas normal. Se fréquenter, s'installer ensemble sans jamais prononcer les mots « je t'aime », sans nommer notre relation, en somme… Tu vois où je veux en venir ? Je pensais sincèrement aimer Grant. Seulement, après réflexion, je me suis aperçue que je ne le lui avais jamais dit. Ni à la fin d'une conversation téléphonique ni quand il partait travailler, le matin… Jamais, conclut-elle piteusement.

— Comment ça s'est terminé ?

— Quand j'ai appris qu'il me trompait, j'ai plié bagage, j'ai pris une chambre d'hôtel — beaucoup moins luxueuse que celle-ci —, je me suis mise en congé, et j'ai boudé.

— Et lui ? Comment a-t-il réagi ?

— Il n'a rien compris. Il m'a envoyé un message dans lequel il me proposait de convertir notre bureau en une deuxième chambre et de continuer à vivre sous le même toit.

Anderson la dévisagea un instant avant de demander :

— Est-ce que je peux me permettre une remarque ?

— Vas-y. Je me suis déjà couverte de honte, je ne suis plus à ça près.

— Il n'y a aucune honte à avoir, Nadine. Votre relation n'a pas fonctionné, voilà tout.

— Ce qui est gênant, c'est d'avoir à admettre que ma « relation », comme tu l'appelles, n'en a jamais été une.

— Dis-toi que le destin en avait décidé autrement.

— Tu t'attends vraiment à ce que je te suive sur ce terrain ?

— Pourquoi ? Parce que c'est un cliché ?

— C'est le moins qu'on puisse dire, oui.

— Alors c'est que tu ne m'as pas écouté.

— Quand ça ?

— Quand je t'ai raconté l'histoire de mes parents, tout à l'heure.

— Bien sûr que je t'ai écouté, mais…

Elle s'interrompit et Anderson en profita pour enchaîner.

— Mais quoi ? Tu as entendu ce que je te disais et tu viens de te souvenir de la manière dont ça s'est terminé, c'est-à-dire par la mort de mon père ?

Il n'y avait aucune amertume dans sa voix. Il ne faisait qu'énoncer une vérité, ce qui mit Nadine encore plus mal à l'aise.

Se forçant à acquiescer, elle dit solennellement :

— Je suis désolée que tes parents n'aient pas connu la vieillesse heureuse qu'ils méritaient, Anderson.

— Ça n'aurait peut-être pas duré éternellement, mais leurs dernières années ensemble ont été heureuses. Comme je te l'ai expliqué, ils s'étaient connus très jeunes. Et si on excepte la fugue de mon père, ils ont vécu de bons moments pendant près de quinze ans, c'est-à-dire bien plus longtemps que de nombreux couples, de nos jours. Mieux encore, quand mon père a été tué, ma mère a fait tout son possible pour que je ne me souvienne que des jours heureux.

— Elle y a réussi ?

— Oui, dans la mesure où je garde la mémoire d'un homme droit et bon. Ça a aidé ma mère elle aussi parce que, quelques années plus tard, elle a rencontré un autre homme du même acabit, elle s'est remariée et m'a donné deux adorables sœurs.

— Pourtant, tu es toujours ici, à Whispering Woods. Si les choses avaient suivi leur cours normal, tu aurais oublié Garibaldi depuis longtemps. Alors pourquoi un tel acharnement ?

— Je me suis posé la question des milliers de fois. Je sais que c'est une contradiction, car si mon père était toujours en vie, je n'aurais pas de sœurs et je ne connaîtrais pas Walt, mon beau-père, ce qui serait dommage. Cela dit, je ne pourrai jamais voir la mort de mon père comme un événement positif.

Sa voix s'étant faite rauque sur la fin, il dut s'interrompre pour l'éclaircir avant de reprendre :

— Je n'ai pas le choix, Nadine, je dois accepter le passé tout en essayant d'obtenir justice pour mon père. Quand ce sera fait, je pourrai aller de l'avant et me tourner vers un avenir que j'espère radieux.

— Au fond, tu es un grand romantique.

Presque aussitôt, elle regretta son propos, mais il sourit et, cette fois, elle lut dans ses yeux une certaine clémence.

— À t'entendre, on croirait que c'est un défaut.

— Pas du tout, c'est surprenant, rien de plus.

— Qu'est-ce qui est surprenant ? Qu'un homme soit un tant soit peu sentimental et le reconnaisse ?

— Ça et le fait que malgré tout ce que tu as traversé tu continues à vivre dans l'espoir de jours meilleurs.

— C'est toi qui es romantique, là, non ?

Si son intonation était enjouée, le regard d'Anderson, lui, restait à mi-chemin entre le sérieux et autre chose qu'elle n'aurait pu définir, mais qui la mit en émoi.

Il lui prit la main et, du bout des doigts, se mit à tracer de petits cercles entre son pouce et son index. Elle baissa les yeux pour le regarder faire, et les picotements qui lui chatouillaient le ventre l'envahirent tout entière.

Soudain, elle eut envie qu'Anderson vienne la rejoindre sur ce canapé. Pourquoi ne l'avait-il pas encore fait, d'ailleurs ? Il devait percevoir leur attirance l'un pour l'autre lui aussi, non ?

Quand elle releva les yeux, il la considérait attentivement.

Médusée par son désir de sentir ses lèvres sur les siennes, elle retira brusquement sa main, et le charme fut rompu.

Elle exhala longuement, dans l'espoir de s'éclaircir les idées.

— Et ce coup de fil ? Tu comptes le passer quand au juste ?

Anderson sursauta.

— Pardon ?

— Tu devais appeler tes coéquipiers pour leur demander que faire de moi, si ma mémoire est bonne.

— C'est exact.

Il ne fit pas mine de bouger pour autant.

— Alors ? Tu t'y mets ?

Sans la quitter des yeux, il fouilla dans sa poche puis continua à la regarder même en faisant glisser ses doigts sur le clavier à la recherche d'un raccourci.

La chaleur ambiante ne retombait pas, et Nadine eut même l'impression qu'elle augmentait. Et comme le seul sas de sécurité entre elle et Anderson était le téléphone qu'il porta à son oreille, et qu'elle en entendait vaguement les sonneries, elle se mit à compter :

Une.

Elle était presque hors d'haleine tant elle avait hâte que quelqu'un décroche et mette fin à sa tension.

Deux.

Tout en espérant à moitié que personne ne le fasse, cependant.

Trois.

Anderson la dévisageait toujours avec intensité.

Quatre.

On ne répondrait plus maintenant, c'était certain.

Soudain, une voix de stentor se fit entendre.

— Somers ! Ravi que tu sois toujours vivant. Encore que... Tu as une idée de l'heure qu'il est ?

— Tard, j'imagine, répliqua Anderson.

Nadine se remit à respirer normalement et se leva.

— Je te laisse quelques minutes, chuchota-t-elle.

— Un instant, s'il te plaît, dit Anderson à son interlocuteur avant de se tourner vers elle avec inquiétude. Où vas-tu ?

— Me rafraîchir et vérifier que je n'ai pas l'air d'être tombée de mon lit.

— Ce n'est pas le cas.

Un peu rassurée mais les joues en feu, elle traversa le salon à toute vitesse pour qu'Anderson ne s'aperçoive pas de son trouble. Arrivée dans le couloir qui menait à la salle de bains, elle s'arrêta et se retourna.

— Anderson ?

— Une seconde, Harley, dit-il en posant une main sur le bas du téléphone. Oui, Nadine ?

— Tu m'as demandé si tu pouvais te permettre une observation, tout à l'heure. On est passés à autre chose, et tu ne m'as pas dit de quoi il s'agissait.

— Oh ! ce n'est rien ! Disons que j'ai remarqué que quand tu parles de Grant, même quand tu le qualifies de fumier, tu n'as pas l'air particulièrement fâchée que votre histoire soit terminée.

— Ah ? fit-elle, prise de court.

— Non. Pour moi, la manière dont il a agi te contrarie plus que le fait que votre relation ait pris fin.

— Laisse-moi deviner… Tu es en train de penser que le destin en avait vraiment décidé autrement. Je me trompe ?

Anderson l'étudia pendant une seconde avant de lui renvoyer :

— Et pour toi, femme incrédule, qu'est-ce que ça signifie ?

— Que Grant avait raison. Je le sais…

— Nadine…, dit-il d'un ton de reproche.

— Écoute-moi, Anderson.

— Je suis tout ouïe.

— Merci. Alors, tout d'abord, je t'accorde que Grant aurait dû m'être fidèle et qu'il a eu un sacré culot en prétendant ne pas avoir compris que cela faisait partie du jeu.

— Sans blague…

Elle lui fit les gros yeux.

— Excuse-moi, reprit-il avec un sourire contrit. Je n'y peux rien. Que veux-tu ? Je suis farouchement partisan de la monogamie.

— Je vois ça, répliqua-t-elle sèchement. Et je te suis entièrement sur ce terrain. Toutefois, ce n'est pas là que je voulais en venir. Mon propos, c'est que Grant et moi ne nous aimions pas vraiment. Sinon, il n'aurait pas couché avec d'autres que moi, et il aurait réagi différemment quand j'ai découvert le pot aux roses. Alors, tu as raison, je n'ai pas été anéantie quand nous avons rompu. Je me suis apitoyée sur mon sort, c'est différent. Je m'en suis voulu de ne pas avoir vu plus tôt que notre relation n'en était pas une. C'est ça, qui me rend folle.

Elle tourna les talons pour éviter toute objection de la part d'Anderson qui la rappela presque aussitôt.

— Une dernière chose…

— Oui ?

— Si le destin a décidé que Grant et toi n'étiez pas faits l'un pour l'autre, c'est qu'il a autre chose de mieux en réserve pour toi.

Il avait dit cela d'un ton léger, mais avec le plus grand sérieux.

— Harley ? Tu es toujours là ? demanda-t-il, portant son téléphone à son oreille. Oui, oui, excuse-moi. Je sais que c'est moi qui t'ai appelé, désolé. Je... Je sais, et encore une fois, je suis désolé.

La gorge étrangement nouée, Nadine prit appui contre le mur du couloir. Si elle n'avait jamais vraiment cru au destin, elle avait le sentiment quelque peu dérangeant que l'inspecteur Anderson Somers lui avait été envoyé pour une tout autre raison que pour monter la garde au centre de soins devant la porte de sa chambre.

Mû par le besoin de regarder sa « fiancée », Anderson se tourna vers l'endroit où elle se tenait encore une seconde plus tôt. Du coup, ce que Harley Maxwell lui dit, à l'autre bout de la ligne, lui échappa complètement.

Bien entendu, Harley se fit un plaisir d'enfoncer le clou.

— Hé, Somers ! Tu as pris un coup sur la tête, depuis notre dernière conversation, ou quoi ? Je viens de te demander si tu voulais qu'on apprenne à danser le tango, et tu as marmonné quelque chose qui ressemblait à un oui.

— J'avais l'esprit ailleurs, répondit-il en levant les yeux au plafond.

Harley poussa un gémissement sonore.

— C'est pas vrai ! Toi aussi ?

— Moi aussi quoi ?

— Mon frère vient de passer deux jours à m'expliquer qu'il avait « l'esprit ailleurs », comme tu dis, et puis il a pris son camion et a filé au Mexique avec une adorable serveuse.

— Ce n'est pas mon intention, rassure-toi, grogna Anderson, tournant résolument le dos au couloir et à la salle de bains d'où s'échappait un bruit d'eau.

— Seulement parce que tu n'en as pas rencontré, avoue, lui renvoya son ami. À propos de jolies filles, que penses-tu de la blonde revêche ?

— Elle l'est beaucoup moins depuis qu'elle s'est sauvée de l'hôp… du centre de soins.

— D'où ?

— Du centre de soins. C'est un peu différent d'un hôpital.

— Si tu le dis… Comment s'en est-elle échappée ? Attends. Tu es avec elle, là, hein ? Parce que sans quoi…

— Pas de panique, Harley. Elle est là, avec moi, dans ma chambre d'hôtel.

Harley partit d'un rire entendu.

— Ce qui explique que tu aies la tête ailleurs…

— Cesse de dire n'importe quoi ! On a mieux à faire. Il faut que je te raconte ce qui s'est passé une fois qu'elle a été à l'extérieur de l'établissement.

— Vas-y.

— Pour commencer, une berline a tenté de la renverser. J'ai relevé une partie de son numéro d'immatriculation et je voudrais que tu l'envoies au central.

— Je t'écoute.

— Euh… 958 quelque chose.

— C'est tout ? fit Harley, manifestement interloqué.

— On fait ce qu'on peut, vieux. J'étais occupé à me débrouiller pour que notre protégée ne soit pas tuée sur le coup.

— Tu n'as pas une idée de la marque ou du modèle de la voiture ?

— C'était une berline bleu marine. Ça ne te suffit pas comme description ?

— Très drôle.

— Désolé, vieux, c'est tout ce que j'ai.

— Je ne suis pas magicien ! protesta Harley. Bon, je vais voir ce que je peux faire, mais ça risque de prendre un petit bout de temps. À ta place, j'envelopperais notre protégée dans du papier bulle en attendant la suite des événements.

— Très drôle, ça aussi. Ah ! et autre chose, Harley.

— Oui ?

Anderson tourna la tête vers l'entrée du couloir. L'eau avait cessé de couler dans la salle de bains, et il ne voulait pas que Nadine entende ce qu'il s'apprêtait à dire.

— Je croyais qu'on en était venus à la conclusion que Garibaldi n'essaye *pas* de tuer Nadine, en fin de compte, chuchota-t-il.

— Et ? fit Harley, perplexe. Nous nous sommes basés sur le fait que le frère de Nadine a parlé à Brayden d'une histoire de chantage. Si j'ai bien compris, Tyler — c'est le nom du frère — a affirmé que sa sœur ne risquait rien tant qu'ils parvenaient à garder la mystérieuse preuve qu'ils détenaient contre Garibaldi.

— Dans ce cas, pourquoi Garibaldi essaierait-il de faire éliminer Nadine par un de ses sbires ?

— Je n'en sais rien, moi. Parce qu'il s'impatiente ?

— Garibaldi n'est pas du genre à s'impatienter. Ce type est doté d'un sang-froid à toute épreuve.

— Et tu es sûr qu'il s'agissait d'une tentative de meurtre ?

— J'ai vu la scène de mes propres yeux, Harley. Le chauffeur a d'abord pris son temps, et puis il a foncé délibérément sur elle. Et comme par hasard, quelques minutes plus tard, il a fallu évacuer le centre de soins parce que l'un des patients avait vu un homme masqué rôder dans les couloirs de son étage.

— Tout de suite après son escapade ? Dis donc, elle a une veine incroyable, cette fille !

— Tout à fait d'accord avec toi. Heureusement que ça s'est passé dans cet ordre-là, parce que je suis en train de penser que le chauffeur de la voiture qui a tenté de la renverser était peut-être ce mystérieux visiteur masqué.

— Qui aurait paniqué en la voyant à l'extérieur ?

— Sacré moment de panique, alors, commenta Anderson. Cela dit, s'il avait tué une femme que Garibaldi veut vivante, il n'aurait jamais atteint l'âge de la retraite. De plus, l'individu qui rôdait dans les couloirs du centre de soins était masqué, je te rappelle. Alors je ne pense pas qu'il soit venu pour une visite de courtoisie.

— Dis-moi, Nadine a retrouvé la mémoire sur ce qui s'est passé pendant son adolescence ?

Anderson baissa encore plus la voix.

— Sur la bombe artisanale et l'incendie qui s'est ensuivi ? À ma connaissance, non. D'après son médecin, il lui manquera toujours des bribes de ce jour-là, ainsi que des minutes qui ont précédé l'explosion.

— Il t'a parlé de son état ? demanda Harley. Et le secret médical, dans tout ça ?

— J'ai dû lui donner à penser que notre relation était un peu plus intime qu'il y paraissait. Sans le vouloir, bien sûr !

— Ben voyons…, commenta Harley dans un soupir. Bref. Tu ne t'es pas demandé si nos ennemis n'en savaient pas plus que nous ?

— C'est l'évidence même, répondit sèchement Anderson. Garibaldi sait ce qui le motive, pour commencer. C'est lui qui mène la danse, si je peux m'exprimer ainsi.

— À propos de Nadine Stuart, j'entends. Et de ce qui est emprisonné dans son esprit quant à ce fameux chantage. Garibaldi doit avoir une petite idée de la nature de cette preuve, et il sait sûrement qu'elle l'incriminerait.

Anderson commençait à voir où son ami voulait en venir.

— Tu penses qu'il ne considère plus le chantage éventuel de Nadine comme une menace, c'est ça ?

— Il a très bien pu éliminer un premier obstacle — l'emprise qu'on avait sur lui — ou estimer que tant que Nadine ne se souviendrait pas de l'essentiel elle ne parlerait pas. Maintenant que son frère est mort, elle constitue la seule menace pour lui.

— Du coup, il doit éliminer la menace, conclut-il d'une voix sombre, et la gorge serrée.

— Désolé, vieux, ça ne te simplifie pas la tâche.

— Ça ne m'empêchera pas de faire tout ce qui est en mon pouvoir pour protéger Nadine Stuart du danger.

— Je le sais, Anderson.

— Ce qu'il me faut, c'est un plan.

— Faites profil bas, l'un comme l'autre. Débrouille-toi pour que personne ne la voie. Ah, et demandez à ce qu'on vous monte vos repas. Bon, à présent, je vais voir ce que je peux faire avec ce fragment de numéro d'immatriculation.

— Tu as beau jeu, dans l'histoire, s'insurgea Anderson. Ce n'est pas entre tes pattes à toi qu'elle a filé de cette chambre d'hôpital.

Harley se mit à rire.

— Je te l'accorde, et j'imagine qu'elle ne va pas vouloir rester simple spectatrice. Pourquoi n'essayerais-tu pas de l'interroger un peu sur cette histoire de chantage ? C'est ce qu'on avait décidé, de toute façon. On s'était bien dit qu'une fois qu'elle irait mieux, on creuserait dans ce sens-là, non ? Alors commence à poser des questions, vieux. Si cette fille est capable de se faire la belle d'un centre de soins, c'est qu'elle a du cran. Elle n'aura pas peur de parler.

Anderson prit le temps de réfléchir à cette suggestion. L'idée d'entraîner une civile dans l'enquête lui répugnait, même si la civile en question était une ancienne victime devenue cible. D'un autre côté, sonder Nadine restait dans la limite du raisonnable, car elle était leur unique piste. Bien que sa priorité immédiate d'Anderson soit la sécurité de sa protégée, l'enquête en cours n'avait rien perdu de son importance. Il était venu à Whispering Woods dans le but de faire tomber Garibaldi. Seule la présence ici du malfrat justifiait son intérêt et celui de ses coéquipiers pour la petite ville.

Aussi, tout en restant attentif aux besoins de Nadine, allait-il tenter d'obtenir d'elle quelques précieuses informations.

— Anderson ? Tu es toujours là ? lui demanda Harley.

— Oui, dit-il en soupirant. Je réfléchissais, et tu as raison. Il faut que j'aborde le sujet avec notre protégée afin de voir si elle a une idée de ce dont parlait son frère. Au pire, elle nous fournira un point de départ, un endroit où chercher... Mais ça ne signifie pas pour autant que je...

Il s'interrompit en voyant Nadine entrer dans le salon.

Il n'avait pas l'intention de lui cacher ce qu'il s'apprêtait à dire, mais il se trouva soudain incapable de prononcer un mot. Elle était enveloppée dans un peignoir ; ses cheveux blonds étaient encore humides. Quelque chose dans son apparence l'atteignit en pleine poitrine, et il comprit sa réticence à faire d'elle son témoin principal. Il ne la connaissait que depuis quelques jours, ne la côtoyait que depuis quelques heures, et n'avait échangé avec elle qu'un baiser destiné à calmer une réceptionniste à l'imagination trop fertile. Pourtant, il commençait à éprouver pour elle un attachement peu professionnel.

Et, en cet instant, il sentait que cet attachement n'allait faire que croître.

Nadine passait nerveusement d'un pied sur l'autre en ressassant sa question sur ce qu'Anderson avait voulu dire par « obstacle » et « emprise ». Sans le vouloir, elle était revenue vers le salon au moment précis où il prononçait les mots qui avaient retenu son attention.

À présent, quelque chose dans son expression l'empêchait de parler. Il y avait, dans la manière dont il l'étudiait, une certaine chaleur, alliée à une admiration sans mélange. C'était… confondant.

Il s'éclaircit la voix, puis reprit son téléphone et lança :

— Bon, Harley. Il faut que je te quitte. Appelle-moi dès que tu auras du nouveau. De mon côté, je te tiendrai au courant.

Nadine réessaya de prendre la parole, en vain. Tout ce qu'elle parvint à émettre fut un son discordant qui se rapprochait du toussotement.

Anderson lui décocha un sourire narquois.

— Tu… tu n'as rien oublié ?

— Moi ? Non. Pourquoi ?

— Tes vêtements, peut-être ?

— Ils sont en train de sécher. Je les ai mouillés par accident. D'ailleurs, je me demande si je ne vais pas m'en commander à la boutique de l'hôtel. Qu'en penses-tu ?

— À la boutique de l'hôtel ? Je te dirai ce que j'en pense quand j'aurai vu ce qu'ils ont à proposer. Sûrement pas grand-chose…

— Des T-shirts, des leggings et des sweat-shirts à l'enseigne de l'établissement. Alors à moins que tu préfères que je reste en peignoir…

— Excellente idée, lui répondit-il distraitement. Ah, autre chose : Harley vient de me rappeler qu'il nous faudra bien nous sustenter tôt ou tard. Alors plutôt maintenant que dans une heure, si tu n'y vois pas d'inconvénient. Ça creuse, les émotions, tu ne trouves pas ?

— Tout à fait d'accord. J'avoue que je grignoterais bien quelque chose, moi aussi.

— Je plaisantais à propos de ta tenue, Nadine, ajouta-t-il, reprenant son sérieux. Je suis un peu perturbé, aujourd'hui. À ma décharge, il est rare que je sois obligé de me réfugier dans une suite de luxe pour échapper à des malfrats.

— En somme, je chamboule tes méthodes habituelles, lui fit-elle remarquer.

Les yeux bleus du policier pétillèrent de malice.

— Un peu, oui, ce qui n'est pas bien grave. Un bon repas et on n'y pensera plus. Tu as des préférences ? Des aversions ?

— Rien de tout cela. Je suis étonnamment simple.

— Tu trouves ? fit-il d'un ton taquin.

Elle leva les yeux au plafond.

— En matière de goûts alimentaires, j'entends.

— Des hamburgers, ça te va ?

— Parfait.

Elle se laissa tomber dans le fauteuil. De là, assise en tailleur, elle écouta d'une oreille distraite Anderson passer leur commande. Elle ne tarda pas à s'agiter cependant : elle attendait toujours qu'il s'explique sur ce fameux obstacle et son emprise sur Garibaldi.

À condition qu'il accepte de s'expliquer, bien sûr.

Bien qu'elle n'ait de la police qu'une expérience limitée, elle supposait que les officiers étaient discrets, pour ne pas dire muets, quant au déroulement de leurs enquêtes. À juste titre, d'ailleurs, la plupart du temps. D'un autre côté, elle se rendait bien compte que son cas sortait de l'ordinaire. Peu de ses semblables étaient protégés vingt-quatre heures sur vingt-quatre suite à un accident de voiture.

Il faut dire que peu de tes semblables ont délibérément renversé un représentant de la loi, le tuant sur le coup, et que peu d'entre eux se sont retrouvés mêlés à une enquête vieille de quinze ans, en relation avec l'histoire agitée de leur propre famille...

Elle tira machinalement sur un fil qui dépassait de son peignoir et essaya, sans succès, de repousser ces pensées dérangeantes.

Les choses s'étaient mal terminées pour l'officier Chuck Delta qui avait abattu son demi-frère, maquillé la scène de crime et s'était servi de sa fonction pour commettre Dieu seul savait combien d'autres méfaits, pour le compte de Garibaldi. Elle ne se sentait pas responsable de la mort de Delta : à ses yeux, le policier ripou avait creusé sa propre tombe. Quant à Garibaldi, derrière sa façade d'entrepreneur respectable, il n'était qu'un assassin qui avait tué son père et s'en prenait maintenant à elle. Et comme elle ne savait toujours pas pourquoi, il était hors de question qu'elle se terre en attendant sagement l'épilogue. Tant pis si cela contrarierait Anderson ou ses « frères d'armes ».

Comme s'il avait lu dans ses pensées, Anderson lui fit soudain une remarque qui la conforta dans son appréciation de la situation.

— Je parie que tu es en train de chercher un moyen de me faire dire ce que je sais sur Garibaldi. Autant te prévenir tout de suite : je résiste très bien à la torture.

— Je refuse d'être tenue à l'écart d'une enquête concernant la mort des miens, répliqua-t-elle. Je veux savoir pourquoi ils ont été éliminés.

Il se laissa aller contre le dossier du canapé et la dévisagea longuement. Un peu déconcertée d'être ainsi jaugée en silence, elle songea soudain que, dans l'exercice de ses fonctions, il devait être redoutable. Son regard implacable lui faisait perdre son calme et lui donnait envie de tout avouer.

Agacée, elle se redressa et, d'un ton buté, demanda :

— Pourquoi me regardes-tu comme ça ? Tu essaies de m'impressionner ?

— Ça fonctionne avec les pires criminels, répondit-il sans la quitter des yeux.

— Je ne suis pas une criminelle.

— Tu as tout de même kidnappé la fiancée d'un de mes meilleurs amis.

— Sur un malentendu seulement ! Reggie a assisté au meurtre de mon frère. Et puis, je n'ai aucune envie de reparler de ce fâcheux incident ! ajouta-t-elle d'un ton sec.

— Pardon.

Anderson se passa la main dans les cheveux et laissa échapper un soupir de lassitude.

— Si l'un de nous deux sait ce que ça représente, de pourchasser un malfaiteur pour des raisons personnelles, c'est bien moi.

— Je sais. Pardonne-moi, murmura-t-elle, le cœur serré.

Il l'interrompit d'un mouvement de la main.

— Je ne voulais pas te faire culpabiliser. Je te disais simplement que je sais ce que l'on ressent dans ces moments-là. Je connais, pour les avoir vécus, ce sentiment d'impuissance et cette soif de justice. J'essaie d'y remédier depuis quinze ans. Quinze années à pourchasser Garibaldi, tu te rends compte ? C'est la moitié de ma vie ! Je ne compte plus le nombre d'heures que j'ai passées à essayer de comprendre le pourquoi et le comment des événements. Pourtant, je n'ai jamais pu renoncer. Même s'il m'en prenait l'envie, je ne suis pas sûr que j'y parviendrais. Alors je te comprends. Voilà… c'est tout.

La voix d'Anderson s'était brisée sur la fin. Sans réfléchir, elle se leva, alla s'asseoir à côté de lui et posa une main sur la sienne. Quelques secondes s'écoulèrent sans qu'il réagisse, puis il emprisonna ses doigts entre les siens et, à son tour, elle s'enferma dans ses pensées. Du moins en apparence car, au fond d'elle, c'était le tumulte.

Ils se comportaient… comme deux amants.

Non. Elle se faisait plutôt l'effet de l'amie offrant au policier le réconfort dont il avait besoin en cet instant. Et s'il lui paraissait bizarre de se sentir si proche d'un homme qu'elle connaissait à peine, elle n'éprouvait aucun besoin de se dégager.

Finalement, il se redressa et haussa les épaules, l'air vaguement désorienté.

— Il fallait que ça sorte, avoua-t-il.

Elle lui pressa doucement la main.

— Je comprends.

— Je n'ai aucun intérêt à exiger de toi ce dont je serais incapable moi-même, Nadine. Je ne te demande pas d'oublier ou de renoncer à découvrir ce qui s'est passé.

— En même temps, tu préférerais que j'abandonne la partie pendant quelque temps, pour que tu puisses faire ton travail tranquillement, non ?

— C'est un peu plus compliqué que ça.

Il porta leurs mains enlacées à ses lèvres et déposa un baiser sur celle de Nadine, comme si c'était la chose la plus naturelle au monde.

— Je t'écoute.

— Ce que je veux avant tout, c'est que tu me fasses confiance.

Prise de court, elle répondit franchement :

— La confiance n'est pas mon fort, Anderson. Mon père a mené une double vie pendant des années, et mon petit ami espérait faire de moi sa colocataire après notre rupture. Alors tu comprendras facilement que je me montre méfiante.

— Je ne te demande pas de me suivre aveuglément

dans tout ce que je te dis, dans l'immédiat. Je voudrais seulement qu'on fasse un marché, pour commencer.

— Un marché ?

—. Tu as entendu la fin de ma conversation avec Harley, si je ne m'abuse ?

— Oui, admit-elle. Tu as parlé d'obstacle, d'emprise et de mon frère.

— Et tu aimerais bien savoir ce que ça signifie.

— Oui.

— Avant tout, je ne veux pas qu'il y ait de secrets entre nous. Toujours pour une question de confiance, tu comprends ?

— Oui.

Elle était sur ses gardes à présent, et si son cœur battait toujours la chamade, ce n'était plus du tout pour la même raison.

— Nous sommes d'accord sur le fait que j'ai été envoyé à Whispering Woods pour te servir de garde du corps. Par ailleurs, tu sais que notre but, à mes frères d'armes et moi-même, est de faire emprisonner Garibaldi. Brayden t'a expliqué tout ça avant de partir au soleil avec Reggie.

Il lui lâcha la main et se gratta nerveusement le menton.

— Seulement il a omis certains détails. Ou plutôt *un* détail, d'importance.

— Viens-en au fait, Anderson. Je ne sais pas ce que tu vas m'annoncer, mais ça ne peut pas être pire pour moi que t'écouter tourner autour du pot comme ça.

— Bien. Une des dernières choses que Tyler a confiées à Brayden avant de mourir est la raison pour laquelle Garibaldi t'a laissé la vie sauve jusqu'à présent. D'après ton frère, votre père vous aurait transmis un objet précieux, de nature à faire chanter Garibaldi.

Elle se rembrunit.

— Enfin, Anderson, je ne sais absolument rien de cette histoire !

— À ta connaissance.

— À ma… Oh ! je vois ! Tu penses que c'est enfoui dans ma mémoire avec le souvenir du jour de la mort de mon père…

— Disons que c'est une éventualité à ne pas négliger.

— Et tu crois que tu peux m'aider à me souvenir, de manière à avoir toi aussi une emprise sur Garibaldi. Du coup, tu culpabilises.

— Je n'ai jamais aimé me servir des gens, Nadine. Je rechigne même à utiliser les tuyaux de nos informateurs, c'est te dire ! Alors oui, je culpabilise. J'en suis encore à vouloir le bien de tous. Mes coéquipiers le savent : ils me surnomment « le nounours ».

— Ce qui explique qu'ils t'aient envoyé me servir de baby-sitter, commenta-t-elle amèrement.

— Voyons, Nadine…, fit-il d'un ton de reproche.

— Je sais, je sais, ce n'est pas ce que tu as dit. Mais ça revient au même, non ? Tes potes ont envoyé « le nounours » s'occuper de « l'indomptable » Nadine Stuart.

— Non. L'« indomptable », c'est Rush.

Il eut un petit sourire et ajouta :

— En outre, tu n'as rien d'indomptable.

— Je croyais qu'on était francs l'un avec l'autre…

— Nadine, je…

— Comme tu me l'as si gentiment rappelé, j'ai kidnappé une femme dans le but de m'assurer qu'elle n'était pas à la solde de l'assassin de mon père. Je me suis ensuite échappée du centre de soins où tu m'obligeais à rester pour mon propre bien. Alors, il paraît évident que j'ai besoin d'une baby-sitter, pas vrai ?

Anderson soupira bruyamment, lui posa les mains sur les épaules et la fit pivoter vers lui.

— La vie ne t'a pas ménagée, ma belle. Et ça continue. Tu traverses épreuve après épreuve depuis trop longtemps.

Tout ce que je veux, c'est t'aider à mettre fin à ce cycle infernal. Tu n'as pas envie que ça s'arrête, toi aussi ?

— Si, bien sûr, mais je ne veux pas être une gêne pour mon entourage.

— Il y a une différence entre être une gêne et avoir besoin de l'aide de professionnels, lui fit-il remarquer.

Elle aurait voulu s'insurger, insister pour conserver son indépendance, mais s'en abstint car elle comprit soudain les raisons de son courroux. C'était simple : l'idée d'être un fardeau lui faisait horreur.

Surtout parce qu'il s'agit d'Anderson ?

Repoussant cette question inopportune, elle changea de sujet.

— Tu ne m'as toujours pas dit en quoi consistait au juste ton marché.

— J'y viens. Voilà : je veux que tu me rapportes tout ce dont tu te souviens du jour de la mort de ton père. Et je veux savoir ce que t'a dit ton frère lors de vos derniers instants ensemble. Parce qu'elle est *là*, la clé, enfermée quelque part dans ton cerveau, Nadine. Toi seule sais ce que recherche Garibaldi.

Il poursuivit ainsi pendant quelques minutes, lui assurant qu'en échange des informations qu'elle lui fournirait, qu'elles soient exploitables ou non, il la tiendrait au courant des progrès de l'enquête.

Elle ne l'écoutait plus qu'à moitié. Le mot « clé » avait résonné bizarrement à ses oreilles. Elle n'aurait su définir pourquoi, pas plus qu'elle n'aurait pu nommer ce sentiment étrange, mais elle sentait que la réponse était là, hors de portée, malheureusement.

Anderson s'interrompit. Nadine avait changé d'expression, et il connaissait celle-ci pour l'avoir vue à de nombreuses reprises, que ce soit sur le visage d'un suspect ou sur celui d'un témoin, au cours d'interrogatoires. De toute évidence, elle venait de comprendre un fait essentiel.

S'efforçant de ne pas se faire trop d'illusions quant au lien de cette révélation avec l'enquête en cours, il se pencha vers elle pour lui poser la question.

Avant qu'il puisse le faire, un coup discret fut frappé à la porte de la suite. Jurant entre ses dents, il alla vérifier par le judas qu'il s'agissait bien d'un membre du personnel.

L'employée qui, fort heureusement, n'était pas l'exubérante réceptionniste, déposa son plateau avec une efficacité toute professionnelle, tendit à Nadine un sac rempli de vêtements, prit son pourboire en remerciant et ressortit aussi discrètement qu'elle était entrée.

Bien que le tout n'ait pas pris plus de deux minutes, et malgré son désir de poursuivre son entretien avec Nadine, Anderson sentit qu'il était temps de passer à des sujets plus légers.

— Je suggère que tu t'habilles, dit-il. Pendant ce temps-là, je vais voir si la télé de la suite Lune de Miel propose des comédies romantiques. On pourrait en regarder une en mangeant. Qu'en penses-tu ?

— Que le fait qu'on t'a attribué la suite Lune de Miel ne nous oblige pas à regarder une comédie romantique.

— Je sais, seulement j'en ai envie.

— Tu en as envie ? répéta Nadine en haussant un sourcil dubitatif.

— Je suis un grand sentimental dans l'âme, que veux-tu ?

— C'est possible, mais… une histoire d'amour ?

— Laisse-moi deviner, Nadine. Pour toi, je suis plutôt du style à choisir un film d'action où on voit des types sauter d'hélicoptères en vol et détruire des robots.

— Maintenant que tu le dis…, convint-elle timidement.

Il poussa un soupir d'agacement.

— Toujours les mêmes stéréotypes. Ça devient vexant, à la fin !
— Tu n'aimes pas les courses-poursuites non plus ?
— Non.
— Les films d'horreur ?
— Encore moins. Crois-moi, j'ai ma dose d'adrénaline, dans mon travail, alors je regarde des petits films légers pour m'échapper de la réalité.

Il saisit la télécommande et s'installa confortablement sur le canapé.

— Dépêche-toi, si tu veux choisir avec moi
— Mais… c'est que tu es sérieux, on dirait !
— Tout ce qu'il y a de plus sérieux.

Elle lui jeta un regard à mi-chemin entre l'amusement et l'incrédulité la plus totale, puis prit le sac contenant ses vêtements et alla vers la salle de bains.

Une fois la porte refermée, Anderson se mit à zapper sur les chaînes payantes à la recherche du film idéal. Il ne lui fallut que quelques secondes pour trouver quelque chose de léger promettant aux spectateurs à la fois du rire et de l'émotion. Il n'avait pas menti en avouant son goût pour le cinéma purement divertissant. Il n'aimait ni la violence ni le sang, et si cela faisait de lui un faible, eh bien tant pis !

Il laissa échapper un soupir. Il y avait bien longtemps qu'il n'avait pas été fasciné par une femme comme il l'était par Nadine Stuart. Aussi, la perspective de s'installer devant la télévision avec elle pour regarder un film — n'importe lequel — était-elle potentiellement porteuse de quelque chose de plus essentiel qu'un simple moyen d'échapper à la grisaille quotidienne.

Cette certitude fut confortée lorsqu'elle revint dans la pièce, tournoya sur elle-même et termina par une petite révérence totalement inattendue.

— Ils m'ont fait monter un autre pyjama. Qu'en penses-tu ?

— Ils ont dû penser que tu voudrais te changer pour la nuit, dit-il avec flegme. En tout cas, il suffit de te regarder pour comprendre qu'il te plaît, ce pyjama. Allez, viens manger.

Elle ramena ses cheveux en arrière et s'assit près de lui.

— Tu as trouvé ? De quoi ça parle ? demanda-t-elle, l'air faussement résigné.

— Alors… c'est l'histoire d'une starlette d'une vingtaine d'années, au décolleté profond, avec des dents parfaites et le sens de la repartie qui va avec. Ah ! il y a aussi un chien ! Et une histoire d'ascenseur.

— Hmm, ça promet, dit-elle, facétieuse. Et le personnage masculin, dans tout ça ?

— Beaucoup trop beau pour être crédible. Donc, aucune importance.

— Tu es jaloux ?

— D'un bellâtre en costume sur mesure ? Tu plaisantes !

Nadine trempa une frite dans un des ramequins de sauce, la porta à sa bouche, puis en prit une autre.

— C'est ton truc, les bellâtres en costume hors de prix ? demanda-t-il en se penchant pour lui voler une frite.

— Comme tout le monde, non ?

— Pas comme moi, en tout cas !

Elle éclata de rire et, sur une impulsion, il lui prit la main.

— C'est bien raisonnable, tu crois ? murmura-t-elle ne regardant leurs doigts entrelacés.

— À force de passer son temps à ruminer ou à se demander ce qui est raisonnable et ce qui ne l'est pas, on finit par oublier les bons aspects de sa vie.

— Je sais, marmonna-t-elle.

Il lui glissa un doigt sous le menton pour l'obliger à relever la tête.

— Tu n'as pas l'air convaincue.

— Je le suis ! répondit-elle d'une voix ferme. Je sais que je ne suis pas à plaindre. Je réussis même à vivre décemment malgré tous mes soucis. Dix ans de poisse, c'est pourtant long !

— Alors qu'est-ce qui t'empêche de les oublier, ces années, ne serait-ce que pendant une heure ou deux ?

— Mis à part la peur d'être tuée à mon tour ? demanda-t-elle d'un ton sec.

— Cela mis à part, oui.

— Nous ne sommes pas en week-end, Anderson. Et cette inaction me mine.

— Il faut te faire une raison. Nous n'avons rien de particulier à faire ailleurs, et à moins que quelqu'un soit au courant de notre présence dans cet hôtel, nous y sommes bien cachés. J'ajoute qu'il est 4 heures du matin, c'est-à-dire un peu tard pour enquêter sans risques de nous faire repérer. Alors, pour moi, nous sommes en week-end. Du moins jusqu'à extinction des feux.

Il lui relâcha le menton et lui décocha un clin d'œil complice.

— Cela dit, si nous voulons faire de ce qui reste de la nuit notre premier vrai rendez-vous galant, je suis partant. Nous avons tout un arrière-plan à inventer.

— Comment ça ?

— Nous sommes fiancés, je te rappelle. Alors on peut supposer que nous nous fréquentons depuis au moins un an, non ? Ça en fait, des souvenirs à fabriquer !

— C'est pour nous inspirer que tu tiens à regarder un navet ?

— Un navet romantique, précisa-t-il.

Elle le regarda droit dans les yeux.

— Et si j'ai envie de placer la barre plus haut ?

— Dans ce cas, je te suggère de te rapprocher de moi pour que je te fasse un gros câlin.

Il la vit esquisser cette mimique — celle qui, chez elle, précédait généralement une remarque acerbe ou un refus catégorique. Elle dut cependant manquer d'inspiration, car elle se glissa à côté de lui en soupirant.

— Voilà. Tu es content ? grommela-t-elle avec une mauvaise humeur feinte.

— Presque. Il ne me manque plus qu'une chose.
— Laquelle ?
— La télécommande.

Il se mit à l'aise avant d'attirer Nadine à lui. Quand elle eut niché la tête au creux de son épaule, il baissa un peu la main pour lui caresser la joue.

— On ne peut vraiment pas appeler ça une perte de temps, si ? demanda-t-il au bout de quelques minutes.

Comme elle ne répondait pas, il lui jeta un coup d'œil.

Paupières closes, lèvres entrouvertes, elle dormait à poings fermés.

Il sourit. C'était bon, de la sentir ainsi lovée contre lui.

Bon et tout naturel.

À croire que sa place était là.

4

Anderson fut réveillé en sursaut par un bruit aussi indéfinissable que malvenu.

Une fraction de seconde plus tard, tout son corps était en alerte. Il tendit l'oreille pour essayer de comprendre ce qui l'avait réveillé, sans succès.

Il s'était endormi sur le canapé et, à en juger par la lumière qui filtrait à travers les rideaux, le soleil était levé. Tout paraissant calme, il entreprit de se lever mais se figea en entendant le cliquetis caractéristique d'une clé tournant dans la serrure de l'antichambre.

Son premier réflexe fut de porter la main droite à sa taille où était normalement attaché son holster. Normalement... mais pas ce matin-là. Dans sa panique, il mit quelques précieuses secondes à se souvenir qu'il l'avait laissé dans la boîte à gants de son pick-up avant son arrivée furtive avec Nadine.

Nadine...

Nouvel accès de panique, plus aigu que le précédent. Où était-elle passée ? Il parcourut le salon du regard, se leva et prit une profonde inspiration. Si sa douce fragrance était là, diffuse, Nadine semblait s'être volatilisée.

La porte du vestibule s'entrouvrit.

— Nadine ? appela-t-il d'une voix si basse qu'il l'entendit à peine lui-même.

Où est-elle, bon sang ?

Il traversa le salon au pas de course. La salle de bains était grande ouverte, lumières éteintes. Faisant demi-tour, il poussa les portes de la luxueuse chambre. Le lit n'était pas défait et la pièce était plongée dans l'obscurité.

Il s'immobilisa et tendit l'oreille. La personne qui était entrée se déplaçait maintenant dans le salon d'un pas pesant.

Réprimant un grondement, il se glissa dans le dressing. C'était vraiment une solution de fortune — le premier endroit où chercherait l'intrus après avoir jeté un coup d'œil sous le lit —, mais aussi le seul moyen pour lui d'apercevoir leur visiteur et d'évaluer ses chances de sortir indemne d'un éventuel corps à corps.

Leur visiteur prenant tout son temps, il profita de ces précieux instants de répit pour tenter de réfléchir un peu plus rationnellement.

Si on avait enlevé Nadine, il aurait entendu quelque chose. En toute logique, elle était donc partie de son plein gré. Peut-être était-elle tout simplement descendue chercher le petit-déjeuner. Ou alors, décidant que ses nouveaux vêtements ne lui convenaient pas, elle s'était rendue à la boutique de l'hôtel pour en acheter d'autres.

Elle aurait pu être interceptée entre ici et sa destination finale. Auquel cas...

Il secoua la tête ; il verrait ça plus tard. S'il ne se préoccupait pas d'abord de sa propre sauvegarde, il n'aurait peut-être plus l'occasion de s'inquiéter de celle de Nadine.

De plus, à en juger par les sons qui lui parvenaient à présent, l'intrus venait d'entrer dans la chambre.

Les muscles bandés et sur la défensive, il jeta un œil entre les lattes de la porte du dressing. D'abord, il vit un vêtement gris, puis une silhouette courtaude.

Il continua à observer la forme grise qui se déplaçait méthodiquement dans la chambre, et fronça les sourcils.

L'intrus ne donnait pas l'impression de les chercher, ni lui ni Nadine. Perplexe, il se gratta le menton.

Voyons… Qu'est-ce qu'un inconnu viendrait faire ici en pleine matinée ? Je ne vois…

Il réprima un grognement. L'intrus, ou plutôt l'intruse, venait de se redresser, lui apportant la réponse. La forme trapue était celle d'une femme d'âge moyen qui maniait un balai avec efficacité. La femme de chambre.

Anderson se maudit de ne pas avoir envisagé tout de suite cette éventualité même si, le jour où il s'était enregistré à l'hôtel, une semaine plus tôt, il avait demandé qu'on ne fasse pas le ménage dans la suite,

Les bras croisés, il attendit en s'efforçant de ne pas perdre patience. L'exercice fut difficile : s'il n'avait craint de mettre le feu aux poudres, il serait sorti du dressing comme un diable de sa boîte pour aller fouiller tout l'hôtel.

Fort heureusement, la chambre n'ayant pas été utilisée, l'employée ne s'y attarda pas et, peu après, il entendit la porte se refermer avec un clic sonore. Il attendit quelques secondes avant de regagner le salon à la recherche d'un indice susceptible de lui indiquer où était partie Nadine.

Il le trouva presque tout de suite, sous la forme d'un mot posé sur la table basse. En d'autres circonstances, l'écriture appliquée de l'institutrice l'aurait sans doute fait sourire. Ce matin-là, non. D'autant que le contenu du billet n'avait rien de rassurant.

Je vais chercher quelque chose dans la maison de ma mère. Je reviens tout de suite. N.

Il grimaça. Si ce mot le renseignait quant à l'endroit où elle était allée, il ne lui donnait aucune indication sur la raison qui l'avait poussée à partir aussi précipitamment.

Un frisson d'angoisse le parcourut, suivi d'un sombre pressentiment. Sans prendre le temps de s'interroger plus avant sur ce que son instinct lui soufflait, il attrapa les clés de son pick-up et sortit.

Nadine leva une énième fois les yeux vers la maison où elle avait vécu avec sa mère. Elle était arrivée en taxi une bonne demi-heure plus tôt et n'avait encore pu se résoudre à s'en approcher vraiment. En attendant, et par mesure de prudence, elle s'était installée sur un banc au bout de la rue. Il était tout à fait possible que Garibaldi fasse surveiller les lieux qu'il connaissait parfaitement, si on en jugeait d'après la rapidité avec laquelle ses hommes étaient venus y récupérer le corps de Tyler.

Repoussant ces sombres pensées, elle se concentra sur la maison en tant que telle. Jusqu'à présent, elle n'avait rien remarqué de suspect. Pourtant, elle restait figée là, sans savoir si c'était dû à sa peur de se faire surprendre ou à l'excitation causée par sa certitude d'avoir raison.

Un rêve l'avait réveillée à l'aube. Lié à un souvenir d'enfance, il expliquait le déclic qu'elle avait eu en entendant Anderson prononcer le mot « clé ».

Elle ferma les yeux pour revoir les images floues qui l'avaient visitée pendant son sommeil. Dans son rêve, c'était son dixième anniversaire, et son père lui offrait une magnifique boîte à bijoux en bois, ciselée et laquée — pas vraiment le genre d'objet destiné à contenir les bracelets en plastique ou les colliers au fermoir cassé d'une fillette. Plus important encore, la boîte s'ouvrait grâce à une clé. Quand son père la lui avait tendue, à la fois dans son rêve et dans la réalité, il lui avait expliqué avec le plus grand sérieux que cela lui permettrait de garder tous leurs secrets. Pas seulement les siens, *ceux de leur famille*.

La nuance, qui ne l'avait encore jamais frappée, lui paraissait à présent essentielle.

Son regard s'arrêta sur la fenêtre de son ancienne chambre. Après son retour à Freemont, elle n'était entrée dans l'appartement maternel que le temps d'y déposer quelques affaires. La poussière mise à part, elle avait tout trouvé exactement comme le jour où sa mère et elle avaient quitté les lieux. À croire que le temps était resté en suspens.

Elle se demanda soudain si sa mère n'avait pas délibérément laissé les choses en l'état, dans l'espoir de revenir, puis se dit que ce semi-abandon expliquait peut-être les dix années que son héritage avait mises à lui parvenir. La gorge nouée par l'émotion, elle jeta un nouveau coup d'œil aux alentours.

Elle avait eu l'intention d'entreprendre un nettoyage complet de l'appartement mais, sous la pression incessante de Garibaldi, elle avait constamment remis à plus tard.

Et maintenant, qu'est-ce que tu as comme excuse ?

Aucune. C'était un blocage qui l'empêchait d'agir, à présent. Elle devait s'en débarrasser pour aller de l'avant et, éventuellement, faire progresser l'enquête.

Aussi, prenant son courage à deux mains, elle jeta un dernier coup d'œil en haut et en bas de la rue avant de se mettre en marche, épaules rentrées et tête basse. Arrivée devant la maison convertie en appartements, elle monta l'escalier menant au deuxième étage comme elle l'avait si souvent fait étant plus jeune. La porte n'était pas verrouillée et, dès qu'elle l'eut franchie, elle se figea.

La poussière avait disparu, le désordre était remplacé par des piles éparpillées çà et là. Ce changement lui fit un drôle d'effet. On aurait dit que quelqu'un était venu fouiller les lieux avant de tout remettre en place. En frissonnant, elle résolut de ne pas perdre de temps à essayer de comprendre.

— Tu vas chercher la boîte à bijoux et tu sors d'ici.

Le simple fait d'entendre sa propre voix l'aiguillonna.

Tous les sens en éveil et non sans appréhension, elle traversa la cuisine puis le living adjacent, et parvint dans le couloir sur lequel s'ouvraient trois portes. La première était celle de la chambre de sa mère, la deuxième celle de la salle de bains, la dernière donnait sur l'escalier menant à sa chambre de jeune fille. Après avoir repris son souffle, elle monta en les comptant les treize marches qui l'en séparaient, alluma la lumière et fonça vers le placard. Elle dut se hisser sur la pointe des pieds pour atteindre l'étagère sur laquelle elle se souvenait d'avoir rangé la boîte à bijoux des années auparavant.

Inquiète de trouver l'emplacement vide, elle s'empara d'un petit conteneur de rangement posé à ses pieds, le renversa puis grimpa dessus pour mieux fouiller l'étagère supérieure. Sa main rencontra un espace d'environ dix centimètres de large, entre une vieille boîte à chaussures et une pile de livres. La panique s'empara d'elle.

Les jambes coupées par le choc, elle descendit de son perchoir de fortune.

On avait pris la boîte à bijoux ! Et « on » ne s'était même pas donné la peine d'essayer de dissimuler son absence.

C'est peut-être un hasard, se raisonna-t-elle. *Maman a très bien pu la changer de place…*

Non. Son instinct lui criait qu'il n'en était rien. Tout comme il lui disait que la boîte et sa clé avaient une importance capitale.

Une nouvelle pensée, particulièrement angoissante, lui vint soudain.

Si cette boîte contenait de quoi faire chanter Garibaldi, elle était peut-être déjà entre les mains de ses hommes. Sinon, pourquoi serait-elle devenue une cible ?

Une cible… Et elle était là, sans arme, sans plan précis, donc exposée et sans protection. Les mains moites, elle se maudit intérieurement. Pourquoi n'avait-elle pas pris le temps de réveiller Anderson ? Était-il possible d'être entêtée au point de risquer sa vie ? Une fois morte, elle ne serait plus d'aucune utilité à personne.

Sauf à Garibaldi, lui souffla sa petite voix intérieure, qu'elle n'essaya même pas de faire taire.

Elle devait cesser de travailler en solo, reconnaître qu'elle avait besoin d'aide, et regagner l'hôtel au plus vite.

Un peu soulagée d'avoir pris cette décision, elle tourna les talons et, d'un pas décidé, redescendit dans le couloir. Elle n'avait fait que quelques mètres lorsqu'une forme blanche, posée devant la chambre de sa mère, attira son attention.

Une enveloppe.

Elle se pencha pour la ramasser et la considéra un instant avec un sentiment de malaise grandissant.

Un nom en lettres majuscules était griffonné sur toute sa largeur. HENDERSON. Cela lui disait vaguement quelque chose, mais elle ne parvenait pas à se souvenir quoi au juste. Elle n'eut aucun doute sur son contenu : il s'agissait d'une clé qu'elle glissa avec l'enveloppe dans le sac banane qu'elle portait à la taille. Elle s'en occuperait plus tard, avec Anderson. Au besoin, ils reviendraient ensemble.

Elle se remit en route, mais le son de ses propres pas sur le carrelage lui parut bientôt tellement sinistre qu'elle dut se faire violence pour continuer à avancer.

Tu as la clé, se dit-elle, reprenant courage.

Malheureusement, à la seconde où elle arriva dans la cuisine, elle se rendit compte qu'elle avait surtout un problème, sous la forme d'un homme encagoulé qui se tenait là, une allumette enflammée à la main, un petit tas d'une matière indéfinissable près de lui, sur le comptoir.

Sur le moment, elle fut trop déconcertée pour prendre vraiment peur.

L'individu laissa nonchalamment tomber l'allumette sur la substance qui s'enflamma et commença à se consumer lentement mais sûrement — le genre de feu à se propager tranquillement dans toute la maison qui partirait en fumée avec les preuves qu'elle contenait peut-être encore.

Elle venait d'en arriver à cette conclusion quand l'incendiaire masqué leva les yeux vers elle.

Fuis ! s'ordonna-t-elle, terrorisée, en pivotant sur elle-même.

Trop tard. L'individu se jeta sur elle et la fit tomber avec une telle promptitude qu'elle en eut le souffle coupé. Sans attendre qu'elle soit remise du choc, il l'obligea à se redresser, puis se servit d'une main pour lui maintenir les poignets derrière le dos et de l'autre pour la bâillonner.

— Debout, ordonna-t-il d'une voix rauque. Et tu as intérêt à m'obéir.

Elle hocha péniblement la tête.

— Parfait. Écoute-moi bien. Je vais retirer ma main de ta bouche, mais interdiction de crier. Et quand nous sortirons d'ici, tu vas me tenir par la main comme si tu n'avais fait que ça toute ta vie. Bien sûr, j'aurai retiré ma cagoule, mais tu ne me regarderas pas. On doit avoir l'air de deux amoureux en train de se promener tranquillement. C'est clair ? Si tu fais la maligne, je t'abats, pigé ?

Les larmes aux yeux, elle acquiesça.

— Parfait, répéta l'homme. Et inutile de chialer. Au pire, cette petite balade prolongera ton existence de quelques minutes.

Sur ces sombres paroles, il la poussa rudement vers la sortie.

Anderson prit le dernier virage un peu plus vite qu'il ne l'aurait dû ; la colère et l'angoisse le poussaient à l'imprudence. Se ressaisissant, il redressa le volant et freina, tout en essayant de se calmer. Quand il arriva devant la maison dans laquelle la mère de Nadine avait vécu, il perdit tout espoir de retrouver un semblant de sérénité.

Il aperçut d'abord la frêle silhouette de Nadine sur le seuil puis celle, impressionnante, d'un homme masqué qui se tenait juste derrière elle.

Au moment où Anderson coupait le contact de son pick-up, l'individu lâcha Nadine, le temps de retirer sa cagoule. Croyant le reconnaître, il fronça les sourcils, puis passa à autre chose. Sa priorité était de mettre Nadine en lieu sûr.

Bien décidé à charger et à exiger de l'inconnu qu'il la relâche immédiatement, il ouvrit sa portière et s'immobilisa en apercevant, entre Nadine et son agresseur, un éclair argenté qu'il ne connaissait que trop. L'homme était armé.

Jurant entre ses dents, Anderson prit le temps d'examiner les environs. Une voiture isolée était garée à une centaine de mètres de là. Il s'agissait d'une grosse berline aux vitres teintées, pas le genre de voiture conduite par une petite frappe. De plus, ce véhicule faisait tache dans le quartier. Il y avait donc de bonnes chances pour qu'il appartienne à l'individu qui détenait Nadine. D'ailleurs, à bien y regarder, ses vêtements étaient de qualité eux aussi : costume sur mesure, chaussures vernies... Drôle d'accoutrement pour un ravisseur !

Toutefois, il n'eut pas le temps de s'attarder sur cette question non plus, car l'homme était en train de forcer Nadine à descendre les marches du perron. Lorsqu'ils furent en bas, il hésita une seconde et Anderson se prit à espérer qu'il remonterait la rue en direction de l'endroit où il était garé.

Réfléchis, et réfléchis vite, Somers !

Finalement, il décida de les intercepter tous les deux.

Si, par miracle, l'individu ne le voyait pas arriver, il avait une petite chance de conserver l'avantage.

En silence, il sortit du pick-up après avoir pris son revolver dans la boîte à gants. Fort heureusement, l'agresseur de Nadine était trop occupé à serrer sa captive de près pour surveiller les alentours.

Un peu rassuré, il traversa le jardin le plus proche en direction de la maison voisine. Lorsqu'il l'eut atteinte, il se plaqua contre la façade, le temps de réfléchir à son trajet jusqu'à la berline.

Deux ou trois habitations plus haut, une longue haie courait apparemment sans discontinuer sur une bonne trentaine de mètres. Ensuite il y avait une clôture relativement haute, puis un portail entrouvert, un buisson en fleurs, et enfin, la berline.

— C'est parti ! marmonna-t-il avant de baisser la tête et de se mettre à courir d'un pas léger mais relativement rapide.

Il atteignit la haie sans effort, s'arrêta un instant pour s'assurer qu'il n'avait pas été repéré et reprit sa course, longeant la haie d'un seul trait, de peur de se trouver nez à nez avec Nadine et son ravisseur.

Au bout de la route, la clôture qu'il avait repérée lui bloquait le chemin. Malheureusement, et bien que le portail donnant sur la rue ne soit pas fermé, l'obstacle qui se dressait devant lui était infranchissable.

Les dents serrées, il regarda autour de lui. De toute évidence, il lui fallait faire demi-tour et se glisser dans l'un des passages creusés sous la haie. Cette perspective lui donna des frissons : le bas de la haie étant au même niveau que le bord du trottoir, il lui serait difficile, pour ne pas dire impossible, de sortir de là sans être vu.

Il se retournait pour faire demi-tour quand il surprit un mouvement, non loin de lui. Instinctivement, il porta la main à son holster, s'accroupit en position de défense et se concentra sur l'endroit où quelque chose avait bougé. Figé, il se força à inspirer et à expirer profondément pour se calmer. À la troisième expiration, il faillit s'étrangler : un énorme chien se frayait un chemin sous la haie. Anderson ne tarda pas à se remettre à respirer normalement. L'animal, qui devait peser quatre-vingts kilos et dont le pelage blanc était maculé de terre, leva le museau vers lui et le considéra d'un air vaguement penaud avant de remuer la queue et de s'en aller en trottinant.

Sidéré, Anderson le regarda s'éloigner puis, comme dans un rêve, gagna l'endroit d'où le chien avait surgi. Le bas de la haie ne présentait pas d'ouverture visible. Pourtant, si un animal de cette taille avait réussi à passer en dessous, il y en avait forcément une.

Il se laissa tomber sur les genoux, inspecta la haie et sourit. Il y avait bel et bien un trou dans la terre. Un gros, même, qui débouchait dans la propriété voisine. Remerciant silencieusement le chien, Anderson se mit à plat ventre et se faufila de l'autre côté.

Tout en Nadine se révoltait contre ce qui était en train de se produire ou, plus exactement, contre ce qu'elle *laissait* se produire. Le hic était qu'elle ne parvenait pas à réfléchir à un moyen efficace de mettre fin à ses tourments. Elle ignorait tout de son agresseur. Mettrait-il sa menace à exécution en l'abattant froidement si elle refusait de lui obéir ? Quoi qu'il en soit, elle ne pouvait prendre le risque de vérifier, de sorte qu'elle avait déjà envisagé — avant de rejeter — tout ce qui était susceptible de l'y pousser. Elle n'appellerait pas au secours, pas plus qu'elle n'essayerait d'échapper à son emprise à force de coups de pied dans les tibias.

Comme si la situation n'était pas suffisamment traumatisante, elle souffrait par-dessus le marché d'un flashback malvenu. Quelque chose, dans les manières de cet homme, la ramenait en arrière, lui agressant les narines d'une fumée imaginaire et accélérant les battements de son cœur. *La peur.* La peur qui était encore imprimée dans son esprit, même si sa mémoire restait fragmentée.

Elle entendait presque les sons qui hantaient ses rêves. Celui des poutres cédant aux flammes, celui du bip-bip incessant des moniteurs de l'hôpital, celui des voix inquiètes et étouffées, autour de son lit.

Elle s'efforça de repousser ce vague souvenir. Dix ans s'étaient écoulés. Et puis elle était forte, investie d'une mission.

Cependant, l'homme et elle-même se rapprochant dangereusement d'une berline sombre dans laquelle il entendait vraisemblablement la faire monter, elle ne put contenir sa panique plus longtemps. Ses chances de survie diminuaient avec chaque seconde qui s'égrenait. Dans le même temps, son désir de résistance grandissait : si elle s'écoutait, elle traînerait des pieds et tenterait de retarder l'inévitable par tous les moyens.

Son ravisseur dut percevoir ce subtil changement d'état d'esprit, car il resserra sa pression pourtant déjà ferme sur son poignet. Elle réprima un gémissement de douleur et, dans sa détermination à regarder droit devant elle, buta contre un pavé mal scellé, se tordit la cheville et tomba.

Libre !

Son euphorie fut de courte durée car son agresseur lui tira brutalement sur le bras pour la relever.

— P... Pardon, bredouilla-t-elle, comprenant qu'il croyait à une ruse de sa part. Je ne voulais pas...

Elle fut interrompue par un bruit incongru, puis quelque chose lui heurta le dos avec une telle force qu'elle retomba. L'instant d'après, un poids mort s'effondrait sur elle.

Elle venait de comprendre qu'il ne s'agissait pas de

quelque chose mais de *quelqu'un* lorsqu'elle fut soudain libérée de son fardeau.

— Nadine !

Son soulagement fut tel, lorsqu'elle reconnut la voix d'Anderson, qu'elle faillit fondre en larmes. La main qui prit la sienne, bien qu'aussi puissante que celle de son agresseur, fut le plus merveilleux contact humain qu'elle ait jamais connu. Elle referma ses doigts sur ceux du policier qui l'aida à se remettre debout, puis se jeta dans ses bras sans se soucier de ce qu'il penserait de sa spontanéité. Elle avait besoin de lui et, en cet instant, elle était toute prête à l'admettre. Rien n'aurait pu être plus rassurant que la sensation de son torse ferme contre sa joue.

Il l'étreignit pendant quelques secondes avant de dire :

— Il faut qu'on y aille.

— Et lui ? demanda-t-elle avec un mouvement du menton en direction de l'homme à terre.

— J'adorerais le cuisiner un peu, mais je n'ai pas envie d'attirer l'attention sur nous en le traînant jusqu'au bout de la rue. Et nous n'avons pas vraiment le temps d'attendre qu'il reprenne ses esprits.

— Pas le temps ? répéta-t-elle en l'interrogeant du regard.

— Jette un coup d'œil derrière toi.

Elle s'exécuta à contrecœur puis recula d'un pas en poussant un petit cri d'effroi. La fumée qu'elle avait cru sentir quelques instants plus tôt n'était pas un résidu accroché à sa mémoire et essayant de refaire surface, non.

Son agresseur avait réussi à mettre le feu à l'appartement de sa mère. Un nuage noir s'échappait de la porte d'entrée. Si les pompiers n'intervenaient pas rapidement, la maison allait être entièrement ravagée.

— Les voisins…, murmura-t-elle avec anxiété.

— Ils sont au courant. Et si nous ne partons pas vite,

c'est à nous qu'on risque de poser des questions auxquelles je ne suis pas sûr d'être prêt à répondre.

Nadine jeta un dernier coup d'œil en direction de la maison d'où une femme était en train de sortir, puis considéra l'homme inconscient à leurs pieds.

— Je te suis, dit-elle enfin.

Elle se laissa entraîner vers le pick-up et autorisa même Anderson à l'aider à s'y installer. Quand il se pencha au-dessus d'elle pour lui attacher sa ceinture, elle ferma les yeux et écouta le hurlement des sirènes qui se rappochait.

Ce détachement feint ne pouvait cependant durer bien longtemps. Dès qu'ils furent sortis de son ancien quartier, elle fut submergée par une foule d'émotions auxquelles elle fut bien obligée de se confronter.

La maison dans laquelle elle avait passé les quinze premières années de sa vie allait être dévorée par les flammes. La vieille boîte à chaussures remplie de petits mots et de notes diverses allait brûler ou être inondée par les pompiers, et son contenu deviendrait illisible. Tout ce qui avait fait sa vie ne serait plus qu'un simple souvenir. Et bien qu'il soit merveilleux d'en avoir, elle savait mieux que personne que les souvenirs étaient ténus et pouvaient vous échapper.

La voix grave d'Anderson la tira de son deuil intérieur.

— Tout va bien, lui dit-il. Tu es hors de danger, maintenant.

Elle se décida à rouvrir les yeux pour fixer la rue, droit devant elle.

— Ce n'est pas ça. Enfin… bien sûr, j'ai eu peur, mais j'en ai vu d'autres. De plus, je sais à quoi m'attendre de la part de Garibaldi et consorts. Je me suis piégée toute seule, voilà tout. Ce qui me contrarie, c'est d'avoir perdu tous ces souvenirs. Ça me mine, Anderson. J'ai presque aussi mal qu'à la mort de mon père, et je ne veux plus souffrir. C'est pour ça que je suis revenue à Whispering Woods, par pour que ça recommence.

Comme il ne répondait pas, elle se demanda si, par cet aveu, elle n'avait pas franchi une limite invisible. Elle ne le connaissait qu'à peine, après tout, et il n'était pas dans ses habitudes de s'épancher ainsi. Gênée, elle se mit à jouer nerveusement avec l'ourlet de son T-shirt, tout en réfléchissant à un moyen de retirer ses propos.

Avant qu'elle ait trouvé que dire, il actionna le clignotant et s'arrêta le long du trottoir.

— Viens là, ordonna-t-il.

Elle se tourna vers lui en battant des paupières.

— Où ça ?

Pour toute réponse, il se pencha vers elle, détacha sa ceinture et, lui passant le bras autour de la taille, l'attira à lui.

— Qu'est... qu'est-ce que tu fais ?

— Je te console, ma belle.

— Je sais, seulement...

— Seulement quoi ? Tu as mal, je me sens concerné par ta souffrance, alors j'essaie de t'aider. C'est aussi simple que ça.

— Pourtant, nous nous connaissons à peine, objecta-t-elle, une note de désespoir dans la voix.

— Je connais ton histoire et celle de ta famille. Je sais que derrière tes dehors revêches tu caches une grande gentillesse et une générosité hors pair. Je sais qu'un abruti a réussi à te convaincre que l'engagement amoureux n'a aucune valeur... Enfin, je sais qu'en cet instant précis tu as besoin d'un câlin. Ça fait déjà beaucoup, tu ne trouves pas ?

De nouveau, elle sentit les larmes lui monter aux yeux. Cette fois, malgré ses efforts, elle ne parvint pas à les retenir.

— Je suis désolée, Anderson, dit-elle dans un sanglot.

De sa main libre, il essuya doucement ses joues humides.
— De quoi ?
— D'être sortie sans te prévenir, ce matin. C'était complètement idiot.
— Ça, je ne te le fais pas dire.
— Hé ! protesta-t-elle.
— Quoi ? Tu croyais que j'allais prétendre le contraire ? Mes coéquipiers m'ont chargé de te protéger, au cas où tu l'aurais oublié. De plus, ce nouvel épisode prouve que tu es bel et bien en danger, non ?

Elle eut un petit pincement au cœur, celui qu'elle éprouvait dès qu'elle se souvenait qu'elle n'était qu'un instrument servant à l'enquête du bel inspecteur.

Comme elle tentait de s'écarter de lui, elle rencontra d'abord une résistance, puis il la relâcha.

— Allons-y, dit-elle aussi froidement qu'elle le put en rebouclant sa ceinture.
— Nadine ?
— Hmm ?
— Qu'est-ce qui ne va pas ?
— Rien.
— Je ne suis peut-être pas expert en la matière, mais suffisamment pour savoir que « rien » signifie « tout » chez une femme.
— Je ne suis pas ce qu'on appelle une femme ordinaire, répliqua-t-elle.
— Sans blague ! ironisa-t-il. Et c'est un compliment, que je te fais, là.

Elle sentit ses joues s'empourprer.

— Allez, on a du travail.
— Le travail, le travail… il y a plus important, dans la vie, non ?
— Quoi par exemple ?

Sans prévenir, il lui saisit le poignet. À ce contact, des vagues de petits picotements chauds parcoururent son bras et gagnèrent son cœur de manière presque enivrante. Et lorsqu'il l'attira à lui, elle fut de nouveau submergée par l'émotion.

Tout simplement parce que ce geste lui rappelait à quel point elle aurait voulu être autre chose pour le policier aux instincts protecteurs qu'un élément clé dans son enquête.

Anderson était décontenancé. Son instinct lui disait qu'il devait réconforter Nadine qui sanglotait dans ses bras et sécher ses larmes d'un baiser s'il le fallait.

Aïe ! C'était cela, l'embrasser jusqu'à ce qu'elle soit apaisée, qu'il désirait vraiment. Il était tout prêt à la soutenir, elle devait le sentir, non ? Pourtant, chaque fois qu'il lui offrait un peu de réconfort, elle se rétractait, et il ne comprenait pas pourquoi. Certes, elle s'était armée de piquants, sans doute pour se protéger d'une nouvelle déception amoureuse, mais dans le même temps il était certain qu'elle attendait davantage de tendresse de sa part. Ne s'était-elle pas jetée à son cou, tout à l'heure ? Et puis cette lueur toute particulière qui brillait dans ses yeux quand elle le regardait, il ne l'avait pas inventée, tout de même. Alors ? S'y prenait-il donc si mal que ça ?

Ah ! les choses sont plus faciles quand elles restent dans le cadre de ton travail, hein, Somers !

Cette pensée lui donna à réfléchir, et bientôt la lumière se fit dans son esprit. Nadine lui avait reproché de jouer les baby-sitters avec elle. Sur le moment, il s'était dit qu'elle lui en voulait parce que l'idée d'être sous surveillance constante lui déplaisait. À bien y songer cependant, il avait perçu autre chose dans sa réaction : une nuance de regret peut-être, le même que celui qu'il avait lu sur son visage quelques secondes plus tôt.

— C'est ça qui t'ennuie ? lui demanda-t-il, les sourcils foncés.

— De quoi parles-tu ? Je n'ai rien dit !

— J'ai lu entre les lignes.

— Ce n'est pas forcément une bonne idée.

— J'ai le net sentiment que tu as de moins en moins envie d'être protégée par ce cher inspecteur Somers, et je ne peux pas dire que ça me transporte de joie.

— Anderson ! se récria-t-elle. Je sais que j'ai besoin de toi. Je viens encore d'en avoir la preuve.

— Il y a une différence entre le besoin et l'envie, lui fit-il remarquer.

— J'en ai parfaitement conscience, merci, rétorqua-t-elle.

— C'est que tu ne m'as pas écouté, alors. La semaine dernière, mes frères d'armes m'ont chargé de ta protection. J'ai accepté parce que nous formons un tout, eux et moi. Et je continue à faire mon boulot quels que soient mes sentiments envers toi.

Il s'interrompit, le temps de s'éclaircir la voix.

— Je... je ne suis pas un type particulièrement subtil, de sorte qu'il m'arrive de manquer de... Je ne sais pas, moi. De finesse émotionnelle ?

— « De finesse émotionnelle » ? répéta-t-elle, manifestement médusée.

— Oui, et ne te moque pas de moi. Ça n'a rien de drôle.

— Ce n'était pas mon intention. Seulement avoue qu'utiliser le terme « finesse émotionnelle » pour confesser un certain manque de subtilité a de quoi faire sourire.

— Tu trouves ça trop poétique ?

— Un peu, oui !

Elle esquissa un sourire, et Anderson ne put résister à l'envie de faire glisser son pouce sur ses lèvres. Elle se laissa caresser, se contentant d'inspirer et d'expirer lentement.

S'enhardissant, il fit remonter ses doigts sur sa joue puis repoussa sa mèche blonde en arrière. Sa respiration se fit plus rapide, et il sut qu'il ne s'était pas trompé.

Nadine avait beau tenter de lui prouver le contraire, l'intérêt qu'elle lui portait était bien réel.

— Tu as raison, en fait, murmura-t-il.
— À quel propos ?
— Le besoin et l'envie sont deux choses différentes.
— C'est toi qui l'as dit !
— Et tu es tombée d'accord avec moi. À contrecœur, pourtant...

Elle ne le laissa pas terminer sa phrase.

— Moi ? Jamais de la vie !
— Écoute-moi un instant, Nadine.
— C'est ce que je fais, non ?
— Oui. À contrecœur, là encore, souligna-t-il, un sourire malicieux aux lèvres.

— Tu veux que je te dise ? Continue comme ça, et tu vas voir comment je peux être, quand on me force la main. Alors, tu m'expliques en quoi tu manques de « finesse émotionnelle » ou il faut que je me fâche ?

Il partit d'un grand rire.

— J'essaie, ma belle. J'essaie de te faire entendre que tout ça me plaît.

— Quoi ? Qu'on se chamaille pour un rien ?

— Non. Discuter avec toi, t'entendre me confier ce que tu as sur le cœur. Bref, tu me plais, Nadine. Et je refuse de perdre davantage de temps à m'en cacher, ce qui me ramène à cette différence entre le besoin et l'envie. Je dois te protéger parce que ça fait partie de mon travail. Voilà pour ce qui correspond au *besoin*. Par ailleurs, j'ai *envie* de te protéger parce que je suis attiré par toi. Et ça n'a rien à voir avec ma fonction.

Les yeux de Nadine s'étaient arrondis au fur et à mesure qu'il parlait. Lorsqu'il eut terminé, elle déglutit péniblement à plusieurs reprises avant de demander :

— C'est... ça pose problème ?

— J'ose espérer que non ! Sauf, bien sûr, si de ton côté tu n'éprouves rien de semblable.

— Non, enfin si, tu me plais, toi aussi. Mais ça manque un peu de professionnalisme, tout ça, non ?

Il haussa les épaules.

— Ça m'est égal, pour tout t'avouer. La vie est trop courte pour passer outre des sentiments devenus aussi forts en si peu de temps. Bon sang, Nadine, j'ai failli devenir fou, quand je ne t'ai pas trouvée dans la suite ce matin ! Pourtant, le suspense n'a pas duré !

— Hmm !

— Quoi ?

— C'est de l'engouement ou une obsession ? demanda-t-elle. Parce qu'il y a une différence, là aussi.

— De l'engouement, répondit-il sans hésiter.

— Comment peux-tu en être aussi certain ?

— Parce que quand on est obsédé par une personne on éprouve le besoin irrationnel de savoir ce qu'elle fait à tout moment. Dans mon cas, c'était de l'inquiétude. Je craignais que tu sois en danger.

— À juste titre, d'ailleurs. Encore une fois, je suis navrée, Anderson.

— Je n'arrive même pas à être en colère tellement je suis soulagé que tu sois saine et sauve, avoua-t-il dans un soupir. Encore une preuve que mon engouement pour toi n'a rien d'une obsession, non ?

— Et ton chef, tes « frères d'armes » comme tu les appelles, ils ne trouveront rien à redire au fait que tu aies une relation personnelle avec un témoin ?

— Notre enquête n'est pas totalement officielle, lui expliqua-t-il. D'ailleurs, je vais en profiter pour nous couvrir tous les deux, si tu n'y vois pas d'inconvénient.

— Attends… on va être professionnellement non professionnels ?

— En quelque sorte, oui.

Devant son air peu convaincu, il ajouta :

— À moins que tu ne veuilles pas courir le risque. Parce que je n'arrive pas à savoir si tu essaies de décourager mon affection ou si c'est toi-même que tu essaies de convaincre. Je ne sais même pas…
— Anderson ?
— Oui ?
— Je crois que je vais t'embrasser.
— Tu m'en vois ravi, ma belle.
— Et ne fais pas le malin, s'il te plaît.

Il réprima une envie de rire. S'il y avait une chose dont il ne voulait pas en cet instant, c'était lui donner une raison de faire machine arrière.

La voyant lever la tête vers lui, il ferma les yeux. Au début, son baiser ne fut qu'une vague caresse, ses lèvres effleurant les siennes avec hésitation.

Il attendit la suite…

… et en fut récompensé. Moins d'une seconde plus tard, Nadine posait sa bouche sur la sienne avec un peu plus de fermeté, bien que toujours timidement. Elle s'attarda suffisamment pour qu'il ait envie de mettre fin au supplice en l'attirant à lui. Toutefois, il était déterminé à ne pas céder, à la laisser mener la danse. Là encore, la patience paya : au troisième baiser, elle glissa sa langue entre ses lèvres, puis lui posa une main sur la nuque, l'autre sur la cuisse. Ce dernier geste lui arracha un râle qui encouragea Nadine à resserrer son étreinte. Ils restèrent longtemps enlacés, Nadine continuant à l'embrasser avec ferveur. Lorsqu'elle se détacha de lui, tout son corps était en émoi. Jamais il n'avait désiré une femme avec une telle intensité. Et ils n'avaient fait qu'échanger un baiser…

Il rouvrit les yeux pour examiner Nadine et lut dans son regard un désir aussi intense que le sien.

Elle secoua légèrement la tête, comme pour s'éclaircir les idées et dit :

— Ouah ! Ça...

— ... valait la peine de mettre le professionnalisme et l'enquête de côté ? acheva-t-il pour elle.

— Absolument.

— Alors, on recommence ?

Elle eut un petit rire grave, légèrement saccadé.

— On recommencera, oui, mais il faut qu'on arrive à concilier le plaisir et le travail.

S'il n'avait pas été policier dans l'âme, il aurait balayé cette objection.

— Pourquoi ? demanda-t-il, curieux malgré lui. Tu as autre chose en réserve qu'un baiser à me couper le souffle ?

— Puisque tu me poses la question...

Nadine recula un peu, plongea la main dans son sac banane et en sortit une enveloppe blanche.

— Surprise !

Il la prit et lut le nom inscrit dessus :

— « Henderson ». Ça te dit quelque chose ?

— Oui. Mais je suis incapable de dire quoi.

— Je connais ce nom, moi aussi, murmura-t-il, songeur.

Il ouvrit l'enveloppe et la renversa au-dessus de sa main ouverte. Une clé en tomba, qui ne lui évoqua rien en elle-même : trop petite pour ouvrir une porte, trop grosse pour entrer dans un cadenas standard. Perplexe, il fronça les sourcils. Pourquoi avait-il l'impression que le nom de Henderson lui était familier ?

— Parle-moi un peu de cette clé, Nadine.

— C'est celle d'une boîte à bijoux que m'a offerte mon père à l'occasion de mon dixième anniversaire, pour que j'y cache les secrets de notre famille. Je n'y ai jamais rien mis d'important, et je ne sais pas pourquoi c'est la première chose à laquelle j'ai pensé en me réveillant ce matin.

— Ce qui explique ta petite fugue...

— Oui. Il m'a semblé important d'aller la récupérer. Malheureusement, quand je suis arrivée sur place…

Émue, elle étouffa un sanglot et détourna la tête.

— Allez, ma belle, ne te mets pas dans cet état, murmura-t-il en lui reprenant la main.

— Tu as raison. Ce ne sont que des objets, après tout. Des affaires auxquelles je n'avais pas touché depuis près de dix ans, pour la plupart.

— Ça ne les rend pas moins précieuses pour autant.

— Non.

Elle poussa un nouveau soupir puis, un peu calmée, se tourna vers lui pour le regarder dans les yeux.

— La boîte à bijoux n'était plus à l'endroit où je l'avais rangée, quand je suis arrivée, poursuivit-elle. Le plus étrange, c'est que j'ai eu la nette impression qu'elle n'avait pas disparu depuis bien longtemps. À première vue, rien d'autre n'avait été déplacé. Il y avait seulement un espace vide à la place de la boîte.

— Donc, il ne s'agit pas d'une simple coïncidence.

— Non. Et j'aimerais bien savoir qui m'a pris cette boîte, et pourquoi.

— Où as-tu trouvé l'enveloppe ?

— Devant la porte de la chambre de maman.

— C'est-à-dire à l'endroit où ton frère est mort…

— Oui.

— Et si c'était lui qui l'avait retirée de l'étagère ? Je ne sais pas, moi, pour mettre quelque chose à l'int… Bon sang ! s'exclama soudain Anderson avant de redémarrer le pick-up. J'ai trouvé ! Je sais où nous devons aller !

Nadine profita de ce qu'il faisait demi-tour pour demander :

— Tu m'expliques ?

— Henderson. C'est le nom d'une entreprise de

gardiennage de meubles, dans la zone industrielle de Whispering Woods.

— Tiens, c'est vrai, ça ! Comment t'en es-tu souvenu ? Ça ne me serait probablement jamais revenu, à moi. Pourtant, je suis d'ici !

— J'ai fait le tour complet de la ville en arrivant, la semaine dernière et j'ai remarqué le panneau parce que j'ai eu une prof qui s'appelait Henderson, au lycée. Tu sais si un membre de ta famille a eu recours à ce genre d'entreprise, par le passé ?

— Pas à ma connaissance. Cela dit, on ne me mettait pas toujours au courant de tout, tu sais. Mon père, ma mère et mon frère pourraient avoir loué des emplacements, un chacun, sans que je n'en sache jamais rien.

— Un seul me suffira, à condition qu'il contienne ta boîte à bijoux.

— Donc, j'avais raison de penser que cette boîte a une importance capitale ! s'exclama-t-elle, triomphante.

— Disons que ça vaut la peine d'étudier la question.

— Je peux te poser une question un peu personnelle ? demanda-t-elle en se tournant vers la vitre.

— Bien sûr.

— Tu connais bien les membres de ta famille ?

— Assez pour savoir s'ils ne louent pas secrètement de box dans un entrepôt, tu veux dire ? demanda-t-il avant d'ajouter, avec un petit sourire contrit : Pardon. Je n'aurais pas dû dire ça. Pour répondre à ta question, je dirais qu'il y a un certain nombre de choses que je préfère ignorer, sur ma mère et mon beau-père. Quant à mes sœurs, elles sont beaucoup plus jeunes que moi, de sorte qu'on ne se comprend pas toujours très bien. En gros, néanmoins, je dirais que nous sommes plutôt proches les uns des autres. Les filles se tournent vers moi pour me demander des conseils que je refuse de leur donner, je vais au cinéma une fois par mois avec Walt, mon beau-père, et ma mère… se comporte comme une mère. Ce n'est sans doute pas ce que tu voulais entendre, si ?

— Si. J'aime qu'on soit franc avec moi. Alors merci, Anderson.

— Tu peux compter sur moi pour ça.

— Je n'en doute pas, merci.

— Hé !

— Quoi ?

— Tu commences à m'accorder un minimum de confiance.

— On dirait, oui.

— Quel effet ça te fait ?

— Ce n'est pas mal, bien qu'un peu bizarre. La confiance ne me vient pas naturellement, tu comprends ? J'ai été une enfant crédule, jusqu'au jour où j'ai découvert que mon père menait une double vie, ce qui m'a amenée à tout remettre en question. Par la suite, j'ai cru avoir retrouvé un minimum d'équilibre grâce à mes études, à mon travail et à Grant. Une vie normale, en quelque sorte.

— Tu n'as jamais envisagé d'opter pour l'alternative ?

— C'est-à-dire ?

— Accepter de sortir de la norme, par exemple.

— Tu voudrais que je me résigne à être différente ?

— Pas que tu t'y résignes. Que tu l'acceptes, oui, mille fois oui.

— Ça a fonctionné, pour toi ?

— Pour moi ? Je suis tout ce qu'il y a de plus normal.

— Ce n'est pas ce que tu m'as dit, hier soir, quand tu m'as parlé de ta famille dysfonctionnelle…

Elle s'interrompit abruptement.

— Qu'est-ce qu'il y a, Nadine ?

— Rien. Simplement, je n'arrive pas à croire que c'était hier. J'ai l'impression de te connaître depuis des années.

Anderson hocha la tête en silence et s'engagea sur la voie qui menait à la zone industrielle. Nadine, elle, se mordilla la lèvre en se demandant si son dernier commentaire n'avait pas été malvenu, même après le baiser passionné qu'elle avait échangé avec Anderson. À son grand soulagement, lorsqu'il eut garé le pick-up sur le parking de l'entrepôt et qu'il se tourna vers elle, elle vit que ses yeux débordaient de tendresse.

— Tu as parfaitement raison, dit-il avec chaleur. Moi aussi, j'ai l'impression qu'il s'est écoulé beaucoup plus d'une journée depuis notre véritable rencontre, et j'aimerais continuer à éprouver cette sensation. C'est pourquoi on va suivre cette piste, voir ce qui en découle, et se débarrasser de Garibaldi une bonne fois pour toutes, de manière à pouvoir nous concentrer sur nous.

Nous, songea-t-elle. *Oui, la perspective est séduisante.*

— Tu te rends compte que ce que tu es en train de me dire me donne envie de rester dans cette voiture pour recommencer à t'embrasser, plutôt que d'entrer chez Henderson ? demanda-t-elle en le regardant droit dans les yeux.

Il releva le menton d'un air de défi.

— Eh bien, si tu veux vraiment un nouveau baiser, tu vas devoir m'attraper, ma belle.

— T'attraper ?

— Tout à fait, dit-il en ouvrant sa portière.

— Et si on nous voit ?

— Tu crains les voyeurs, à cette heure-ci ?

— Je ne te parle pas de ça.

— Tu crois que je te laisserais courir autour de la voiture si je redoutais le moindre danger ?

— Non, murmura-t-elle, vaincue. En même temps, tu ne vas pas…

Il descendit du pick-up et se tourna vers elle, hilare.

— Si si !

Il referma la portière et se mit à courir en bondissant et en agitant les bras comme un oiseau. Elle le regarda faire pendant quelques secondes, ébahie qu'il ait choisi ce moment pour folâtrer et qu'il s'attende à ce qu'elle entre dans le jeu.

En grommelant, elle se résigna à descendre de voiture à son tour. Et lorsqu'elle se mit à courir sur la terre meuble, elle éprouva une délicieuse sensation de légèreté.

Elle gagna le portail, sourire radieux aux lèvres, et éclata de rire en voyant Anderson appuyé contre la façade de la cahute qui servait de bureau à l'entrepôt. Il y avait des années qu'elle ne s'était pas sentie aussi légère.

De sorte que lorsqu'il lui ouvrit les bras, elle n'hésita pas une seconde à se jeter dedans.

— Merci, dit-elle en se serrant contre lui.
— De quoi exactement ?
— De me rendre si insouciante malgré les circonstances.
— Je croyais que tu voulais un baiser.
— Aussi, oui.

Se hissant sur la pointe des pieds, elle posa fermement ses lèvres sur les siennes. Cela suffit à lui faire tourner la tête, et quand elle sentit ses larges mains se poser sur le bas de son dos, puis sa langue jouer avec la sienne, elle eut franchement le vertige et fut traversée par une onde de désir. Un désir qui s'accrut encore lorsqu'il fit remonter puis redescendre ses mains pour la saisir par les hanches en un geste possessif.

Elle reprit difficilement son souffle. Elle était sur sa faim, en voulait davantage, voulait se rapprocher plus encore d'Anderson... Elle le désirait.

Entendant un toussotement faussement discret derrière eux, elle s'écarta vivement d'Anderson, fit volte-face et se sentit rougir en voyant un homme vêtu d'un T-shirt portant le logo des entrepôts Henderson les considérer avec amusement.

Anderson se redressa et, le plus naturellement du

monde, lui passa le bras autour des épaules pour l'attirer de nouveau contre lui.

— Si c'est une chambre que vous êtes venus chercher, vous vous êtes trompés d'endroit, dit jovialement l'homme.

— Nous en avons déjà une, merci, répondit Anderson sans se démonter. Nous sommes ici pour une tout autre raison.

— S'il s'agit d'un emplacement où entreposer vos meubles ou autre chose, vous êtes au bon endroit, par contre.

Il tendit la main à Anderson.

— Hank Henderson, à votre service.

Anderson pressa doucement l'épaule de Nadine qui comprit immédiatement le message : il attendait qu'elle prenne le relais.

— Mon frère, commença-t-elle. Je crois qu'il a loué un emplacement chez vous.

— Comment s'appelle-t-il ?

— Il s'appelait Tyler Strange, rectifia Anderson.

L'imparfait n'échappa pas plus à Nadine qu'au propriétaire de l'entrepôt.

— M. Strange… Oui, ça me revient. Un bon p'tit gars, a priori. Navré d'apprendre qu'il n'est plus parmi nous.

Il se tourna vers Nadine et se gratta le menton d'un air indécis.

— Excusez-moi, vous ne vous prénommeriez pas Nadine, par hasard ?

— Si. Comment le savez-vous ?

— Parce que votre frère est venu louer un box, qu'il m'a payé trois mois de gardiennage en liquide, et qu'il m'a demandé de vous laisser entrer dans son box si vous vous présentiez ici. Ah, et avant de partir, il a précisé qu'il ne pourrait sans doute pas revenir de sitôt. Ensuite, il m'a confié un double de sa clé, « pour le cas où… ».

On aurait dit la bande-annonce d'un film d'espionnage. Vous voyez ce que je veux dire ?

— Pas vraiment. Nous ne regardons que des comédies romantiques, répondit Anderson avec sérieux.

Henderson se rembrunit.

— En l'occurrence, la situation n'avait rien de romantique. M. Strange semblait plutôt être dans l'urgence.

Nadine éprouva une pointe de tristesse qu'elle s'obligea à repousser.

— Et vous pouvez nous montrer son box ? demanda-t-elle.

— Bien sûr ; je l'ai promis à M. Strange. Ne bougez pas, je vais chercher la clé.

Il revint quelques instants plus tard, faisant tourner une clé accrochée à un anneau autour de son doigt.

— Et voilà, dit-il en la leur tendant. Box n° 18. Vous voulez que je vous y accompagne ?

— Ça ira, merci, répondit Anderson avant de prendre la clé et de saisir la main de Nadine.

Une minute plus tard, tous deux arrivaient devant une porte coulissante en métal.

Anderson donna une pression à la main de Nadine, dans l'espoir de la rassurer. Il la sentait tendue et, bien qu'il comprenne son angoisse, il savait d'instinct que les mots ne lui seraient d'aucune utilité. Ce dont elle avait besoin, c'était de savoir si ce que son frère lui avait laissé était cette fameuse boîte à bijoux ou non.

Lui lâchant la main, il se baissa et introduisit la clé dans la serrure du box.

La porte remonta sans difficulté. Avant qu'il ait fait un pas, Nadine lui reprit la main.

— Tu es prêt ?

Cette fois, ce fut elle qui le guida, mais elle n'alla

pas bien loin. Ils se retrouvèrent vite dans l'obscurité la plus totale.

— Tu y vois quelque chose ? lui demanda-t-elle, sa voix résonnant contre les parois de ce qui ressemblait maintenant à une caverne.

— Rien du tout. C'est à se demander si ce box n'est pas vide. Il n'y a même pas d'interrupteur.

— Je crois avoir aperçu une ficelle, par là.

Sans le lâcher, elle recula un peu.

Anderson entendit le déclic juste avant que la lumière se fasse dans le box. Il n'eut pas le temps d'examiner les lieux, car Nadine étouffa un cri.

— Là, fit-elle en désignant un des coins de la pièce.

Il regarda dans la direction qu'elle indiquait. Une petite boîte était posée à même le sol, son extérieur laqué semblant absorber la lumière. La main de Nadine se crispa sur la sienne.

— Hé ! fit-il. Ton frère l'a mise en évidence pour que tu n'aies aucun problème pour la trouver. C'est plutôt bon signe, non ?

— On devrait peut-être l'ouvrir, murmura Nadine sans faire mine de bouger pour autant.

Il la tira doucement en avant et, après un court instant de résistance, elle alla avec lui vers la boîte.

En souriant, elle prit l'enveloppe qu'il lui tendait, s'assit en tailleur et posa le précieux coffret sur ses jambes repliées. Il s'accroupit près d'elle, la regarda soulever le couvercle puis déplacer un faux fond argenté qu'elle fit basculer sur le côté pour faire apparaître la serrure dans laquelle elle enfonça la clé qu'elle tourna fermement.

Le mécanisme émit un « clic », et le faux fond se mit à la verticale. Nadine glissa les doigts dans l'espace dégagé et en tira un petit objet rectangulaire.

— Une clé USB, fit-elle dans un souffle.

Elle la lui tendit et il la prit, les sourcils froncés. Il

était un peu déçu même si, dans l'absolu, une clé USB pouvait contenir bien des choses : photos, dossiers, notes personnelles…

— Je sais que je ne fais que souligner l'évidence, mais nous allons avoir besoin d'un ordinateur, remarqua-t-il.

Au lieu d'acquiescer, Nadine dit soudain, d'une voix tendue :

— Il y a autre chose, là-dedans, Anderson.

Comme elle semblait tétanisée, il plongea la main dans la boîte. Ce qu'il en sortit était un petit mot griffonné sur un bristol plié en deux.

— C'est l'écriture de Tyler, je crois, lui dit Nadine.
— Tu veux que je te lise ce qui est écrit ?
— S'il te plaît, oui.
— Voilà : « Si tu lis ces lignes, c'est sans doute que tu as eu de mauvaises nouvelles de moi. Je voulais te protéger, Nadine. À présent, je ne suis plus là, alors tu vas devoir utiliser ces photos et continuer seule. Bises affectueuses, T. »

Nadine hocha la tête et se releva péniblement.

— Tu as raison, il nous faut un ordinateur. J'en ai un chez moi, mais je suppose qu'il serait trop risqué d'y aller. Du coup, il ne nous reste plus qu'à en acheter un neuf. Maintenant, savoir où, dans une petite ville comme Whispering Woods… Ah, si ! Il y a un type qui répare les PC et en vend d'autres, recyclés. Le seul problème, c'est que sa boutique se trouve dans la rue principale. Il y a plus discret, comme endroit, alors…

Anderson se leva à son tour.

— Nadine, l'interrompit-il.
— Oui ?
— On a tout le temps d'en discuter.
— Il faut que nous sachions ce qu'il y a sur cette fichue clé, non ?

Elle avait déjà tourné les talons lorsqu'il la rattrapa par un coude et la fit pivoter vers lui.

— Ce que t'a écrit ton frère... je tiens à ce que tu saches une chose, ma belle. Il se trompait.

— À quel propos ?

— Tu n'es pas seule, Nadine, et tu ne le seras plus jamais. Du moins tant que j'aurai mon mot à dire sur le sujet.

— Merci, dit-elle, radieuse.

— Ne me remercie pas. Il y a une part d'égoïsme, dans ce que je viens de te dire. Parce que c'est moi qui vais te tenir compagnie, dans l'histoire.

Il attendit qu'ils aient baissé la porte métallique et pris congé de Hank Henderson pour reprendre la parole.

Ce qu'il avait à dire n'allait pas plaire à Nadine, il le savait.

— Vas-y, crache le morceau ! lui ordonna-t-elle dès qu'ils furent sur la route.

— De quoi parles-tu ?

— Tu as quelque chose à m'annoncer, et tu ne sais pas comment t'y prendre.

Il soupira bruyamment.

— Je crois que je ferais mieux d'aller acheter l'ordinateur tout seul, finalement.

— Tu viens de me dire que je ne serais plus jamais seule, lui rappela-t-elle.

— Pas au sens propre du terme, Nadine, sans quoi tu ne pourrais plus respirer. Et inutile d'insister, je ne t'emmènerai pas.

— Et je peux savoir ce que tu comptes faire de moi, pendant ce temps-là ? Me déposer à l'hôtel et prier le bon Dieu pour que les hommes de Garibaldi ne s'aperçoivent pas de ma présence ?

— Non. Ça ne vaudrait guère mieux que se garer au

milieu de la rue principale et entrer dans le magasin bras dessus, bras dessous.

À court d'idées, il se mit à pianoter sur le volant. Ils parcoururent quelques centaines de mètres en silence, puis Nadine s'exclama :

— Tourtes à gogo !

— Tourtes à… quoi ?

— Tourtes à gogo, un haut lieu du tourisme. C'est plein à craquer, même en début de saison. Il y a un petit café et une galerie adjacente. C'est un peu à l'écart de la rue principale, et le parking est délimité par une haie.

— Très fréquenté, tu dis ?

— Trop pour tenter quoi que ce soit de violent sans attirer l'attention.

Anderson réfléchit à la question. Ils n'auraient pas à marcher, et Nadine avait raison : la clientèle du café suffirait sans doute à décourager les hommes de Garibaldi qui, en dépit de ses nombreuses activités illicites, faisait profil bas.

— Ce n'est peut-être pas l'idéal, ajouta-t-elle, le tirant de sa réflexion. Mais comme ça, tout le monde sera content.

— Je n'irai pas jusqu'à dire « content », grommela-t-il.

— Et si on cherchait un compromis acceptable pour nous deux ?

— D'accord, fit-il dans un soupir. Et seulement parce que je ne peux pas t'envelopper dans du papier bulle avant de te mettre en lieu sûr.

— Très drôle !

— Je ferais n'importe quoi pour que tu sois à l'abri du danger.

— Sauf m'emballer dans du papier bulle, répliqua-t-elle, facétieuse.

Il lâcha le volant, lui posa la main sur la cuisse, et la pinça doucement.

— Je préfère de loin le contact de ton pantalon à celui du plastique.

— Anderson ?

— Oui ?

— Tu devrais peut-être revoir un de ces films romantiques que tu affectionnes tant, parce qu'en matière de compliments, le moins qu'on puisse dire est que tu n'es pas doué.

Il partit d'un grand rire et reposa la main sur le volant. Son humeur légère ne dura cependant que quelques minutes, car plus ils se rapprochaient de leur but, plus il se sentait angoissé. Au point que, lorsqu'il se gara sur le parking du petit café et de la galerie marchande, il n'était pas loin de renoncer,

Il se tourna vers Nadine sans déverrouiller les portières.

— Il y a peut-être un autre moyen d'avoir accès aux documents qui sont sur cette fichue clé, dit-il.

— Comme faire envoyer le tout par coursier à ton pote Harley et attendre le résultat ? Ça prendrait un temps fou !

— Deux jours tout au plus.

— C'est bien ce que je disais, un temps fou, s'obstinat-elle. Or, je ne veux plus attendre. C'est tout ce qu'il me reste de mon père et de mon frère.

— Ce sont les pièces d'un chantage, Nadine. Pas un legs.

— En l'occurrence, ça revient au même. J'ajoute que le temps ne joue pas en notre faveur et que je n'ai aucune envie qu'on passe les deux prochains jours à se terrer.

— Ce ne serait peut-être pas si terrible, dit-il avec un sourire entendu

Sa remarque lui valut un merveilleux rire de gorge.

— Non, je suis même certaine que ça ne le serait pas du tout. N'empêche que je refuse d'attendre. Allez, à tout de suite !

Se penchant vers lui, elle lui déposa un rapide baiser

sur la joue, descendit du pick-up et courut jusqu'au petit café dont la terrasse était effectivement noire de monde. Il la regarda s'éloigner avec une appréhension qui augmenta encore d'un cran lorsqu'il ne la vit plus.

Réprimant tant bien que mal un grognement exaspéré, il ouvrit sa portière et sortit du pick-up, bien décidé à faire l'acquisition d'un ordinateur en un temps record.

Nadine entra dans le petit café en s'interdisant de se retourner. Elle savait qu'Anderson la suivait des yeux, et craignait de renoncer si elle croisait son regard. Elle se connaissait : elle était parfaitement capable de retourner se jeter à son cou et d'accepter de s'enfermer dans la suite Lune de Miel aussi longtemps que nécessaire.

« Ce ne serait peut-être pas si terrible », avait-il dit.

À en juger par le trouble qui s'emparait d'elle à l'idée de se retrouver seule avec lui dans cette suite, ce serait peut-être même une bénédiction. Entre le jacuzzi, le lit king-size et la possibilité de se faire monter du champagne et des fraises nappées de chocolat, ils auraient largement de quoi oublier leurs soucis.

Elle secoua la tête avec détermination. Raison de plus pour ne pas céder à l'envie. Ce qu'elle voulait, elle, c'était se concentrer sur cette enquête et sur Garibaldi.

Tout comme Anderson, d'ailleurs.

Ce ne sont pas deux malheureuses journées qui feraient la différence, lui fit remarquer sa petite voix intérieure.

Elle s'immobilisa.

Anderson n'avait pas passé la moitié de son existence à pourchasser Jesse Garibaldi pour renoncer, maintenant qu'ils tenaient une piste sérieuse. Si d'aventure il devait baisser les bras, ce ne serait pas par sa faute.

Aussi décida-t-elle de leur commander deux parts de

tourte avant d'aller le retrouver pour l'aider dans leur entreprise commune.

Un peu apaisée, elle se remit en marche. Elle venait de prendre place au bout de la file d'attente devant le comptoir lorsqu'on lui tapa sur l'épaule.

— Madame Stuart ? C'est bien vous ?

Un peu secouée malgré elle, elle prit une brève inspiration, se força à sourire, et se retourna.

Une petite brune rondelette la considérait avec affabilité.

— Nous nous connaissons ? demanda Nadine avec méfiance.

— Oui. Enfin non, pas vraiment, car nous ne nous sommes jamais présentées. Je suis la maman de Tegan.

Devant l'air interdit de Nadine, son interlocutrice s'esclaffa.

— Pardonnez-moi. J'ai pris la fâcheuse habitude de me présenter ainsi, et j'oublie toujours que cela ne renseigne pas forcément les gens sur mon identité. Je m'appelle Liz Redford. Je vous ai aperçue le jour de la présentation des enseignants de l'école de Whispering Woods.

— Eh bien, ravie de faire votre connaissance, madame Redford, surtout si vous ne vous résignez pas à n'être que la mère de votre fille !

— Je crois que c'est votre tour, dit Liz Redford, désignant le comptoir d'un mouvement du menton.

Nadine se tourna vers le serveur.

— Deux parts de tourte aux cerises, à emporter, s'il vous plaît.

— Voilà, m'dame. Huit dollars cinquante, s'il vous plaît.

Machinalement, elle porta la main à son sac banane, là où aurait dû se trouver son porte-monnaie, en vain. Elle n'avait plus de sac, donc plus d'argent. Il avait dû se décrocher et tomber dans le pick-up

Les joues en feu, elle se retourna. Derrière elle, la file s'était considérablement allongée.

Au moment où elle allait annuler sa commande, Liz Redford se porta à son secours.

— Je vous invite, ce sera mon petit cadeau de bienvenue à l'école !

— Merci, fit Nadine, trop embarrassée pour protester.

Elle s'écarta, le temps que Liz règle l'addition, et attendit que ce soit fait pour tenter une sortie discrète.

À son grand désarroi, la petite brune lui emboîta le pas.

— Comment résister aux spécialités de Tourtes à gogo ? demanda-t-elle d'un ton enjoué.

— C'est quasiment impossible, répondit machinalement Nadine, passant le parking en revue à la recherche du pick-up une fois qu'elles furent dehors.

— Je ne vous le fais pas dire. Leurs tourtes m'ont manqué, quand j'étais loin d'ici.

— Vous venez d'arriver dans notre petite ville ?

— J'y suis revenue il y a un an, et je n'ai pas vu le temps passer avec le travail que j'ai eu au magasin. Heureusement que M. Garibaldi est là ! Sans son aide, je ne serais arrivée à rien.

Nadine se tourna vers Liz, les yeux ronds.

— Excusez-moi ?

— Jesse Garibaldi est mon propriétaire. Il me loue l'appartement *et* le magasin. Le magasin au rez-de-chaussée, l'appartement à l'étage, le tout pour une somme très raisonnable. C'est un saint, cet homme, vous savez ? Il m'a fait un prix sur le loyer, les trois premiers mois.

— En échange de quoi ? demanda Nadine malgré elle.

— P... Pardon ? fit Liz, manifestement interloquée.

Nadine tenta de dissimuler son embarras derrière un sourire figé.

— Excusez-moi. Il se trouve qu'une de mes amies m'a récemment confié que Garibaldi ne faisait jamais rien sans contrepartie.

— Je ne sais pas si on peut considérer ça comme une

contrepartie ou comme un simple service, reprit Liz, mais M. Garibaldi m'a effectivement demandé de stocker quelques objets d'art dans ma réserve, et de les lui garder.

— Des objets d'art ? répéta Nadine, intriguée.

— Oui, c'est ce que je vends. Des bijoux artisanaux principalement et, de temps en temps, d'autres articles, bien plus coûteux, pour le compte de M. Garibaldi. Il dispose d'un réseau d'acheteurs réguliers et ne me demande qu'une commission raisonnable. Bref, il me rend service et je dirais que notre petit arrangement me profite plus qu'à lui.

— C'est donc tout bénéfice pour vous.

— En tout cas, ça assure la survie de ma petite entreprise.

Nadine sentit que Liz venait de lui confier quelque chose d'important, mais quoi ? Sans doute la réponse était-elle enfouie quelque part dans sa mémoire défaillante, elle aussi.

— Et vous ? Vous allez mieux ? demanda Liz.

— Hmm.

— Le directeur de l'école a informé les parents de votre accident. Ça a dû être terrible, dites-moi !

Nadine ouvrit la bouche pour rassurer Liz sur son état, et la referma aussitôt, frappée par une nouvelle idée. Tout le monde, à Whispering Woods, était au courant de l'accident, et il était de notoriété publique qu'elle avait séjourné au centre de soins. Par conséquent, toutes les connaissances qu'elle croiserait à l'avenir lui demanderaient comment elle se portait et quand les médecins l'avaient autorisée à rentrer chez elle. Or, elle n'y avait pas été autorisée. Elle s'était volatilisée, voilà tout ! Pendant une évacuation, pour faire bonne mesure !

C'est curieux qu'il n'y ait eu aucune suite, tout de même ! Pas la moindre enquête, pas le moindre coup de fil…

Pourquoi ne s'était-elle pas interrogée à ce sujet plus tôt ? Et Anderson ? Il n'avait pas pensé à ça, lui non plus !

— Nadine ? Tout va bien ? reprit Liz en lui posant une main sur le bras. Vous voulez vous asseoir un instant ?

— Hmm ? Non, non ? Je vous remercie, ça va aller.

— Désolée de vous avoir importunée avec mes questions.

— Vous ne m'avez pas importunée, Liz. Si je voulais me promener incognito, je porterais une perruque et des lunettes noires, répondit-elle d'un ton faussement désinvolte.

Tout en parlant, elle avait regardé autour d'elle avec nervosité. Combien de personnes, dans cette petite foule, la connaissaient au moins de vue ?

Jusqu'à l'accident qui avait coûté la vie à l'officier Delta, elle avait gardé secrètes toutes les informations dont elle disposait quant aux activités illicites de Jesse Garibaldi. L'enquête qu'elle avait commencée en solo, avant de comprendre que Reggie Frost et Brayden Maxwell étaient du bon côté, avait été menée secrètement elle aussi, à la faveur de la nuit, une fois qu'elle avait enfilé son sweat-shirt à capuche. Dans la journée, elle n'était qu'une femme ordinaire, revenue au pays pour prendre le poste qu'on lui proposait. Une institutrice rayonnante, dotée de raisons parfaitement légitimes pour vivre à Whispering Woods. À présent, ce n'était plus possible. Elle ne pourrait plus se promener en ville comme si de rien n'était.

— Vous êtes sûre que ça va ? insista Liz.

— Oui, je…

Elle laissa sa phrase en suspens. À son grand soulagement, elle venait d'apercevoir Anderson à une vingtaine de mètres du café.

— Excusez-moi, on m'attend, il faut que j'y aille. Ravie de vous avoir croisée, ce matin. C'est toujours un plaisir de rencontrer les parents d'élèves. Ah, et merci pour les tourtes !

— Passez me voir au magasin, un de ces jours. Ça me fera plaisir ! Ça s'appelle Liz's Lovely Things.

— Je n'y manquerai pas.

Là-dessus, le carton contenant ses parts de tourte en mains, elle courut vers Anderson.

Anderson vit que quelque chose n'allait pas dès que Nadine sortit du café. D'une pâleur mortelle, elle serrait contre elle à l'en écraser un petit carton fermé par une ficelle.

— Retournons à l'hôtel, vite, dit-elle en passant devant lui pour ouvrir la portière du passager. Tu viens ? insista-t-elle, une fois installée.

— J'arrive, bougonna-t-il.

Il attendit qu'ils soient sur le chemin du retour pour se tourner vers elle.

— Je peux savoir ce qu'il se passe ?
— Tu as appelé le centre de soins ?
— Pardon ?
— Hier, après notre départ.
— Non, pourquoi ?
— Parce que je m'étonne qu'on ne s'inquiète pas de ce que je suis devenue. Je n'étais pas aux arrêts, mais je te rappelle que l'endroit grouillait de policiers à la recherche d'un intrus masqué. Tu trouves normal qu'une patiente disparaisse sans que personne s'en aperçoive ?

Aussitôt, il se reprocha sa négligence. Avant toute chose, il aurait dû appeler l'administration du centre de soins. Nadine avait entièrement raison : la direction de l'hôpital et la police auraient dû être plus que soucieux à l'idée d'avoir perdu une patiente.

— Alors ? demanda-t-elle, sans doute agacée par son mutisme.

— Non, je ne trouve pas ça normal du tout.

— Donne-moi une seule bonne raison qui puisse expliquer leur absence de réaction.

— Je ne vois pas… Il aurait fallu que tu signes une décharge… ou alors qu'une personne en qui le personnel a pleinement confiance dise que tu es partie de ton plein gré.

— Qui par exemple ?

— Ton médecin ? Non. Il aurait été le premier à donner l'alarme. Il te trouvait encore trop faible pour sortir.

— Et Garibaldi ? suggéra Nadine. C'est un des plus généreux donateurs du centre de soins. Son nom figure en tête de liste sur le tableau accroché dans le hall d'accueil.

— Je ne vois pas pourquoi il aurait essayé de couvrir ta fuite.

— Ça dépend ! Il pensait peut-être que je n'étais déjà plus là-bas parce qu'il avait envoyé ses sous-fifres s'en assurer.

L'angoisse d'Anderson augmenta d'un cran.

— Ça va ? lui demanda-t-elle en lui caressant l'avant-bras.

— Je n'aime pas nous savoir à la merci de ce criminel, répondit-il d'une voix rauque.

— Nous ne le sommes pas !

— Ah, tu trouves ? Il a toutes les cartes en main, en plus d'une longueur d'avance sur nous.

— Je dirais plutôt l'inverse. Il a une longueur de retard, Anderson ; il ignore qui tu es.

— Du moins à notre connaissance.

— J'en suis sûre ! S'il le savait, il s'en prendrait à toi aussi. Ce ne sont pas les occasions qui lui ont manqué, entre le centre de soins et l'hôtel. Pourtant, c'est moi qu'il continue à viser.

— Dans ce cas, je préférerais nettement qu'il sache qui je suis, marmonna-t-il.

Entendant Nadine s'esclaffer, il se tourna vers elle, les yeux ronds.

— Ça te fait rire ?

— Oui. Je trouve ça… romantique, pour ne pas dire chevaleresque. Que veux-tu ? Ce n'est pas tous les jours qu'on me propose d'être harcelé à ma place !

— Dans l'ancien temps, on appelait ça de la galanterie, l'informa Anderson.

— Attends, je ne t'ai pas encore vu poser ta veste sur une flaque d'eau pour éviter que je me mouille les pieds, répliqua-t-elle, toujours hilare.

— Avec toi, c'est tout ou rien !

— Tu peux parler, Anderson. Nous nous connaissons depuis moins d'une semaine, et nous sommes déjà fiancés.

Un peu moins crispé, il étouffa un petit rire, à son tour.

— Peut-être parce que tu es irrésistible.

— Pfff ! C'est sûr. « Irrésistible » est exactement le mot que je choisirais si on me demandait de me décrire.

— On ne parle pas des mots que tu choisirais, mais de ceux que j'utilise *moi*.

— C'est bien la première fois que j'entends dire que je suis irrésistible, inspecteur Somers.

— C'est que tu n'as pas fréquenté les bonnes personnes, commenta-t-il sobrement.

L'esquisse d'un sourire aux lèvres, Nadine se renversa sur son siège.

— Qu'est-ce que tu me trouves d'irrésistible ? minauda-t-elle.

— Tu cherches le compliment ?

— Comme toute femme, non ?

— Tu m'as dit toi-même que tu n'étais pas une femme ordinaire, lui rappela-t-il.

— C'est ce qui me rend irrésistible ?

— En partie, oui, dit-il, reprenant son sérieux. Ce que j'aime, chez toi, c'est que tu es différente.

— Bref, tu as un faible pour les désaxées.

— Pas du tout ! Tu es différente en ce sens que tu ne supportes pas l'hypocrisie et que tu dis les choses telles qu'elles sont. Pour le reste, tu es intelligente, intuitive, décidée et hardie. Et puis, bien que ton univers ait été bouleversé à plusieurs reprises, tu n'as jamais baissé les bras, Nadine. C'est tout ça qui te rend irrésistible. Et si ça fait aussi de toi une « désaxée », comme tu dis, eh bien, nous sommes sur le même bateau et j'ai un billet de première classe.

— Zut ! Le moindre compliment que je te ferai à l'avenir paraîtra bien terne, comparé au tien.

Il secoua la tête avec indulgence avant de l'observer à la dérobée. Elle regardait droit devant elle, un petit sourire aux lèvres. Les rayons du soleil dansaient sur ses cheveux blonds, les faisant chatoyer agréablement.

— J'ai oublié une chose, dans mon compliment fleuve, dit-il.

— Quoi ?

— Tu es belle, Nadine.

— Merci.

— De rien, c'est la stricte vérité !

— Anderson ?

— Oui ?

— Comment se fait-il que tu ne te sois pas déjà fait enlever par une autre que moi ? Tu n'aurais pas un lourd secret à me confier, par hasard ?

— Ce ne serait pas un secret bien lourd, si je te le confiais si tôt après notre rencontre, la taquina-t-il.

Elle lui donna un petit coup de coude dans le bras.

— Je ne plaisantais pas, là ! protesta-t-elle.

— Ah ! cette manière délicate de m'interroger sur mon passé ! soupira-t-il.

— La délicatesse n'est pas mon fort, au cas où tu ne l'aurais pas remarqué.

— Oh ! j'avais remarqué, ne t'en fais pas pour ça ! Dans trois minutes, nous serons à l'hôtel, ajouta-t-il après un bref silence.

— Trois minutes dont tu pourrais profiter pour me raconter ta vie amoureuse dans le détail, répliqua Nadine.

— En trois minutes ?

— Pourquoi ? C'est trop court ? demanda-t-elle un peu plus sèchement que nécessaire.

Il réprima un rire.

— Trois minutes me suffiront largement.

— Dépêche-toi, il ne t'en reste que deux et demie.

— Déjà ?

— Oui. Alors dépêche-toi.

— Entêtée, hein ?

— Tu ne viens pas de me dire que c'était une de mes qualités ? Et puis, cesse de tourner autour du pot, ça m'agace !

— Bon, bon... alors, ma vie amoureuse en deux minutes et demie.

Il inspira longuement avant de se lancer :

— Une petite amie au lycée comme tout le monde, mais elle est entrée à la fac à l'autre bout du pays et je n'en ai jamais plus entendu parler. Comme je m'y attendais un peu, je m'en suis vite remis. Ensuite, l'école de police. Pendant ma formation, je suis sorti avec deux ou trois filles, sans que ce soit vraiment sérieux. Je manquais de temps, tu comprends ? Ça a été pareil pendant ma première année de stage à Freemont. En revanche, l'année suivante, j'ai rencontré une femme que j'appréciais beaucoup. Nous nous sommes fréquentés pendant plus d'un an, puis elle a rompu sous prétexte que je travaillais trop et que je ne lui suffisais plus. J'avoue que je lui en ai voulu pendant un moment, et que le charmant garçon que j'étais est devenu franchement bougon. Plus tard cela dit, au terme d'une année de vie commune avec une autre femme, je me suis rendu compte qu'effectivement je donnais toujours la priorité à mon travail. Si ma compagne de l'époque s'en est aperçue, elle ne me l'a jamais reproché, peut-être parce que ça lui était égal. Quoi qu'il en soit, je me savais incapable de lui apporter mieux, alors j'ai rompu. C'était il y a trois ans. Voilà. Tu sais tout.

— Ouah ! Tu as réussi à me dire tout ça sans reprendre ton souffle ?

— J'avais deux minutes et demie, lui rappela-t-il. Et comme nous sommes arrivés, j'ai rempli ma part du contrat.

— Tu fais toujours ce qu'on te demande, Anderson ?

— Disons que je m'adapte aux circonstances.

— Je vois…

— Encore plus volontiers lorsqu'elles servent mes intérêts.

— Et on peut savoir quels sont tes intérêts, dans le cas présent ?

— Eh bien, te rendre heureuse, ma belle, dit-il en se tournant vers elle avec un large sourire.

5

Le trouble de Nadine ne diminua pas tandis qu'ils allaient du pick-up à leur chambre. Au contraire, il fut encore aiguillonné par la main d'Anderson, fermement refermée sur la sienne. Le temps qu'ils arrivent, son cœur battait la chamade, et lorsque la porte de la suite se referma derrière eux, ce fut un véritable tumulte.

Dès qu'Anderson se tourna vers elle, elle enroula les bras autour de sa nuque, enfonça les doigts dans ses cheveux et posa sa bouche sur la sienne. Elle mit dans ce baiser toute la ferveur qui l'animait. Pourtant, lorsque leurs lèvres se séparèrent, la fièvre était toujours là. Emmagasinée, attendant l'éruption.

Elle releva les yeux et lut dans le regard d'Anderson le reflet de son propre désir.

— Compliments inspecteur. Vous avez réussi, dit-elle dans un souffle.

— Réussi quoi ? demanda-t-il, haussant un sourcil.

— À servir vos intérêts : je suis heureuse.

— Ah oui ? fit-il avec un petit sourire de guingois.

— C'est fou, non ? On a essayé de me tuer, la maison où j'ai grandi doit être réduite à un tas de cendres, Garibaldi veut ma mort et, malgré tout ça, je suis heureuse, Anderson. Ici et avec toi.

— Effectivement fou. Tu devrais peut-être consulter un spécialiste…

— Je préférerais, de loin, un autre baiser.

— Je croyais qu'on avait du travail.

— Bon, bon, dit-elle en reculant d'un pas. Si tu ne veux pas m'embrasser…

— Je n'ai jamais dit ça !

— Pas dans ces termes, non. Cela dit, on peut travailler *et* s'embrasser. Ça doit être faisable, non ?

— Il n'y a qu'une manière de le savoir, répliqua Anderson en se rapprochant d'elle.

Hilare, elle tenta de se mettre hors de sa portée, mais il l'immobilisa en la saisissant par les épaules. Cette fois, quand elle recula, ce fut parce qu'il la poussait en arrière. Au bout de trois pas, elle sentit le canapé derrière elle.

— Hé ! protesta-t-elle. Ce n'est pas comme ça qu'on va avancer !

— Je sais, murmura Anderson avec un sourire entendu avant de la renverser franchement sur le canapé et de suivre le mouvement.

Il se retrouva au-dessus d'elle et, uniquement soutenu par ses avant-bras musclés, la gratifia d'un sourire charmeur.

— Pas mal, comme spectacle, dit-il.

Sur ces mots, il baissa la tête, et Nadine se laissa aller. La bouche d'Anderson était chaude, sa langue ferme tandis qu'il la faisait courir sur sa gorge, puis sur son menton et une de ses joues. Il l'embrassa, la goûta, la titilla jusqu'à ce qu'elle en oublie son luxueux environnement, jusqu'à ce que le danger qui la guettait ne soit plus qu'un vague souci dans son esprit.

Elle se laissa retomber en arrière pour s'offrir davantage à lui, et leurs corps se soudèrent l'un à l'autre. Comment aurait-elle pu ne pas se délecter de la solidité de son torse, même à travers leurs vêtements ? Si elle s'était écoutée, elle lui aurait arraché sa chemise et se serait dénudée en toute hâte, cédant à ses instincts les plus primaires.

Écoute-toi.

Comme dans un rêve, elle leva une main fébrile jusqu'au premier bouton de la chemise d'Anderson, le fit sauter de sa boutonnière et poursuivit ainsi. Au troisième bouton, elle s'enhardit jusqu'à la glisser sous l'étoffe. La peau du policier avait une texture fantastique, et elle ne se priva pas de faire courir ses doigts sur ses clavicules, rien que pour le plaisir de le toucher.

Au moment où elle s'attaquait au quatrième bouton, Anderson marmonna quelque chose d'inintelligible et se dégagea.

— Nadine...

La fièvre qu'elle perçut dans sa voix rauque la prit par surprise.

— Oui ? dit-elle.

Il frotta doucement son nez contre le sien.

— Je suis un type bien, pas un saint.

— J'espère bien, répliqua-t-elle avant de lui suçoter la lèvre inférieure.

Il laissa échapper un râle.

— Je crois qu'il vaut mieux qu'on s'arrête là.

— Tu plaisantes ?

— Non, et je ne dis pas ça de gaieté de cœur, crois-le bien.

— Eh bien moi, j'ai envie de continuer. Je finis de déboutonner ta chemise et ensuite, on pourra peut-être envisager de me déshabiller, moi.

— Tu me tues, Nadine. Je...

Sans attendre la suite, elle prit le quatrième bouton de sa chemise entre ses doigts. Il recula si vivement qu'il se retrouva à genoux devant elle.

Par sa chemise entrouverte, elle vit le haut de son large torse et devina des pectoraux à se damner. Son désir augmentant d'un cran, elle posa les mains sur les cuisses d'Anderson.

— Si tu veux vraiment qu'on en reste là, dit-elle, je te

conseille de te réfugier à l'autre bout de la suite, et vite, parce je ne suis pas la seule à être irrésistible, figure-toi.

Il hésita et parut tellement partagé qu'elle se mit à rire et se redressa.

— Détendez-vous, inspecteur Somers. Je ne vais pas vous déshabiller de force !

Au lieu de rire lui aussi, il se leva puis se pencha vers elle pour prendre son visage entre ses mains.

— J'ai envie de toi, Nadine, dit-il avec gravité. Mais je tiens à ce qu'on fasse ça bien, pas dans la précipitation, et sans ces menaces qui nous pèsent sur les épaules et risquent de nous plomber.

— Je ne sais pas si tu te rends bien compte de l'effet que tu me fais, murmura-t-elle. Il suffit que tu m'embrasses pour que j'oublie tout le reste.

— Comme ça, tu veux dire ? demanda-t-il, lui déposant un baiser furtif sur les lèvres.

— Comme ça, oui.

— En revanche, dès que je m'éloigne, toutes tes angoisses reviennent en force. Je me trompe ?

— Non, admit-elle en grimaçant. Et bien plus vite que je le voudrais, malheureusement.

— C'est ce que j'essaie d'éviter. Je veux que tu sois avec moi à cent pour cent.

— Avec toi à cent pour cent ? Parce qu'il y a une autre possibilité dans une relation digne de ce nom ?

— Pour ma part, je me sens parfaitement capable de mettre toutes mes préoccupations de côté pour me consacrer à toi.

— Toutes ? Même ton enquête ? demanda-t-elle sans réfléchir. Euh… pardon, ce n'est pas ce que je voulais dire.

— Ne t'excuse pas, ma belle, il n'y a pas de quoi. D'autant que je dois avouer que depuis que je te connais Garibaldi est passé à l'arrière-plan.

— Je ne veux pas constituer un obstacle à ton travail ou être un fardeau pour toi.

— Tu n'es ni l'un ni l'autre, rassure-toi.

Il lui prit la main et la porta à ses lèvres.

— Dis-moi que tu me crois, Nadine.

Le tumulte qui l'avait habitée quelques minutes auparavant reprit, et elle comprit enfin qu'il provenait d'une affection croissante. Elle appréciait vraiment cet homme, et l'idée que ce sentiment soit réciproque la remplissait de joie.

— Alors ? demanda-t-il, comme elle ne répondait pas. Tu me crois ? Tu me fais confiance à ce niveau-là au moins ?

Trop émue pour parler, elle se contenta d'acquiescer.

— Parfait. Dans ce cas, je suggère qu'on s'occupe de ce qui nous empêche d'aller de l'avant, de manière à dégager notre horizon. Ensuite, nous passerons aux choses sérieuses.

— D'accord.

Après l'avoir rapidement embrassée, il alla chercher leur nouvel ordinateur.

— Je dois t'avouer que j'ai hâte que cette enquête soit finie, dit timidement Nadine tandis qu'il s'asseyait à côté d'elle.

— Quoi ? Déjà prête à rendre ton insigne, alors que tu as à peine commencé ?

— Je me serais volontiers passée de cette nouvelle aventure.

— Pourquoi es-tu restée à Whispering Woods alors ?

— Brayden ne t'a pas raconté ma vie ?

— Pas vraiment, non. Il m'a dit que tu as hérité de l'appartement de ta mère et que, dans le même temps, on t'a proposé un poste à l'école locale. Il paraît donc logique que tu te sois sentie obligée de revenir ici. Ce que je me demande, en revanche, c'est pourquoi tu es restée.

Il dévisagea Nadine, tout en sortant la clé USB de sa poche de pantalon.

— Même si je comprends que tu veuilles passer à autre chose, poursuivit-il, j'insiste sur le fait que la plupart des gens se tournent vers les autorités, dans des cas comme le tien.

— Il y a un grand trou dans ma mémoire, depuis mon adolescence. Et bien que je sache depuis longtemps que Garibaldi n'est pas l'homme qu'il prétend être, je n'estime pas en avoir fait suffisamment pour le contrarier dans ses entreprises malveillantes. J'ai même vécu à ses frais, dans la mesure où c'est lui qui a payé mes notes d'hôpital, avant de financer mes études. À l'époque, bien sûr, je prenais ça pour de la générosité pure et simple. Plus tard, j'ai compris qu'il n'était qu'un grand manipulateur. Et puis mon frère est mort en essayant de me sauver la vie, ce que je ne me pardonnerai jamais.

Elle s'interrompit, un sourire triste aux lèvres.

Sans épiloguer davantage, Anderson brancha la clé USB à l'ordinateur. Deux secondes plus tard, une série de dossiers dont le titre était de simples dates s'affichait à l'écran. Il décida de les ouvrir un à un plutôt que de les enregistrer, pour le cas où l'ordinateur tomberait en de mauvaises mains.

Lorsqu'il cliqua sur le premier document, une foule de photos miniatures leur apparurent.

Et, aussi petites qu'elles soient, Nadine comprit immédiatement de quoi il s'agissait.

La sentant sursauter à côté de lui, Anderson se tourna vers elle.

— Tu as vu quelque chose ?

— Oui. C'est la voiture que mon père conduisait pour Garibaldi.

Il redressa l'écran. La voiture bleu foncé ne se distinguait en rien de milliers d'autres berlines du même type.

— Comment le sais-tu ?

— Agrandis-en une, je vais te montrer.

Quand ce fut fait, Nadine désigna de l'index ce qui ressemblait à une tache, sur l'aile, côté conducteur.

— Regarde ! s'exclama-t-elle. On ne le voit pas bien sur cette photo, mais il s'agit d'une trace de peinture rose. Mon père avait garé la voiture de Garibaldi dans notre allée, un soir, et je l'ai heurtée avec mon vélo. La berline était toute neuve, à l'époque. Je croyais que papa allait être furieux, parce qu'elle appartenait à son patron, mais non... Selon lui, la tache était en forme de cœur, et il a demandé à Garibaldi l'autorisation de la laisser là, parce qu'il penserait à moi chaque fois qu'il prendrait le volant.

— Il t'aimait beaucoup, ton papa, fit-il remarquer.

— Nous étions très proches l'un de l'autre, et je l'adorais... jusqu'au jour où j'ai appris qu'il avait fondé une deuxième famille.

— C'est le genre de choses qui te fait tout remettre en question.

— Je n'ai eu que deux jours pour ça, avant l'explosion. Ensuite, il y a eu le défilé des blouses blanches, plus l'effort de faire comprendre aux gens que je n'avais pas perdu la raison. À la fin, la trahison de mon père est devenue un sujet auquel je refusais de penser.

— Tu n'as jamais été tentée par une thérapie ?

— Je ne suis pas très douée pour partager mon ressenti.

— Je dirais que tu t'en sors plutôt bien, au contraire.

— Parce qu'il est facile de te parler, Anderson.

— Bon, On continue à explorer ?

— Tu parles des photos, bien sûr, dit-elle d'un ton sec mais en rougissant un peu.

— À court terme, oui.

Il tendit la main vers le clavier puis se ravisa.

— Qu'est-ce qu'il y a ? lui demanda aussitôt Nadine.
— Le court terme n'est pas vraiment dans ma nature.
— Ça, je l'avais déjà compris.
— Je préfère être clair sur ce point.
— Nous ne nous sommes rencontrés qu'il y a une semaine, et j'en ai passé la plus grande partie à t'en vouloir, lui rappela-t-elle.
— Je sais, tout comme je sais reconnaître ce qui vaut la peine d'être vécu. Je ne suis pas comme Grant. Je n'essaierai pas de te faire croire que je n'attends aucun engagement de ta part. Je recherche la durée, l'éternité, même ! Et bien que je ne sois pas pressé d'y arriver, c'est mon but, Nadine. Je m'attacherai à y parvenir.

Un peu gêné par la passion avec laquelle il s'était exprimé, il haussa les épaules puis se força à ajouter :
— Bref, si nous ne sommes pas sur la même longueur d'onde, je préférerais que tu me le dises maintenant.
— Si.
— Si... quoi ? C'est ce que tu veux, toi aussi ? Une relation sur la durée et pour l'éternité ?
— Oui, répondit-elle en le regardant droit dans les yeux. Et ça me fait peur. Alors ne sois pas étonné si je ne danse pas de joie tout de suite.

Il sentit un sourire radieux lui monter aux lèvres.
— Je me contenterai de ça pour aujourd'hui.

Elle leva les yeux au plafond en se mordant la lèvre pour ne pas sourire, elle aussi.
— Les photos ?
— Oui, oui. On s'y remet.

Rapprochant l'ordinateur, il passa des gros plans de la berline à la liste des dossiers, puis se rembrunit.
— Ces dates..., dit-il. Je crois qu'elles correspondent à des crimes divers.
— Qu'est-ce qui te fait penser ça ?

Il désigna un dossier et répondit d'une voix rauque :

— Celle-ci est celle de la mort de mon père, par exemple.

Il fit descendre son index jusqu'au dernier dossier et ajouta :

— Ce dossier-là date du jour de l'explosion de la rue principale.

Un silence pesant suivit sa déclaration.

— Si tu n'as pas envie d'ouvrir ces dossiers, ne le fais pas, dit finalement Nadine.

— Nous n'avons pas le choix.

Malgré tout, lorsqu'il voulut taper sur le clavier, sa main se figea.

Une seconde plus tard, les doigts fins de Nadine se posaient sur les siens.

— Laisse-moi faire.

— Merci.

Soulagé, il s'autorisa à fermer les yeux. Qu'avait-on pu photographier, le jour de l'explosion ? Le spectacle serait sans doute insupportable, et…

Il fut ramené à la réalité par la voix calme de Nadine.

— C'est bon, Anderson. Tu peux regarder.

Il entrouvrit les yeux et se résigna à les tourner vers l'écran. Les images étaient granuleuses, et la voiture semblable à celle apparaissant dans le dossier précédent, mais visiblement d'un modèle un peu plus ancien.

— Encore une des berlines de Garibaldi, maugréa-t-il.

— Oui. Ces photos sont très mauvaises, même si je crois que c'est papa qui les a prises. Je me souviens du jour où il a eu un téléphone équipé d'un appareil-photo. C'était tout nouveau, à l'époque !

Nadine cliqua sur les miniatures suivantes, et il vit que les clichés avaient été pris de l'extérieur du commissariat de police de Freemont. Fort heureusement, on ne voyait que la voiture et la rue. Pas l'explosion, ni ce qui en avait résulté.

Arrivé à l'ultime photo du dossier, il fronça les sourcils.

— On dirait qu'il y a quelqu'un, là, dit-il en désignant du doigt le bas de l'écran.

— Oui, fit Nadine. Tu crois que c'est Garibaldi ?

— Possible, et même probable. Je vais demander à Harley de nous agrandir cette miniature en priorité.

— On continue ?

Ils passèrent rapidement les dossiers suivants en revue car ils étaient presque tous similaires.

— Papa photographiait tous les endroits où il conduisait son patron ? s'étonna Nadine.

— Ça lui arrivait régulièrement, en tout cas. Sans doute quand il pensait qu'il se passait quelque chose d'illégal à l'intérieur.

— Dans quel but ?

— Pour se couvrir.

— C'est-à-dire pour pouvoir faire chanter son patron, au besoin ?

— Quand on travaille pour un type comme Garibaldi, il semble logique de prendre un certain nombre de précautions…

— Tout ça remonte à plus de quinze ans, ce qui signifie que Garibaldi était encore tout jeune, quand il a fait exploser cette bombe, à Freemont.

— Ton père l'avait connu bien plus tôt que ça. Tyler a confié à Harley qu'avant de devenir le chauffeur de Jesse il était celui de Garibaldi père.

— Et tu penses qu'il avait déjà compris que Jesse Garibaldi était dangereux ?

— Il faut le croire, murmura Anderson, rouvrant quelques dossiers au hasard. Je vais demander à Harley de faire la liste de ces dates et de voir s'il peut les associer à quelque chose. Tu veux qu'on les regarde toutes ?

— Pas toi ?

— J'aime aller au bout des choses. Cela dit, pour tout

t'avouer, je prendrais bien une douche, et je commence à avoir faim. Harley est beaucoup plus doué que moi, en informatique. Il a des logiciels pour tout : les endroits, la reconnaissance faciale, etc.

— Pratique !

— Très. Harley nous est indispensable.

Nadine avait les yeux rivés sur l'écran, la lèvre inférieure coincée entre les dents, et il se rendit compte qu'elle ne l'écoutait plus.

— Nadine ?

— Et le dernier dossier ?

Il suivit son regard.

— Tu es sûre que tu veux le voir ? Qui l'ouvre ? Toi ou moi ?

— Toi, s'il te plaît.

Les premières photos étaient semblables aux précédentes : la voiture tachée de rose, garée cette fois dans la grand-rue de Whispering Woods. Suivaient des clichés, de qualité tout aussi médiocre, des bâtiments de cette même rue.

Et soudain, tout changea : les photos d'extérieur furent remplacées par d'autres, prises en intérieur. Floues et sous-exposées, elles donnaient à penser que le photographe avait tenté d'en prendre un maximum à la dérobée.

Quelques clics plus tard, nouveau changement. Bien que d'aussi mauvaise définition que les précédents, les clichés révélaient quelques détails supplémentaires : une grande pièce aux murs recouverts d'étagères aussi hautes qu'étroites, et dont le sol semblait être en terre battue.

N'ayant aucune idée de ce qu'était cet endroit, il passa à la miniature suivante. Ce qu'il y vit lui fit froncer les sourcils : deux personnes se tenaient debout devant une table et, malgré le faible éclairage, on voyait nettement que leurs tenues vestimentaires sortaient de l'ordinaire.

— On dirait qu'ils portent des combinaisons de sécurité, fit remarquer Nadine.

En effet. Les deux silhouettes étaient couvertes de blanc de la tête aux pieds, en plus d'être équipées de masques et de cagoules — le genre d'équipement qu'on portait généralement dans un laboratoire.

Par curiosité, il passa à la photo suivante, encore plus déconcertante : les deux silhouettes tenaient chacune une extrémité de...

— Qu'est-ce qu'ils ont en main ? marmonna-t-il.

— Une toile, je crois, répondit Nadine.

— Une « toile » ?

— De celles qu'utilisent les artistes pour peindre. D'ailleurs, je me demande si ce n'est pas un tableau. Regarde, elle n'a pas l'air d'être vierge, et je...

Elle s'interrompit, le visage soudain crispé.

— Qu'est-ce qu'il y a ?

— L'art ! Les objets d'art...

— Oui ?

— J'ai rencontré la mère d'une de mes élèves, à Tourtes à gogo. Elle tient une boutique de bijoux artisanaux et d'œuvres d'art, et m'a confié que Garibaldi lui faisait entreposer quelques articles haut de gamme. Étrange coïncidence, tu ne trouves pas ?

— Pour le moins, en effet.

— Tu dis ça, fit-elle en le dévisageant, mais tu sembles trop contrarié pour être vraiment d'accord avec moi.

— Ça me semble bizarre, c'est tout.

— Quoi ? Que Garibaldi puisse tremper dans un trafic d'œuvres d'art ?

— Ça ne va pas très bien avec les attentats et autres meurtres.

— Il a peut-être décidé d'élargir son champ d'activités.

— Peut-être, oui, admit-il, sans cacher son scepticisme.

— Sauf que tu en doutes fortement...

— Fortement, non, seulement le vol d'œuvres d'art et la confection de faux appartiennent à un domaine autrement plus sophistiqué que celui qui intéresse généralement notre ennemi commun.

— Si ces photos n'ont rien à voir avec l'art, qu'est-ce qu'elles nous apprennent ?

— On n'a peut-être pas encore trouvé la bonne, celle qui étayera ta théorie.

Le dossier suivant était du même acabit, les clichés montrant le déploiement de la toile, puis les hommes en combinaison l'emportant à l'autre bout de la pièce pour la poser à plat sur l'une des étagères.

Alors qu'il plissait les yeux dans l'espoir de voir exactement ce qui figurait sur l'écran, Nadine dit soudain d'une voix blanche :

— C'est là !
— Quoi ?
— L'endroit où a explosé la bombe qui a tué mon père.

6

Anderson voulut aussitôt éloigner l'ordinateur pour soustraire l'image à sa vue, mais elle l'en empêcha d'une main ferme. Son cœur battait à tout rompre, ses extrémités étaient moites et elle ne respirait qu'avec peine. Malgré tout, elle parvint à conserver un calme apparent.

— Comment peux-tu en être certaine ? Tu n'as aucun souvenir de ce jour-là, lui rappela-t-il doucement.

— La date correspond, et les premières photos ont été prises à l'extérieur de l'endroit où l'explosion a eu lieu, j'en suis sûre.

— Dans ce cas, laisse-moi regarder le reste en premier.

— Je n'ai pas besoin de filtre, Anderson. Mon père a pris ces photos et s'est débrouillé pour les exporter de son téléphone avant de mourir. Et si j'ignore encore ce qu'elles représentent, il me paraît clair qu'elles pourraient suffire à faire tomber Garibaldi.

— Ça ne t'oblige pas à les regarder.

— Je veux les voir. Toutes. J'en ai besoin.

— Tu ne sais pas à quoi tu t'exposes.

— Justement. Ça m'aidera peut-être à recoller les morceaux de ma mémoire. Laisse-moi regarder.

Il ouvrit la bouche, gonfla les joues, et soupira bruyamment. Puis, sans doute dans une ultime tentative pour la décourager il fit pivoter l'ordinateur vers elle.

— Je suis prête, affirma-t-elle, plus pour ses propres oreilles que pour celles d'Anderson.

— Et si jamais tu te rends compte que tu ne l'étais pas… n'oublie pas que je suis là pour toi.

Hochant la tête avec gratitude, elle cliqua sur la souris. Ce qu'elle vit lui fit froncer les sourcils : la photo était floue et de travers.

— Regarde, c'est Tyler et moi, dit-elle, la gorge nouée.

Quelques retouches et un agrandissement plus tard, l'ensemble restait flou, mais on comprenait ce qui était en train de se passer. Tyler se tenait près d'elle, lui soutenant le dos. Elle tendait les bras vers l'avant, comme si elle tentait d'attraper un objet invisible, hors de sa portée. Elle fixait un point devant elle et, malgré la mauvaise qualité de l'image, une terreur sans nom se lisait dans ses yeux.

Bien que son visage soit tourné vers le photographe, elle n'avait aucun souvenir du moment où le cliché avait été pris. Pourquoi ? Parce qu'elle ignorait que c'était son père qui tenait le téléphone ou pour une tout autre raison enfouie, elle aussi, dans les méandres de sa mémoire ?

— Ça va toujours ? lui demanda Anderson.

— Ça va. Mais je ne me souviens de rien, et je t'avoue que c'est assez déstabilisant.

— J'imagine, oui. Ça doit paraître invraisemblable, de ne pas se rappeler un épisode aussi marquant.

— C'est extrêmement angoissant.

— Tu n'es pas obligée de continuer, et tu devrais peut-être commencer par me dire ce dont tu te souviens. Ce serait peut-être plus facile.

— Voyons… quand je me suis réveillée à l'hôpital de Freemont, il y a dix ans, les médecins ne cessaient de me demander ce que je me rappelais. Ils semblaient penser que je m'étais assommée avant de m'évanouir. Ensuite, bizarrement, quand je me suis mise à parler de Tyler et de Whispering Woods, ils ont fait machine arrière, et j'ai mis un moment à obtenir plus de détails.

— Et quand tu les as eus ?

— Rien ne collait. À en croire les médecins, la voiture aurait heurté un poteau téléphonique. Mon père, qui était au volant, serait mort sur le coup, et un bon samaritain m'aurait sortie de la voiture avant d'appeler les secours. Sauf que ce n'est pas vrai. Je sais que je suis montée en voiture avec Tyler, à plus de deux cents kilomètres de là. Notre dernière conversation est encore très claire dans mon esprit. Nous cherchions papa depuis deux jours et, brusquement, Tyler a eu un tuyau par Garibaldi qui prétendait savoir où il était.

Elle désigna de l'index la première image du dossier.

— Je suis absolument sûre qu'il s'agit de la cave de la rue principale. Je ne me souviens pas d'y être arrivée, mais Tyler m'avait expliqué que c'était là que nous nous rendions.

— Et tu y es retournée depuis, lui rappela-t-il.

Bien qu'il n'ait mis aucune agressivité dans sa remarque, elle réprima difficilement une grimace. Elle n'était vraiment pas fière d'elle, sur ce coup-là.

— Oui, se força-t-elle néanmoins à répondre. Et pas uniquement pour y enfermer Reggie, le temps de m'assurer que Brayden et elle n'étaient pas à la solde de Garibaldi. Quand je suis revenue à Whispering Woods, c'est le premier endroit où je me suis rendue. Je suis restée devant le bâtiment pendant une éternité, dans l'espoir que ça m'aiderait à me souvenir.

— Et ça n'a pas marché.

— Non. Rien ne m'est revenu. Rien du tout. Alors j'ai pris le taureau pas les cornes, je me suis introduite dans l'entrepôt, et je suis tombée sur une pièce entièrement rénovée. Ça m'a fait un choc, puisque je savais par Garibaldi que l'explosion qui avait détruit l'endroit n'était pas le fruit de mon imagination. Alors le décor, dans ce sous-sol…

Elle s'interrompit et repensa à son étonnement à la vue de la pièce souterraine.

— Que t'attendais-tu à trouver ?

— Je n'en sais rien. Ça va te paraître idiot, mais j'en rêve encore la nuit, avoua-t-elle en baissant les yeux.

— De quoi ?

— De l'état dans lequel était la cave, le jour du sinistre. De l'obscurité, de l'odeur de la fumée… Ces rêves sont un mélange de souvenirs flous et de flashs qui me ramènent à ces photos. Cela dit, je peux t'assurer qu'ils me paraissent bien plus réels que la version qu'on m'a donnée de ce prétendu accident de voiture.

— Parce qu'ils *sont* réels, dit fermement Anderson. Ces photos pourraient en être la preuve. Il nous en reste quelques-unes à découvrir, à moins que tu préfères qu'on demande à Harley de s'en occuper.

— Non. Je tiens à voir la suite.

Elle cliqua sur la miniature suivante puis sur celle d'après, toutes deux trop floues pour y distinguer quoi que ce soit. La troisième, en revanche, lui arracha un cri étouffé. C'était son propre visage qui s'affichait à l'écran. La photo, plus nette que les précédentes, reflétait parfaitement l'adolescente qu'elle avait été. Les cheveux longs, une frange formant une ligne droite au-dessus des sourcils, un épais trait d'eye-liner noir sur les paupières, et le rouge vif qu'elle affectionnait à l'époque barrant ses lèvres. Toutefois, malgré sa netteté, le cliché était singulièrement déroutant.

Elle y apparaissait les yeux fermés, le visage écrasé contre le sol en terre battue. Sa joue était encore vierge de toute cicatrice.

Machinalement, elle porta la main à l'endroit où sa peau restait meurtrie. Anderson, qui la vit faire, l'entoura de son bras et l'attira contre lui. Fermant les yeux, elle se laissa bercer.

— Envoie tout ça à Harley, murmura-t-elle. Il y a forcément de quoi incriminer Garibaldi, sur cette clé. Sans quoi il n'aurait pas eu peur que mon père et mon frère l'utilisent pour le faire chanter. Et il n'aurait aucune raison de s'en prendre à moi.

— OK. Je l'appelle.

Lorsque Anderson la lâcha, elle se sentit étrangement seule. Elle rouvrit les yeux pour le regarder composer le numéro de son coéquipier, puis se leva et se mit à arpenter le salon.

Elle aimait le sentiment dont l'emplissait la présence du policier auprès d'elle et trouvait soudain facile de s'en remettre à lui.

Même l'intensité de ces sentiments, nouveaux pour elle, lui plaisait, tout en lui faisant un peu peur.

Un tout petit peu peur seulement car elle ne craignait pas d'être abandonnée ou trahie, cette fois. Anderson était honnête et bienveillant, elle le savait. Son anxiété provenait donc de sa propre réticence à s'abandonner.

Lance toi !

Elle ne se rendit compte qu'elle avait prononcé cette injonction à voix haute que lorsque Anderson se tourna vers elle, son téléphone en main.

— Me lancer dans quoi ? demanda-t-il.

Elle hésita un instant, se demandant s'il valait mieux balayer la question d'un haussement d'épaules ou lui avouer qu'elle pourrait facilement s'éprendre de lui. Elle n'eut pas l'occasion de dire quoi que ce soit, car quelqu'un tambourina à la porte, la faisant sursauter.

Et la peur, la vraie, revint en force.

*
* *

Anderson eut le cœur serré à la vue de la terreur qu'il lut dans les yeux de Nadine.

— Harley, dit-il dans son téléphone, je ne peux pas te parler maintenant.

— Tout va bien ? lui demanda son ami.

— Je ne sais pas trop. On vient de cogner à la porte, et nous n'attendons personne.

Il avait à peine terminé sa phrase qu'on frappait de nouveau, de manière plus impérieuse.

— Je te rappelle plus tard, Harley.

Après avoir raccroché, il se tourna vers Nadine.

— Passe-moi la clé USB, chuchota-t-il.

Elle la lui tendit aussitôt.

— Super. Maintenant, va dans la chambre.

— Tu crois vraiment ?

— Fais-moi confiance.

Elle jeta un regard nerveux en direction de l'entrée de la suite.

— Ne t'en fais pas pour moi, ça ira, lui assura-t-il.

— Bon…

Elle fit demi-tour en traînant les pieds.

Soulagé, Anderson traversa le salon à pas de loup et jeta un coup d'œil par le judas. Ce qu'il vit ne le rassura guère : deux hommes se tenaient dans le couloir, l'un vêtu de l'uniforme de l'hôtel, l'autre d'un costume. À en juger par sa posture, ce dernier était armé et n'hésiterait pas à utiliser son revolver en cas de besoin.

Anderson s'éloigna silencieusement de la porte puis prit l'ordinateur qu'il débrancha avant de le glisser sous le canapé.

Entendant un cri étouffé, il tourna la tête. Nadine se tenait sur le seuil de la chambre, pâle comme un linge.

— Qu'est-ce que tu fais ? chuchota-t-elle.

— Viens, dit-il en la prenant fermement par la main

pour l'entraîner dans la chambre. Fais-moi confiance, s'il te plaît.

Elle se dégagea avec brusquerie.

— Je veux bien, mais je me demande…

— Viens, je te dis. Nous avons une petite chance de nous cacher.

— Laquelle ?

Il ouvrit la porte du dressing.

— Tu ne vas peut-être pas me croire, mais c'est la deuxième fois de la journée que je suis obligé de me réfugier là-dedans.

Sourcils froncés, elle entra dans le dressing. Il l'y suivit et en referma silencieusement la porte. Une fois cela fait, il prit le visage de Nadine entre ses mains, l'embrassa brièvement et la fit pivoter sur elle-même, de manière qu'elle puisse appuyer le dos contre son torse.

— Il y a deux hommes dans le couloir, chuchota-t-il. Ils ont peut-être une raison parfaitement légitime d'être montés jusqu'ici, mais j'en doute fort.

— Pourquoi as-tu caché l'ordinateur ?

Il lui posa une main sur la bouche au moment précis où des bruits de pas retentissaient dans l'antichambre de la suite.

Il y eut un silence, puis une voix masculine, annonça :

— Personnel de service ! Monsieur Smith ? appela l'homme, utilisant le pseudonyme sous lequel Anderson s'était fait enregistrer.

— Vous êtes là ? Désolé d'arriver comme ça, sans prévenir, quelqu'un a demandé des couvertures supplémentaires, je crois…

Nouveau silence, puis une deuxième voix, moins assurée.

— À mon avis, ils sont sortis.

— Le pick-up de Smith est dans le parking souterrain. Je l'ai vu il y a moins d'une demi-heure.

— C'est possible, lui répondit son comparse, d'une

voix caverneuse et plus posée. Mais je suis certain de l'avoir aperçu, *lui*, en ville, ce matin.

— Vous avez dû faire erreur.

— Je ne commets pas ce genre d'erreur.

— Eh bien, c'est qu'il est sorti sans que je m'en aperçoive. Un instant d'inattention, ça arrive à tout le monde ! Je…

Un bruit sourd, sans doute celui du canapé qu'on déplaçait, couvrit le reste.

— Vous avez trouvé quelque chose ? demanda l'un des hommes, probablement celui qui portait l'uniforme de l'hôtel.

— Ouais. Un ordinateur.

— Et vous allez l'allumer ?

— T'occupe. Va donc plutôt jeter un œil dans la chambre.

— D'accord.

Anderson sentit Nadine se crisper contre lui. Quelques secondes plus tard, et contre toute attente, ils entendirent le lit s'affaisser. Il ne tarda pas à comprendre ce qui se passait : déjà convaincu que la suite était vide, l'employé de l'hôtel n'avait aucune intention de la fouiller pour s'en assurer.

D'ailleurs, au bout de quelques minutes, il demanda :

— Autre chose d'intéressant ?

La réponse fut immédiate.

— Rien du tout. J'ai l'impression que cet ordinateur vient d'être installé, répondit l'homme en costume avec agacement.

— Rien ici non plus. J'ai cherché dans la salle de bains et j'ai même regardé sous le lit. J'avais l'air malin, tiens !

— Un minimum de minutie n'a jamais fait de mal à personne.

La voix de l'homme en costume se rapprochant, Anderson

serra Nadine un peu plus fort contre lui. D'instinct, il savait que c'était lui le plus dangereux des deux.

— À ton avis, c'est qui, ce type ? demanda-t-il.

L'employé lui répondit aussitôt :

— Aucune idée. Son petit ami, peut-être.

— Elle n'en a pas, d'après son dossier.

— Depuis quand on enregistre ce genre de détails ?

— Pas dans son dossier officiel, imbécile ! Dans celui de Garibaldi. Il l'a bien surveillée, crois-moi. Tout est consigné sur ses tablettes !

À l'évocation du nom de Garibaldi, Nadine sursauta et glissa une main sur la cuisse d'Anderson qui la recouvrit de la sienne et la maintint fermement en place.

— On devrait y aller, suggéra l'employé de l'hôtel. Ils pourraient rentrer à tout moment.

— Et alors ? Je ne redoute pas la confrontation !

— M. Garibaldi a dit…

— Je l'ai entendu, et pour rien au monde je ne perturberais la tranquillité de son précieux hôtel. Je veux seulement refaire le tour de la chambre. J'en ai pour une minute.

Anderson se tendit. À travers les lattes de la porte du dressing, il voyait l'homme en costume arpenter la chambre.

— On ne dirait jamais que quelqu'un a dormi ici, marmonna-t-il. Le lit n'est pas défait, les bagages sont encore fermés… Ils ont spécifiquement demandé à ce que les femmes de chambre ne passent pas, c'est bien ce que tu m'as dit ?

— Absolument.

— C'est bizarre, de prendre une suite et de ne pas profiter des avantages qui vont avec, tu ne trouves pas ?

Entendant l'homme ouvrir un tiroir, Anderson craignit qu'il n'ordonne à son comparse d'entreprendre une autre fouille, plus approfondie.

La précarité de la situation commençant à l'incommoder sérieusement, il ferma les yeux, le temps de faire le point.

Le revolver était dans son holster, contre son flanc, ce qui était une bonne chose. En revanche, la position de Nadine posait problème. Elle aurait été mieux protégée si elle s'était trouvée derrière lui plutôt que devant.

Malheureusement, le dressing était beaucoup trop exigu pour qu'ils puissent changer de place sans trahir leur présence. Bref, il n'avait plus qu'à attendre et à se tenir prêt. Si les choses tournaient mal, l'effet de surprise jouerait peut-être en sa faveur. Au pire, il se servirait de son corps comme d'un bouclier.

Quand il rouvrit les yeux, il s'aperçut que leurs visiteurs s'étaient encore rapprochés d'eux. L'employé tirait sur une cigarette, envoyant sa fumée nauséabonde vers le dressing. Son chef se tenant de trois quarts, Anderson l'étudia avec attention : des cheveux poivre et sel coupés en brosse, une veste de marque ornée d'un logo qu'il reconnut vaguement, et une posture assurée, à la limite de l'arrogance.

Ce type respirait la richesse et la puissance.

Puis il se retourna, et Anderson se rendit compte que le logo de la veste n'était pas la seule chose qu'il reconnaissait. Le visage de l'homme aussi lui était familier : il l'avait vu le matin même.

7

Nadine sentit Anderson se crisper derrière elle et comprit que sa tension subite était liée à l'entrée du deuxième homme dans la chambre. Jetant un coup d'œil craintif à travers les lattes, elle se concentra sur lui. D'âge moyen, vêtu d'une veste de marque, il conversait à mi-voix avec son comparse en uniforme. Elle eut la vague impression de l'avoir vu quelque part, avant de songer que c'était dû à sa banalité : il n'y avait absolument rien de remarquable en lui. Un faciès passe-partout, une taille moyenne et un charisme très relatif. Bref, c'était M. Tout-le-Monde, le genre d'homme à se fondre aisément dans la foule.

Si seulement elle avait pu demander à Anderson ce qui l'inquiétait tant, chez ce personnage falot !

Une odeur de fumée lui emplit soudain les narines, et son cerveau embrumé fut stimulé par des bribes de souvenirs qu'elle ne parvint pas à identifier. Elle cherchait toujours à comprendre l'origine de son malaise, lorsque l'homme en costume pivota sur lui-même. Nadine eut le souffle coupé en le voyant de profil. Le côté droit de son crâne était marbré de bleu, et sa mâchoire barrée d'une cicatrice sanguinolente, ce qui le faisait passer d'un personnage ordinaire à une figure franchement inquiétante.

Elle inspira longuement dans l'espoir de se calmer un peu, mais cela ne fit que renforcer son impression de sentir une odeur de fumée. Elle recommença et, cette fois, elle reconnut l'homme.

Son cœur s'emballa. C'était lui qui avait mis le feu à l'appartement de sa mère ! Et bien qu'elle ne l'ait vu que brièvement ensuite, affalé sur le trottoir, la mâchoire entrouverte et les yeux clos, elle n'avait aucun doute.

Que faisait-il là ? Comment était-il parvenu à s'éloigner de l'endroit du sinistre ?

Ce qu'il dit ensuite l'empêcha de réfléchir à ces questions.

— Ce serait bien qu'on ait quelques éléments de réponse avant que les autorités fassent le rapport entre Smith et la fille.

L'employé répondit avec une anxiété manifeste :

— C'est pour bientôt, à votre avis ? Parce que je n'ai pas envie de me frotter à la police locale, figurez-vous.

— Ne t'en fais pas. Je n'ai donné aux flics aucune raison de venir enquêter sur M. Smith, si c'est bien son nom. Je leur ai simplement laissé entendre que tout est la faute de la fille. Ils en tireront les conclusions qu'ils veulent.

Nadine se raidit à son tour. Même la petite pression qu'Anderson exerça sur son bras ne suffit pas à l'apaiser, tant sa colère était grande. Non content d'avoir mis le feu à la maison de sa mère, ce fumier avait rejeté la faute sur elle !

Il continua à parler, expliquant à son comparse que la police avait dû fouiller l'appartement de « la fille » depuis longtemps.

Ce n'était plus la peur qui habitait Nadine en cet instant, mais la rage. Une rage froide.

— Nadine…

Entendant son nom, elle sursauta et tourna la tête. Une seconde plus tard, elle sentit les bras d'Anderson se refermer autour de sa taille et, se laissant aller contre lui, elle constata que la chambre était vide.

— Ils sont partis, chuchota-t-il. Je les ai entendus refermer la porte derrière eux. Attendons tout de même une ou deux minutes, si tu veux bien.

— C'est l'homme qui a mis le feu chez maman, annonça-t-elle dans un soupir. Celui qui était en costume, je veux dire.

— Je sais, je l'ai reconnu, moi aussi.

— Il a raconté à la police que c'est moi !

— Je sais, ma belle. Et ce n'est pas si grave que tu le penses.

— Ah, tu trouves ? On va me rechercher et m'arrêter, Anderson. Pendant ce temps-là, au lieu de t'aider à chercher des réponses à nos questions, je moisirai en prison.

Il voulut la faire pivoter vers lui. Tous deux heurtèrent bruyamment l'une des parois du dressing et, devant le ridicule de la situation, Nadine laissa échapper un rire nerveux qui se transforma presque aussitôt en un hoquet proche du sanglot.

— Regarde-moi, lui demanda Anderson avec une telle bienveillance qu'elle s'exécuta aussitôt.

— Explique-moi en quoi ce n'est pas grave.

— Nous connaissons leur plan dorénavant, du moins en partie. Ils ont peut-être mis le feu à l'appartement pour couvrir un autre méfait, pour détruire la clé USB par exemple, et ils ne tiennent pas à ce que cela passe pour un accident. En d'autres termes, ce qu'ils manigancent est suffisamment important à leurs yeux pour qu'ils se soient risqués à mettre la police sur ta piste.

— N'empêche qu'ils me tiennent.

— Tu crains vraiment que la police prenne leurs accusations au sérieux ? Je te rappelle que tu étais avec moi, ce matin.

— Pas au moment où l'incendie a été allumé.

— Ce n'est pas toi qui l'as provoqué, cet incendie.

— Je le sais bien, et toi aussi. Seulement de là à ce

qu'on me croie quand je dirai que j'ai vu un homme masqué mettre le feu à une substance inconnue…

— La police a déjà eu vent de la présence d'un individu masqué au centre de soins, lui fit-il remarquer.

Elle hocha piteusement la tête.

— C'est vrai.

— Si ça peut te consoler ne serait-ce qu'un tout petit peu, dis-toi que nous savons ce que veulent les hommes de Garibaldi, à présent. Et que ça nous donne l'avantage.

— Je n'en suis pas moins furieuse pour autant.

— Je vois ça, dit-il, ramenant sa mèche blonde en arrière avant de l'embrasser avec fougue.

Bien qu'un peu apaisée, elle n'était toujours pas prête à lâcher prise.

— L'idée que quelqu'un puisse penser, même l'espace d'une seconde, que j'ai pu faire une chose pareille me fait horreur. Je viens à peine d'apprendre que ce souvenir de ma mère me revenait, Anderson. Pour rien au monde je ne l'aurais détruit !

— Je sais tout ça, ma belle, répondit-il avant de la reprendre dans ses bras.

— Tu n'essaierais pas de me distraire de ma colère, par hasard ?

— Ça se pourrait.

— C'est sûr, tu veux dire !

— Et ça marche ?

— Un peu, concéda-t-elle d'un ton boudeur.

Les lèvres d'Anderson se posèrent sur les siennes pour la deuxième fois et, malgré elle, elle se hissa sur la pointe des pieds pour les rencontrer. L'étreinte du policier était réconfortante, déjà familière.

— Seulement un peu ? s'enquit-il avec espièglerie.

En souriant, elle lui enserra la taille.

— Oui. Tu vas devoir faire un effort supplémentaire.

— Tu es sûre ? demanda-t-il, faisant remonter les mains de Nadine jusqu'à son torse puis sur ses épaules.

» Et comme ça ? reprit-il, après l'avoir obligée à reculer jusqu'à la porte.

— Disons qu'on est un peu à l'étroit, dans ce dressing.

— Ça me plaît bien, à moi.

— C'est vrai ?

— Tout à fait. J'aime t'avoir tout près de moi.

— Parce que tu t'imagines que je vais m'enfuir dès l'instant où tu ouvriras cette porte ?

— J'espère bien que non !

— Ne t'en fais pas pour ça, je n'ai aucune intention de fuir.

— C'est promis ?

— Promis.

— Dans ce cas, je prends le risque.

Elle remarqua néanmoins qu'il ne la relâcha pas aussitôt après avoir ouvert la porte. Il resserra même légèrement son étreinte avant de lui faire traverser la chambre à reculons. Lorsqu'elle sentit le bord du lit contre le creux de ses genoux, elle ne put réprimer un cri étouffé.

Anderson se remit à l'embrasser, tendrement, explorant sa bouche à loisir. Partout où il la touchait, elle sentait se former de petites étincelles brûlantes qui ne tardèrent pas à se multiplier pour se transformer en un véritable feu d'artifice. Son corps irradiait la chaleur et, bien qu'ils ne soient plus séparés que par l'épaisseur de leurs vêtements, cette infime distance lui parut bientôt insupportable.

Elle s'écarta juste assez pour pouvoir attraper le bas du T-shirt d'Anderson. Du bout des doigts, elle effleura ses abdominaux, lui arrachant un grondement qui ne fit que l'aiguillonner. Elle fit alors remonter le T-shirt sur son torse, l'en débarrassa et le jeta sur la moquette. Le voyant ainsi, à moitié nu devant elle, elle fut partagée entre l'envie d'admirer ses muscles parfaits, et celle de l'attirer à elle pour le sentir contre son corps en émoi. Il profita de ce moment d'hésitation pour reculer d'un pas et prononcer son nom d'un ton de doux reproche.

— Désolée, dit-elle. Je sais que tu préfères attendre…

— La question n'est pas là, répliqua-t-il en secouant la tête.

— Qu'est-ce qui ne va pas, alors ?

— Disons qu'avoir été enfermé dans ce dressing avec toi, à deux pas des sbires de Garibaldi, m'a donné l'envie de profiter de chaque instant passé en ta compagnie.

— Dans ce cas, pourquoi s'arrêterait-on là ?

— Parce que ce confinement m'a également rappelé que tout peut changer à n'importe quel moment.

— Je vois…, fit-elle sans conviction.

Au sourire qu'il lui décocha, elle comprit qu'il avait perçu son doute.

— Il y a une semaine, tu n'étais pour moi qu'une enquiquineuse.

— Merci bien !

Il lui posa la main sur la joue avant d'ajouter :

— Une charmante enquiquineuse, mais une enquiquineuse tout de même. Et tu ne m'aimais pas beaucoup non plus, je crois.

Elle laissa reposer sa tête sur sa large main.

— C'est que, pour moi, tu étais un empêcheur de tourner en rond. Il n'est jamais très agréable de se sentir enfermée, tu comprends ?

— Tu crois que le rôle de geôlier est plus confortable ? lui renvoya-t-il avant de lui déposer un baiser sur le bout du nez.

— De toute façon, maintenant, tu n'es plus dans cette position.

— Non, convint-il. Et ça illustre parfaitement mon point de vue : rien n'est immuable, et les situations peuvent changer d'un instant à l'autre.

— Ça t'embête ?

— Ça m'effraie un peu, avoua-t-il.

— Parce que tu crains que je redevienne une enquiquineuse ?

— Non. Ce serait plutôt le contraire.

— Le contraire d'une enquiquineuse ?

Il baissa vers elle ses yeux bleus pour la dévisager avec un sérieux qu'elle ne lui avait encore jamais vu.

— C'est le contraire, au sens où je suis en train de tomber amoureux de toi, Nadine.

Elle soutint son regard pendant quelques secondes, tellement submergée par l'émotion qu'elle en avait le vertige.

— Je sais que c'est complètement fou, reprit-il, mais c'est le tour que prend la situation pour moi. Et si nous décidons d'aller plus loin, les choses vont encore changer.

En voyant son sourire espiègle, elle s'esclaffa.

— Tout ça pour en arriver là ?

— Je n'y peux rien, Nadine. Je suis un homme, droit, certes, mais je reste un homme. Je ne veux pas d'une relation d'un soir. Ce n'est pas ce que je recherche, dans la vie.

— Moi non plus, répondit-elle dans un souffle.

— Ni une idylle d'une semaine.

— Non, non, bien sûr.

— Or, ça pourrait nous engager à vie, si on songe aux conséquences possibles.

Croyant comprendre ce à quoi il faisait allusion, elle rougit violemment.

— Je prends la pilule, si c'est ce qui t'inquiète.

— La... Ah ! fit-il en riant. Oui, il y a ça aussi, mais c'était surtout à nous deux que je pensais. À condition qu'il y ait un « nous deux », bien sûr.

— En d'autres termes, tu me demandes d'être ta petite amie officielle ?

— On dirait, oui.

— Eh bien, c'est sans doute la question la plus facile à laquelle tu me demandes de répondre depuis notre rencontre.

— Dois-je en conclure que c'est « oui » ?

— Plus que oui.

Les yeux d'Anderson pétillèrent de malice.

— Et qu'est-ce que c'est, selon toi, « plus que oui » ?

— Je ne sais pas… deux fois « oui » ou…

— Ou quoi ?

— Ou ça, par exemple !

Elle retira son T-shirt et le jeta sur celui d'Anderson qui la regarda faire, les yeux rivés sur les cicatrices qui striaient son flanc. Bien que plus pâles que celle qui marquait sa joue, elles étaient visibles. L'espace d'un instant, elle se sentit vaguement gênée, mais dès que les yeux d'Anderson remontèrent vers son visage, toutes ses craintes s'évaporèrent.

— « Plus que oui », répéta-t-il rêveusement. Ça me plaît bien, finalement

En souriant, elle lui retira sa ceinture, avant de s'attaquer au bouton de son jean. Lorsqu'il fut ouvert et que la fermeture eut glissé vers le bas, Anderson laissa échapper un grognement rauque.

— Ça mérite bien un baiser, non ? minauda-t-elle.

Il baissa docilement la tête pour lui effleurer les lèvres des siennes, comme pour lui donner le contrôle. Elle lui répondit avec ferveur, s'amusant de sa fausse passivité, le titillant à l'envi. Cependant, lorsqu'elle se mit à lui mordiller la lèvre inférieure, il changea totalement d'attitude.

Elle sentit ses mains se poser sur ses épaules, puis descendre jusqu'à ses reins et remonter vers sa taille où elles s'arrêtèrent. Lui souriant d'un air entendu, il l'attira à lui avec une telle fougue qu'elle laissa échapper un petit cri. Presque aussitôt, et sans prévenir, il la souleva. Dans le même mouvement, il fit passer ses jambes autour de ses hanches. Elle n'eut pas le temps de s'adapter à sa nouvelle position car il pivota sur lui-même, cette fois pour les faire tomber sur le lit.

Il resta un instant au-dessus d'elle, appuyé sur ses avant-bras, la rivant sur place de son regard fiévreux.

— Dis-moi que tu recherches l'amour éternel, Nadine.

— Pour tout t'avouer, j'espère l'avoir trouvé, répondit-elle sans hésiter.

Après cela, les mots devinrent superflus.

Anderson roula sur le flanc et tendit machinalement la main vers l'endroit où aurait dû se trouver Nadine. Alors qu'il aurait pu jurer qu'elle était encore blottie contre lui quelques minutes plus tôt, il trouva son côté du lit vide. Quand il tourna la tête vers le réveil, cependant, il s'aperçut que plusieurs heures s'étaient écoulées depuis qu'il lui avait murmuré quelques derniers mots doux à l'oreille avant de fermer les yeux à son tour, plus comblé qu'il ne l'avait jamais été.

— Nadine ? appela-t-il d'une voix ensommeillée.

Ne la voyant pas apparaître immédiatement, il se redressa et réessaya :

— Nadine ?

— Debout, marmotte !

Nadine se tenait sur le seuil de la chambre, un mug à la main.

— Café ? lui proposa-t-elle, radieuse.

— Je veux bien, merci.

Elle s'avança vers lui et lui tendit le mug. Il fit mine de le prendre, puis se ravisa. Maintenant que Nadine était là, il n'avait plus qu'une envie : l'attirer près de lui pour une nouvelle étreinte.

— Pas question, chantonna-t-elle en tournoyant sur elle-même pour s'éloigner de lui.

— Pas question... de quoi ? demanda-t-il innocemment.

— Tu avais cette expression, il y a quelques heures. Et je sais très bien à quoi elle nous mène. En outre, nous n'avons pas de temps à perdre. D'après Harley...

— Tu as eu Harley au téléphone ?

— Oui. Il a essayé de te joindre sur ton portable une bonne dizaine de fois. Au début, je ne voulais pas te réveiller inutilement, et puis j'ai eu peur qu'il s'inquiète alors j'ai pris son appel. Je n'aurais pas dû ?

Anderson sentit un sourire gagner ses lèvres.

— Si, si bien sûr.

— Dans ce cas, pourquoi ce sourire ?

— Parce que j'aime assez l'idée que tu communiques avec mes amis, que tu fasses entièrement partie de ma vie.

— Tu es fou.

— Je ne suis pas fou. Je suis amoureux, nuance.

— C'est bien ce que je disais, répliqua-t-elle en posant le mug sur la table de chevet.

Il ramassa son boxer et l'enfila rapidement, sans se départir de sa bonne humeur.

— Je peux savoir ce que t'a dit Harley, au juste ?

— Après avoir bougonné un bon moment, il m'a demandé de lui confirmer que tu n'étais pas mort, puis de lui décrire les photos.

— Comment ça, les décrire ? Tu ne les lui as pas envoyées ?

Les lèvres pincées, elle secoua la tête.

— J'aurais été bien en peine. Nos visiteurs d'hier ont embarqué l'ordinateur.

— Et tu n'as pas pensé que c'était une raison suffisante pour me réveiller ?

— J'y ai pensé, Anderson. J'ai même sérieusement réfléchi au problème ; il n'y a rien, sur cet ordinateur.

Alors je me suis demandé pourquoi ils l'ont emporté, et j'en suis venue à la conclusion que c'était un piège.

— Un piège…, répéta-t-il machinalement.

Nadine hocha énergiquement la tête.

— Tout à fait. Si nous rapportons ce vol, il y a de grandes chances pour que nous soyons obligés de nous confronter à la police locale : un bon point pour nos ennemis. Deuxième avantage pour eux : ils sauront exactement où nous sommes. Harley est tombé d'accord avec moi sur ce point, d'ailleurs.

— Ah, vraiment ? Alors je retire ce que j'ai dit. Je n'aime pas que tu discutes avec mes amis, finalement. Autre chose ?

— Oui. Harley aimerait qu'on lui fasse parvenir les photos dès que possible, afin qu'il puisse en comparer les dates avec celles d'autres méfaits connus. Ah, et il pense que la salle qu'on y voit servait à entreposer des œuvres d'art. Selon lui, après qu'elle a explosé, Garibaldi l'a fait reconstruire à l'identique. Harley n'a fait le rapprochement que grâce à la description que je lui en ai donnée. Il m'a même trouvé l'œil d'une artiste !

— Tu es contente de toi, là, on dirait !

— Un petit peu, oui, admit-elle en souriant.

— Et tu as sans doute une idée de génie quant à la manière dont nous pourrions nous procurer un nouvel ordinateur…

— Harley en a eu une.

— Evidemment, suis-je bête ! fit-il, un peu amer.

— Et elle ne va pas te plaire.

— Dis-moi tout de même.

— Il pense que le plus simple serait de retourner chercher le mien, chez moi.

— Tu ne lui as pas répondu que c'était hors de question ?

— Non. En revanche, il m'a donné un certain nombre d'instructions.

— Je t'écoute, marmonna-t-il en se pinçant l'arrête du nez avec lassitude.

— Donne-moi le temps d'aller chercher mes notes. Ton copain m'a fourni tellement de détails que j'ai dû prendre un stylo.

Il profita de ce qu'elle était sortie pour se laisser retomber sur le lit et soupirer bruyamment. Retourner à l'appartement lui paraissait beaucoup trop risqué.

— C'est bon, j'ai tout. Mon bloc, mes…

Elle s'interrompit et se planta devant le lit.

— Que se passe-t-il ? Tu en fais, une tête !

Il se leva d'un bond.

— On n'a qu'à partir d'ici, ce sera plus simple. Rien ne nous en empêche, après tout.

— Quoi ? s'exclama Nadine, stupéfaite.

— Essaie de caser tes affaires dans mon sac. On achètera ce qui nous manque là où on échouera.

— La fuite va te rendre malheureux, Anderson, lui fit-elle remarquer avec douceur. Je ne te donne pas une heure pour regretter ta décision.

— Détrompe-toi, ma belle. Je serai le plus heureux des hommes quand je te saurai loin de Garibaldi.

— Je t'avoue que ça ne me déplairait pas à moi non plus, mais pas avant d'avoir compris pourquoi mon père est mort. Tu veux que justice soit faite toi aussi, non ?

— Si, admit-il en grimaçant. Mais je n'ai encore jamais été confronté à un choix aussi crucial. Je ne suis pas prêt à te sacrifier sur l'autel de la justice.

— Qui te parle de me sacrifier ? Vois les choses sous un angle plus positif, Anderson ! Tu as gagné une alliée à ta cause, c'est déjà ça, non ?

— Je ne demanderais pas mieux que continuer à travailler avec toi, Nadine. Je te nommerais même adjointe au shérif, si j'en avais le pouvoir. Malheureusement, ce n'est pas le cas. Et s'il t'arrivait malheur pendant que nous enquêtons sur les circonstances de la mort de mon père...

— Je t'arrête. Nous n'enquêtons pas sur les circonstances de la mort de ton père, mais sur celles de la disparition de *nos* pères respectifs. Le tien *et* le mien. Dans le même temps, nous essayons d'en apprendre davantage sur les agissements de Garibaldi. C'est à ça que je m'étais attachée quand tu es arrivé au centre de soins. C'est aussi ce que je continuerais à faire si tu étais resté chez toi.

Il la foudroya du regard avant de dire froidement :

— Si j'étais resté chez moi, le petit incident de la berline devant le centre de soins se serait mal terminé, ma belle.

— Si tu essaies de me faire peur pour me convaincre de fuir avec toi, tu perds ton temps. Bien sûr que cet incident se serait terminé autrement, ça ne fait aucun doute !

Cherchant en vain que lui répondre, il l'étudia attentivement. Existait-il une réponse, d'ailleurs ? Il voulait savoir la femme qu'il aimait loin du danger potentiel et ferait tout son possible pour mettre Garibaldi derrière les barreaux, certes. D'un autre côté, il voulait aussi vivre sa vie et être en mesure d'envisager son avenir, auprès de Nadine si possible.

— C'est l'évidence même, murmura-t-il, presque vaincu.

— C'est bien ce que je disais. Dans la situation où nous nous trouvons, c'est tout ou rien. Pas de demi-mesures.

— Tu as raison, dit-il en lui ouvrant les bras.

Si elle se laissa étreindre, elle fut la première à se dégager.

— Allez. Plus vite on en aura terminé avec tout ça, plus vite nous pourrons nous consacrer à nous et à notre histoire.

— Alors, passe-moi tes notes, que je voie si l'idée de Harley mérite vraiment qu'on s'y attarde.

— Ne dis pas de bêtises, tu sais très bien que ce sera le cas.

Un large sourire aux lèvres, il tendit la main vers elle. Nadine avait raison : le plan concocté par Harley serait probablement fiable, et plus tôt ils en auraient terminé, plus tôt ils pourraient passer aux choses sérieuses — celles dont il n'avait pas soupçonné l'existence avant que la délicieuse institutrice entre dans sa vie.

8

Anderson passa la tête dans l'entrebâillement de la porte de la suite et scruta les deux côtés du couloir. Personne en vue.

— C'est bon, dit-il par-dessus son épaule. La voie est libre, on peut y aller.

— C'est normal, lui répondit Nadine. Harley m'a dit que tout se passerait bien.

— N'exagérons rien. Il n'est pas médium, que je sache !

— Je ne fais que rapporter ses propos.

— À moins que tu n'essaies de me rendre jaloux, tout simplement.

— Pas du tout ! protesta-t-elle avant d'ajouter : Pourquoi, tu l'es ?

— Jaloux de Harley, moi ? Jamais de la vie ! répliqua-t-il, l'invitant d'un geste à lui emboîter le pas.

— C'est pourtant un chic type, a priori. Il me semble intelligent et …

— Tout à fait. J'irais même jusqu'à ajouter qu'il est trop futé pour essayer de me piquer ma petite amie.

Il fit encore quelques pas avant de se rendre compte que Nadine ne le suivait plus.

— Qu'est-ce que tu as ? demanda-t-il.

— Rien. Répète ce que tu viens de dire, s'il te plaît. Redis-moi que je suis ta petite amie.

— Je croyais que c'était clair.

Elle hocha la tête et murmura :

— Ça l'est, mais j'adore me l'entendre dire et répéter.

— D'accord, dit-il, étouffant un petit rire. Nadine, tu es ma petite amie. Voilà, ça te va ? On peut y aller, maintenant ?

Main dans la main, ils remontèrent le couloir.

Bon, Harley, implora mentalement Anderson, *je compte sur toi, sur ce coup-là. Alors ne me déçois pas, s'il te plaît.*

À en croire Nadine, son frère d'armes avait étudié les plans de l'hôtel et trouvé le meilleur moyen d'en sortir sans se faire remarquer. Ils suivirent ses instructions à la lettre, empruntant l'escalier et non l'ascenseur, pour gagner le deuxième étage, d'où ils pourraient se rediriger sans être filmés par les caméras.

Une fois certains qu'il n'y avait personne au deuxième étage non plus, ils allèrent vers une deuxième cage d'escalier et descendirent jusqu'au rez-de-chaussée. Comme Harley l'avait dit, il y avait deux portes. L'une menait dans le hall de réception de l'hôtel, l'autre était une issue de secours sans alarme. Toujours selon Harley, elle donnait sur le côté de l'hôtel.

Priant pour que leur chance ne tourne pas, Anderson poussa la deuxième porte. Après avoir jeté un coup d'œil à l'extérieur sans rien remarquer de suspect, il sortit avec Nadine. La porte se referma derrière eux avec un bruit sourd.

— Bon sang, grommela-t-il, cherchant, dans la rangée de voitures en stationnement, le véhicule de location que son ami était censé leur avoir envoyée.

Apercevant une berline sombre au bout de la file, il tendit le bras pour forcer Nadine à s'aplatir contre le mur. En soi, la voiture n'aurait rien eu d'inquiétant, les modèles de ce type n'étant pas rares, si son conducteur n'avait été l'homme au faciès trop familier qui les poursuivait depuis la veille.

— Il faut qu'on trouve une autre issue, reprit-il.

— Il n'y en a pas, répondit Nadine d'une voix mal assurée.

— Il faut qu'on en trouve une, parce qu'à la seconde où ce type lèvera le nez vers son rétroviseur, c'en sera fini de nous.

— D'après Harley, c'était pourtant la partie la plus facile de notre échappée !

— Harley n'a pas la science infuse, lui rappela-t-il sèchement.

Il balaya du regard les abords du bâtiment, dans l'espoir vain de leur trouver un moyen de passer devant la berline sans être vus. Par ailleurs, il y avait un autre obstacle : même en admettant qu'ils parviennent sans encombre jusqu'au véhicule loué par Harley pour assurer leur fuite, ils ne pouvaient pas espérer démarrer sans attirer l'attention de leur ange gardien.

Réfléchissant à toute allure, il fit le point : l'hôtel était immense, et l'endroit où ils se tenaient était le seul à l'écart du va-et-vient incessant des clients ou du personnel. C'était sans doute pour ça que Harley l'avait choisi, d'ailleurs. Malheureusement, dans l'immédiat, cela ne jouait pas en leur faveur.

Rebrousser chemin était impossible, la sortie de secours ne s'ouvrant pas de l'extérieur. Aller de l'avant et tenter de gagner l'entrée principale les obligerait à passer devant la berline. L'arrière du bâtiment, quant à lui, présentait un autre problème : c'était l'endroit où se trouvaient la piscine et un bar couvert.

Il commençait à sentir le découragement le gagner quand la main de Nadine se referma doucement sur son bras.

— J'ai une idée, dit-elle.

— Je t'écoute.

— On n'a pas le temps de discuter. Allez, suis-moi, reprit-elle d'un ton pressant.

La voyant avancer furtivement le long de la façade. il lui emboîta le pas, les yeux rivés sur le chauffeur de la berline.

Par chance, ils arrivèrent au coin de la bâtisse sans qu'il ait besoin de dégainer son revolver. Le risque d'être découverts persistait néanmoins. Avant qu'il puisse formuler son inquiétude, Nadine désigna de l'index une rangée de chaises en plastique empilées le long d'un bungalow.

Un rapide coup d'œil lui permit de constater que l'endroit était suffisamment sombre pour qu'on ne puisse pas les voir, une fois qu'ils seraient derrière les chaises. Encore fallait-il arriver jusque-là…

— Prêt ? fit Nadine.

— Si on peut dire… On compte jusqu'à trois et on y va ?

— Un…, dit-elle aussitôt.

— Deux, ajouta-t-il.

— Trois ! s'exclamèrent-ils à l'unisson.

Il entraîna Nadine dans son sillage et, moins de dix secondes plus tard, ils se blottissaient entre les chaises et le bungalow.

— Et maintenant ? demanda-t-il.

— Aie un peu l'air d'y croire, s'il te plaît ! Et passe-moi ton téléphone.

— Bien, chef !

Amusé par sa manière de prendre les choses en main, il plongea les doigts dans sa poche et en tira l'appareil qu'il lui tendit.

— Et trêve de moqueries, c'est moi qui ai eu cette idée, non ?

— Si, si, tout à fait, répliqua-t-il, réprimant une envie de rire.

Elle prit l'appareil, tapa sur quelques touches et mit le haut-parleur en sourdine.

La sonnerie retentit à trois reprises avant qu'une voix familière demande :

— Tout se passe comme prévu, Anderson ?

— Salut, Harley, Nadine à l'appareil.

Malgré lui, Anderson nota qu'elle minaudait.

— Salut, ma jolie ! répondit aussitôt Harley. Vous êtes tombés sur un os ?

— Un petit, oui.

— Petit ? s'indigna Anderson.

— Chut ! fit Nadine en grimaçant.

— Qui ? Moi ? demanda Harley à l'autre bout de la ligne.

— Pas toi, non. Écoute, reprit-elle, la voiture de location n'est pas là. Et un de nos « anges gardiens » en costume est garé sur le parking.

— Merde, grommela Harley.

— Harley ! s'exclama Anderson. Si ta pauvre mère t'entendait…

— Elle ne m'entend pas. Alors, de quoi avez-vous besoin ? D'une autre voiture ? Parce que je peux vous dire que ça n'a pas été facile, de pirater le système informatique de l'hôtel pour vous en trouver une.

— Comment ça, « pirater le système de l'hôtel » ? s'insurgea Anderson. L'idée n'était pas de voler une voiture de location ! Je tiens à mon boulot, moi, au cas où ce détail t'aurait échappé.

— Ne t'affole pas, répondit Harley. Bien sûr que je l'ai payée, cette location. J'ai seulement dû faire preuve d'imagination en remplissant le formulaire parce qu'on me demandait tout un tas de papiers, et qu'on affichait une nette préférence pour les véhicules loués quarante-huit heures à l'avance. En outre, j'ai dû convaincre la société de location de laisser la clé dans la boîte magnétique située sous la portière du passager. Cela dit...

Anderson l'interrompit.

— C'est bon, c'est bon. Je n'ai rien dit, Harley.

— On peut passer à l'essentiel, maintenant, les garçons ? demanda Nadine en soupirant bruyamment.

— Encore une fois, dit Harley, tes désirs sont des ordres, princesse.

Le sourire aux lèvres, elle reprit :

— Nous avons toujours l'intention d'utiliser la voiture que tu as louée. Nous avons simplement besoin que tu passes un petit coup de fil, Harley. Il faudrait que tu appelles la réception de l'hôtel, parce que ni Anderson ni moi ne pouvons le faire. Nous ne savons pas à qui nous pouvons nous fier ici, tu comprends ?

— Et qu'est-ce que je dis à la standardiste ?

— Que tu sors du parking des voitures de location et que tu y as vu un homme rôder. Ajoute que tu as une fille, histoire de faire bonne mesure. La direction de l'hôtel tient à sa réputation et enverra immédiatement la sécurité, je peux te l'assurer. Quant à notre « ange gardien », il s'en ira aussitôt.

— Et s'il est de mèche avec les agents de sécurité ? objecta Anderson.

— Il s'en ira tout de même, ne serait-ce que pour ne pas attirer l'attention sur lui, affirma Nadine.

— Entendu, dit Harley. En résumé, j'appelle la réception, je demande qu'on me rappelle quand le problème sera réglé, et ensuite je vous envoie un texto. Ça marche ?

— Parfait, répondit Nadine avec enthousiasme.

— À la prochaine, vieux, grommela Anderson avant de se saisir du téléphone et de raccrocher avec emphase.

» — Tu essaies de me rendre jaloux ! lança-t-il, baissant les yeux vers Nadine.

— Moi ? demanda-t-elle, un sourire ingénu aux lèvres.

— Qui d'autre ? Je n'ai qu'une petite amie, à ma connaissance.

— J'espère bien !

— Le contraire ne te rendrait pas jalouse, toi ? lança-t-il en se rapprochant d'elle.

— Non. Ça me donnerait plutôt des envies de vengeance.

— Et à qui tu t'en prendrais ? À moi ou à ta rivale ?

— Ni l'un ni l'autre. Je soumettrais le problème à Harley qui se ferait un plaisir de s'en occuper !

— Cesse de faire la maligne, s'il te plaît.

— Parce que tu crois pouvoir m'en empêcher, peut-être ?

— Absolument !

Sur cette assertion, il lui posa les mains sur les épaules et l'attira à lui.

— Tu ne peux pas m'échapper, ma belle. J'irais même jusqu'à affirmer que tu es coincée.

Elle eut une petite moue amusée.

— Et moi, je crois que tu t'apprêtes à profiter de la situation.

— Gagné !

Il baissa la tête pour pouvoir poser ses lèvres sur les siennes. Si sa première intention avait été de l'embrasser brièvement, il n'eut plus aucune envie de s'interrompre quand il sentit ses doigts s'enfoncer dans ses cheveux. Encore moins lorsqu'elle se plaqua contre lui. Un petit râle lui échappa et, l'espace d'un instant magique, le reste du monde cessa d'exister.

Il n'y avait plus que Nadine, lui… et le baiser le plus langoureux qui soit.

Du plus loin qu'elle puisse se souvenir, Nadine avait toujours cherché à comprendre la raison de la mort de son père. Pourtant là, entre les bras d'un homme qui pouvait l'aider dans sa quête, ces questions lui paraissaient bien lointaines, sans doute parce que ses sentiments avaient pris le pas sur sa réflexion. Au lieu de cogiter, elle ressentait. Tout était positif, chez Anderson. Sa droiture, sa générosité, son côté protecteur. La manière dont son corps épousait le sien, la fermeté de sa bouche, tout cela la rendait dépendante, d'une certaine manière. Et bien qu'elle se veuille autonome et farouchement libre, ce genre de dépendance ne la contrariait guère, au contraire. À tel point que lorsque le téléphone d'Anderson se mit à vibrer, elle dut résister à l'envie de s'en emparer, de le jeter à terre et de l'écraser d'un coup de talon. À en juger par le grognement que poussa Anderson en se dégageant, il en aurait volontiers fait autant.

— Va au diable, Harley ! gronda-t-il.
— On est obligés de lire son message tout de suite ?
— Oui, malheureusement. Il nous a rendu un fier service.
— C'est vrai, concéda Nadine.

Anderson sortit son téléphone, l'alluma et le tourna vers elle pour qu'elle puisse lire le texte en même temps que lui.

> La voie est libre. Suis tombé sur une réceptionniste toute prête à m'aider. D'après elle, les agents de sécurité feront une ronde toutes les dix minutes pendant les trois quarts d'heure à venir. Ne perdez pas de temps pour autant, et n'oubliez pas de me tenir au courant.

— J'ai l'impression que notre petite pause est terminée, dit-il. Tu te sens d'attaque ?

Il tendit le cou pour scruter les alentours de l'appentis.

— On compte jusqu'à trois, comme tout à l'heure ?
— À rebours, alors, pour changer.
— Si ça peut te faire plaisir, allons-y. Trois...

Ils refirent le compte et le trajet en sens inverse, et

se plaquèrent de nouveau contre le mur. À leur grand soulagement, la berline et son conducteur avaient disparu.

— Je sais que tu es secrètement en train de remercier mon frère d'armes, murmura Anderson.

— Détrompe-toi, répliqua Nadine. Je le remercierai quand nous serons à bord de la troisième voiture en partant de la gauche.

Il étouffa un petit rire ; elle lui reprit la main, et tous deux se dirigèrent vers le véhicule en question. Anderson jeta un dernier coup d'œil alentour, chercha la clé à tâtons, ouvrit la portière du passager et la fit monter.

— Au fait, dit-il en démarrant, quand nous en aurons terminé avec cette affaire, il faudra que j'essaie de trouver une copine à Harley. Ça le rendra peut-être plus humble. Tu ne connais pas une fille sympa, dans la région ?

— Il y aurait bien Reggie, mais Brayden ne verrait sans doute pas la chose d'un très bon œil... À part elle, la seule femme libre que j'aie rencontrée depuis mon retour en ville est celle que j'ai croisée chez Tourtes à gogo, hier. Une mère célibataire, d'après ce que j'ai compris. Harley aime les enfants ?

— Comme tout le monde, j'imagine.

— Je ne te demande pas d'imaginer, mais de me donner le fond de ta pensée.

— Pourquoi ? Tu ne les aimes pas, toi ? demanda-t-il en lui jetant un regard en coin.

— À ton avis ? Je suis institutrice, je te rappelle.

— Je vois, marmonna-t-il, se renfrognant.

— Qu'est-ce qu'il y a ? Vous semblez contrarié, tout d'un coup, inspecteur.

— Tu es institutrice, donc ce sont les enfants des autres, que tu aimes. Tu n'as jamais songé à en avoir, bien à toi ?

— C'est une sacrée question, ça, tu en as conscience ?

— Du genre de celles que se posent la plupart des gens à un moment ou à un autre de leur existence.

Soudain effarouchée, Nadine s'absorba dans la contemplation de ses ongles. Elle venait de passer deux jours en compagnie d'Anderson Sommers, avait fait l'amour avec lui et accepté l'idée que leur relation serait permanente. Pourtant, l'évocation d'enfants à venir la menait un peu plus loin qu'elle n'était prête à aller dans l'immédiat.

— Mon expérience de la famille a quelque peu déformé ma vision des choses, admit-elle à mi-voix.

— Je le sais, ma belle. Je te demande simplement d'imaginer que nous sommes devant un tableau blanc sur lequel nous pourrions écrire ce que nous voulons, jusqu'à atteindre la quasi-perfection.

— Pourquoi « quasi » ?

— Parce que c'est une famille, que nous dessinerions. Et que, dans ce domaine, la perfection n'existe pas.

Elle étudia longuement son profil, presque convaincue qu'il plaisantait, et constata qu'il était parfaitement sérieux.

— De sorte que si je t'annonçais que je veux six enfants...

Laissant sa phrase en suspens, elle attendit sa réaction.

— Je te répondrais qu'il nous faudrait trouver un logement plus grand, parce que ni mon appartement ni le tien ne conviendraient. Comme tu es locataire du tien, nous n'aurons aucune difficulté à l'abandonner. Le mien étant situé au cœur de Freemont, je peux espérer en tirer une somme rondelette, si je décidais de le vendre.

— Alors, c'était ça, ton but ? Rencontrer une inconnue, en tomber amoureux, lui exposer ton plan de vie, vendre ton appartement et acheter une maison délimitée par une jolie clôture blanche ?

— Il y a des clôtures blanches, à Whispering Woods ? demanda-t-il sans se démonter.

— C'est là que tu voudrais qu'on s'installe ?

— Pourquoi pas ? J'aime bien cette ville, et je l'aimerai encore davantage quand Garibaldi n'y régnera plus en maître. De plus, c'est ici que tu travailles, Nadine.

— Pas toi, lui fit-elle remarquer.

— Il devrait y avoir sous peu des postes vacants dans la police de Whispering Woods, et je pense pouvoir m'adapter au changement.

Il fit un geste en direction du pare-brise, arrêta la voiture le long du trottoir et annonça :

— Je crois que nous sommes arrivés, ma belle.

De l'endroit où il s'était garé, une rue au-dessus de chez elle, elle voyait la courte rangée de bâtiments aux toits gris et plats. Comparés à l'hôtel de Whispering Woods, les lieux semblaient peu accueillants. D'un autre côté, les appartements étaient bon marché et fonctionnels : ils étaient gérés par l'agence de tourisme et, pour la plupart, loués sur le court terme, pendant la haute saison. Comme on n'était qu'au mois de mai, il n'y avait sans doute pas grand monde dans la résidence.

À son arrivée, elle avait prévu de ne rester là que le temps de trouver le courage d'aller trier les affaires de sa mère. Aujourd'hui, bien sûr, il n'en était plus question.

Elle déglutit péniblement pour faire passer le nœud qui s'était formé dans sa gorge, et fut soulagée d'entendre Anderson reprendre la parole.

— Rappelle-moi les instructions de Harley, parce qu'il faut qu'on s'introduise dans ta forteresse, à présent.

— Tu vois le deuxième immeuble ?

— Oui.

— On ne le dirait pas de l'extérieur, mais son parking souterrain communique avec le mien. Alors on n'a plus qu'à y aller.

— En espérant que personne ne nous voie entrer ?

— En espérant que nos adversaires soient à la recherche de ton pick-up, pas d'une voiture de location, et qu'ils ne connaissent pas l'existence de ce passage entre les deux parkings. Je l'ignorais moi-même, Anderson, et je suis restée plus d'un mois dans cette résidence. J'ajoute que c'est un couple, que ces malfrats poursuivent. Si ça peut te rassurer, je vais m'allonger sur la banquette arrière.

— Ça ne me dit toujours rien qui vaille, soupira Anderson.

Elle détacha sa ceinture et se pencha pour lui planter un baiser sonore sur la joue.

— Parce que c'est l'idée de Harley, hein, avoue. Si c'était la tienne, tu la trouverais géniale !

Il ne prononça mot, tandis qu'elle passait à l'arrière. Une fois qu'elle fut installée, il se tourna vers elle et dit, en soupirant avec résignation :

— Je fais entièrement confiance à Harley, au fond, tu sais... Lui et les autres sont mes amis. Au début, on était simplement copains parce que nos pères travaillaient ensemble. Quand ils sont morts, notre camaraderie s'est transformée en franche amitié. Peu importait ce qui se passait à l'extérieur : on avait en commun la mort de nos pères, dont nous n'arrêtions pas de parler. C'était devenu *notre* affaire.

Se demandant vaguement pourquoi Anderson lui racontait tout cela maintenant, elle le dévisagea. Elle n'eut pas besoin de lui poser la question, car il reprit son souffle et se remit à parler, avec ardeur cette fois.

— J'ai hâte que tout ça soit fini, Nadine. J'ai fait tout ce que je pouvais pour élucider les circonstances du meurtre de mon père. Je commençais à accepter l'idée que je n'en saurais jamais plus, mais ces deux journées en ta compagnie m'ont suffi pour comprendre que ce n'est pas suffisant. Alors, au risque de te paraître faible, et bien que ma raison me dise que je pourrai te protéger aussi longtemps que nous serons ensemble, mon cœur, lui, ne suit pas tout à fait, et je dois reconnaître que ça me fait un peu peur.

— Anderson, murmura-t-elle en se redressant pour lui poser la main sur l'épaule.

Il referma une main sur la sienne avant de lui demander d'une voix rauque :

— Et si Harley se trompait, pour une fois ?

— À ta place, je ne m'en ferais pas pour ça. Ton « frère d'armes » me paraît fiable.

— Il l'est ! Je sais qu'en aucun cas il ne mettrait ta vie ou la mienne en danger. Seulement mon cœur…

Nadine posa sa main libre sur sa poitrine en souriant.

— Mon cœur à moi me dit que tout ira bien, dit-elle avec force. Le destin ne nous a pas jetés dans les bras l'un de l'autre pour nous séparer aussitôt, j'en suis convaincue.

Anderson garda le silence un long moment. Son regard était chargé d'un mélange d'émotions : espoir et confiance, inquiétude et tendresse. Tout ce qu'elle-même éprouvait, en somme.

— Je t'aime, Anderson, murmura-t-elle, sur une impulsion.

Il écarquilla les yeux, puis esquissa un sourire.

— Ça y est, tu donnes dans le romantisme, toi aussi ? Et moi qui espérais être le premier à prononcer ces mots…

— Tant pis pour toi. Tu n'avais qu'à te dépêcher. Bon, on y va ?

— Attends une seconde.

— Attendre quoi ?

— Ça, dit-il avant de porter la main de Nadine à ses lèvres pour déposer un baiser sur chacun de ses doigts. Je t'aime aussi, Nadine, reprit-il solennellement.

À ces mots, elle sentit son cœur exploser d'une joie sans mélange. Ce fut un moment parfait, dans une situation pourtant bien loin de l'être.

***

Même quand tout se passait bien, Anderson avait tendance à se méfier. Ce jour-là ne fit pas exception, et ce fut rongé par l'appréhension qu'il suivit Nadine à travers le parking souterrain, puis dans un ascenseur particulièrement exigu. Tant et si bien que lorsqu'un petit « ding » résonna pour leur annoncer qu'ils étaient arrivés à destination, il sursauta violemment.

— Je passe devant, dit-il.

— Pas de problème, chuchota Nadine. C'est toi qui as le revolver, après tout.

La légèreté de son intonation n'aida pas Anderson à se débarrasser du sentiment obsédant que quelque chose clochait. Une main sur le holster accroché à sa taille, il s'engagea dans le couloir après s'être assuré qu'ils n'étaient pas attendus, suivi de près par Nadine. Quelques instants plus tard, un léger tintement leur parvint, et elle étouffa un petit cri.

Automatiquement, Anderson pivota vers elle, tendu comme un arc.

— Qu'est-ce qui t'arrive ?

— Ce bruit… C'est celui du carillon accroché au-dessus de ma porte d'entrée. À l'intérieur, je veux dire.

Dégainant son revolver, il se tourna de nouveau vers l'extrémité du couloir. L'appartement de Nadine était le dernier sur la droite, juste dans l'angle mort.

— On y va ? Qu'est-ce qui te fait hésiter ? demanda-t-elle.

— L'espoir que ton mystérieux visiteur sorte parce que ce couloir me donne une bonne marge de manœuvre. On ne peut pas en dire autant de ton petit intérieur.

Le carillon se remit à tinter, d'une manière qui leur parut un peu sinistre, cette fois.

Il se préparait au pire lorsque la pointe d'une chaussure

d'homme leur apparut, pour disparaître presque aussitôt. Puis Nadine appela, avec un soulagement manifeste :

— Monsieur Fitzgerald ?

Un vieillard appuyé sur une canne s'avança à petits pas dans le couloir. Un peu rassuré bien que toujours méfiant, Anderson rengaina rapidement son arme et suivit Nadine pour aller au-devant de l'inconnu qui lui tendit sa main libre.

La fermeté de la poignée de main de Fitzgerald, en contraste total avec son apparente fragilité, prit Anderson par surprise.

— Ne vous fiez pas aux apparences, jeune homme, dit le vieillard, devinant ses pensées. Mis à part un petit problème de genou, je me porte comme un charme !

— Et sa forme n'est pas uniquement physique ! renchérit Nadine. M. Fitzgerald m'a battue aux échecs et au Scrabble le week-end qui a suivi mon installation. Ce qui ne m'explique pas ce qu'il fait chez moi, soit dit en passant.

Le vieil homme se rembrunit visiblement.

— Il s'est passé une chose étrange, ce matin, Nadine. Quand je suis sorti prendre mon journal, votre porte était entrouverte. J'ai pensé que vous étiez sortie plus tôt que prévu du centre de soins et que vous aviez oublié de la fermer, alors j'ai frappé à plusieurs reprises. Comme je n'obtenais pas de réponse, j'ai passé la tête à l'intérieur. Là, je ne saurais pas vous dire pourquoi, j'ai eu le sentiment que quelque chose n'allait pas. Ça m'a travaillé un bon moment et j'ai finalement décidé de revenir examiner les lieux. Désolé. Je n'aurais peut-être pas dû.

— Ne vous en faites pas pour si peu, monsieur Fitzgerald. Je vous suis reconnaissante de vous préoccuper de ma petite personne. Mais qu'auriez-vous fait, si vous étiez tombé sur un cambrioleur ?

— Je l'aurais affronté avec mon arme à moi, dit-il en brandissant sa canne.

— Au risque de vous faire tuer, lui fit remarquer Nadine d'un ton réprobateur.

— Eh bien, au moins, je serais parti la tête haute ! Cela dit, ne vous inquiétez pas, il n'y a personne chez vous. J'avais l'intention d'appeler la police, malgré tout. On n'est jamais trop prudent.

— Merci, monsieur Fitzgerald ! s'exclama Nadine avec emphase.

— De rien, mon petit. Vous voulez que je le fasse maintenant ? Appeler la police, j'entends.

— Non, ça devrait aller, merci. La femme de ménage a dû mal refermer. J'ai eu quelques problèmes moi-même avec la clenche. De plus, comme vous le voyez, j'ai du renfort, dit-elle en tapotant l'avant-bras d'Anderson.

Fitzgerald le jaugea avant d'acquiescer vigoureusement.

— Entendu. Surtout, si vous avez besoin de moi, n'hésitez pas à m'appeler !

Nadine lui assura qu'elle n'y manquerait pas, et il tourna les talons pour rentrer chez lui. Dès qu'il se fut éloigné, Anderson se dirigea vers la porte entrouverte de Nadine, la mine soucieuse.

— Tu crois qu'on peut lui faire confiance et qu'il n'y a vraiment personne chez toi ? demanda-t-il à voix basse.

— Voyons, Anderson. Nous savons tous les deux qu'il est impossible de se cacher, chez moi. Ce n'est pas un appartement, mais un studio — et encore…

Le voyant ouvrir la bouche pour protester, elle s'empressa d'ajouter :

— Inutile de nier, tu as dû regarder un peu partout, quand tu es venu ici, non ?

— Tu veux que je m'excuse d'avoir fouiné chez toi, c'est ça ?

— Je t'aurais sûrement dit « oui », il y a encore quarante-huit heures...

— Et maintenant ?

— Maintenant, je sais que ça fait partie de ton travail. Allez, viens !

Il se laissa entraîner dans l'appartement, notant néanmoins au passage que la clenche fonctionnait parfaitement.

— Qu'est-ce qu'il y a ? lui demanda Nadine, remarquant sûrement son air crispé.

— Alors comme ça, c'est la faute de la femme de ménage ?

— En tout cas, M. Fitzgerald m'a crue, *lui*. Parce que c'était plausible. Il y a bel et bien une femme de ménage, payée par la gérance, pour nettoyer tous les appartements deux ou trois fois par mois.

— Tous les appartements, sauf le tien, souligna-t-il d'une voix sombre.

— Sauf le mien, que je préfère astiquer moi-même, confirma-t-elle. Je ne voulais pas inquiéter davantage ce pauvre M. Fitzgerald, tu comprends ?

Il était effectivement impossible de se cacher là. L'espace vital, réduit au minimum, consistait en une seule pièce sans partition ; les appareils ménagers du coin cuisine paraissaient minuscules. Quant aux meubles, ils se limitaient à un simple futon plié en deux, une table basse et une commode trapue, servant de support à un petit poste de télévision.

— C'est bien ce que je disais, marmonna-t-il. En aucun cas nous ne vivrons ici. Si je m'allongeais par terre, il me suffirait de m'étirer un peu pour pouvoir toucher tes quatre murs à la fois.

— L'avantage, c'est que c'est facile à entretenir, répliqua Nadine.

— En attendant, tu as eu de la visite, lui rappela-t-il. Alors à ta place, je vérifierais qu'il ne manque rien.

— Je n'ai aucun objet de valeur, mis à part mon ordinateur, dit-elle avant de pousser la table basse dont elle ouvrit le tiroir à l'intérieur duquel se trouvait une sacoche.

— S'ils ne l'ont pas pris, ils n'ont rien dû emporter d'autre, poursuivit-elle en tirant sur la fermeture Éclair de la sacoche. Tiens, le voilà.

— Tu n'as pas de papiers concernant ton frère ou ton père, dans un tiroir ou un autre ?

— Non.

— Tu m'en vois ravi, fit-il, sentant malgré tout son angoisse revenir en force.

Nadine releva les yeux vers lui et le dévisagea avec surprise.

— Qu'est-ce qu'il y a ? Tu en fais, une tête, subitement !

— J'étais en train de penser qu'on devrait emporter l'ordinateur et aller vérifier ailleurs que personne n'y a touché.

— On peut très bien faire ça ici, non ? De toute façon, que veux-tu qu'on ait trafiqué, sur ce vieil engin ? Il n'y a pratiquement rien dessus, pas même l'historique de mon moteur de recherche.

— N'empêche que je préférerais qu'on s'en aille.

— Enfin, mais pourquoi, Anderson ? Les hommes de Garibaldi ne vont pas revenir de sitôt ! D'une part parce qu'ils ignorent que nous sommes là, et de l'autre parce qu'ils n'ont rien trouvé lors de leur première visite.

Il se tourna vers la porte.

— Ce n'est pas le moment de discuter. Encore une fois, fais-moi confiance, Nadine. J'ai un mauvais pressentiment depuis notre arrivée dans cet immeuble.

— J'ai le temps de me changer ?

— Je te donne deux minutes.

Il attendit avec impatience qu'elle troque les vêtements de l'hôtel contre un jean, un T-shirt et un sweat-shirt bien à elle. Sa préoccupation était telle qu'il en oublia de profiter du spectacle. Lorsqu'elle fut enfin prête, la sacoche de l'ordinateur en bandoulière, il ne se contenait plus qu'à peine.

— On prend l'escalier, chuchota-t-il en la poussant doucement à l'extérieur.

Elle ne protesta pas et ils gagnèrent rapidement la lourde porte pare-feu, à l'autre bout du couloir. Anderson l'ouvrit, laissa passer Nadine et jeta un dernier coup d'œil derrière lui. L'endroit était désert.

Craignant d'avoir dramatisé, il relâcha la poignée de la porte. Au même instant, le « ding » de l'ascenseur se fit entendre. Anderson n'eut que le temps d'en apercevoir les occupants avant que la porte pare-feu se referme : deux policiers en uniforme. Son instinct ne l'avait donc pas trompé.

— On fonce ! dit-il d'une voix impérative en lui prenant la main.

Elle ne se le fit pas répéter.

Ils descendirent les marches en béton à la même cadence, Nadine serrant l'ordinateur contre son flanc et comptant mentalement les paliers et les volées de marches.

Une porte s'ouvrit en claquant au-dessus d'eux.

Une voix masculine résonna dans l'escalier, marmonnant des paroles incompréhensibles.

Six marches…

Puis il y eut un autre bruit de pas, si sonores qu'ils couvraient presque celui qu'Anderson et elle faisaient en fuyant. *Trois marches. Deuxième palier…*

Il lui était impossible de dire si leurs assaillants gagnaient du terrain ou non. *Cinq marches. Encore quatre et… Premier palier.*

Elle aurait continué ainsi jusqu'au parking où les attendait la voiture, si Anderson ne s'était brusquement arrêté sur le seuil du premier palier. Il lui lâcha la main et poussa de toutes ses forces la lourde porte qui s'ouvrit, libérant une bouffée d'air tiède. Au lieu de l'attirer dans le couloir, il lui reprit la main pour l'entraîner vers la volée de marches suivante. Cette fois, ils descendirent à pas de loup. Quand ils atteignirent l'entresol, elle comprit qu'il avait ouvert la porte dans l'unique but de faire diversion.

Elle reprit son souffle tandis qu'il posait un index sur ses lèvres, lui intimant le silence, puis relevait la tête pour tendre l'oreille.

Presque aussitôt, le lourd bruit de pas des intrus s'arrêta, juste au-dessus d'eux.

Il y eut une courte pause avant qu'une voix bourrue résonne :

— Ils sont forcément passés par ici.

— Tu es sûr que c'était elle ? s'enquit une deuxième voix.

— Une petite blonde aux cheveux courts, avec une drôle de mèche. Il ne doit pas y en avoir cinquante, dans les parages.

— Et lui ? C'est qui ?

— Aucune idée. On le saura quand on les aura rattrapés. Allez, viens, on remonte.

Il y eut un nouveau courant d'air, puis les bruits de pas reprirent, se faisant de moins en moins forts au fur et à mesure que les deux individus progressaient dans leur ascension. Finalement, la porte de l'étage supérieur se referma, et le silence se fit.

Elle s'efforça de respirer normalement, puis se tourna vers Anderson qui désigna du doigt le reste des marches en hochant la tête. Elle acquiesça à son tour, et ne retrouva un peu de son sang-froid qu'en apercevant leur véhicule de location.

— Tu crois qu'on peut sortir la voiture d'ici sans risque de nous faire entendre ?

— Ça ne serait pas mieux à pied, bougonna-t-il.

— Encore qu'il nous serait peut-être plus facile de nous cacher, non ?

— Et que ferions-nous, sans moyen de locomotion ? lui demanda-t-il en lui ouvrant la portière côté passager. Nous ne savons même pas où nous allons.

— Tu as raison, concéda-t-elle après s'être installée. D'un autre côté, si les hommes de Garibaldi ont du renfort à l'extérieur...

Il la considéra, les yeux ronds.

— Les hommes de Garibaldi ? Qu'est-ce qu'ils ont à voir là-dedans ? Ce ne sont pas ses sous-fifres qui nous filaient le train, ma belle, mais des flics.

Elle en resta momentanément sans voix.

— Qu... quoi ?

— Je répète, dit patiemment Anderson. Nos visiteurs étaient de la police.

— Pourquoi ne se sont-ils pas annoncés, dans ce cas-là ? demanda-t-elle, toujours ébahie.

— Je n'ai pas compris ce qu'ils disaient, quand ils sont entrés dans l'escalier. Si ça se trouve, ils ont crié : « Police de Whispering Woods ! »

— C'est tout l'effet que ça te fait ? Comment peux-tu être aussi désinvolte, Anderson ?

— Ce n'est pas de la désinvolture, répondit-il en mettant le contact.

— Ah, tu trouves ?

— Je suis flic, moi aussi. Et je peux t'assurer que nous n'arrivons pas nécessairement chez les gens l'arme au poing, surtout quand nous ne savons pas exactement ce qui nous attend. Bref, si ces hommes en uniforme sont venus jusqu'ici, c'est probablement parce que les sous-fifres de Garibaldi, les vrais, t'ont accusée d'avoir mis le feu à une maison, si tu te souviens.

— Je ne risque pas de l'oublier ! D'autant moins

que j'ai l'air encore plus coupable, maintenant que nous avons pris la fuite !

— Sincèrement, Nadine, je ne suis pas certain qu'ils se soient rendu compte de la situation. Ils n'étaient même pas sûrs d'être sur la bonne piste. Tu les as entendus, non ?

— Tu as vraiment réponse à tout, hein ?

Il se tourna vers elle, le temps que la porte du parking se soulève.

— Cela dit, si tu veux t'expliquer avec mes collègues, il est encore temps de faire demi-tour !

— Je ne suis pas idiote à ce point, répliqua-t-elle en levant les yeux au ciel.

— Tant mieux, dit Anderson avant de redémarrer. Parce que ça nous aurait considérablement retardés.

— Seulement, avec tout ça, tes chers collègues vont avoir encore plus à cœur de me trouver et de m'arrêter.

— Il y a de fortes chances, oui.

— C'est gentil, de me rassurer, dit-elle avec amertume.

— Je déteste mentir, ma belle.

— Bon. Qu'est-ce qu'on fait, maintenant ?

— On se cache.

— Ce n'est pas ce que nous faisons depuis deux jours ?

— Si, mais il nous faut trouver une meilleure planque.

— Je suis lasse de me cacher, Anderson.

Il tendit la main vers elle et lui pressa doucement le genou.

— Moi aussi, pour tout t'avouer.

— Tu nous emmènes où, comme ça ?

— Je ne sais pas. C'est ta ville natale, après tout. Tu n'as pas une idée ?

— Pas vraiment. Il me semble que plus nous nous éloignerons de… Attends, maintenant que j'y pense…

— Quoi ?

— À son arrivée ici, Brayden a loué un bungalow isolé dans un complexe, en bordure de la ville. Certes, c'est encore une des propriétés de Garibaldi, mais comme tu me l'as fait remarquer, il serait étonnant qu'il nous y cherche. La différence avec l'hôtel, c'est que les bungalows ne sont pas supervisés par un personnel tout prêt à nous dénoncer.

— Ça me semble parfait, dit Anderson.

Ils roulèrent quelques minutes, dans un silence confortable. Mais, toujours un peu stressée, elle finit par dire :

— Excuse-moi, Anderson. Je ne voulais pas paraître aussi défaitiste.

— Je te comprends, vu la situation, répondit-il d'un ton léger. Moi aussi, je sens parfois le découragement me gagner. Cela dit, nous avançons, ma belle.

— Ah bon ?

— Tout à fait.

— Et cesse de me regarder comme ça, s'il te plaît. Je te connais, Anderson, et je n'ai pas besoin d'être tournée vers toi pour savoir que tu m'observes.

— Tu ne peux pas savoir comme je suis heureux de t'entendre dire que tu me connais.

— Eh bien, ce qui me ferait vraiment plaisir, à moi, ce serait que tu m'expliques de quelle avancée tu parles, exactement.

— Nous avons récupéré la clé USB prouvant que ton frère et ton père faisaient chanter Garibaldi. Nous avons découvert que la principale activité de notre ennemi commun a, en ce moment et pour une raison qui m'échappe totalement, un rapport avec des tableaux ou des œuvres d'art. Pour finir, nous sommes maintenant suffisamment avertis pour savoir que nous devons éviter d'avoir affaire à la police. Et si rien de tout ça ne te réjouit, nous avons accompli autre chose — peut-être la plus importante de toutes, d'ailleurs.

— C'est-à-dire… ?

— Tu ne vois vraiment pas ?

— Non, avoua-t-elle, les sourcils froncés.
— Nous nous sommes épris l'un de l'autre, ma belle.

Le temps commença à changer au moment où ils s'engageaient sur le chemin de terre menant au complexe. Le ciel se couvrit rapidement et, le temps qu'ils atteignent la clairière sur laquelle se dressaient les cabanes en bois, de lourds nuages s'étaient amoncelés. La pluie commença à s'abattre lorsqu'ils poussèrent la porte du bungalow un peu à l'écart que Brayden avait évoqué.

— Bon ! fit Anderson. Parons au plus pressé. Je réveille le bûcheron qui sommeille en moi pour nous faire un bon feu de bois et, pendant ce temps-là, tu retrouves tes instincts de pionnière, et tu nous prépares une boisson chaude.

— Je me vois aussi mal en pionnière que toi en bûcheron. Cela dit, je suis gelée, alors d'accord.

Ils se mirent au travail, avec une telle efficacité qu'il ne leur fallut que quelques minutes pour s'organiser. Tandis que le feu préparé avec les moyens du bord prenait vie dans l'âtre, Nadine posa sur la table basse deux bols remplis d'un liquide fumant, d'une couleur indéfinissable.

— Une bonne soupe lyophilisée, annonça-t-elle avec un enthousiasme modéré. Faute de mieux, ça nous permettra de boire et de manger en même temps.

— Parfait, répondit Anderson. J'essaye de nous trouver une couverture, et on se met devant l'ordinateur ?

— Pour regarder les dossiers ensemble ? Comme c'est romantique !

— Je ne te le fais pas dire.

Deux minutes plus tard, ils étaient blottis l'un contre l'autre, bien au chaud sous un plaid en laine polaire, l'ordinateur en équilibre sur leurs genoux. Nadine s'étant débarrassée de son sweat-shirt humide, ses courbes douces moulées par son T-shirt donnèrent à Anderson l'envie d'oublier l'ordinateur, les photos, et tout le reste pour l'embrasser à lui en faire perdre le souffle. Il dut faire un effort surhumain pour se ressaisir et se concentrer sur leur enquête.

Tu auras tout le temps plus tard, se dit-il, sentant Nadine frissonner et en profitant pour l'attirer un peu plus près de lui. Il attendit patiemment que l'ordinateur démarre et que l'écran soit éclairé, avant de demander :

— Alors ? Qu'en dis-tu ?

— Tout me paraît normal. A priori personne n'y a touché depuis mon arrivée au centre de soins, ni même avant. À moins, bien sûr, que les gens qui sont entrés chez moi pendant mon absence soient des génies de l'informatique...

— Ce qui reste une possibilité, même si je pense que c'est peu probable.

— Tout à fait d'accord avec toi.

— Alors, tu penses qu'on peut envoyer ces photos à Harley sans inquiétude ?

— Oui, répondit-elle d'un ton ferme.

Elle enfonça la clé USB dans sa fiche, se connecta, transféra les dossiers puis tapa l'adresse électronique de Harley et cliqua sur « envoyer ».

— Ça va lui prendre combien de temps, à ton avis ? demanda-t-elle.

— Aucune idée. Cela dit, je suis à peu près sûr qu'il nous contactera à la seconde où il pensera avoir trouvé quelque chose de concret.

— Bien, et qu'est-ce qu'on fait, en attendant ?

— On boit notre soupe et... je ne sais pas, moi. Un petit jeu de société ?

— Tu plaisantes ?

Voyant sa mine effarée, il s'esclaffa.

— Viens là.

— Où ça ? J'aurais bien du mal à me rapprocher davantage de toi ! lui fit-elle remarquer.

— Allons, allons, Nadine. Nous savons tous les deux que c'est possible, non ?

Ses joues s'empourprèrent délicieusement, et il se positionna de manière à pouvoir prendre son visage entre ses mains et déposer un baiser sur ses lèvres.

— La vie au grand air a vraiment du bon, dit-il entre deux baisers.

— Et nous ne sommes ici que depuis un quart d'heure, souligna-t-elle.

Faisant glisser les mains sur ses hanches fines, il la fit se déplacer jusqu'à ce qu'elle soit étendue sur le canapé.

Elle déboutonna sa chemise par le bas puis la fit remonter sur son torse pour l'en débarrasser.

— Un feu de bois, la femme de mes rêves blottie contre moi, et aucun danger d'être interrompu… C'est le paradis, non ? demanda-t-il.

— On ne peut pas trop se plaindre, convint-elle.

— Pas trop, mais un petit peu quand même, c'est ça ? Dis-moi ce qui ne va pas, que j'y remédie.

— Eh bien, le fait que nous soyons toujours habillés, par exemple.

— Ce n'est pas un problème…, répliqua-t-il avant de déboutonner le jean qu'elle portait et de se baisser pour l'embrasser, juste au-dessus du nombril.

Elle étouffa un petit cri et frissonna légèrement.

— Autre chose ? reprit-il, faisant glisser sa fermeture Éclair vers le bas, et passant le bout de sa langue sur le liseré en dentelle de son slip.

Elle marmonna quelques mots qu'il ne comprit pas.

— Pardon ? Désolé, je n'ai pas entendu.

— R… rien d'autre.

— Tu en es sûre ?

— Oui !

Anderson poursuivit son exploration, bien décidé à mettre fin à une insatisfaction qu'il savait pourtant totalement feinte.

Nadine roula sur le flanc pour rapprocher ses fesses nues des cuisses d'Anderson. Si sa soupe était froide et son corps un peu endolori, son cœur, lui, était gonflé de joie.

— Tu as raison, dit-elle à mi-voix.

— À quel propos ? lui demanda Anderson.

— Le côté rudimentaire de la vie en plein air me plaît bien, à moi aussi.

— On pourrait s'installer définitivement dans un chalet de ce genre, qu'en penses-tu ?

— De préférence dans un endroit qui n'appartienne pas à Garibaldi, si tu veux bien.

— Ça va sans dire.

— Au fait, que vont devenir ses biens ?

— Quand il sera derrière les barreaux ? Ses comptes seront gelés ; ses propriétés saisies et vendues aux enchères. Ce genre de procédure prend un temps fou, généralement. Pourquoi ?

— Parce que je pensais à Reggie et Brayden. Garibaldi a plus ou moins arraché le restaurant familial des Frost au père de Reggie, tout de même !

— Encore une chose qui éclatera au grand jour quand il comparaîtra devant un tribunal.

— Tu sembles tellement sûr de l'issue de cette bataille, Anderson ! Tu ne dis jamais « si », mais « quand ».

— Parce que je suis sûr qu'on le fera tomber, ce scélérat.

— Comment ça s'est passé, lors de sa première inculpation ?

— Il y avait eu mort d'hommes — des policiers, de surcroît. Une équipe d'avocats lui a sauvé la mise. Garibaldi n'était pas encore majeur quand il a fait exploser la bombe, de sorte que la défense a eu beau jeu, et que l'affaire s'est soldée par un non-lieu.

— On sait comment il en est arrivé à poser une bombe ?

— On a mis du temps à comprendre, et c'est ton frère qui nous a dirigés vers la bonne voie en fournissant l'information à Brayden, lui expliqua Anderson. Il ne t'a rien dit à ce sujet ? Reggie non plus ?

— Non.

— Eh bien, ton père et Jesse Garibaldi travaillaient déjà ensemble quand une descente de police pour saisie de drogue s'est soldée par la mort de Garibaldi Senior. On en a déduit que son fils cherchait à se venger.

— Attends… tu es en train de me dire que ton père faisait partie de l'équipe qui a abattu Garibaldi Senior ?

— On le suppose, oui. Bien que Harley n'en ait trouvé aucune preuve.

— Donc, Garibaldi n'était qu'un gamin, à l'époque, conclut-elle.

— Dix-sept ans à peine, quand il a posé cette bombe. Bien que je ne sois son cadet que de trois ans, il était beaucoup plus mûr que moi, à l'époque. C'est le meurtre de mon père qui m'a fait grandir, tu comprends ?

Ces derniers mots l'atteignirent au plus profond, ce qui dut se voir à son expression, car Anderson se rembrunit.

— Qu'est-ce qu'il y a ? demanda-t-il aussitôt.

— Mon père…, commença-t-elle, la gorge nouée. Mon père était le chauffeur de Garibaldi. Il avait ces photos en sa possession… Donc, c'est lui qui a conduit Garibaldi jusqu'à l'endroit de l'explosion. Tu te rends compte de ce que ça signifie, Anderson ? Ça veut dire que mon père a servi à l'assassinat du tien !

Anderson tendit la main vers elle, mais elle se rétracta, se reprochant de ne pas avoir compris dès l'instant où elle avait vu les photos, pourtant si parlantes.

— Nadine…, murmura-t-il, d'un ton conciliant.

Elle cilla pour contenir ses larmes.

— Hé, ma belle…

Anderson lui essuyant la joue du bout du pouce, elle s'aperçut qu'elle pleurait. Elle tenta de prendre une inspiration qui se transforma aussitôt en un sanglot.

— Nadine, ma douce, regarde-moi s'il te plaît…

Elle se força à lever les yeux vers lui. Et, alors qu'elle s'attendait à y lire de la peine ou, au moins, une certaine tristesse, elle ne vit que bienveillance et compassion dans son regard.

— Tu n'es pas responsable des actes de ton père.

— Peut-être, mais s'il n'avait pas conduit cette voiture ce jour-là…

— Quelqu'un d'autre aurait pris le volant à sa place.

— Papa aurait pu se servir des preuves qu'il détenait et les utiliser contre lui.

— Il a préféré les utiliser pour protéger ses enfants.

— N'empêche que Garibaldi serait en prison depuis longtemps, et que tu mènerais une vie complètement différente.

— Mais alors, je ne t'aurais pas rencontrée.

— Tu ne me feras pas croire que tu es content du tour qu'ont pris les choses, hoqueta-t-elle.

— Je n'essaierai même pas. En revanche, je suis plus qu'heureux de t'avoir dans ma vie, Nadine. Si tout ce que j'ai vécu avant n'était qu'un prélude au moment où je suis entré dans ta chambre et où je t'ai vue reliée à tous ces appareils médicaux, la mine à la fois butée et défiante… eh bien, je ne regrette absolument rien.

Elle renifla.

— Tu es sérieux ?

— Évidemment, répondit-il d'un ton ferme. Des drames, il en arrive tous les jours, et de biens pires que le nôtre. Ce sont les moments de félicité qui comptent, pas les autres.

— N'empêche que mon père...

— T'a probablement laissé la preuve qui mettra définitivement fin à cette affaire, acheva-t-il pour elle. On ne peut que s'en réjouir.

Elle ouvrit la bouche pour protester et la referma aussitôt : l'ordinateur, toujours ouvert sur un coin de la table basse, venait de leur notifier par une courte sonnerie une demande de vidéoconférence.

— C'est Harley, annonça Anderson, jetant un coup d'œil à l'écran. Cela dit, il peut attendre un peu.

— Non, dit-elle en secouant énergiquement la tête. Il faut qu'on sache où il en est.

— Tu es sûre ?

Pour toute réponse, elle fit redescendre son T-shirt sur sa poitrine dénudée, rapprocha l'ordinateur et appuya sur une touche pour répondre à l'appel.

Le visage de Harley apparut sur l'écran, une moue réprobatrice aux lèvres.

— Tu aurais pu te rhabiller avant de répondre, frangin, non ?

Anderson s'esclaffa.

— Pour être tout à fait honnête, c'est Nadine qui a insisté pour qu'on prenne ton appel tout de suite.

Son ami la chercha des yeux.

— Ah ! enfin un visage agréable à voir ! s'exclama-t-il.

— Salut, Harley ! lança Nadine. Alors, quoi de neuf ?

— Les dates ne m'ont pas posé trop de problèmes, lui répondit-il. Je ne les ai pas toutes passées en revue, mais celles que j'ai pu examiner renvoient sans l'ombre d'un doute à des délits en tout genre.

— Imputables à Garibaldi d'une façon ou d'une autre ? demanda Anderson.

— Rien qui me fasse penser que vos photos aient pu faire l'objet d'un chantage, malheureusement.

— Et la voiture ? intervint Nadine. Ce n'est pas la sienne, peut-être ?

— Ah, la question des véhicules ! C'est très bizarre. En fait, il y avait trois berlines, sans qu'aucune d'elles soit enregistrée au nom de Garibaldi. Elles sont toutes censées appartenir à un certain… Kincaid Walls, sur lequel je n'ai rien trouvé de particulier. Un dernier détail cependant, ajouta Harley. Il y avait une photo, vers la fin du diaporama, je crois. On y voyait des types en combinaison de sécurité. Ça m'a intrigué, alors voici ce que j'ai fait…

Nadine et Anderson l'entendirent pianoter sur le clavier, puis une nouvelle photo s'afficha sur l'écran. Tellement agrandie qu'on n'y voyait qu'un amas de grains grisâtres.

— Super ! railla Anderson. C'est effectivement beaucoup plus probant que l'image des hommes en combinaison de sécurité !

Le rire amplifié de son ami retentit.

— Oups, pardon, ce n'est pas la bonne. Ça, c'est l'empreinte d'un pouce dont j'étais en train d'essayer d'identifier le propriétaire.

— Tu y es arrivé ?

— Non, du moins pour l'instant. Bref, ce n'est pas ce que je voulais vous montrer.

Harley se remit à taper sur le clavier, et un second cliché se substitua au premier.

— J'ai fait le maximum pour l'améliorer, reprit-il. Qu'en pensez-vous ?

— Rien de plus que tout à l'heure, répondit Anderson. Je vois toujours deux types en combinaison de sécurité, déroulant une toile.

— En fait, au départ, j'espérais qu'on distinguerait mieux leurs visages.

— Au départ ? répéta Nadine.

— Oui. Je ne saurais vous dire pourquoi mon instinct m'a poussé à commencer par retoucher cette photo en particulier. Malheureusement, je n'ai pas réussi à cause de ces masques. Et puis j'ai compris que ce n'était pas la présence de ces deux types qui m'avait interpellé, mais celle du tableau qu'ils déroulent.

— Bien sûr, marmonna Anderson d'un ton conciliant.

— Hé ! Au lieu de te moquer de moi, écoute un peu ce que j'ai à t'annoncer.

Le visage avenant de Harley réapparut sur l'écran.

— Ce qui est vraiment intéressant, dans ce tableau, c'est qu'il n'a aucune valeur.

— Aucune valeur ? répéta Nadine, visiblement aussi ébahie qu'Anderson.

— Aucune valeur au sens où il s'agirait d'un mauvais faux ? demanda ce dernier.

— Même pas ! s'exclama Harley avant de se rembrunir et d'ajouter : Enfin, à moins qu'un faussaire se soit mis en tête de reproduire l'œuvre d'un peintre inconnu, dont je ne trouve aucune trace nulle part, ce qui serait surprenant.

— Attends…, fit Anderson, songeur. Si ces toiles ne valent vraiment rien, pourquoi Garibaldi en ferait-il un tel mystère ? Et pourquoi aurait-il détruit un entrepôt et tué un homme, avant de faire reconstruire une cave dans l'unique but de les entreposer ?

— Et pourquoi ses sous-fifres seraient-ils vêtus de combinaisons normalement destinées à éviter un empoisonnement quelconque ? renchérit Harley. Enfin, dernière question, peut-être la plus importante : qu'est-ce que Garibaldi fabrique avec ces tableaux ?

— J'ai une idée ! annonça soudain Nadine. La question me travaillait, je ne sais pas trop pourquoi. Bref, c'est cette femme que j'ai croisée à Tourtes à gogo qui m'a mise sur la piste.

— La boutique d'objets d'art ! s'exclama Anderson en claquant des doigts.

— Vous m'expliquez ? demanda Harley.

— La femme dont je parle tient une boutique appelée Liz's Lovely Things. Elle vend des artefacts, des objets d'art et en entrepose d'autres pour Garibaldi. Quand j'ai rapporté notre entrevue à Anderson, je croyais qu'elle m'avait parlé de pièces haut de gamme, alors qu'elle voulait dire « coûteuses ». Elle doit savoir que sa marchandise ne vaut pas le prix qu'elle en demande.

— Je n'aurais jamais pensé qu'un type comme Garibaldi puisse être impliqué dans quoi que ce soit en rapport avec l'art, marmonna Anderson, songeur.

— Eh bien, lui dit Harley, il va falloir te faire à cette idée, mon gars. De toute évidence, il est mêlé à un trafic de ce style. Reste à savoir pourquoi.

— Il nous manque un élément important, grommela Anderson, frustré. Quelque chose nous échappe…

— Tout à fait d'accord, répliqua son ami. Je vais repasser vos photos au peigne fin, histoire de voir si j'y trouve un indice sur la nature de cette toile. Je vous rappelle dès que j'ai du nouveau.

Anderson mit fin à l'appel et referma l'ordinateur. Puis il se tourna vers Nadine, s'armant de courage pour la confrontation qui, il le savait, s'annonçait.

Dès qu'elle vit l'expression d'Anderson, Nadine comprit que ce qu'il s'apprêtait à lui annoncer ne lui plairait pas.

— Vas-y, dit-elle, sur la défensive. Annonce la couleur, je t'écoute.

— Je vais retourner à la cave pour examiner la salle où sont entreposées ces prétendues œuvres d'art.

Elle mit une petite seconde à comprendre ce qui la chiffonnait, dans cette annonce.

— Tu as dit « je », pas « nous ».
— Effectivement, convint-il.
— Attends, tu ne t'imagines tout de même pas que je vais rester ici à t'attendre sagement !
— Ici ou ailleurs, je ne sais pas encore.
— Ce n'est pas à toi d'en décider ! riposta-t-elle, indignée.

Il tendit la main vers elle, mais elle se leva et se mit à arpenter la pièce en fulminant.

— Tu me prends pour une poupée de porcelaine qu'on peut ranger sur une étagère ?
— Ce n'est pas du tout ce que je voulais dire, Nadine !
— Tant mieux. Parce que, pour ta gouverne, je sais me battre. J'ai pris des cours d'autodéfense, et je suis parfaitement capable de me servir d'une arme. J'ajoute que je vise juste.
— Je n'en doute pas.
— Dans ce cas, pourquoi irais-tu là-bas tout seul ?
— Parce que j'ai peur ! Voilà, pourquoi ! hurla-t-il.

Nadine sursauta et cligna des yeux. Elle n'avait encore jamais vu Anderson perdre son sang-froid. Ne sachant trop comment réagir, elle le dévisagea, bouche bée.

— Pardonne-moi, reprit-il d'une voix rauque. Je n'aurais pas dû crier comme ça.

Elle renifla brièvement.

— Ce… ce n'est pas grave.
— Si, ça l'est. J'ai terriblement peur qu'il t'arrive malheur, Nadine.

Elle alla se rasseoir à côté de lui.

— Anderson ?
— Quoi ? demanda-t-il, la tête baissée.
— Tu sais que c'est terriblement romantique, ce que tu me dis là ? Je ne t'en aime que davantage, d'ailleurs.
— Ça ne va pas t'empêcher de discuter, je suppose…
— Gagné !

— Que puis-je dire pour te convaincre de m'attendre, Nadine ?

— Rien. C'est moi qui vais te faire changer d'avis.

— Autant te prévenir tout de suite, tu n'y arriveras pas.

— Lève-toi, lui ordonna-t-elle soudain.

— Pardon ?

— Lève-toi et mets ton holster. Je vais te désarmer.

— Je voudrais bien voir ça !

— Ensuite je vais t'estourbir, te prendre ton arme pour tirer sur la cible de ton choix *et* l'atteindre.

Il ouvrit la bouche, sans doute pour protester, puis se ravisa et dit :

— Bon, d'accord. Bonne chance, alors !

Réprimant un sourire narquois, elle le regarda attacher son holster à son flanc et remettre son T-shirt.

— À ta place, je mettrais mes chaussures, dit-elle.

— C'est ça. Pour que je t'écrase un orteil ?

— Comme tu l'entends ! Je voulais simplement que tu aies toutes tes chances.

— Bon, bon, si tu y tiens…, fit-il en nouant les lacets de ses rangers.

Il se redressa ensuite pour la contempler d'un air suffisant.

— Quand tu veux.

— Attaque-moi, lui lança-t-elle d'un ton de défi.

— Non.

Elle allait protester quand, sans prévenir, il lui fonça dessus. Prise de court, elle n'eut que le temps d'esquiver. Elle était à peine remise de sa surprise qu'il revint à la charge.

Au moment où les mains d'Anderson allaient se refermer sur elle, elle plongea et se cogna l'épaule contre la table basse. Ravalant un cri de douleur, elle roula sur le flanc pour se mettre hors de sa portée.

— Ça va ?

Elle releva la tête et, voyant qu'il s'était immobilisé, se propulsa en avant sur le sol puis, tendant une jambe, lui donna un coup de pied dans le tibia.

— Hé ! se récria-t-il.

— Ça t'apprendra à baisser ta garde, dit-elle avant de se relever.

— Tu m'as fait mal !

— Je t'avais prévenu !

Après avoir repris son souffle, elle se remit en position d'attaque, faisant mine de le prendre par la droite, puis rectifiant son parcours de manière à le frapper du côté gauche. Au bout d'un moment, il anticipa son geste, lui barra le passage d'un crochet du bras et referma les doigts sur son poignet. Pendant une ou deux secondes, elle le laissa penser qu'il conservait l'avantage, puis elle riposta par un enchaînement appris au cours d'autodéfense.

Au terme de ce qui, en d'autres circonstances, aurait pu s'apparenter à un pas de danse, elle lui assena un coup bien senti dans la partie charnue de la paume droite. Il ouvrit les doigts et, sans lui laisser le temps de réagir, elle lui crocheta l'épaule.

— Ne bouge pas ou je te casse le bras, dit-elle entre ses dents serrées.

Les yeux étrécis, Anderson se déplaça légèrement sur le côté. Elle serra un peu plus fort et dut repousser un léger sentiment de culpabilité en le voyant grimacer. Mais elle avait quelque chose à prouver et ne pouvait se permettre de s'apitoyer sur son sort.

— Donne-moi ton revolver, ordonna-t-elle.

— Ou tu me casses le bras, c'est ça ?

— Eh oui ! fit-elle d'un ton léger.

Il utilisa sa main libre pour sortir son arme de son holster. Un sourire satisfait aux lèvres, elle s'en empara.

Reculant d'un pas, elle pencha la tête sur le côté et dit :

— C'est là que je t'abattrais, si tu étais mon ennemi.

Anderson se redressa.

— Tu es contente de toi, hein ?

— Plutôt, oui. Et encore, je me suis retenue ! répliqua-t-elle, d'un ton mutin.

— Ah, vraiment ? fit-il, esquissant un sourire.

— Je ne t'ai rien cassé, finalement, si ?

— Je ne crois pas, non, dit-il en se rembrunissant. Il y a quelque chose qui me chiffonne, cependant…

— Oui ?

— Comment le type qui a mis le feu chez ta mère a-t-il réussi à te maîtriser ?

— Ah, ah, je savais que tu serais impressionné malgré toi !

— Ça ne répond pas à ma question, Nadine.

— Disons que je n'ai pas pu lui échapper avant ton arrivée et que…

Elle laissa sa phrase en suspens.

— Et que… quoi ? demanda-t-il impitoyablement.

— Que… j'ai un peu paniqué.

— Tu as un peu paniqué, répéta-t-il d'une voix sombre.

— Un tout petit peu, et ça ne se reproduira pas.

— Qu'en sais-tu ? Et qu'est-ce que j'en sais, moi ?

— Rien, concéda-t-elle. Cela dit, je pense sincèrement que ça ne m'arrivera plus. Et puis, je suis armée, maintenant !

— C'est *mon* revolver que tu tiens, souligna-t-il. Et comme c'est une arme de service, même si je voulais te la prêter, je n'en aurais pas le droit.

— Tant pis, je prendrai celle que Brayden a « oubliée » dans le placard de la chambre. Allez, suis-moi, que je puisse te prouver mes capacités de tireuse d'élite.

— Je n'ai pas envie de t'exposer au danger, sans compter que je doute qu'il soit judicieux de décharger mon revolver dans la nature sans raison valable.

— Eh bien, attrape-moi, si tu peux !

— Nadine ! Tu ne vas tout de même pas…

Elle n'attendit pas la fin de sa phrase pour se ruer vers la porte, sortir et descendre les trois marches d'un bond. Après avoir atterri sur la terre ferme presque sans vaciller, elle poursuivit sa course folle, contourna le bungalow et se dirigea vers l'orée du bois — où elle comprit son erreur. Dans sa précipitation, elle avait oublié de se chausser elle aussi. Son instant d'hésitation permit à Anderson de gagner du terrain ; ses mains puissantes se refermèrent sur elle et, au lieu de lui résister lorsqu'il la souleva dans les airs, elle se blottit contre lui, puis releva la tête.

— Coucou, souffla-t-elle, hors d'haleine.
— Coucou ? C'est tout ce que tu trouves à dire ?
— Pourquoi ? Ça ne te suffit pas ?
— Non ! Je me suis laissé vaincre. J'ai bien droit à une petite récompense, tu ne crois pas ?
— Tu t'es *laissé* vaincre ?
— Ce sera ma version de l'histoire, si je suis amené à la raconter, un jour.
— Macho !
— Ce n'est pas comme ça que tu parviendras à tes fins.
— Alors que penses-tu de ceci ? demanda-t-elle en lui posant une main sur la joue pour l'embrasser, brièvement mais avec ferveur.
— Tu es une sacrée enquiquin…

Les paroles d'Anderson furent noyées par le bruit d'un véhicule remontant bruyamment le chemin de terre détrempé.

En dépit de tout ce qu'elle venait de dire, Nadine eut soudain du mal à respirer. Fort heureusement, Anderson, conservant son calme, la serra un peu plus fort contre lui avant de la porter à l'abri d'un bosquet à l'orée de la clairière.

— Je… j'ai bien peur d'avoir laissé tomber ton

revolver, tout à l'heure, près du bungalow, avoua-t-elle en grimaçant.

Il laissa échapper un juron.

— Bon, reste ici, je vais jeter un coup d'œil.

Il la reposa sur le sol et repartit au pas de course. Elle le regarda s'éloigner, et sentit son cœur s'emballer lorsqu'elle le vit se baisser pour ramasser quelque chose — l'arme, à en juger par son reflet argenté. Soulagée, elle se remit à respirer presque normalement. Toutefois, quand Anderson fit demi-tour, le poids qui lui comprimait les poumons revint en force.

— Qu'est-ce que tu fais ? lui demanda-t-elle, dès qu'il fut à portée de voix.

— Je te rapporte ceci, dit-il en lui tendant le revolver.

— Tu pourrais en avoir besoin.

— Et toi plus encore.

— Je croyais que c'était la propriété de l'État.

— Ça l'est. Allez, je reviens tout de suite, promit-il, avant de lui déposer l'arme dans la main.

Cette fois, elle ne le regarda pas s'éloigner, de crainte de lui emboîter le pas. L'atmosphère pluvieuse et la clairière, devant elle, lui paraissaient de mauvais augure.

Anderson dut se faire violence pour continuer à courir, plutôt que retourner vers Nadine. S'il s'était écouté, il l'aurait prise par la main pour l'entraîner un peu plus profond dans le bois. Loin, aussi loin que possible du problème à venir.

Hélas ! il n'avait pas le choix, et il ne lui restait plus qu'à espérer qu'elle ne céderait pas à l'envie de le suivre.

Arrivé au coin du bungalow, il s'immobilisa en entendant des voix indistinctes. S'il voulait savoir qui étaient les intrus, il devait s'en rapprocher. Son regard se posa sur une remise à bois toute proche, assez grande pour qu'il puisse s'y cacher, et placée de telle façon que, de là, il aurait une vue imprenable sur l'avant du bungalow. Le tout était d'y arriver sans se faire remarquer...

Il cherchait une solution à son problème quand les voix se firent plus audibles, lui indiquant que deux hommes se rapprochaient du porche, tant et si bien qu'il entendit leur échange, ce qui le renseigna sur leur identité. Il s'agissait des officiers de police qui s'étaient rendus dans l'immeuble de Nadine. Et, à en juger par ce qu'ils disaient, ils pensaient avoir été lancés sur une fausse piste et ne croyaient pas un instant qu'elle ait mis le feu à sa propre maison.

Après avoir frappé à la porte du bungalow à plusieurs reprises, ils finirent par s'éloigner, le vent emportant la fin de leur conversation. Il attendit d'entendre leur voiture démarrer avant d'aller retrouver Nadine.

Son joli visage se détendit visiblement lorsqu'elle le vit arriver.

— Ça y est ? Ils sont partis ? J'ai entendu la voiture redescendre la pente, et je me suis demandé comment tu avais fait pour te débarrasser d'eux aussi vite.

— Je te raconterai pendant que nous prendrons nos affaires. Ensuite, nous essayerons de trouver un moyen de retourner en ville sans nous faire repérer.

— *Nous* ? releva-t-elle. Ça veut dire que tu as décidé de m'emmener dans l'antre de Garibaldi ?

— De toute façon, je ne peux plus te laisser ici, maintenant, grommela-t-il tandis qu'elle refermait une main sur la sienne.

Ils devaient quitter les lieux au plus vite, cela ne faisait aucun doute dans son esprit. Il la mena jusqu'à la porte du bungalow, tout en lui faisant un résumé des conclusions de ses collègues policiers et en lui expliquant en quoi elles lui paraissaient pertinentes.

Il mit quelques minutes à s'apercevoir qu'elle était singulièrement silencieuse.

— Hé ! ma belle ! murmura-t-il, s'approchant d'elle pour encadrer son visage de ses mains. Ce sont plutôt de bonnes nouvelles, non ? La police locale doute que tu sois responsable de l'incendie et, a priori, elle n'est pas sous la coupe de Garibaldi.

— Je réfléchissais, répondit-elle dans un souffle.

— À quoi ? demanda-t-il en souriant.

— Tu m'as bien dit que tu voulais laisser la voiture ici ?

— J'ai été bien inspiré de la garer derrière le bungalow. Si on repartait avec, on risquerait de nous localiser, avec ce fichu GPS.

— J'ai une autre idée. Elle vaut ce qu'elle vaut, mais…

— On ne saura jamais ce qu'elle valait, si on n'essaie pas, lui fit-il remarquer.

— Entendu. Suis-moi.

Anderson s'autorisa un dernier coup d'œil admiratif sur ses courbes et courut pour la rattraper.

Nadine vibrait littéralement du besoin d'agir. Ignorant la pluie qui s'était remise à tomber, elle descendit les marches à toute allure, puis guida Anderson à travers la clairière sur laquelle étaient bâtis d'autres bungalows, moins spacieux que le leur.

Elle finit par s'arrêter devant un appentis en mauvais état, derrière un des petits bungalows, et Anderson retira sa veste pour les abriter tous les deux de la pluie battante.

— On y est ? demanda-t-il. Ça faisait une sacrée trotte, finalement !

— Oui, et il pleut à verse.

— Ah, tu t'en es rendu compte, toi aussi ? Tu en fais, une tête ! Ce n'est tout de même pas la pluie qui te tracasse, dis-moi ?

Elle aurait nié qu'elle en avait gros sur le cœur si la vérité n'était pas sortie toute seule.

— Je pensais à la facilité avec laquelle un individu peut te pourrir la vie.

— Tu parles de Garibaldi, je suppose.

— Oui. S'il avait réussi à me tuer…

— Je n'aurais jamais laissé faire une chose pareille.

— N'empêche que s'il y était parvenu…

— Nadine…

— Laisse-moi parler, s'il te plaît. Si ses hommes de main ou lui m'avaient éliminée pendant mon séjour au centre de soins, je ne constituerais plus un danger. Les preuves contenues sur la clé USB seraient effacées, comme moi, à l'heure qu'il est… Seulement toi, tu serais toujours vivant et peut-être aurais-tu appris ce qu'il y a sur cette clé. Du coup, Garibaldi, s'en prendrait à toi et… et… Et ça n'en finira jamais ! acheva-t-elle, dans un sanglot.

Anderson semblait tendu à l'extrême.

— Nadine, ma belle, où vas-tu, comme ça ?

— Garibaldi pourrait tuer ou faire tuer tous ceux qui savent quelque chose, voire ceux qu'il soupçonne de savoir. Bien sûr, après chaque décès « accidentel » il lui serait plus difficile de se cacher. Seulement comme il n'est pas idiot, il a choisi une autre option, plus subtile : mettre des preuves là où il n'y en a pas, semer le doute… Et pendant ce temps-là, il échappe aux radars. C'est ainsi qu'il a agi avec mon frère, quand il l'a fait accuser de l'explosion de la rue principale.

— Sauf que Tyler n'a jamais été reconnu coupable de ce crime, lui rappela Anderson.

— Et alors ? Il a été acquitté par manque de preuves, et cette affaire a détruit sa vie. Il connaissait la vérité, et il n'a jamais pu prouver son innocence.

— Ton frère avait d'autres problèmes, tu le sais bien.

— Je n'en suis pas exempte moi-même.

— Personne ne l'est, si tu vas par là.

— Écoute, Anderson. Je vais te dire pourquoi je suis

restée à l'écart de Whispering Woods toutes ces années, et je ne l'ai encore jamais avoué à personne.

Elle s'interrompit, inspira profondément, et se tourna vers lui. Il l'écoutait attentivement.

— La vérité, c'est que je doutais. De moi comme de la manière dont les gens réagiraient à mon amnésie et à la mort de papa. Penseraient-ils que je cachais quelque chose ou alors, au contraire, accepteraient-ils la version selon laquelle je ne croyais plus en moi-même ? Vu mon passé, j'ai été vraiment surprise qu'on me propose un poste à l'école de Whispering Woods. Garibaldi avait semé le doute, tu comprends, et je suis à peu près sûre qu'il s'apprête à recommencer. Mais cette fois, je ne le laisserai pas faire, conclut-elle d'une voix brisée par l'émotion.

Anderson se pencha vers elle et posa ses lèvres sur les siennes. Elle le laissa s'attarder quelques secondes, se délectant de sa présence rassurante, avant de reculer et de relever le menton.

— Je suis prête à retourner à l'enseignement, annonça-t-elle.

— Seulement à l'enseignement ? demanda-t-il en lui prenant la main.

— Pourquoi dis-tu « seulement » ? C'est une profession parfaitement honorable, non ?

— Bien sûr que si, et ce n'est pas ce que je voulais dire, Nadine, murmura-t-il, faisant courir le pouce sur sa main.

— Ah ? Où voulais-tu en venir, alors ? Oh…

Elle se sentit rougir et baissa le regard. C'était sa main *gauche*, qu'Anderson caressait si tendrement. Et plus précisément son *annulaire*.

Lorsqu'elle releva les yeux vers lui, il paraissait radieux.

— Ne t'inquiète pas, je ne te mettrai pas la pression, lui promit-il.

Elle relâcha le souffle qu'elle avait retenu, mais les battements fous de son cœur, eux, ne s'apaisèrent pas, même lorsqu'elle poussa la porte de l'appentis.

Le mariage.

Anderson lui avait proposé de l'épouser. Deux jours plus tôt, elle gisait sur un lit d'hôpital et craignait pour sa vie en rageant parce qu'un grand policier aux cheveux blonds hirsutes se prenait pour sa nounou, et voilà qu'elle n'imaginait plus sa vie sans lui.

Cependant, le mariage… Non. C'était complètement fou. Et en même temps tellement logique…

La porte s'ouvrit en grinçant, et elle fut assaillie par une odeur de moisi, de poussière et de graisse. Elle désigna un point dans l'obscurité.

— Là !

— Là, quoi ? demanda Anderson, se penchant au-dessus d'elle. Tout ce que je vois, c'est une masse informe, recouverte d'une bâche.

Elle poussa davantage la porte et, même si le ciel nuageux n'éclairait guère l'intérieur de l'appentis, Anderson parut distinguer ce qui se cachait sous la bâche.

— Un quad ?

— Eh oui ! L'ancien gérant de ce complexe en a équipé tous ses locataires.

— Et comment savais-tu qu'il était là ?

— À l'époque où je filais Brayden et Reggie, j'ai fouillé cette propriété dans ses moindres recoins.

— En temps normal, répondit Anderson, je n'encourage pas ce genre de comportement. Cela dit, pour le coup, je suis ravi que tu aies enfreint la loi.

— Tu crois qu'il fonctionne toujours ?

— Tout dépend des conditions dans lesquelles il a été remisé. Enfin, par chance, mon beau-père est mécanicien et m'a appris quelques petits trucs utiles.

— Eh bien, à vous de jouer, inspecteur, dit-elle en accompagnant ses paroles d'un grand geste du bras.

Il était déjà à l'œuvre, maugréant contre l'humidité ambiante. Son intonation se fit néanmoins plus positive lorsqu'il eut soulevé la bâche et se fut penché sur l'engin. Et, bien que Nadine ne connaisse rien à la mécanique, elle ne tarda pas à comprendre que les choses avaient été faites correctement : la batterie était rangée à part et le réservoir vide. Mieux encore, un jerrican bien fermé et rempli de carburant attendait dans un coin. Quant à l'engin lui-même, il n'était que légèrement rouillé. Bref, quelques minutes plus tard, Anderson avait sorti le véhicule sous la pluie et, à défaut de ronronner, son moteur tournait avec un bruit de bon augure.

— Dommage qu'on n'ait pas de casques, fit-il remarquer.
— Ne t'en fais pas pour ça, je conduis très bien.
— Parce que tu as l'intention de conduire ? s'étonna-t-il.
— Tu as fait beaucoup de quad, dans ta vie ?
— Jamais, non.
— Et tu saurais retourner en ville par la forêt ?
— Non plus.
— Alors, l'affaire est entendue. En route !

Moins de cinq minutes plus tard, il était assis derrière elle, tandis que l'engin s'enfonçait dans la forêt détrempée.

Malgré la pluie, il apprécia leur course folle. Nadine n'avait pas menti : elle évoluait entre les arbres comme une professionnelle, ralentissant à l'approche des branches les plus basses et des nombreuses irrégularités du terrain. Apercevant un fanion en métal rouge, il en déduisit que la route que sa conductrice avait choisie était une sorte de piste. Cela l'amena à penser qu'il ne lui avait pas demandé où elle l'emmenait. En ville, bien sûr, leur but étant l'entrepôt souterrain. Mais avant cela, il n'en avait aucune idée, ce qu'il trouva déconcertant.

Tu es complètement irresponsable, mon vieux ! se fustigea-t-il.

Après tout, c'était *lui*, le flic, dans l'histoire. *Lui* qui avait juré de protéger et servir le public, *lui* qui était formé pour faire face aux situations les plus périlleuses. Et, bien que la femme contre laquelle il était serré lui ait prouvé ses capacités à plusieurs reprises, il n'avait pas pour habitude de se laisser guider. Jusqu'à présent, les seules personnes qu'il avait suivies aveuglément étaient Brayden, Harley et Rush.

Soudain, il sentit l'émotion le gagner. Il avait une telle confiance en Nadine ! La même que celle qu'il accordait à ses frères d'armes — ces hommes qui, comme lui, avaient été durement frappés par le destin —, et qui lui avaient si souvent prouvé leur loyauté.

Il resserra encore son étreinte autour de sa taille. C'était une chose de tomber amoureux dans une période de turbulence, et une autre, bien différente, d'être totalement confiant. Nadine représentait son idéal de femme. Elle était belle, forte, et expérimentée, sans être blasée. Cette confiance aveugle ressemblait à… quoi ?

— Ça va ? lui demanda-t-elle par-dessus le vrombissement du moteur.

Rouvrant les yeux, il s'aperçut que la forêt était moins dense.

— Très bien, répondit-il.

Il souriait toujours béatement lorsqu'elle arrêta l'engin près d'un arbre. Sans attendre qu'elle ait coupé le contact, il descendit du quad et se campa face à elle.

— Je suis absolument fou de toi, Nadine, dit-il d'une voix rauque.

Elle écarquilla les yeux avant de répondre, le souffle un peu court :

— Je croyais qu'on était tombés d'accord sur le fait que c'est réciproque.

— Réciproque... Ça me convient parfaitement, murmura-t-il en l'attirant à lui pour l'embrasser avec fougue. Tant que cette réciprocité nous mène vers une existence aussi heureuse qu'intense, ajouta-t-il.

Nadine leva une main vers lui pour ramener en arrière une mèche de cheveux collée à son front. Son geste, aussi tendre que décidé, lui parut imprégné des mêmes sentiments que ceux qui l'animaient. Ce qu'elle dit ensuite le conforta dans sa conviction.

— Ça va de soi, Anderson.

— J'aimerais te présenter à ma famille. Et te faire mieux connaître mes frères d'armes.

— Si ça peut te faire plaisir, entendu !

— Ça me fera un immense plaisir, ma belle. Bien. Et à présent, si tu me disais où nous sommes, au juste ?

— Là où tu voulais aller, ou presque. Regarde, ajouta-t-elle, pointant l'index devant eux. Une petite promenade de deux minutes, et nous nous retrouvons sur la route qui mène au cinéma.

— Au cinéma ? répéta-t-il, perplexe. Ah oui, celui où tu as emmené Reggie !

— Celui-là même. Il présente l'avantage de communiquer avec l'entrée du tunnel menant à l'antre de Garibaldi.

Elle ouvrit un petit compartiment sur un côté du quad dans lequel Anderson avait placé son ordinateur ainsi qu'un sac en toile qui contenait son arme de service et celle que Brayden avait abandonnée dans le bungalow. Laissant l'ordinateur, elle tendit son arme à Anderson et coinça l'autre à l'arrière de sa ceinture.

— Voilà. Parée pour l'aventure. Allons-y !

Elle se mit en route, l'emmenant jusqu'à l'orée du bois. Très vite, il sentit la nervosité le gagner : ils allaient se jeter dans la gueule du loup, là ! Éprouvant le besoin de se raccrocher au peu de légèreté qui lui restait, il attendit qu'ils soient en vue du cinéma pour attraper Nadine par le coude et la forcer à s'arrêter.

— Dis-moi, ma belle…
— Oui ?
— Tu sais vraiment tirer ?
— Tu en doutes encore ? Je n'ai pourtant eu aucun mal à te désarmer !
— Aucun mal, aucun mal, n'exagérons rien !

Confronté au regard qu'elle lui jeta, il ne put que lever les mains en signe d'apaisement.

— D'accord. Donc, tu peux atteindre une cible en mouvement à plus de cinquante mètres, même les yeux fermés et à cloche-pied.

Un sourire finaud aux lèvres, Nadine parut sur le point de dire quelque chose, puis se figea, les yeux rivés sur un point situé juste derrière lui. Avant qu'il ait pu réagir, il sentit le métal froid d'une arme sur sa nuque. L'instant d'après, une voix qui lui parut encore plus glaciale que le canon du revolver lui dit à l'oreille :

— Votre copine est peut-être capable de faire tout ce que vous venez de décrire, mais ça m'étonnerait qu'elle tire sur un homme capable de vous tuer d'une simple pression du doigt.

9

Prise d'une nausée subite, Nadine porta la main à son estomac dans l'espoir de faire passer le malaise.

Malheureusement, son geste ne fit que déplacer le problème, et le vertige s'empara d'elle, la faisant chanceler. Malgré cela, elle ne parvint pas à détacher les yeux de l'homme qui tenait Anderson en joue. Elle le reconnaissait, et pas seulement parce que c'était lui qui avait mis le feu à l'appartement de sa mère ou qu'elle l'avait aperçu à travers les lattes du dressing de l'hôtel. Quelque chose, dans la manière dont il la dévisageait, la ramenait dix années en arrière. D'ailleurs, lorsqu'elle vit ses lèvres bouger, au lieu d'entendre ce qu'il disait dans l'instant, elle se remémora les paroles qu'il avait prononcées des années plus tôt, quand elle gisait sur son lit d'hôpital.

— Nous avons commis une erreur, mademoiselle Stuart, avait-il dit.

— Une erreur ? avait-elle répété, la voix encore éraillée par la fumée qu'elle avait inhalée.

— Parfaitement. Le Dr Dhillon vous pensait rescapée d'un incendie, mais elle se trompait.

— Comment ça ?

— C'est un accident de voiture que vous avez eu, mon petit. Vous ne vous en souvenez pas ?

— Où est le Dr Dhillon ?

— Elle nous a quittés.

Trouvant son intonation sinistre, elle avait tenté de se redresser, affolée. Les tubes, la gaze et les couvertures l'en empêchant, elle s'était laissée retomber sur son oreiller.

— J'ai été prise dans un incendie, avait-elle persisté.

— Absolument pas ! Vous avez eu un accident de voiture. Vous ne vous rappelez vraiment rien ?

— Non.

Son expression satisfaite l'avait fait frissonner. Un médecin digne de ce nom aurait préféré qu'elle retrouve la mémoire, non ? Angoissée, elle avait fermé les yeux. Quand elle les avait rouverts, le médecin avait disparu. Et voilà qu'ils étaient de retour — l'homme, avec son air suffisant, et le sentiment de malaise qu'elle avait éprouvé à l'époque.

— Docteur Salinger, murmura-t-elle, sidérée, en déplaçant lentement la main vers son dos pour saisir l'arme de Brayden.

— Vous me reconnaissez, à présent, dit-il froidement.

— Tu connais ce type ? lui demanda Anderson, manifestement aussi surpris qu'elle.

— Oui. C'était un de mes médecins à l'hôpital de Freemont. Celui qui a raconté à qui voulait l'entendre que j'avais été blessée lors d'un accident de voiture.

— Dites-moi, mademoiselle Stuart, enchaîna Salinger. Vous n'auriez pas recouvré la mémoire récemment, par hasard ? Au moins partiellement, j'entends.

De nouveau, elle sentit la tête lui tourner. Une fumée inexistante lui emplit les poumons, et elle fut assaillie par un souvenir qu'elle avait cru enfoui à jamais dans les méandres de son cerveau.

Sa main se referma sur la crosse du revolver qu'elle tira de sa ceinture. Elle prit une longue inspiration dans l'espoir de se calmer, puis regarda Anderson en ramenant son bras devant elle. C'était lui son roc, son ancre.

— Jetez votre arme par ici, lui ordonna Salinger qui avait suivi son mouvement. Et pas de geste brusque !

Elle considéra le revolver avec lequel il tenait Anderson en joue et desserra les doigts sur le sien.

Anderson dut comprendre son intention, car il dit d'une voix forte :

— Tue-le, Nadine, ce sera plus sûr.

— Elle n'en fera rien, affirma Salinger. Regardez-la. Elle a bien trop peur de ce qui pourrait arriver à son cher et tendre. Pas vrai, ma jolie ?

Nadine hésita. Elle était capable de tirer ou de désarmer le médecin — en théorie du moins, car il avait raison sur un point : elle n'avait aucune envie de mettre la vie d'Anderson en danger. Il lui fallait donc trouver un autre moyen de les débarrasser de Salinger.

— Pardonne-moi, Anderson, murmura-t-elle en laissant tomber le revolver entre eux deux.

— Parfait, fit le médecin avec un sourire suffisant. Maintenant, vous allez me remettre ce que vous utilisez pour faire chanter mon ami.

— Votre ami ? répéta Anderson d'un ton railleur.

— Ne vous fatiguez pas. Vous savez aussi bien que moi de qui je parle.

— Je suis surpris de vous entendre le qualifier d'ami, c'est tout, reprit Anderson. À votre place, j'aurais dit « mon patron ».

— Je lui rends un service. Ça ne fait pas de moi son employé pour autant, rétorqua Salinger, se raidissant.

— Ah non ? lança Anderson avec un mépris non dissimulé.

Qu'est-ce qui lui prend ? se demanda Nadine. Pourquoi provoque-t-il Salinger, alors que c'est lui qui tient le revolver ?

La conversation se poursuivant, elle finit par comprendre qu'Anderson s'efforçait de gagner du temps.

— Et ça vous arrive souvent, d'enfreindre la loi pour rendre service à vos amis ? demanda-t-il, toujours aussi dédaigneux.

Si ses idées embrouillées le lui avaient permis, elle aurait utilisé ces précieuses minutes pour chercher une solution. Mais de toute façon, la joute verbale qui se poursuivait entre les deux hommes aurait rendu l'exercice difficile.

— Tiens donc, dit Salinger d'un ton sarcastique. Le chantage ne vous dérange pas outre mesure. En revanche, vous n'acceptez pas que je propose mes services médicaux à une personne qui, sans moi, n'obtiendrait aucune aide de nulle part. Intéressant, comme position !

— Continuez à vous convaincre du bien-fondé de vos actes si ça vous aide à trouver le sommeil, lui renvoya Anderson. Parce que, pour moi, extraire des balles des jambes d'un malfrat ou inventer un accident de voiture qui n'a jamais eu lieu n'a rien à voir avec l'amitié.

— La contrepartie financière m'aide à soulager ma conscience, figurez-vous. Et avant de me faire la morale, songez que c'est grâce à moi que votre copine est toujours en vie. Posez-lui la question, si vous ne me croyez pas ! Sans moi, elle serait morte depuis belle lurette.

L'arrogance de cette déclaration horripila Nadine. Et puis une idée encore un peu vague lui vint.

Aussi toussota-t-elle bruyamment afin d'attirer l'attention du médecin.

— Bien que je sois heureuse de ne pas être morte à l'hôpital, je n'ai pas le sentiment que ce soit grâce à vous.

— Ah ? fit Salinger en plissant les yeux. Parce qu'un de mes confrères a détecté votre amnésie, peut-être ?

Elle secoua énergiquement la tête.

— Personne, non. Mais je sais pertinemment que ce n'est pas vous qui m'avez maintenue en vie toutes ces années. C'est mon frère, parce qu'il en savait trop.

— Votre frère en savait trop ?

Elle baissa les yeux puis les releva vers Anderson, dans l'espoir de lui faire comprendre son intention. Le voyant acquiescer discrètement, elle enchaîna avec fermeté.

— Tout à fait. C'est un chantage qui a empêché votre prétendu ami de me tuer. Et le fait que Tyler, mon frère, ait eu la bonne idée d'enregistrer les preuves qu'il détenait est également la raison pour laquelle vous êtes encore en vie, vous aussi.

Anderson hocha résolument la tête.

— C'est vrai, et je peux vous affirmer que, dès que votre ami mettra la main sur les preuves en question, il les détruira avant de vous éliminer à votre tour.

— Ça suffit comme ça, gronda le médecin. Remettez-moi ces preuves, quelles qu'elles soient.

— Elles sont sur une clé USB qui se trouve dans la poche droite de mon jean, lui expliqua Anderson. Alors ne tirez pas, quand je l'en sortirai.

— Doucement. Pas de gestes brusques, gronda Salinger.

Nadine retint son souffle. L'espace d'un instant, elle crut que son plan allait marcher : Anderson se positionnerait de manière à distraire le médecin, tandis qu'elle ferait mine de trébucher, ce qui leur donnerait peut-être le temps d'agir. Malheureusement, le médecin reprit aussitôt la parole :

— Une minute.

Anderson s'immobilisa.

— Qu'est-ce qu'il y a ?

— Je trouve suspect que vous abandonniez la partie aussi facilement.

— Comme vous l'avez dit vous-même, intervint Nadine aussi calmement qu'elle le put, je tiens à mon ami, et je ne voudrais pas qu'il lui arrive malheur.

— Vous mentez très mal, mademoiselle Stuart, répliqua Salinger. Ce n'est pas de lui qu'il s'agit. Il y a autre chose.

Le silence de mauvais augure qui suivit fut soudain

interrompu par un bourdonnement. Nadine fronça les sourcils et remarqua que le médecin en faisait autant. Il y eut une nouvelle vibration, et elle comprit qu'il s'agissait du téléphone d'Anderson.

Malheureusement, le médecin ne tarda pas à comprendre, lui aussi.

— Bon sang, qu'est-ce que c'est que ça encore ? demanda-t-il d'un ton soupçonneux.

Se raidissant, Nadine se prépara au pire.

Anderson se figea et jura intérieurement.

— J'attendais le coup de fil d'un ami qui ne peut pas savoir que nous sommes en pleine négociation, répondit-il calmement.

— Ceci n'a rien d'une négociation, rétorqua Salinger. Remettez-moi cette clé USB, et votre téléphone, par la même occasion.

D'un geste lent, Anderson finit d'enfoncer la main dans sa poche, pour en tirer la clé USB et le téléphone.

— Ne bougez pas, lui ordonna le médecin s'en saisissant.

— Ce n'était pas mon intention, marmonna Anderson.

— Silence, gronda Salinger, s'écartant d'un pas pour consulter l'écran du portable.

— Ne vous gênez pas ! lança Anderson avec humeur.

— Je veux savoir qui vous êtes, dit simplement Salinger.

— Blake Smith, déclara Anderson.

— C'est ça. Et moi, je suis la reine d'Angleterre.

— C'est écrit sur mon permis de conduire, vous pouvez vérifier.

— Quatre-vingt-dix pour cent des adolescents de ce pays ont de faux papiers d'identité.

— J'ai l'air d'un ado qui a besoin d'une fausse pièce d'identité pour s'acheter de l'alcool ?

— Le problème, c'est que je n'arrive pas à vous cerner,

monsieur Smith. S'il ne fait aucun doute dans mon esprit que vous fréquentez Mlle Stuart, je n'arrive pas à savoir exactement à quel moment vous avez commencé à vous mêler des affaires de mon ami.

Malgré son exaspération, Anderson lui répondit d'un ton faussement blasé :

— Je me fiche complètement des « affaires » de votre ami. Alors si c'est tout ce qui vous inquiète...

— Est-ce qu'un certain Harley, puisque c'est lui qui vient d'essayer de vous joindre, serait d'accord avec vous sur ce point ? demanda Salinger, les yeux baissés vers l'écran du téléphone.

— Absolument.

— De sorte que si je l'appelais pour lui poser la question, il me demanderait de quoi je parle, hein ?

— Absolument, répéta Anderson.

— Harley ne sait rien ! s'exclama brusquement Nadine.

Anderson se tourna vers elle pour lui intimer du regard de se taire, puis vit à son expression qu'elle avait rusé. Et Salinger se laissait prendre, apparemment, car il relâcha vaguement son étreinte sur le revolver.

— Cessez de mentir, dit-il à Nadine. Et expliquez-moi un peu ce que sait ou ne sait pas ce fameux Harley.

— Je ne vous mens pas, protesta-t-elle faiblement.

— Vous me sous-estimez, là, mon petit. Je commence à y voir clair, dans votre petit jeu. Continuez comme ça, et je tire dans les jambes de votre copain jusqu'à ce que vous vous décidiez à parler.

Nadine vacilla et dit, d'une voix tremblante :

— Vous ne feriez pas ça, docteur !

— Si, affirma-t-il froidement.

Elle chancela de plus belle et se passa la main sur le front.

— Je ne me sens pas très...

L'instant d'après, elle s'effondrait comme une masse.

Quasiment certain qu'il agissait d'une nouvelle feinte, Anderson se tint coi. Salinger, en revanche, avança d'un pas et, peut-être par déformation professionnelle, fit mine de se pencher sur elle. Son revolver s'écarta de la nuque d'Anderson.

Jugeant que c'était le moment ou jamais, Anderson projeta son poing en direction du bras armé du médecin. Au dernier moment, celui-ci comprit son intention et esquiva le coup.

Anderson se tourna vivement et le frappa en plein plexus solaire. Salinger grimaça mais parvint à ne pas lâcher le revolver et à garder l'équilibre. Bien que chancelant, il ne se départit pas non plus de sa superbe. Malheureusement pour lui, c'était Anderson qu'il défiait du regard, ce qui constituait une erreur.

Luttant contre l'envie de crier victoire, Anderson recula d'un pas pour regarder Nadine qui était entrée en action. Le médecin n'avait aucune chance de l'emporter. D'un vif mouvement en ciseau, elle lui crocheta une jambe et le projeta au sol. Le revolver vola dans les airs et atterrit dans la boue avec un bruit mou.

Impressionné par l'efficacité de sa compagne, Anderson s'en remit à elle pour tenir leur adversaire en respect et alla ramasser l'arme qu'il pointa vers Salinger, à présent allongé, les mains sous le crâne, un des genoux de Nadine pressé contre la gorge.

— Si seulement j'avais une paire de menottes, grommela-t-il, cherchant du regard une alternative. Attends. Ma ceinture devrait faire l'affaire. Tu arriveras à le maintenir à terre le temps que je la retire ?

— Un faux mouvement, et je lui broie la trachée, répondit-elle avec assurance.

— Parfait.

Sur ce, il enleva sa ceinture et considéra Salinger avec un mauvais sourire. Il l'obligea à se mettre à plat ventre, lui lia les mains, et s'apprêtait à lui dire deux mots lorsque son téléphone se remit à vibrer à quelques pas de lui.

— Tu devrais répondre, lui conseilla Nadine.

Il lui tendit le revolver.

— Tiens-le en joue. J'ai quelques questions à lui poser. Au moindre geste…

— Je tire.

Anderson s'adressa au médecin d'un ton dur :

— Elle ne plaisante pas. Alors, à votre place, je me tiendrais à carreau.

Puis, portant le téléphone à son oreille, il marmonna :

— J'espère que tu as une bonne raison de m'appeler, Harley !

— Pourquoi ? Le moment est mal choisi ?

— Plutôt, oui. Je suis couvert de boue, j'ai dû neutraliser un type dont j'ai ligoté les mains avec ma ceinture, et Nadine est en charge du revolver.

— Ouh là, ça fait beaucoup, tout ça ! C'est toi qui as l'avantage ?

— Pour le moment, oui. Allez, vas-y, annonce la couleur !

— J'ai réussi à trouver l'origine des appels dénonciateurs qui sont parvenus au département de police.

Il semblait si content de lui qu'Anderson ne put réprimer un sourire.

— Et ils venaient d'où ?

— Du centre de soins de Whispering Woods, figure-toi.

Anderson jeta un coup d'œil au médecin qui se tenait tranquille, les yeux rivés sur le revolver que tenait Nadine.

— Ça ne m'étonne pas vraiment, hélas !

— Et moi qui me félicitais d'avoir rassemblé les pièces du puzzle aussi rapidement ! Comment as-tu compris ?

— Ça m'est tombé dessus en même temps qu'une arme à feu, au sens littéral du terme. Au moment où je te parle, son propriétaire est assis par terre et attend avec une patience d'ange que je l'interroge. Et comme Nadine le tient en joue…

— Un instant… « Un » propriétaire ? C'est d'un homme que tu me parles, là ?

— Oui. D'un certain Dr Salinger, un des anciens médecins de Nadine.

— Ah, fit Harley, un peu déboussolé, à en juger par son intonation. Malheureusement pour toi, notre informateur était une femme.

— Tu en es sûr ? demanda Anderson, cherchant déjà une explication à ce nouveau casse-tête.

Il éloigna le téléphone de son oreille et s'adressa à Salinger d'un ton neutre.

— Je voudrais vous poser une question.
— Allez-y toujours.
— C'est une question simple, Salinger. Est-ce que vous avez une femme pour complice ?
— Quoi ? fit le médecin, l'air perplexe.
— Une femme. Vous en avez déjà vu, j'imagine
— Cessez de me prendre pour un demeuré. Quelle femme ? De qui parlez-vous ?

À peu près convaincu que Salinger ne lui mentait pas, Anderson reprit sa conversation avec Harley.

— Il ne connaît pas ton informatrice.
— Quelque chose me chiffonne, là-dedans, dit Harley au terme d'une courte pause.
— Moi aussi, pour tout t'avouer.

Anderson se remit à réfléchir, s'efforçant de rassembler les pièces du puzzle, et soudain une idée lui vint.

Salinger est un bouc émissaire, et celui ou celle qui essaie de piéger Nadine tente d'en faire autant avec lui.

— Anderson ? Tu es toujours là ?

La voix de Harley lui parut lointaine et, bien qu'ils soient dans un endroit relativement protégé, il eut soudain l'impression d'être exposé au danger et dut lutter contre l'envie de fuir une présence aussi maléfique qu'invisible.

Il devait mettre Nadine à l'abri.

— Il faut que je te laisse, Harley, dit-il.

Il raccrocha aussitôt, mit son téléphone dans sa poche en toute hâte, puis entraîna Nadine un peu à l'écart pour pouvoir lui parler sans que Salinger l'entende.

— Il faut qu'on fiche le camp d'ici.

Elle le dévisagea avec inquiétude avant de jeter un coup d'œil au médecin.

— Et lui ?

Hésitant, Anderson se passa la main dans les cheveux. Que faire ? Le médecin représentait un danger potentiel, mais l'emmener les ralentirait. De plus, il n'y avait pas de place pour lui sur le quad.

— On va être obligés de partir sans lui, finit-il par trancher.

La mine toujours perplexe, Nadine acquiesça, tandis qu'il se tournait vers leur prisonnier.

— Navré, docteur. J'aurais adoré poursuivre ce charmant entretien mais, malheureusement, nous n'en avons plus le temps.

— Vous plaisantez ? s'exclama le médecin, toujours assis par terre. Vous n'allez pas m'abandonner ici !

— J'ai d'autres soucis en tête, figurez-vous.

Au moment où il prononçait ces paroles, Anderson se rendit compte qu'elles étaient de circonstance. Pour la première fois en quinze ans, il avait plus important à faire que chercher à obtenir justice pour le meurtre de son père.

Cette pensée à l'esprit, il prit la main de Nadine et résolut de transmettre à ses coéquipiers tout ce qu'il savait sur l'affaire. Il n'avait pas l'intention de se retirer complètement, non. Ce qu'il voulait, c'était un peu de temps pour partir avec Nadine, peut-être dans une cabane au milieu de nulle part, là où ils n'auraient plus à craindre pour leur sécurité.

— Anderson ? fit-elle, sans doute alarmée par son silence.

— Je t'aime, ma douce. Allez, viens.

Ils n'avaient pas fait dix pas qu'un coup de feu retentissait dans la forêt.

10

La détonation fut si forte et si soudaine que les oreilles de Nadine se mirent à bourdonner et que les larmes lui montèrent aux yeux. Comprenant que le tireur était à proximité, elle eut l'impression que la terre cessait de tourner. Instantanément, Anderson se jeta au sol, l'entraînant avec lui dans la boue. Blottie contre son corps rassurant, elle l'entendit vaguement lui parler, sans parvenir à saisir ce qu'il disait. Lorsqu'il se détacha d'elle, elle releva la tête et cligna des yeux dans l'espoir de voir quelque chose, n'importe quoi, et de remettre un semblant d'ordre dans le chaos ambiant. Ce qu'elle vit ajouta encore à son effroi.

À quelques pas d'eux, le Dr Salinger gisait sur le dos, la bouche entrouverte, les yeux écarquillés et sans vie, une tache écarlate s'élargissant sur son torse inerte.

Elle entendit un gémissement, mit quelques secondes à comprendre qu'il provenait d'elle, et tenta vainement de le réprimer. Il fallut que la main ferme d'Anderson se referme sur la sienne pour qu'elle éprouve un semblant de soulagement et se détende un peu. Il la tira vers l'avant, puis tous deux se mirent à ramper pendant ce qui lui sembla une éternité. Ils ne durent pas parcourir plus de dix mètres, mais chaque mouvement lui était pénible. Ses jambes, ses abdominaux, ses bras, sa poitrine… même sa nuque la faisaient souffrir. Fort heureusement, alors qu'elle se disait qu'elle ne pourrait pas aller plus loin, Anderson s'arrêta.

Elle s'affaissa et tenta de reprendre son souffle, sans succès. Les larmes brûlantes qui roulaient sur ses joues compliquaient encore l'exercice parce qu'elles étaient accompagnées de sanglots. Une fois de plus, Anderson se porta à son secours. La saisissant sous les aisselles, il l'obligea à se redresser puis à s'asseoir, avant de la repousser doucement en arrière contre un rocher.

Énorme, il formait une barrière presque parfaite entre eux et le tireur embusqué.

Malgré le passé de Salinger, Nadine était chagrinée par la manière dont la vie du médecin marron avait pris fin.

Sentant les doigts d'Anderson sur sa joue, elle s'aperçut qu'elle avait fermé les yeux, fit un effort surhumain pour les rouvrir et le vit accroupi devant elle. À en juger par le mouvement de ses lèvres, il lui disait quelque chose qu'elle n'entendait pas. Convaincue d'être en état de choc, elle secoua la tête puis fronça les sourcils en s'intimant l'ordre de se concentrer. Au bout de quelques secondes, elle comprit enfin qu'Anderson l'appelait désespérément.

— Dis quelque chose, ma douce ! dit-il d'une voix suppliante.

— Ça va, ça va… Je… Qui nous a tiré dessus ?

— Je n'en sais rien, mais je ne pense pas que c'était nous qu'on visait.

— Qui d'autre ? demanda-t-elle, perplexe.

— Ce bon Dr Salinger.

— Tu en es sûr ?

— Si j'essayais de retrouver le chemin jusqu'au quad, plutôt que te donner le fond de ma pensée ?

— Tu crois qu'on peut courir directement jusqu'à l'endroit où on l'a garé ? On en est loin ?

— Pas trop, non. Mais…

L'intonation morne d'Anderson acheva de l'angoisser.

— Si on nous tire dessus, sache que je ferai tout ce qui est en mon pouvoir pour te protéger, poursuivit-il. Au moyen de mon propre corps, si nécessaire.

— C'est hors de question ! répliqua-t-elle d'une voix éraillée.

— Je ne pourrais pas m'en empêcher, Nadine.

— Pourquoi me dis-tu ça ?

— Parce que je veux que tu me promettes qu'au cas où nous en arriverions là, tu poursuivrais ton chemin sans moi.

— Attends… Tu me demandes de t'abandonner si tu es touché par une balle ? demanda-t-elle, les yeux ronds.

Il lui posa tendrement une main sur la joue.

— En tout dernier recours seulement, ma belle. Oh ! et puis ne donnons pas dans le mélo ! Nous allons bien parvenir à éviter ce scénario catastrophe, non ?

Elle hocha vaguement la tête.

Bien qu'ils aient atteint le quad sans encombre, Anderson restait tendu.

Tout était pourtant calme en apparence. Le seul bruit ambiant était celui de la pluie. Pour le reste, on n'entendait pas une brindille craquer. Rien.

— Tu viens ? lui demanda Nadine, attirant son attention sur le fait qu'elle était déjà installée et prête à démarrer.

— Tout de suite, fit-il, tendant néanmoins l'oreille.

— Tu te demandes pourquoi personne ne semble s'être lancé à notre poursuite ?

— Exactement.

Il regarda une dernière fois autour d'eux avant de s'asseoir derrière Nadine qui lui jeta un coup d'œil par-dessus son épaule.

— Où va-t-on ?

— Un peu plus haut dans la montagne, pour l'instant.

— Assez loin pour que le tireur ne puisse pas nous rattraper à pied ? devina-t-elle.

— Oui. On n'est pas très discrets, avec cet engin.

Elle démarra, à grand bruit effectivement.

Lui enlaçant la taille, Anderson la serra contre lui et se félicita qu'elle conduise, ce qui lui donnait le temps de réfléchir.

Les événements de ces dernières minutes avaient encore accru son inquiétude, et une foule de nouvelles questions se bousculaient dans son esprit. La personne qui avait abattu Salinger n'en avait-elle vraiment eu qu'après lui ? Et si ce meurtre n'avait rien à voir avec les activités de Garibaldi, finalement ? D'un autre côté, de toute évidence, Salinger était, ou avait été, à sa solde. Sa mission avait consisté à retrouver les preuves grâce auxquelles on avait fait chanter son patron, en plus probablement d'éliminer Nadine.

À cette pensée, il frémit et resserra les bras autour de sa conductrice. Le quad prenant de la vitesse, il se força à revenir à l'affaire qui le préoccupait, dans ses moindres détails.

En plus du chantage, il y avait le fait qu'on avait tenté de faire accuser Nadine de l'incendie de l'appartement de sa mère : Salinger l'avait quasiment prouvé quand il était venu fouiller leur suite. C'était d'ailleurs la raison pour laquelle Anderson s'était mis en tête que c'était lui qui renseignait la police. Or, à en croire Harley, ce n'était pas le cas.

Donc, une tierce personne — une femme — avait eu de bonnes raisons d'attirer l'attention sur les activités du médecin. Quant à savoir qui… qui et pourquoi… mystère.

Il réfléchit intensément sans trouver de réponse à ces questions. Il ne se souvenait pas d'avoir eu affaire à une femme, au cours des jours précédents. Dans le même temps, il devait bien reconnaître que si ça avait été le cas, il ne l'aurait sans doute pas remarquée tant il s'était concentré sur Nadine.

Nadine...

Il fronça les sourcils. Elle en avait rencontré une, elle, lors de son expédition à Tourtes à gogo. Oui... cette mère d'élève qui tenait une boutique d'objets d'art et entreposait des articles fournis par Garibaldi. Comment s'appelait-elle, déjà ?

Décidément, tout les ramenait à l'art, donc aux tableaux remisés dans l'entrepôt souterrain. Que n'aurait-il donné pour pouvoir y entrer ! Malheureusement, vu la tournure que prenaient les choses, cela risquait de prendre du temps.

Ce qu'il leur fallait, c'était un nouveau plan, qu'il doutait de pouvoir élaborer pendant leur course folle. Il devait trouver un endroit neutre où ils pourraient réfléchir tranquillement.

— Tu penses pouvoir nous ramener à l'hôtel assez rapidement ? demanda-t-il lorsque Nadine coupa enfin le contact du quad.

— Tu tiens vraiment à y retourner ?

— Il nous faut un endroit où nous poser, Nadine.

Elle grimaça avant d'acquiescer.

— Sans compter que nous avons tous les deux besoin d'un bon bain, lui fit-il remarquer, et que j'aimerais rester à proximité du pick-up. Bien qu'il soit facilement repérable, je préfère le savoir là, en cas de besoin.

— Entendu, dit-elle. L'hôtel n'est plus très loin, mais le réservoir du quad n'est plus qu'à moitié plein. Cependant, je te préviens : ça peut prendre un bout de temps, et si nous tombons en panne d'essence, nous serons obligés de finir à pied. Le hic, c'est que si nous ne risquons pas de croiser trop de monde par ici, ce ne sera plus le cas aux abords de l'hôtel. Les chemins de randonnée sont très fréquentés, même hors saison.

— Je pense qu'on peut y aller tout de même. Garibaldi ne nous poursuivra pas s'il y a du monde.

— Comme tu veux, répondit-elle, la main sur la clé de contact sans pour autant faire mine de démarrer. Au fait, j'ai rêvé ou je t'ai entendu demander à Salinger s'il travaillait avec une femme ?

— Tu n'as pas rêvé. D'après Harley, la personne qui renseigne la police depuis le départ est une femme.

— Tu me prendrais pour une folle si je te disais que ça me fait penser à celle que j'ai croisée à Tourtes à gogo ? Elle m'a parlé de Garibaldi, peut-être pour tâter le terrain, qui sait ?

— J'y ai songé moi aussi.

— Tu ne crois pas qu'on devrait creuser de ce côté-là ?

— Si ! J'en suis même certain, répondit-il avec force. Le problème, c'est qu'on ne peut pas lui poser la question de but en blanc.

— Non, non bien sûr…

— On trouvera bien une solution, conclut-il.

Elle redémarra alors.

Le quad commença à crachoter dans la descente vers la vallée. Nadine eut beau faire, il finit par s'arrêter complètement, et ils étaient beaucoup plus loin de l'hôtel que prévu.

— J'ai l'impression qu'on est bons pour une petite promenade, remarqua Anderson.

Si ça n'avait pas l'air de le contrarier outre mesure. Nadine, pour sa part, était furieuse.

— Tu ne pouvais pas nous emmener quelques kilomètres plus loin, toi ? gronda-t-elle en jetant un regard noir au quad.

Devant la mine interloquée d'Anderson, elle ajouta dans un soupir :

— Je n'en peux plus. Maintenant que nous nous sommes débarrassés de Salinger, je me dis que tout devrait être terminé.

Il lui posa les mains sur les épaules et les serra doucement.

— Ce ne sera vraiment terminé que lorsque Garibaldi sera derrière les barreaux, tu le sais bien.

— On ne peut même pas s'enfuir, se désola-t-elle. Si jamais Garibaldi apprend qui tu es, tes coéquipiers seront en danger, eux aussi. Autre chose, Anderson. Que penserais-tu de moi, si je t'avouais que, même si je n'ai pas atteint mon but initial, je m'apprête à tourner la page ?

— Que ça me paraît normal. Je sais ce que tu ressens, ma belle, dit-il en rivant son regard bleu au sien.

— On pourrait peut-être se contenter de ce qu'on a découvert, suggéra-t-elle.

— Dans l'absolu, oui, puisque nous savons pourquoi ton père a été tué et que nous avons récupéré la pièce à conviction que Tyler t'a laissée.

— Pour la perdre presque aussitôt...

— Après en avoir transmis le contenu à Harley, lui rappela-t-il. À présent, il nous faut voir ce qu'on peut tirer de cette preuve. Tout en assurant ta sécurité, bien sûr.

Elle s'apprêtait à lui rappeler qu'il n'était pas à l'abri du danger lui non plus, lorsqu'elle entendit une vibration familière.

— Encore ton téléphone ? s'exclama-t-elle.

— Oui, et c'est encore Harley, ajouta-t-il après avoir jeté un coup d'œil à l'écran.

La voix de Harley ne tarda pas à s'élever dans les airs.

— Salinger a une ex-épouse, annonça-t-il sans préambule.

Nadine écarquilla les yeux.

— *Avait*, rectifia Anderson. Salinger est mort.

— C'est une bonne ou une mauvaise nouvelle ? finit par demander Harley au terme d'un court silence.

— Aucune idée, répliqua Anderson. Parle-moi un peu de son ex, tu veux bien ?

— Elle a un passé pour le moins chargé : toute une série de vols mineurs à l'adolescence, une plainte pour coups et blessures, retirée par la suite. Puis, à l'âge de vingt-cinq ans, elle est entrée à l'école d'infirmières de l'hôpital de Freemont dont elle a été renvoyée l'année suivante pour trafic et vol de médicaments.

— Ses activités expliquent peut-être la médiocrité des rapports de Salinger avec Garibaldi, remarqua Anderson, pensif.

— Si ça se trouve, c'est même elle qui les a mis en contact, ajouta Harley. Et à votre avis, qui l'a dénoncée ?

— Salinger ? devina Nadine.

— Gagné ! Il a demandé et obtenu le divorce immédiatement après sa condamnation. Alors, pour ma part, je la vois bien dans le rôle d'informatrice. Elle a d'excellentes raisons de vouloir se venger de son ex-mari, non ? Ah, et un dernier détail : elle vit à Whispering Woods depuis tout juste deux semaines.

— Où précisément ? demanda Anderson.

— Je vous envoie son adresse tout de suite.

— Merci, vieux.

— De rien. Au fait, Nadine m'a parlé d'une boutique d'objets d'art, Liz's Lovely Things, si ma mémoire est bonne. Je me trompe ?

— Non. J'en ai croisé la propriétaire hier.

— Eh bien, à ta place, je me méfierais d'elle. Sur la photo où l'on voit deux types dérouler une toile, apparaissait une étiquette. Quand j'ai agrandi le cliché j'ai vu qu'elle portait le nom de son magasin.

— Tu es un génie, vieux, dit Anderson. Merci.

Le message de Harley leur parvint deux secondes plus tard.

— 801 Peak Street. Cette adresse te dit quelque chose ? demanda Anderson, tournant l'écran vers Nadine.

— Oui. Ça se trouve près d'un pâté de maisons promis à la démolition l'été prochain. Mon frère s'est terré dans ce coin-là, à un moment. C'est peut-être une fausse adresse, remarque.

— Il n'y a qu'un moyen de le savoir, ma belle.

11

— Merci, dit Anderson en tendant un billet de vingt dollars au chauffeur de taxi.

— Vous êtes sûr que vous ne voulez pas que je vous attende ?

Anderson secoua la tête. Ils avaient déjà pris un gros risque en venant jusque-là en taxi, et il ne voulait pas exposer davantage leur chauffeur.

— Tu craignais qu'il se souvienne de nous ? lui demanda Nadine lorsque le taxi eut redémarré.

— Oui. C'est pour ça que je lui ai demandé de nous déposer à une centaine de mètres de notre destination.

En frissonnant, Nadine serra son sweat-shirt contre son corps. Il faisait toujours frais et, à en juger par le ciel nuageux, la température ne remonterait pas de sitôt.

— Prends mon blouson, si tu veux, lui proposa Anderson.

— Pour culpabiliser à ta place ? Merci bien !

— D'accord, fit-il en riant. Marchons un peu plus vite, ça nous réchauffera.

Elle acquiesça et commença à remonter la rue. Après avoir jeté un coup d'œil furtif devant et derrière eux, elle lui prit la main pour l'entraîner dans une ruelle pavée, entre deux maisons. Il fut surpris par le changement de décor : dans la rue qu'ils venaient de quitter, les maisons étaient entretenues et les pelouses soigneusement tondues. Ici, c'était tout le contraire — des toits recouverts de mousse, des fenêtres condamnées par des planches en bois, et des jardins disparaissant sous les mauvaises herbes.

— C'est le dernier projet immobilier de Garibaldi, lui expliqua Nadine. Il a racheté toutes ces habitations pour les faire remplacer par une cité. Il y aura deux fois plus de logements sur une surface réduite de moitié. De quoi l'enrichir un peu plus… bref, allons-y. Il nous faut encore trouver la bonne maison.

Ils avancèrent silencieusement, Anderson restant tout près d'elle pour pouvoir la protéger le cas échéant. Pourtant le calme régnait, et il ne semblait y avoir aucun mouvement dans ce quartier condamné.

— C'est là ! s'exclama soudain Nadine.

Anderson plissa les yeux pour étudier la demeure qu'elle désignait. Elle était encore plus délabrée que ses voisines. Ce qui restait des bardeaux brisés était entassé dans le jardin, et la peinture de la porte d'entrée était tellement écaillée qu'on voyait le bois pourrir en dessous.

— Aucun être humain ne peut vivre dans un taudis pareil, marmonna-t-il.

— Jetons tout de même un coup d'œil à l'intérieur, on ne sait jamais.

— Tu as raison. Maintenant que nous sommes là, autant aller jusqu'au bout. Mais soyons prudents.

Tous les sens en alerte, à l'affût du moindre bruit dénonçant une présence dans la maison désaffectée, et la main sur son holster, il aida Nadine à monter les marches délabrées. Alors qu'il s'attendait à ce qu'on leur saute dessus à tout moment, ce qui l'agressa fut un mauvais pressentiment qui l'inquiéta au plus haut point.

Ils traversèrent l'entrée et inspectèrent le rez-de-chaussée sans rien remarquer d'anormal, puis se dirigèrent vers l'escalier menant à l'étage. Son malaise se fit de plus en plus fort au fur et à mesure de leur ascension.

Quand ils arrivèrent en haut des marches, Nadine se tourna vers lui pour le considérer d'un œil interrogateur.

— Qu'est-ce qu'il y a ? chuchota-t-elle.

En proie à une extrême tension, il prit une profonde inspiration avec l'espoir que cela le calmerait un peu, mais ce fut sans effet. Alors que Nadine s'engageait dans le couloir, il n'eut soudain plus qu'une idée ; la prendre par la taille et les sortir de là.

Quand il tendit la main vers elle, elle était déjà hors de sa portée.

— Nadine, chuchota-t-il d'une voix pressante. Nadine ? Il faut qu'on sorte d'ici au plus vite !

À son grand dam, au lieu de revenir vers lui, elle entra dans la pièce devant laquelle elle se tenait... et poussa un hurlement.

Il la rejoignit d'un bond et comprit son effroi. À l'autre bout de ce qui avait dû être un salon, un cadavre était calé dans un fauteuil. Et pas n'importe lequel : celui d'un homme qu'ils ne connaissaient que trop bien. La dernière fois qu'ils l'avaient vu, il gisait dans la forêt, une balle en plein torse.

— Bon sang ! s'exclama Anderson. Qu'est-ce que c'est que ça encore ?

— Tu n'as pas tout vu, fit Nadine en désignant d'un mouvement du menton un autre coin de la pièce.

Un deuxième corps, celui d'une femme, était étendu sur le canapé, un flacon de pilules renversé à ses pieds. Apercevant un revolver sur la table basse, Anderson devina que c'était celui qui avait servi à abattre Salinger.

— L'idée était de faire croire aux autorités qu'il s'agit d'un meurtre suivi d'un suicide, commenta Nadine.

Il hocha la tête en continuant à examiner les lieux.

— Sauf qu'on voit encore les traces de sang laissées par le médecin quand on a traîné son corps jusqu'ici, observa Nadine.

Elle avait raison. Il jeta un coup d'œil derrière lui dans le couloir. Malgré la pénombre, il distingua un filet rouge pâle qui striait la poussière et s'arrêtait aux pieds de Salinger.

— Je ne comprends pas, marmonna-t-il. Pourquoi se donner la peine de faire une telle mise en scène, quand le premier venu peut comprendre que les dés sont pipés ?

— Je crois avoir la réponse, dit Nadine d'une voix blanche qui le glaça. Là, reprit-elle, l'index pointé vers la cheminée.

L'âtre était vide, à l'exception de… Anderson comprit immédiatement de quoi il s'agissait : à l'intérieur d'un banal tube de plastique, à première vue inoffensif, il y avait un vieux sablier de cuisine, ainsi qu'un énorme bâton de dynamite.

— Partons ! ordonna-t-il, la gorge nouée.

Nadine avait déjà tourné les talons et courait vers l'escalier, une main tendue derrière elle. Ils réussirent à en descendre deux ou trois marches avant que leur univers explose.

Nadine était cernée par une épaisse fumée noire dont l'odeur âcre la faisait suffoquer.

C'est ton cauchemar qui revient.

Elle tenta de reprendre son souffle et s'intima l'ordre de bouger, de faire quelque chose, mais son corps ne lui obéissait pas.

Un cri lui monta à la gorge. Si la fumée empêcha son cri de passer le seuil de ses lèvres, ses yeux, eux, s'ouvrirent grands.

Malheureusement, le cauchemar n'était pas terminé.

La tête lui tournant et son sang battant à ses tempes, elle s'aperçut qu'elle était étendue sur le dos et que des flammèches orange dansaient au-dessus d'elle.

— Oh non ! geignit-elle en constatant qu'elle ne rêvait pas et que tout cela lui arrivait vraiment pour la deuxième fois. Anderson ? Anderson ? appela-t-elle faiblement.

Elle tourna la tête des deux côtés, sans voir le policier qu'elle appela de nouveau avant de comprendre que s'il ne lui répondait pas, c'était parce qu'elle n'entendait qu'à peine sa propre voix.

Roulant sur le flanc, elle prit appui sur ses mains et ses genoux, à grand-peine. Le mouvement lui donna la nausée, et elle vomit copieusement. Refusant de s'arrêter pour si peu, elle se redressa, tentant de repérer Anderson. Ce ne fut pas facile. Partout autour d'elle, le sol était jonché de morceaux de bois et de débris en feu. Sans se décourager cependant, elle réessaya.

— Anderson ! s'écria-t-elle, croyant l'apercevoir dans la désolation ambiante.

L'effort lui brûla la gorge, et elle s'efforça de reprendre son souffle, ce qui ne fit qu'aggraver encore les choses. Finalement, elle retomba sur le flanc, en proie à une quinte de toux. Tout, dans cette situation, la ramenait à son cauchemar récurrent dans ses moindres détails, bombe artisanale incluse.

Une bombe artisanale ?

Elle se souvenait de cette bombe, et pas à cause de celle qu'elle venait de voir dans la cheminée. Le tube de plastique lui évoqua autre chose : la terrible certitude qu'elle ne sortirait pas vivante de ce brasier.

Sa vision se brouilla puis, de manière vaguement sinistre, la voix de son frère lui parvint.

— Tu as ça, Nadine. Moi, je t'ai, et toi, tu as *ça*.

Si elle n'avait pas tant redouté le moment où elle devrait reprendre son souffle, elle aurait laissé échapper un cri presque joyeux. La voix de Tyler lui parvenait avec une telle précision qu'elle comprit qu'au lieu de rêver, elle se souvenait. Presque aussitôt, elle fut assaillie par un autre souvenir qu'elle accueillit presque avec bonheur. Il y avait si longtemps…

« Tyler, marmonna-t-elle. Je crois qu'on est en train de faire une bêtise.
— M. Garibaldi nous a dit de ne pas nous inquiéter, lui répondit son demi-frère.
Elle examina avec angoisse les murs couverts de poussière.
— On descend dans un cachot, là !
— Arrête ton cinéma, sœurette. Papa nous attend en bas.
— C'est Garibaldi qui le dit !
— Et c'est lui, le patron. Alors, arrête de flipper ! »
Tyler lui souriant, elle vit la ressemblance avec leur père. *Leur* père… Un concept étrange, puisqu'elle n'avait appris l'existence de son demi-frère que quelques jours auparavant.

Il la poussa doucement en avant, et tous deux s'arrêtèrent devant une porte en bois. Une fois qu'elle fut ouverte, Tyler se montra sous un autre jour.

Elle se souvenait d'avoir été perturbée par cet abrupt changement d'attitude dans les manières de son demi-frère. À présent, elle se rappelait confusément ce qui s'était passé par la suite. Elle savait ce qui l'attendait, et la crainte de revivre tout cela en pensée la força à ouvrir les yeux.

Au cours des quelques minutes qu'elle avait passées à accueillir ce souvenir inattendu, tout, autour d'elle, avait noirci, et la température avait augmenté d'une bonne dizaine de degrés.

La seule chose qui te sauve, pour l'instant, c'est que le feu a pris à l'étage, et que l'explosion t'a propulsée en bas de l'escalier.

Malheureusement, à en juger par la chaleur et l'obscurité ambiantes, cela ne suffirait pas. Elle devait bouger et surtout, surtout, trouver Anderson.

Gémissant de douleur, elle se força à se redresser. Une fois assise, elle prit appui contre le mur pour s'accroupir, s'accorda quelques instants de pause, puis se releva.

S'efforçant d'ignorer la chaleur, elle passa en revue la pièce enfumée. En vain, car elle ne voyait même plus les décombres qu'elle avait remarqués un peu plus tôt.

Au bord du désespoir, elle referma les yeux pour repousser la réalité. En vain là encore. De nouveaux souvenirs lui revinrent avec une précision effarante :

Elle passa devant son frère pour voir ce qu'il y avait à l'intérieur de la pièce. Au moment où elle entra, elle fut frappée par la bizarrerie et l'horreur de la situation.

Leur père était ligoté et bâillonné sur une chaise, ce qui ressemblait à un bâton de dynamite scotché autour des pieds. À ses mains était scotché un autre objet qu'elle mit quelques secondes à identifier. *Son téléphone*.

Malgré son effroi, elle tenta d'aller vers lui, mais Tyler l'en empêcha, tandis que leur père secouait frénétiquement la tête de gauche à droite. L'écran de son téléphone s'illumina comme si, par ce mouvement, il avait activé la fonction photo.

— Lâche-moi ! ordonna-t-elle à son frère.

— C'est une bombe ! lui répondit-il.

— Et ? On ne va pas laisser papa comme ça !

Tyler la relâcha, le temps de libérer le prisonnier de son bâillon. Aussitôt, leur père les supplia de partir au plus vite.

— Laissez-moi ici. De toute façon, je suis un homme mort. Cette bombe a été programmée pour exploser à un moment bien précis et, à mon avis, Garibaldi ne s'est donné que le temps de sortir d'ici avec ses sbires.

— On ne peut pas…, commença-t-elle en larmes.

— Si, vous le pouvez ! hurla leur père. Et c'est exactement ce que vous allez faire ! Tyler, sors ta sœur d'ici immédiatement !

Tyler la prit par les épaules et tenta de l'entraîner à l'extérieur. Elle se débattit, allant jusqu'à lui décocher un coup de coude dans les côtes, suffisamment fort pour qu'il se mette à jurer.

— Papa, s'il te plaît, explique-moi ce qui se passe ! supplia-t-elle.

Au lieu de lui répondre, son père se tourna de nouveau vers Tyler à qui il s'adressa d'un ton pressant.

— Ecoute-moi bien, mon garçon. Je t'ai envoyé un objet par la poste. C'est ton assurance. Cet objet contient des informations qui vous permettront de rester en vie, ta sœur et toi. J'ignore ce que t'a raconté Garibaldi exactement, mais une chose me paraît certaine : il t'a convaincu de descendre jusqu'ici, de façon à nous tenir tous les trois. Alors maintenant, fais-moi plaisir et emmène Nadine loin d'ici. Une dernière chose, cependant : débrouille-toi pour que Garibaldi sache que tu es vivant et que tu as l'objet en question.

— Papa…, murmura Tyler, hésitant.

— Je ne suis pas un saint, loin s'en faut. Mais j'ai toujours eu à cœur de protéger mes enfants.

Tyler hocha la tête et tendit la main vers elle. Elle se dégagea vivement pour s'agenouiller devant son père et tenter de sortir la bombe de son étui en plastique.

— Arrête, grommela-t-il.

Sentant les mains de Tyler se poser sur ses épaules, elle les haussa pour s'en débarrasser au plus vite.

— Si tu es prêt à abandonner papa ici, moi, je ne le suis pas.

— Je veux que vous partiez ! répéta leur père avec force. Je veux que vous meniez une vie normale et que vous oubliiez tout ceci.

— Oublier ? Tu plaisantes ? se récria-t-elle.

— Tu vas devoir l'aider ou la forcer à te suivre, Tyler. Ce n'est plus une option.

Cette fois, Tyler la saisit par la taille avec force. Elle essaya de lui échapper, en vain : il était trop fort pour elle. Elle continua à hurler, se débattit, puis finit par se résigner. Avant qu'ils arrivent à la porte, cependant, la bombe explosa, déversant sa pluie de feu.

Elle vivait le même enfer aujourd'hui. Une chaleur infernale, et le sentiment que tout était perdu.

Un sanglot, venu du plus profond de son être, lui monta à la gorge, prêt à s'échapper lorsque, contre toute attente, un nouveau bruit lui redonna espoir. Bien que faiblement, elle eut la certitude que quelqu'un avait toussé, non loin d'elle.

— Anderson !

Elle tendit l'oreille dans l'espoir d'entendre une réponse malgré le crépitement des flammes.

Avec une détermination dont elle ne se savait pas capable, elle se laissa tomber sur les genoux et rampa vers l'endroit d'où était venu ce bruit de toux.

— Anderson ?

Percevant un nouveau bruit étouffé, elle poussa de toutes ses forces sur ses mains et finit par heurter une chaussure. Soulagée, elle fit remonter ses doigts sur la cheville d'Anderson, puis les fit remonter jusqu'à son torse qui se soulevait et retombait avec une régularité rassurante.

— Anderson ? Anderson ! Tu m'entends ?

Aucune réaction.

— Je n'ai pas dit mon dernier mot. Je vais nous sortir d'ici, annonça-t-elle avec force.

Entrouvrant les paupières, elle crut apercevoir un

trou dans la fumée. Elle cligna des yeux pour s'assurer que ce n'était pas un effet d'optique et s'aperçut que le trou était en fait celui de la porte, par lequel la fumée s'échappait lentement.

— À nous deux, murmura-t-elle, reprenant espoir. Espérons que ces semaines sans exercice ne m'ont pas complètement ramollie.

Elle s'accroupit près de la tête d'Anderson puis, lui passant les bras sous les aisselles, inspira aussi fort qu'elle le put et tira fort. Étonnamment, Anderson glissa de quelques centimètres vers elle. Encouragée par ce succès, elle recommença l'exercice. La moindre avancée lui meurtrissait les épaules et bientôt, entre l'effort et la chaleur, elle fut en nage et sentit de grosses gouttes de sueur lui dégouliner le long du dos et sur le front. Au moment où elle se disait qu'elle ne pourrait pas aller plus loin, l'atmosphère ambiante se rafraîchit, et la fumée se fit moins épaisse.

La liberté était là, tout près. Rassemblant ses forces, elle tira une dernière fois sur les bras d'Anderson et franchit enfin le seuil avant de tomber en arrière sur le perron et de rouler en bas des marches, entraînant le policier dans sa chute. Bien que son poids lui pèse lourdement, elle parvint à prendre une délicieuse goulée d'air pur. Puis, au lieu de repousser Anderson pour se dégager, elle enroula les bras autour de lui et le maintint fermement contre elle.

— Nadine ? fit-il d'une voix si brisée qu'elle se serait mise à pleurer s'il n'avait ajouté, d'un ton vaguement enjoué : Tu me fais un peu mal, là.

— Toi aussi, répondit-elle dans un petit rire.

— Désolé, grommela-t-il avant de rouler sur le côté et de se redresser. Qu'est-ce qui s'est passé ?

— Il y avait une bombe, à l'intérieur. Elle a explosé et la maison brûle.

— Tu prends ça avec un calme surprenant.

— Oui, parce que c'est fini, maintenant !

— Fini ?

— Pour moi, oui, confirma-t-elle, songeant à son père qui avait souhaité, jusqu'au bout, qu'elle oublie tout cela et aille de l'avant.

— Tu t'es souvenue…, comprit Anderson.

— Oui. Je te raconterai tout quand nous serons loin d'ici.

Il suivit son regard rivé sur la maison en feu et acquiesça.

— Excellente idée. Tu peux marcher ?

— Et toi ?

— Je crois, oui.

Il poussa un grognement et tituba légèrement, mais parvint à se relever.

— Et si on ne retournait pas directement à l'hôtel ?

— S'il ne tenait qu'à moi, c'est aux antipodes que je t'emmènerais, ma belle !

— Tu es sûr de ce que tu avances, là ?

— Pourquoi cette question ?

— Parce que Garibaldi règne toujours en maître sur la ville.

— Je sais. Mais la seule personne qui m'importe en ce moment se tient devant une bâtisse en feu et me dit que le cauchemar est terminé. Je la crois et tout ce que je veux, c'est une vie normale.

Nadine sentit son cœur s'emballer. C'était également ce que son père avait voulu pour elle.

— Moi aussi, murmura-t-elle, émue.

— Dans ce cas, faisons tout pour y parvenir.

Des sirènes commençaient à retentir au loin.

Anderson lui passa un bras autour des épaules et boitilla avec elle jusqu'à un endroit plus sûr. Nadine n'aurait su dire qui soutenait qui et, pour une raison inconnue, elle sentit son cœur se gonfler de joie à cette pensée.

Épilogue

Anderson mit sa main en visière pour se protéger du soleil, chercha Nadine du regard sur la place du marché, et sourit en la voyant se renverser en arrière dans un éclat de rire. On ne voyait qu'elle, avec ses cheveux blonds et sa peau toujours blanche, même après cinq jours de soleil mexicain alors que lui était écarlate. Encore une semaine à ce régime, et il n'aurait plus l'air d'une tomate même si, pour le moment, l'échéance lui paraissait bien lointaine.

Il se renfrogna.

Qu'est-ce que fiche Harley ? On avait dit soixante-douze heures, bon sang !

Comme par enchantement, son téléphone se mit à vibrer dans sa poche. Un bref coup d'œil à l'écran lui permit de constater qu'il s'agissait bien de son fidèle ami.

— Ce n'est pas trop tôt, Harley ! dit-il en guise de salut.

— Mieux vaut tard que jamais, non ? Attends. Je…

Le téléphone fut posé si bruyamment, à l'autre bout de la ligne, qu'il dut éloigner le sien de son oreille. S'ensuivit le rire joyeux d'un enfant, une conversation étouffée, puis un autre rire et, pour finir, un soupir retentissant.

— Désolé, vieux, reprit Harley. Je ne sais pas où est passée Liz.

— Liz ?

— La propriétaire de l'endroit où je me suis réfugié.

— Ah oui ! Si je ne m'abuse, elle est également

propriétaire de Liz's Lovely Things et figure en bonne place sur la liste de nos suspects. Qu'est-ce que tu fais chez elle ?

— Les événements se sont précipités et j'ai dû parer au plus pressé. Ça se calme, cela dit. Si ce n'est que Tegan, la fille de Liz, m'a harcelé toute la matinée pour que je joue aux cartes avec elle.

— Tu as du nouveau ? demanda Anderson en réprimant un soupir d'impatience. Ou tu as passé les cinq derniers jours à jouer les nounous ?

— J'ai des nouvelles. L'affaire des incendies est close, pour commencer.

— Vraiment ? Raconte-moi comment ça s'est passé…

— Beaucoup plus simplement que tu le penses, à mon avis. J'ai fait jouer mes relations et demandé à un responsable des Parcs nationaux de me rendre un petit service. Résultat : l'affaire s'est retrouvée entre ses mains, et il a réussi à faire passer l'incendie de la maison des Stuart pour un crime commis par les incendiaires de la maison délabrée.

— Et que disent les journaux ?

— Pas grand-chose. Mon contact des Parcs nationaux s'est fait fort de rester muet sur la question.

— Et Nadine et moi, dans tout ça ?

— Ah ! homme de peu de foi ! La rubrique potins de la presse locale a rapporté que vous étiez partis vous marier en toute hâte au Canada, peut-être parce qu'un bébé était en route.

— Et tu penses que les gens ont cru à ces ragots ?

— En gros, oui.

— Bon, grommela Anderson. Disons que j'avais besoin d'être rassuré, rien d'autre. J'oscille encore entre la contrariété et la gratitude, figure-toi.

— Opte pour la gratitude, vieux. Tu vivras plus heureux.

Automatiquement, le regard d'Anderson se porta vers Nadine.

— Je crois que tu as raison. Dis-m'en tout de même davantage sur Garibaldi.

— Rien de neuf pour l'instant, bien que je le soupçonne d'avoir envoyé un de ses sbires à votre poursuite du côté du Canada. Cela dit, à mon avis, vous êtes en sécurité, Nadine et toi. Je m'occupe de tout, Anderson, alors bois une margarita à ma santé. Je te rappelle dès que j'ai autre chose.

— C'est-à-dire bientôt ?

— Je ferai de mon mieux. Allez, mon frère. Prends soin de toi.

Anderson venait de raccrocher lorsqu'une main sèche se posa sur son poignet, le faisant sursauter.

— Vous y touchez, vous l'achetez, lança un homme d'un ton bourru.

— Il me semble que la formule consacrée est « vous le cassez, vous l'achetez », fit remarquer Anderson en baissant les yeux vers l'écrin qu'il avait machinalement soulevé de l'étal du vieil homme qui l'affrontait présentement du regard.

— C'est moi qui commande ici, à ce que je sache, bougonna-t-il. Vous n'allez pas prétendre le contraire, j'espère !

— Je n'oserais pas, fit Anderson, réprimant un sourire. Toutefois, je doute que cette bague soit à ma taille.

Le vieil homme eut un petit reniflement de mépris, puis releva la tête vers lui et demanda :

— Vous ne voulez pas voir ce qu'il y a dans l'écrin ? Jetez donc un coup d'œil, monsieur.

Anderson souleva le couvercle, se préparant à acquiescer poliment, puis fit des yeux ronds. La bague en argent était sertie d'une pierre orange qui prenait la lumière du soleil.

— C'est une pierre de feu, lui expliqua le marchand.

— Une pierre de feu ? répéta Anderson en faisant courir son pouce dessus.

— Tout à fait. Vous connaissez quelqu'un à qui cette bague pourrait plaire ?

Machinalement, Anderson se tourna vers Nadine. Le vieil homme dut comprendre ce qui les liait, car il désigna la bague avec un petit sourire.

— Ce n'est pas aussi conventionnel et moins courant qu'un diamant sur un anneau en or, mais cela siérait parfaitement à une personne de caractère.

Anderson ouvrit la bouche pour modérer les élans de son interlocuteur, puis se ravisa.

— Combien ?

— Eh bien, j'espérais en tirer…

Anderson ne le laissa pas terminer.

— Je n'ai aucune intention de marchander, alors n'hésitez pas !

Il entendit à peine la réponse du marchand. Déjà, il tirait de son portefeuille une liasse de billets qu'il lui tendit.

Cette bague était tout simplement parfaite pour Nadine. Et si elle n'était pas encore autour de l'annulaire de la femme à laquelle elle était destinée, cela ne tarderait plus. Il se le promit.

Retrouvez en mai 2019,
dans votre collection

BLACK ROSE

Au mépris du risque, de Angi Morgan - N°532
SÉRIE ENQUÊTES EN EAUX TROUBLES 2/3

Espoir ! Cela fait plus d'un an que Vivian n'a pas éprouvé ce sentiment. Et voilà qu'en quelques mots, Slate Thompson a ranimé la petite flamme qui s'était éteinte le jour du procès de son frère. Mais peut-elle réellement faire confiance à ce ranger sexy épris de justice ? Et doit-elle, au mépris du danger, se lancer avec lui à la recherche de celui ou celle qui a commis le crime pour lequel son frère a été injustement condamné ?

De peur de souffrir, de Delores Fossen

Un bruit de pas dans la nuit, une main plaquée sur sa bouche... Luttant contre la panique, Rachel se retourne et reconnaît avec un mélange de surprise et de soulagement l'homme qui vient de l'arrêter dans sa course. Griff, son amour de jeunesse. Griff qui l'enveloppe de son regard clair et veut la protéger des menaces qui pèsent sur sa famille. Griff dont elle va rejeter la proposition, de peur qu'il ne la fasse souffrir à nouveau...

Le secret de Mila, de Rita Herron - N°533

Hésitante, Mila sent sur elle le regard plein de compassion et de doute de Brayden Hawk. De toute évidence, cet agent du FBI devine qu'elle lui cache quelque chose. Mais comment lui avouer qu'elle n'est pas la mère biologique d'Izzy, sa petite fille qui vient d'être enlevée ? Comment lui raconter cette nuit où une adolescente désespérée est arrivée au dispensaire où elle travaille et lui a dit : « Je vous en prie, prenez mon bébé, son père est un criminel, il ne faut pas qu'il le trouve...»

Sombres missives, de B.J. Daniels

Assise derrière la table où elle est en train de dédicacer ses romans policiers, Tessa Jane lève les yeux et se trouble malgré elle. Silhouette imposante, regard bleu, sourire désarmant : Silas Walker n'a pourtant rien d'inquiétant. Et en aucun cas elle ne le croit capable d'être l'auteur des lettres de menaces qu'elle reçoit depuis plusieurs semaines. Mais comment expliquer qu'elle l'ait aperçu ce matin même à New York et qu'elle le retrouve dans le Montana où elle vient juste d'arriver ?

HARLEQUIN   BLACK ROSE

Retrouvez en mai 2019,
dans votre collection

Le doute dans ton regard, de Carla Cassidy - N°534

« Raconte-moi comment on s'est rencontrés... » Silencieux, Nick évite le regar[d] interrogateur de Julie et sent la culpabilité l'envahir... Malgré lui, il est tombé amoureu[x] de l'adorable jeune femme qu'il a secourue après avoir vu sa voiture heurter un arbr[e]. Et le piège s'est refermé sur lui : il ne sait plus comment lui avouer qu'il a profité de s[on] amnésie. Que c'est le hasard qui l'a mis sur son chemin. Et que s'il a prétendu être so[n] fiancé, c'est pour cacher les véritables raisons de sa présence sur le lieu de l'accident.

À la rencontre du passé, de Marilyn Pappano

Cinq ans ! Voilà cinq ans que Daniel n'a pas vu son ex-fiancée. Aussi est[-il] pour le moins surpris lorsque Natasha arrive à Cedar Creek, la petite vil[le] d'Oklahoma où il mène une vie paisible. Une vie qui se transforme très vite e[n] cauchemar. Non seulement sa présence ravive chez lui le souvenir douloureu[x] de leur rupture, mais ce qu'elle lui révèle le préoccupe davantage : sa prop[re] vie est menacée par un criminel qui a juré la mort de tous les anciens fiancé[s] de Natasha...

Un bébé disparaît, de Robin Perini - N°535

L'odeur âcre de la poussière tout autour d'elle. Et le goût du sang, dans s[a] bouche. Alors qu'elle vient tout juste de reprendre connaissance, Raven dévisag[e], hébétée, l'homme qui lui fait face. Il s'appelle Daniel Adams, lui apprend[-il], et l'a retrouvée par le plus grand des hasards dans une mine désaffectée o[ù] quelqu'un l'avait laissée pour morte... Bouleversée, Raven tente de trouver un[e] explication au cauchemar éveillé dans lequel elle se sent plongée, mais n[e] rencontre... que le néant. Qui est-elle ? Où vit-elle ? Impossible de se le rappele[r]. Pourtant, soudain, un souvenir – un seul – vient la frapper avec une violenc[e] inouïe : son bébé... On lui a volé son bébé !

L'ombre du passé, de Gayle Wilson

Une liste comportant cinq noms. Le jour où il la découvre, accompagnée d[e] vieilles photos, alors qu'il range les affaires de son père récemment décéd[é], l'agent Nick Morelli est intrigué. Car il ne croit pas un instant au suicide d[e] celui-ci. Résolu à mener son enquête, il fait bientôt la connaissance de Car[a] Simonson, dont le père, qui figurait lui aussi sur les photos, a disparu de[ux] jours plus tôt dans des circonstances étranges... Cara, une femme à la beau[té] fascinante, qui le séduit au premier regard. Ensemble, ils décident de partir [à] la recherche de la vérité. Et découvrent avec stupéfaction que les hommes de [la] liste ont tous été éliminés un par un...

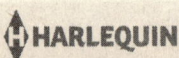

Retrouvez en mai 2019, dans votre collection

BLACK ROSE

Une femme sous protection, de Carol Ericson - N°536

Le jour où elle porte secours à un plongeur en difficulté, Amy voit sa vie basculer. Car le plongeur rescapé lui affirme que ce qu'elle a pris pour une noyade est en fait une tentative de meurtre. L'homme la dissuade pourtant d'alerter la police et insiste pour assurer sa protection. « En tant que témoin, vous êtes désormais en danger », affirme-t-il. Troublée par ce mystérieux inconnu qui vient de surgir dans sa vie, Amy, qui s'était pourtant juré de ne plus jamais faire confiance aux hommes, voit sa résolution vaciller…

Le secret à cacher, de Rachel Lee

Marti a trop donné. Jamais plus elle ne veut tomber amoureuse : elle se l'est juré le jour où son mari, violent et alcoolique, s'est tué sur la route, la laissant seule… et enceinte. Mais alors qu'une violente tornade s'abat sur la région, Ryder Malstrom entre dans sa vie. Ce sont des inconnus l'un pour l'autre ; elle lui a juste offert l'hospitalité. Pourtant, il se montre plus attentionné que personne avant lui, si prévenant envers elle et son bébé à naître… Peut-elle oser croire enfin à l'impossible, au bonheur ? Sans doute. Mais Ryder l'intrigue, la déconcerte — comme si… il cachait un secret. Décidée à sauver leur chance d'être heureux, Marti va essayer de lever le voile sur le passé de Ryder…

OFFRE DE BIENVENUE !

Vous êtes fan de la collection Black Rose ?
Pour prolonger le plaisir, recevez gratuitement

1 livre Black Rose gratuit
et 2 cadeaux surprises !

Une fois votre colis de bienvenue reçu, si vous souhaitez continuer à recevoir nos romans Black Rose, cela se fera automatiquement. Vous recevrez alors chaque mois 3 volumes doubles inédits de cette collection au tarif unitaire de 7,60€ (Frais de port France : 1,99€ - Frais de port Belgique : 3,99€).

➡ **ET AUSSI DES AVANTAGES EXCLUSIFS :**

➡ **LES BONNES RAISONS DE S'ABONNER :**

<u>Aucun engagement de durée ni de minimum d'achat.</u>
♦
Aucune adhésion à un club.
♦
Vos romans en avant-première.
♦
La livraison à domicile.

Des cadeaux tout au long de l'année.
♦
Des réductions sur vos romans par le biais de nombreuses promotions.
♦
Des romans exclusivement réédités notamment des sagas à succès.
♦
L'abonnement systématique et gratuit à notre magazine d'actu ROMANCE.
♦
Des points fidélité échangeables contre des livres ou des cadeaux.

➡ **REJOIGNEZ-NOUS VITE EN COMPLÉTANT ET EN NOUS RENVOYANT LE BULLETIN**

✂

N° d'abonnée (si vous en avez un) ☐☐☐☐☐☐☐☐   I9ZEA3 / I9ZE3B

Mme☐ Mlle☐ Nom : .... Prénom : ....

Adresse : ....

CP : ☐☐☐☐☐   Ville : ....

Pays : ....   Téléphone : ☐☐☐☐☐☐☐☐☐☐

E-mail : ....

Date de naissance : ☐☐ ☐☐ ☐☐☐☐

☐ Oui, je souhaite être tenue informée par e-mail de l'actualité d'Harlequin.
☐ Oui, je souhaite bénéficier par e-mail des offres promotionnelles des partenaires d'Harlequin.

Renvoyez cette page à : Service Lectrices Harlequin – CS 20008 – 59718 Lille Cedex 9 - France

Date limite : **31 décembre 2019**. Vous recevrez votre colis environ 20 jours après réception de ce bon. Offre soumise à acceptation et réservée aux personnes majeures, résidant en France métropolitaine et Belgique. Prix susceptibles de modification en cours d'année. Vous pouvez demander à accéder à vos données personnelles, à les rectifier ou à les effacer. Il vous suffit de nous écrire en nous indiquant vos nom, prénom et adresse à : Service Lectrices Harlequin - CS 20008 - 59718 LILLE Cedex 9. Harlequin® est une marque déposée du groupe HarperCollins France – 83/85, Bd Vincent Auriol – 75646 Paris cedex 13. Tél : 01 45 82 47 47. SA au capital de 1 120 000€ - R.C.S Paris. Siret 31867159100069/APE5811Z.

Rendez-vous sur notre nouveau site
www.harlequin.fr

Et vivez chaque jour,
une nouvelle expérience de lectrice connectée.

- ♥ Découvrez toutes nos actualités, exclusivités, promotions, parutions à venir…
- ♥ Partagez vos avis sur vos dernières lectures…
- ♥ Lisez gratuitement en ligne, regardez des vidéos…
- ♥ Échangez avec d'autres lectrices sur le forum…
- ♥ Retrouvez vos abonnements, vos romans dédicacés, vos livres et vos ebooks en pré-commande…

L'application Harlequin
Achetez, synchronisez, lisez… Et emportez vos ebooks Harlequin partout avec vous.

Suivez-nous ! facebook.com/HarlequinFrance
twitter.com/harlequinfrance

OFFRE DÉCOUVERTE !

Vous souhaitez découvrir nos collections ? Recevez **votre 1er colis gratuit*** av(ec) **2 cadeaux surprises !** Une fois votre colis de bienvenue reçu, si vous souhait(ez) continuer à recevoir nos livres, cela se fera automatiquement. Vous recevrez alo(rs) vos livres inédits** en avant-première.

Vous n'avez aucune obligation d'achat et cette offre est sans engagement de duré(e).

*1 livre offert + 2 cadeaux / 2 livres offerts pour la collection Azur + 2 cadeaux.
**Les livres Ispahan, Sagas, Hors-Série, Allegria et Best Féminins sont des réédités.

☛ COCHEZ la collection choisie et renvoyez cette page au
Service Lectrices Harlequin – CS 20008 – 59718 Lille Cedex 9 – France

Collections	Références	Prix colis France* / Belgique*
❏ AZUR	Z9ZFA6/Z9ZF6B	6 livres par mois 28,49€ / 30,49€
❏ BLANCHE	B9ZFA3/B9ZF3B	3 livres par mois 23,35€ / 25,35€
❏ LES HISTORIQUES	H9ZFA2/H9ZF2B	2 livres par mois 16,49€ / 18,49€
❏ ISPAHAN	Y9ZFA3/Y9ZF3B	3 livres tous les deux mois 23,20€ / 25,20(€)
❏ HORS-SÉRIE	C9ZFA4/C9ZF4B	4 livres tous les deux mois 31,65€ / 33,6(5€)
❏ PASSIONS	R9ZFA3/R9ZF3B	3 livres par mois 24,79€ / 26,79€
❏ SAGAS	N9ZFA4/N9ZF4B	4 livres tous les deux mois 35,35€ / 37,35(€)
❏ BLACK ROSE	I9ZFA3/I9ZF3B	3 livres par mois 24,79€ / 26,79€
❏ VICTORIA	V9ZFA3/V9ZF3B	3 livres tous les deux mois 25,69€ / 27,6(9€)
❏ ALLEGRIA	A9ZFA2/A9ZF2B	2 livres tous les mois 16,49€ / 18,49€
❏ BEST FÉMININS	E9ZFA2/E9ZF2B	2 livres tous les mois 18,55€ / 20,55€
❏ MAGNETIC	K9ZFA4/K9ZF4B	4 livres les 2 mois 29,39€ / 31,39€

N° d'abonnée Harlequin (si vous en avez un) ⎵⎵⎵⎵⎵⎵⎵⎵

Mme ❏ Mlle ❏   Nom : _____

Prénom : _____ Adresse : _____

Code Postal : ⎵⎵⎵⎵⎵   Ville : _____

Pays : _____ Tél. : ⎵⎵⎵⎵⎵⎵⎵⎵⎵⎵

E-mail : _____

Date de naissance : _____

❏ Oui, je souhaite recevoir par e-mail les offres promotionnelles des éditions Harlequin.
❏ Oui, je souhaite recevoir par e-mail les offres promotionnelles des partenaires des éditions Harlequin.

Date limite : 31 décembre 2019. Vous recevrez votre colis environ 20 jours après réception de ce bon. Offre soumise à acceptation et réservée aux personnes majeures, résidant en France métropolitaine et Belgique, dans la limite des stocks disponibles. Prix susceptibles de modification en cours d'année. Vous pouvez demander à accéder à vos données personnelles, à les rectifier ou à les effacer. Il vous suffit de nous écrire en nous indiquant vos nom, prénom et adresse à : Service Lectrices Harlequin CS 20008 59718 LILLE Cedex 9. Service Lectrices disponible du lundi au vendredi de 8h à 18h : 01 45 82 47 47 ou 33 1 45 82 47 47 pour la Belgique.

Composé et édité par HarperCollins France.

Achevé d'imprimer en mars 2019.

Barcelone

Dépôt légal : avril 2019.

Pour limiter l'empreinte environnementale de ses livres, HarperCollins France s'engage à n'utiliser que du papier fabriqué à partir de bois provenant de forêts gérées durablement et de manière responsable.

Imprimé en Espagne.